MON

foarte bine, mulțumesc

Descrierea CIP a Bibliotecii Naţionale a României
HEISEY, MONICA
Foarte bine, mulţumesc / Monica Heisey. - Bucureşti : Bookzone, 2023

ISBN 978-630-305-143-7

821.135.1

Traducător: **Ionel Ghiragosian**
Redactori: **Justina Ene, Roxana Nacu**
Corector: **Ionel Palade**
Grafician copertă: **Teodora Savu**
Tehnoredactor: **Anca Marisac**

Editura Bookzone
Şoseaua Berceni, nr. 104, sector 4, Bucureşti
Comenzi şi informaţii:
Telefon: +40 774 091.579; +40 770 584.429
E-mail: office@bookzone.ro
www.bookzone.ro

MONICA HEISEY

foarte bine, mulțumesc

Bookzone
BUCUREȘTI, 2023

Pentru Louise, cu mulţumiri

Când eram mică şi mă uitam
la ce viaţă duceau părinţii mei,
ştii la ce mă gândeam? Mă gândeam la
dureri sufleteşti. Acum mă gândesc la
dureri sufleteşti, dar
şi la nebunie.
Şi la faptul că este foarte amuzant.

— Louise Glück, „Telemachus' Detachment"

Căsnicia mea s-a încheiat pentru că eram nemiloasă. Sau pentru că mâncam în pat. Sau pentru că lui îi plăcea să asculte muzică electronică și să vadă filme complicate despre bărbați în natură. Sau pentru că eu nu făceam asta. Sau pentru că eram anxioasă, iar asta mă făcea să controlez totul. Sau pentru că eram critică din cauza vinului roșu. Sau pentru că deveneam critică și din cauza foamei, a stresului și a vinului alb. Sau pentru că eram „lipicioasă" la petreceri. Sau pentru că el fuma iarbă în fiecare zi, iar eu nu consideram că era, „de fapt, același lucru" cu cele două căni de cafea pe care le beam dimineața. Sau pentru că ne-am îndrăgostit când eram prea tineri, și cum ar putea viața noastră de astăzi să se compare cu ideea vieții pe care am fi putut să o avem, când abia împliniserăm 24 de ani, iar trupurile noastre erau incredibil de ferme? Sau pentru că am încercat să nu fim monogami vreme de trei luni în 2011, și a fost în regulă, nu grozav. Sau pentru că punea sos pe orice, fără să guste, cu toate că pierdusem ore în șir creând un echilibru între aromele dintr-o rețetă și, ca să o găsesc, fusesem nevoită să citesc povestea lungă și detaliată a vacanței unei femei. Sau pentru că, o dată, a uitat de aniversarea noastră. Sau pentru că nu spălam niciodată rufele. Sau pentru că numeroșii membri ai familiei lui grecești nu prea mă acceptaseră ca pe una de-a lor nici măcar după ce am învățat poezia preferată a bunicii lui, de ziua ei. Sau pentru că, o dată, a intrat peste mine când îmi făceam nevoile. Sau pentru că în 2015 am participat la nouă nunți și ne-am lăsat duși de val, iar o petrecere la care toți ne spuneau că eram niște genii deoarece ne iubeam și ne ofereau 3 000 de dolari ne-a părut o idee grozavă. Sau pentru că ne-am dus la Paris şi ne-am certat, în loc să ne îndrăgostim şi mai mult sau măcar să ne acceptăm unul pe celălalt. Sau pentru că încetasem să-mi imaginez cum ar fi arătat copiii noştri. Sau pentru că el nu începuse să o facă. Sau pentru că eram nesigură şi uneori meschină. Sau pentru că tot insista să devenim vegani şi apoi venea pe furiş cu pizza în apartament, când eu dormeam. Sau pentru că am terminat de urmărit *Clanul Soprano* şi nu am început *Cartelul crimelor*. Sau pentru că, la începutul relaţiei noastre, sărutasem pe altcineva şi, uneori, tot mă mai gândeam la ea. Sau pentru că era combativ în mod inutil şi uşor arogant. Sau pentru că eram o laşă al cărei serviciu nu „căuta activ să dezbine statul". Sau pentru c-am râs când a zis asta şi m-a întrebat despre impactul socialist al celei mai noi reclame pe care o realizase pentru Burger King. Sau pentru că mă făcea târfă. Sau pentru că, uneori, eram una. Oricum, s-a terminat.

Într-un fel. Se mutase, luând pisica (deocamdată), un sistem de jocuri şi trei chitare acustice. Ideea ca Jon să compună cântece de despărţire în vreun apartament întunecat subînchiriat mă umplea, în mod egal, de o disperare profundă şi de o incredibilă uşurare – disperare la gândul că-i provocasem o durere atât de mare încât să simtă impulsul de a experimenta compunând cântece şi uşurare pentru că nu aş fi fost nevoită să le ascult.

Nu că i-aş fi purtat pică din cauza impulsului. Dimineaţă, după ce a plecat, îmi făcusem aproape imediat o poză, dorindu-mi să „păstrez momentul" şi cochetând cu idei grandioase despre pierderea asta oribilă care marca începutul unei perioade foarte creative. Poate aveam să-mi fotografiez chipul pentru tot restul vieţii, în fiecare zi importantă, ajungând să am o galerie pentru un spectacol cu ocazia sărbătoririi celor optzeci de ani ai mei: capul meu uriaş zâmbind la ceremonia de acordare a titlului de doctor, plângând la înmormântarea mamei, mestecând gânditoare primul fel de mâncare gătit de copilul meu, câteva prim-planuri care forțează limitele, în timpul orgasmului, ca să stârnesc vâlvă, și așa mai departe. În schimb, am făcut poza, mi-am văzut pungile de sub ochi și am descărcat Facetune. Cearcănele nu mă deranjau. Uitându-mă în oglindă, aveam să le văd și să gândesc *uite o tipă de 28 de ani care a trecut prin destule porcării*. Însă mi-am dat seama că voiam să fiu sexy în poză.

Faptul că l-am dat afară din casă pe bună dreptate a fost o ușurare nu pentru că m-am simțit mai bine sau mai calmă fără el, ci pentru că cele două săptămâni în care a oscilat între „Urmează să mă mut" și „Am închiriat o dubiță" au fost cele mai lungi și mai plictisitoare din viața mea. Relația noastră fusese total lipsită de consecvență: într-o zi, eram încordați unul în preajma celuilalt și vorbeam pe ton prețios despre colegii noi de la ședințele de lucru, apoi reveneam la vechile obiceiuri și ne sărutam de rămas-bun, mâncam din farfuria celuilalt și ne-o trăgeam. De fiecare dată când ne întorceam la rutina noastră – atât de ușoară, de cunoscută –, mă întrebam dacă urma să considerăm că fuseseră doar câteva luni groaznice, dar, într-o seară, a venit acasă cu niște cutii și am fost nevoiți să ne împărțim discurile și să decidem ce să facem cu porcăria de canapea care nu avea nici măcar un an de când o cumpăraserăm. Garanția celei mai proaste canapele din lume fusese mai lungă decât mariajul nostru.

Juram că niciunul din noi nu se așteptase la asta. La urma urmei, nu aveam problemele grave care duceau la așa ceva. Erau, bineînțeles, *niște* probleme: pe lângă faptul că mâncam în pat, nu știam să vorbesc încet și nu-i respectam sistemul de organizare a alimentelor din frigider; el era temperamental și voia să ne apucăm de alergat. Însă nu eram nefericiți, doar nemulțumiți... până când, brusc, am fost foarte nefericiți și nu am mai putut să râdem, să facem sex și să comandăm mâncare thailandeză fără să ne uităm la celălalt ca și când ne-am întreba *cine ești?*, holbându-ne la persoana străină pe care o alesese fiecare la nouăsprezece și, respectiv, nouăsprezece ani și jumătate, nu chiar urând-o, ci întrebându-ne dacă oare nu murise din senin – de moarte bună sau în vreun accident oribil, nu că asta ar fi fost un lucru bun, evident, ar fi fost o tragedie... ci dacă s-ar fi întâmplat *cu adevărat* – și dacă, poate, viața ar fi fost mai ușoară. Într-o seară, la cină, mi-a scăpat porumbelul: „Chestia asta mai merge?" Niciunul din noi nu a avut ce să spună, fapt care-a fost în sine un răspuns.

Mersese ori părea să fi mers aproape un deceniu. Jon și cu mine ne-am îndrăgostit la universitate, nihilismul lui vesel venind surprinzător în completarea tendinței mele de a gândi prea mult. La început am fost prieteni (lucru important, după cum spune toată lumea!) și chiar am avut parte de niște ani captivanți și plini de depravare, ca boboci, înainte să ne dăm seama, la un moment dat, în primul semestru al celui de-al doilea an de facultate, că nu doar ne înțelegeam de minune, ci și că ne doream nebunește unul pe celălalt. Ne-am lipit buzele și organele genitale și nu ne-am mai despărțit până la absolvire. Erau destule lucruri care ne plăceau amândurora, ne făceam reciproc să râdem și certurile noastre erau la fel de teatrale ca ale tuturor celorlalți prieteni de-ai noștri de 20 și ceva de ani. Am mers în vacanțe modeste și fiecare din noi i-a cunoscut pe părinții celuilalt. În cele din urmă, ne-am mutat împreună – trecuse destul de mult timp de când ieșeam la întâlniri și niciunul nu-și permitea să locuiască singur. Un perete l-am vopsit cu vopsea pentru tablă. Am avut parte de cadouri aniversare prost alese, gelozii meschine și una sau două trădări nesemnificative, dar, în mare parte, de confort și simplă înţelegere. După şase ani de ieşit seara în oraş, în care am fost stăpânii aceluiaşi animal de companie şi am învăţat să gătim paste carbonara, pur şi simplu n-a mai fost nimic altceva de făcut. Jon m-a întrebat „Ce părere ai, Maggie?", iar eu i-am răspuns „Mda, bine"; şi aşa ne-am căsătorit, pentru că toţi ceilalţi erau căsătoriţi şi pentru că, pe atunci, nu ni s-a părut că greşim cu nimic în mod special, ca şi când totul ar fi fost în regulă.

Pentru mine, faptul că eram căsătoriţi legitim fusese mereu un pic straniu. Când rosteam cuvintele „soţul meu" în faţa oamenilor, ei ridicau din sprâncene, iar eu gândeam *da, exact, ce bizar!* Lui Jon nu i se părea deloc ciudat. Nu că ar fi fost un romantic, însă ai lui erau ultima pereche de părinţi îndrăgostiţi de pe pământ, aşa că încrederea lui în instituţia căsătoriei era peste medie. Pentru el, dacă erai îndrăgostit deja de multă vreme, căsnicia era urmarea firească. În luna de miere, când ne-am cazat în apartamentul nostru din hotelul italian la buget redus, vorbăreţul administrator american exclamase „O, *Dumnezeule*, eşti ca o mireasă copilă!", iar Jon râsese, însă eu mă simţisem ciudat de sfioasă. Mă comportasem oarecum naiv. Nu analizasem totul? Chiar credeam că mariajul nostru avea să dureze, când atât de multe se încheiau? Poate m-am simţit jenată pentru că într-adevăr eram. Mi-am dorit să bat uşor pe umăr acea versiune a mea şi să-i spun: *Drăguţă, dacă acum te ruşinezi...*

În prima dimineaţă fără el, jur pe ce am mai sfânt că m-am trezit plângând. Oricum, perna mea era udă şi, în loc să o întorc pe partea cealaltă sau să-i schimb faţa, m-am rostogolit din pat şi mi-am îngăduit să cad greoi pe podea. *Chiar dacă gestionăm situaţia cât de bine posibil*, mi-am zis eu, *tot o să fie groaznic*. Deşi intenţionam să fim doi foşti care se purtau civilizat, care nu se bârfeau, nu făceau sex cu acel coleg de serviciu pe care celălalt fusese gelos dintotdeauna, nu postau din răzbunare fotografii cu tentă erotică pe rețelele sociale și nici nu vorbeau excesiv despre captivanta viață nouă de celibatar, tot avea să fie îngrozitor câțiva ani, posibil pentru totdeauna. Cu siguranță, așa părea acum.

Pentru mine era important să fie un divorț amiabil. În timp ce-i împachetam hainele, am căzut de acord că a gestiona cu blândețe orice urma să se întâmple ar fi fost un mod frumos de a onora ce însemnam unul pentru celălalt (sau ceea ce însemnaserăm). Am compus un scurt discurs pe care să li-l oferim prietenilor – „Ne-am dezvoltat în direcții diferite"; era adevărat, dar totodată lipsit de sens – și am promis să ținem legătura, cel puțin o perioadă, la început. În cele douăzeci și patru de ore de la plecarea lui, amândoi verificaserăm ce făcea celălalt trimițând mesaje variate pe aceeași temă: „Cum te simți?", „Îmi pare rău de situație" și „Le-ai spus părinților tăi?" În timp, puteam să privesc ca la doi foști care se duceau la petrecerile aniversare ale celuilalt, rămâneau pentru un număr rezonabil de pahare, îl îmbrățișau pe noul partener și plecau înainte ca lucrurile să devină urâte. Însă deocamdată nu vedeam nimic, doar cât de mult o dăduserăm în bară, cât de liniște era în apartament fără el și ce puține planuri aveam pentru weekend.

Am rămas pe podea mult după ora prânzului. Nu era grozav, dar era genul de lucru pe care se presupunea că trebuie să-l faci atunci când mariajul tău se destramă. În filme, când divorțai, te întindeai pe jos, apoi te îmbătai, te ridicai ținându-te de șalul folosit pe post de pulover și învățai să te iubești din nou într-o casă pe plajă, închiriată de la un fermecător și chipeș bărbat mai în vârstă a cărui primă soție a murit și care, în ciuda faptului că e limpede că încă o iubește respectuos, simte că ar fi pregătit să treacă mai departe, ca și când voi doi ați putea să vă ajutați să vă vindecați. În filme, când divorțezi, te cerți monstruos cu avocații și e foarte dureros întrucât copiii te detestă și nu poți hotărî cine primește casa – casa mare și frumoasă pe care ați decorat-o împreună atâția ani, în care v-ați investit economiile de-o viață și unde ați crescut câțiva copii sau măcar un câine de talie mare. În filme, ești Diane Lane sau Keaton ori poate Kruger, o frumoasă Diane de vârstă mijlocie care-și este propria șefă și cunoaște soiurile bune de vin alb. De obicei, nu continui să trăiești cu fostul săptămâni în șir pentru că nu-ți permiți să plătești singură chiria apartamentului vostru prăfuit, cu un singur dormitor. În general, nu ești un asistent de cercetare slăvit și nici vreun creator de reclame al cărui cel mai important bun comun financiar e singurul tău prieten care primește mereu telefoane gratuite de serviciu. Cu siguranță nu se presupune că ai 28 de ani și organizezi o petrecere aniversară pentru care codul vestimentar e „târfele lui Jimmy Buffett[1]".

Însă iată-mă, pe jumătate înclinată spre asta, scriind un mesaj pe grupul de conversații și întrebând cât ar fi costat un panou publicitar pe care să scrie FĂTĂLĂU PARROTHEAD[2] și dacă era sau nu în stare Clive să facă un tort cu aromă de margarita. S-a convenit în unanimitate că putea să se descurce și, în plus, că era sigur ceva ce dușmanul lui – un bucătar chipeș care apărea pe la televiziuni și care-și învățase recent spectatorii „să gătească" porumb fiert – nu putea să facă. Mai mult, Amirah găsise un autobuz de petrecere cu scaune perfect curate: probabil e folosit pentru orgii, și nu pentru petreceri aniversare, dar e mai ieftin decât celălalt cu aproape 100 de dolari. Lauren, sărbătorita, mi-a răspuns: „ce-ar fi să nu ne gândim prea mult la asta și să cheltuim banii care ne

1 Cântăreț, compozitor, muzician, autor și om de afaceri american (n. tr.).

2 Fan al Jimmy Buffett (n. tr.).

rămân pe băutură?" Noi, ceilalţi, am fost de acord cu propunerea ei.

Din grupul de conversaţii făceau parte patru dintre cei mai apropiaţi prieteni ai mei de la universitate: Amirah, o asistentă cam obosită şi tulburată din punct de vedere emoţional, pe care o întâlnisem pe holurile căminului; Clive, un homosexual masiv şi elegant care se descria mereu ca fiind „haotic" pentru că făcea lucruri normale, cum ar fi să plătească taxiul cu bani gheaţă; şi două fete pe care le chema Lauren – una care plângea din orice şi alta care susţinea că plânsese o singură dată în toată viaţa ei, atunci când la McDonald's nu s-a mai făcut pizza. De dragul simplităţii, celei dintâi i-am zis „Lauren sensibila".

Nu le mărturisisem celor din grup că Jon plecase. Ştiau că luam în calcul despărţirea – că situaţia nu fusese grozavă în ultima vreme –, însă nu mă puteam convinge să scriu cuvintele *a plecat*. Cred că o parte din mine presupunea că urma să ne împăcăm, în ciuda faptului că fuseserăm de acord să plece, în ciuda tuturor lucrurilor. Nu puteam să-mi imaginez că perioada asta de separare avea să dureze. Cui m-aş fi plâns de viteza conexiunii la internet? Ce ar fi făcut când trebuia să-şi aducă aminte de ziua de naştere a mamei lui? Pe cine aş fi consultat în privinţa fiecărei decizii pe care o luam zilnic?

Nu le spusesem nici pentru că mi se părea incredibil de stupid. Este greu să explici exact cât de umilitor este să fi avut o nuntă când căsnicia ta s-a încheiat aproape imediat după aceea. Relaţia durase mai mult decât căsnicia. Şi ce-i cu asta? Ca ziua aia în care toţi sunt atenţi la tine, te felicită pentru marele moment, îţi pecetluieşti soarta, eşti cu pregătirile în toi şi te cerţi cu familia, ai probleme cu lista de invitaţi şi plăteşti mii de dolari să se dovedească, pur şi simplu, o şedinţă foto Tinder foarte scumpă pentru prietenii tăi... ei bine, nu este ideal. Şi nici măcar n-apuci să foloseşti fotografiile pentru Tinder, deoarece, în primul rând, nu ştii cum funcţionează aplicaţia şi, în al doilea rând, pentru că-n toate eşti îmbrăcată în rochie de mireasă.

În loc să mărturisesc, am purtat conversaţii: le-am povestit despre câinii amuzanţi pe care-i văzusem sau cum, la o programare recentă, o luasem peste picior pe doamna doctor, cu minciuni despre stilul meu de viaţă sănătos şi activ când clipise confuză, atingând zona roşie-portocalie a graficului IMC[3] din mapa ei. n-o provoca pe Maggie cu greutatea corporală, a scris Lauren. o să fim aici toată noaptea. Clive ne-a zis că, de curând, hotărâse că iniţialele însemnau de fapt „Indice pentru masculi chipeşi" – avea logică, pentru că al lui era foarte ridicat. Lauren sensibila a spus că, recent, ascultase un podcast care urma să ne schimbe viaţa. Amirah ne-a trimis un link către un videoclip cu un pescăruş care fura, şi-apoi am luat-o razna pe câmpii, repetând aceleaşi lucruri despre găştile de animale marine, bârfindu-i pe cei pe care-i cunoşteam şi plângându-ne cu aceeaşi vigoare de adevăratele nedreptăţi din lume şi de manifestările siropoase ale unei celebrităţi oarecare din Toronto, pe reţelele de socializare.

Ştiam că, în cele din urmă, trebuia să le spun, însă aşteptam să găsesc momentul potrivit. Nu eram în stare să fac faţă întrebărilor lor înainte să am eu nişte răspunsuri. Eram pregătită să fiu din nou celibatară? Unde aş fi locuit? Cum m-aş fi descurcat cu banii? Aveam nişte bani, evident, dar Jon avea mulţi – de la locul de muncă, de la familia lui, graţie obiceiurilor lui financiare practice. Ştia cum să economisească şi să investească şi cum să nu cheltuiască mult aşteptatul cec pentru liber-profesionişti pe maiouri riscante sau pe vreun nou sortiment de mâncare de lux pentru

3 Indice de masă corporală (n. tr.).

pisici. Îmi subvenţionase chiria şi plătise cumpărăturile amândurora, iar când plecam în concediu, plătea totul, mai puţin biletul meu de avion, pe care-mi era „permis" să-l achit tot aşa cum „ajutau" la spălatul vaselor copiii care, de Ziua Recunoştinţei, mâncau tot din farfurie. Cu doar câteva săptămâni înainte de nunta noastră, glumisem că nu mai era timp să-l fac să semneze contractul prenupţial; dacă ne despărţeam şi-mi lua tot ce aveam de valoare? Îmi spusese că puteam să-mi păstrez cei optzeci de dolari. (Cândva, era o povestioară amuzantă.)

Zilele au trecut, iar eu am bântuit prin casă ca o tânără doamnă Havisham, rătăcind dintr-o cameră în alta. Când m-am uitat la căminul nostru tăcut şi gol – pe jumătate gol, oricum –, mi-am dat seama că soţul meu („fostul meu soţ") plătise televizorul, obiectele de artă de pe pereţi, scaunele din bucătărie şi chestia pe care ne sprijineam picioarele când ne aşezam pe canapeaua noastră îngrozitoare. Majoritatea lucrurilor din apartamentul nostru erau, prin definiţie, ale lui. Deşi îl încurajasem să ia tot ce cumpărase, lăsase câteva obiecte în urmă, aşa că spaţiul era locuibil, dar mi se părea ciudat: un şifonier mult prea încăpător în dormitor, fără loc destinat încălţărilor, un sertar pentru tacâmuri din care lipseau cuţitele mari, o masă de bucătărie la care nu puteai să stai. M-am trântit pe duritatea îngrozitoare a canapelei, mi-am lăsat paharul pe podea, unde fusese căruciorul nostru de servire a băuturilor, şi-am început să plâng în hohote.

Nu ştiam unde să mă uit, la ce să mă gândesc sau cum să-mi petrec timpul. Fiecare obiect din casă avea însemnătate. Prăjitorul de pâine era un cadou de nuntă, aşa că mâncam pâinea la temperatura camerei. Uşa frigiderului devenise o imagine a efemerităţii – reţete, liste de cumpărături, bilete despre banane, ouă şi planuri să cumpărăm o încuietoare – şi era prea dureros de privit, aşa că-mi beam cafeaua fără lapte. Cu bandă adezivă, am lipit o bucată de hârtie peste o fotografie înrămată din baie, nu tocmai pregătită să o iau de acolo, dar nici să o privesc. Un banner rămas de la petrecerea noastră de logodnă strălucea pe un perete deasupra spaţiului unde atârnau câteva opere de artă de-ale lui Jon. FELICITĂR – literele caligrafice aurii scânteiau. *I*-ul căzuse la un moment dat, însă îl păstraserăm, ne plăcea mai mult aşa; ni se părea oarecum amuzant. Uitându-mă acum la el, era incredibil de deprimant.

Am descoperit şi lucruri pozitive: fără vreo presiune de-a ne combina cele două stiluri, mi-am dat seama că-mi displăcuseră aproape toate decoraţiunile aduse acasă de soţul meu. Orice lucru la care mă uitasem vreodată şi-mi spusesem *o să fim nevoiţi să-l înlocuim, în cele din urmă* fusese al lui – sau ceva asupra căruia căzuserăm de acord, definind compromisul drept un „obiect pe care-l urâm în egală măsură". Acum, cele mai multe dintre obiectele astea dispăruseră. Puţinele bunuri pe care le aveam dădeau locuinţei un aer uşor demodat, iar eu nu păstrasem niciunul dintre prosoapele mari, însă pe pereţi nu erau afişe cu trupe de cântăreţi, în bucătărie nu era niciun pahar nou pentru shoturi, niciun covoraş de baie din lemn puţin mucegăit pe care, cherchelit fiind, îl comandase de pe eBay. Acum aveam spaţiu să-mi expun fleacurile, să aprind lumânarea al cărei parfum Jon îl considera „ciudat", să ascult muzica pop a anilor nouăzeci care i se părea plictisitoare şi generică. Bineînţeles, nu mă simţeam mai bine să aprind o lumânare cu tutun şi ienupăr şi să ascult cântecele celor de la Backstreet Boys decât atunci când mă iubise.

Toate articolele şi forumurile pe care le găsisem căutând cu hotărâre pe Google (ponturi pentru divorț;

căsătorie destrămată în cazul tinerilor; cum să fii singur prima dată) îmi spuseseră să mă pregătesc pentru lipsa de somn, însă nu-mi dădusem seama cât de lungi aveau să-mi pară nopțile. O altă surpriză a fost că mai puteam să mănânc. Mi se inoculase ideea că o despărțire îți strica apetitul. În adolescență, anticipasem exagerat că din cauza despărțirii – inevitabilă, așa cum aflasem din serialele pentru adolescenți despre vampiri fermecători și iubitele lor minore – aveam să nu mai pot mânca, ofilindu-mă frumos, atât de slabă, de nedreptățită și categoric al naibii de încântată de asta. Să am un iubit, apoi să-l pierd împreună cu mai multe mărimi la haine, poate suficiente încât să-mi vină vreunul dintre tricourile alea polo blestemate vândute de Abercrombie în magazinele răcoroase și pline de parfum din mall? Nu puteam să-mi imaginez ceva mai grozav.

Din nefericire, am fost victima unei vieți de familie încurajatoare, lucru care m-a făcut să am o foarte bună părere despre mine, așa că m-am dus la un liceu care încuraja artele, unde mi-am canalizat cea mai mare parte a energiei sexuale latente în piese de teatru elaborate despre femei de vârstă mijlocie, cu fixații orale. Așa că nu mi-am dat întâlniri și am rămas dolofană și fericită, cam până în clasa a douăsprezecea, când faptul că nu mă culcasem cu nimeni a fost suficient de chinuitor încât să mă determine să slăbesc, rapid și fără efort – cu excepția alimentelor solide pe care mă abțineam să le mănânc și a monitorizării și consemnării constante a aportului de calorii –, douăzeci și patru de kilograme. Toți s-au bucurat enorm pentru mine, până când am leșinat la ora de matematică, după ce, la prânz, mâncasem o înghețată pe băț.

Adevărul este că, dacă ești chiar și un pic supraponderală când începi să ai tulburări de alimentație, nimeni nu observă până când lucrurile nu ajung la stadiul în care te întrebi: „Şi dacă aş mânca supă de două ori pe zi?" Am avut parte de câteva certuri şi discuţii despre nutriţie şi echilibru şi apoi m-am dus la un hipnotizator care mi-a spus să-mi imaginez că sunt frumoasă într-un costum de baie şi m-am vindecat – glumesc! În realitate, m-am îndrăgostit şi am uitat un pic de problema mea. Pe atunci, mă simţeam bine în trupul meu nu foarte tonifiat; eram genul de femeie despre care oamenii spuneau, condescendent, că este „cu forme" sau „voluptuoasă" ori, mai des, „încrezătoare", cuvântul cedând practic sub încărcătura sa eufemistică. Uneori, în perioadele stresante sau după ce citeam prea multe reviste ori ascultam o prietenă mult mai slabă plângându-se de dimensiunea picioarelor ei, simţeam că revin la numărat, mâncând un ou şi gândind şaptezeci. Dar, gândeam eu, nimeni nu avea o relaţie sănătoasă cu mâncarea şi cu exerciţiile fizice – cel puţin nu o persoană care ajungea la maturitate într-o perioadă când articolul de pe prima pagină a fiecărui tabloid vândut la supermarket era o variaţie pe tema „Babornița asta care merge la plajă are celulită". Câtă vreme nu-mi notam în fiecare zi caloriile consumate, ca în adolescenţă, mă consideram mai mult sau mai puţin sănătoasă.

Totuşi, în clipa asta, tentaţia de a reveni la vechea mea tulburare de alimentaţie – de a deveni una dintre eroinele alea din romane ale căror oase încep să iasă uşor în evidenţă, înspăimântându-şi prietenele, şi de a le descrie absolut dureros de superbe – era puternică. „Cu ochii ei cumva prea albaştri pentru cearcănele întunecate, Maggie era prea tristă ca să mănânce, pentru că prea mulţi bărbaţi voiau să facă sex cu ea", sau aşa ceva. Nu intenţionam să fiu prima femeie din lume care să trăiască devastarea emoţională fără ca zona claviculelor să-i iasă brusc şi dramatic în evidenţă.

Însă-mi revenisem prea bine în privința aia, eram enervant de hotărâtă să mă hrănesc, așa că mie și fundului meu moale nu ne lipsea mâncarea. În prima săptămână fără Jon, mesele erau singurele momente care întrerupeau orele lungi ce treceau greu. Scotoceam prin dulapurile noastre, scoțând la iveală pastele cu curry de mult uitate și pungile cu tăieței instant pe care le păstram „pentru urgențe". De fiecare dată când savuram ceva prăjit sau o *quesadilla* suculentă făcută în casă, mi-l imaginam pe David Attenborough povestind calm: „Chiar și în cele mai întunecate vremuri, viața... continuă." Știam, în cele din urmă, c-aveam să rămân fără mâncare, chestie care mă stresa pentru că nu mă puteam imagina părăsind apartamentul ca să mai cumpăr.

Lipsa somnului era mai puțin îngrijorătoare; nimeni nu mai doarme bine. Lumea se prăbușește și telefoanele noastre sunt pur și simplu acolo, strălucindu-ne în față, pline de știri despre ce-a zis președintele și care dintre foștii noștri s-a tuns recent. Dacă-mi doream cu adevărat să mă odihnesc, puteam oricând să beau sau să iau somnifere. Jon îmi spusese că le ia înainte să plece, deși mi-am zis că poate era din cauza canapelei atât de incomode. Mi-a oferit o pastilă înainte să se mute. Am vrut să o accept, însă mi s-a părut un fel de declarație privind puterea mea de a refuza, așa că, în majoritatea nopților, m-am uitat la documentare britanice despre crime, pe Netflix.

Înainte, emisiunile astea mi se păruseră prea înfricoșătoare – noi (eu) locuiam într-un apartament de la parter, cu ferestre ale căror obloane erau foarte dubioase, iar noi (eu) dormeam ușor și mă speriam repede. Acum mi se păreau liniștitoare. Aveau un tipar, o ierarhie clară a binelui și a răului. Poate că detectivul tulburat bea prea mult și-și înșela soția, însă nu era un pedofil criminal care locuia într-un fel de buncăr al unui pervers din Swansea.

Pedofilul criminal era mereu prins în cele din urmă, iar partenerul împresurat trebuia întotdeauna să admită că detectivul era al naibii de bun în meseria lui. Era plăcut să simt că diferența dintre vinovat și nevinovat putea fi atât de clară și să-l aud pe David Tennant înjurând. În plus, o mare parte din tensiunea dramelor se risipise odată ce-mi dădusem seama că ucigașul era mereu cel care vorbește încet.

Atunci când chiar reușeam să dorm, mă trezeam în toiul nopții, amețită și confuză. Mă întindeam peste patul acum imens, căutând cu mâinile trupul cald și cunoscut al lui Jon... și nu găseam nimic. Mă străbătea frica și deschideam brusc ochii, chinuindu-mă să văd pe întuneric. Transpiram, bulversată și speriată și puțin supărată. Oare ratasem vreun mesaj? Trebuia să vorbim despre chestiile astea! Să ne anunțăm unul pe celălalt când urma să ajungem târziu acasă era unul dintre stâlpii de bază ai căsniciei! Apoi, desigur, îmi aduceam aminte.

Când se întâmpla asta, mă simțeam proastă, tristă, dezamăgită, răzbunată când îmi aminteam că Joan Didion pățise ceva asemănător în *Anul gândirii magice*; din nou rușinată că mă gândisem la legătura asta cu Joan Didion; mândră în sinea mea, ca și când poate existau unele asemănări, apoi și mai tristă și, în cele din urmă, obosită – în ordinea asta. Însă nu eram o voce incredibil de șic a unei generații care-și pierduse iubirea vieții. Nu puteam nici măcar să-mi dau seama care era noua croială a pantalonilor, iar cea mai importantă lucrare a mea era o teză neterminată de doctorat despre „istoria trăită a obiectelor" în teatrul modern timpuriu. Nici măcar după ce am terminat-o nu a citit-o nimeni. Nu-mi pierdusem soțul – eu îl părăsisem. Sau, mai degrabă, îi sugerasem să plece, iar el se conformase incredibil de rapid. În multe privințe, a fost singurul lucru în privința căruia fuseserăm de acord.

Şi astfel, căsnicia noastră s-a încheiat, la şase sute opt zile după ce a început. Într-o zi eram îndrăgostiţi, în alta se destrămase totul. Brusc, aveam doar două stări: tăcuţi şi exasperaţi. Când nu discutam, stângaci şi optimist, despre nimicuri, ne certam de sute, de mii de ori, dându-ne ochii peste cap, oftând şi luându-ne unul de celălalt din cauza unor chestii precum:

— lipsa satisfacţiei în carieră;
— gestionarea emoţiilor – şi definiţia ei;
— cine băuse ultima cafea;
— cine plătise ultimele trei facturi la apă;
— cine era, de fapt, condescendent cu celălalt;
— dacă e acceptabil, poate chiar foarte normal, să stai până la patru dimineaţa şi să joci jocuri video cu adolescenţi furioşi din Europa;
— părinţii noştri, prietenii noştri ca părinţi, ideea ca noi să fim părinţi;
— posibilitatea ca pornografia să fie o iniţiativă feministă;
— relevanţa argumentului pornografic feminist pentru contul premium de Pornhub al unui bărbat heterosexual;
— lungimea unghiilor de la picioare şi locul în care să fie aruncate;
— dacă mutarea din Toronto însemna „renunţare";
— pronunţarea cuvântului „Barcelona";
— de ce dormitorul era încă mov; ne mutaserăm cu ani în urmă şi spuseserăm că aveam să-l văruim;
— unica dată în care mi-a spus, din greşeală, „profesor asocial", şi a făcut ceva cu totul nevinovat, cuvântul chiar fiind apropiat de

„asociat", însă pentru că mă simțeam deja rănită tot timpul, am luat-o ca pe o nesocotire a lipsei mele de vechime profesională și, deoarece eram flămândă, epuizată și în perioada premenstruală, am plâns din cauza asta în public, și, întrucât ne săturasem unul de celălalt, ne-am spus lucruri meschine pe care nu voiam să ni le zicem și am stricat tot ce făceam, și toată chestia a durat cu o zi mai mult decât cele patru sau cinci secunde de care aș fi avut nevoie ca să-l corectez și să depășesc momentul, iar eu nu am recunoscut niciodată că este vina mea – nici măcar mai târziu, când și-a cerut scuze.

A fost o despărțire copleșitoare. Fără aventuri; fără răbufniri din cauza unor momente extrem de tensionate. Doar o serie de certuri neînsemnate pe care le-am lăsat să plutească în jurul nostru, ținându-ne bine ceașca de cafea, precum câinele de pe internet: ESTE ÎN REGULĂ.

Și acum eram singură într-o seară fierbinte de iunie, mâncând pâine cu unt în lenjeria intimă de mireasă pentru că restul lenjeriei era murdar. Am presărat niște sare pe o bucată de baghetă și am rostit cuvântul „divorț" cu voce tare, ca să văd cum mă simt sau, poate, doar ca să fiu dramatică. Am tras de marginea unor chiloței scumpi de dantelă și m-am întrebat, așa cum o făcusem aproape oră de oră în ultima săptămână, dacă nu cumva totul fusese o greșeală uriașă. Era foarte ușor să treci prin lume ca pereche – să împarți costul lucrurilor, să ai de la cine să împrumuți pulovere largi și pe cineva care să stea lângă tine la coadă la bancă.

În ultima vreme, Jon și cu mine începuserăm să ne împrietenim cu alte cupluri, ieșind la cină în grupuri de câte patru sau șase, ca să ne tachinăm peste farfuriile mici și apoi să plecăm acasă și să facem sex, după ce hotărâserăm că probabil Ben și Esther nu o făceau niciodată. Toate cuplurile erau persoane căsătorite puţin mai în vârstă pe care Jon le cunoştea de la serviciu; intenţiona să mai ţină legătura cu ele, aşa cum păstrase şi prosoapele noastre de bucătărie, iar eu nu aveam să mai fiu niciodată invitată seara la o petrecere. Taman când varza de Bruxelles se bucura, în sfârşit, de popularitate! Am chicotit gândindu-mă la asta şi mi-am dorit să-i fi putut trimite gluma lui Jon, într-un mesaj. Pe ziua de azi, îl întrebasem deja ce mai face, dar nimic nu era mai satisfăcător decât să-l fac să râdă.

Toată situaţia asta părea o glumă, ca şi cum, în orice moment, unul dintre noi avea să-l sune pe celălalt, cu lacrimi pe obraz, şi să spună *o, Doamne, să fi văzut ce faţă aveai!* Deşi uram farsele, Jon le adora. După ce ne-am logodit, a început să se prefacă mort atunci când ieşeam din cameră. Mă întorceam şi-l găseam întins pe canapea sau trântit pe masa din bucătărie, privind în gol cu ochii negri şi lipsiţi de viaţă. I-am spus că mă îngrozeşte. El mi-a zis că, în cel mai bun caz, căsătoria se încheie atunci când unul din soţi găseşte cadavrul celuilalt. Deoarece femeile trăiau, de obicei, mai mult decât bărbaţii lor, iar el nu se îngrijea câtuşi de puţin de corpul lui (ca să-l citez), cu siguranţă eu aveam să fiu cea care-l găseşte, şi nu invers. Astfel, gândea Jon, moartea lui – aparent una dintre cele mai groaznice clipe din viaţa mea – avea să fie ceva amuzant şi comun, o glumă de-a noastră. Nicio persoană căreia i-am povestit asta nu a fost vreodată de acord, dar mie mi se părea dulce.

Este îngrozitor să fii trist vara.

Căutări pe Google, 10 iunie

cearcăne vinețíi, piele albă
rutină coreeană de îngrijire a pielii în mai puține etape
venele apar la suprafață
somnifere homeopate
pielea pare gri?
urmărește anonim poveștile de pe Instagram
Kate Bush nu apare pe itunes
Kate Bush, *this woman's work*
Kate Bush youtube odihnească-se în pace
care este legea canadiană a divorțului
dormitul pe față cauzează riduri?
intolerabil, definiție legală
bell hooks pdf
costum cu pantaloni din țesătură jacquard
botox pentru bărbia dublă
Bill Hader divorț
Bill Hader în tricou
Bill Hader zâmbet cald
o persoană de rând se căsătorește cu o celebritate
videoclipuri gua sha
ce este „jacquardul"?
cum să rămâneți prieteni după despărțire

exerciții pentru sâni
regulile aplicației Tinder
populația din Toronto
populația masculină din Toronto
program de funcționare bloor and ossington LCBO[4]
rețetă simplă de *risotto*
înlocuitor pentru orezul *arborio*
este în regulă să mănânci parmezan expirat?
livrare nonstop în Toronto
dial a bottle[5], Toronto
ce este tiktok?
Kate Bush *this woman's work,* karaoke
cum să ștergi contul de tiktok

4-5 Magazine de băuturi (n. tr.).

Doar prima lună a trecut într-o ceață. Într-o zi obișnuită, mă trezeam după ora unu și apoi stăteam întinsă-n pat și mă masturbam fără vreo plăcere în timp ce coloana sonoră din *Last Five Years*[6] (înregistrarea originală a distribuției off-Broadway) se auzea pe fundal. După-amiaza, încercam mai ales să lucrez, apoi renunțam și postam pe Instagram Story chestii care aveau, tangențial, legătură cu starea mea emoțională. La un moment dat, am împlinit 29 de ani.

Asta mă forțase să le mărturisesc prietenilor mei. Ca grup, ne trăiam viața la maximum când aveam ocazia, iar o zi de naștere nu ar fi trebuit să fie o excepție. Conveniserăm cu luni în urmă să sărbătorim cu o excursie la plaja de nudiști din Toronto Island, luând cu noi un tort, cocktailuri și nimic altceva. Eram adânciți în discuții despre importanța loțiunilor pentru plajă și meritele diverselor taxiuri nautice private când am cedat nervos. trebuie să amân, am scris. Jon s-a mutat... cred că permanent? Au urmat câteva zeci de minute insuportabile de tăcere și, apoi, Clive mi-a răspuns: ajung în jumătate de oră.

M-am trântit pe pat și m-am holbat la tavan, la pata apărută din cauza inundației, până l-am auzit urcând treptele de la intrare. M-am ridicat, mi-am aranjat părul, m-am dus la ușă și, pentru o clipă, nu am vrut să-i deschid. Mi-ar fi văzut apartamentul gol, cărțile lipsă de pe rafturi, grămada de cutii în care fusese mâncare luată la pachet. Dacă i-aș fi arătat toate astea lui Clive, în cele din urmă ar fi trebuit să le arăt tuturor celorlalți. Ar fi trebuit să ies și să fiu singură în lume.

Mi-am luat inima-n dinți și am descuiat ușa.

---

6 *Ultimii cinci ani*, musical (n. tr.).

— Pe o scară de la unu la zece, cât de pregătită ești să glumești pe tema asta? m-a întrebat el.

M-am gândit.

— Șase?

— Bine, a zis Clive. Deci o să vorbim altă dată despre sprâncene.

Eu și Clive ne întâlniserăm la clubul de teatru al universității, în anul al doilea, și ne apropiaserăm punând în scenă interesele amoroase ale celuilalt în ceea ce numea o producție a spectacolului *The Music Man* „doar pentru dolofani". Ocazional, tot mă mai striga „DOAMNA BIBLIOTECARĂ!" și mă trăgea lângă el ca să mă sărute franțuzește după câteva pahare. Ne-am sprijinit de masa din bucătărie (trebuia să cumpăr niște scaune) cât mi-am nuanțat sprâncenele cu vopsea pentru barbă și Clive mi-a spus că aveam să-mi revin la normal în cel mai scurt timp.

— Lucrurile astea se întâmplă, a zis el. Dacă n-ai fi renunțat la tot ce-ți doreai când aveai 19 ani, ai mai fi purtat tricoul ăla minuscul fără mâneci. Și, oricum, statistic vorbind, cei mai fericiți oameni de pe pământ sunt femeile necăsătorite, fără copii. Ai reușit!

Mi-a strâns ambele mâini, de parcă echipa noastră din Liga Mică tocmai ar fi câștigat marele meci.

Era tipic pentru Clive să fie blazat în privința unei astfel de chestiuni. Singurele lucruri pe care le lua în serios în viață erau gătitul, slujba lui ca producător de reality-show-uri regizate și hotărârea luată de Anul Nou, din 2011, de a „deveni faimos", la care încă lucra. Cam în aceeași perioadă în care luase hotărârea asta (și, în mod potențial, în serviciul ei), ne rugase să-ncepem să-i spunem Clive în loc de Brandon, care era numele lui de botez, și, cu toate că ne-a luat ceva vreme să ne obișnuim, în cele din urmă am convenit că tipii stilați pe nume Brandon erau o raritate, aşa că schimbarea a fost destul de potrivită.

Clive şi cu mine am împărţit o pungă de chipsuri ondulate, cu conţinut caloric redus, şi am toastat pentru debutul fazei mele de „curvă", deşi buzele au început să-mi tremure când ne-am ciocnit paharele, forţându-l să repete şi să-mi aducă aminte că orice curvă trebuie să gestioneze lucrurile într-un ritm care i se potriveşte. Când asistentul lui i-a trimis un mesaj că riscau să-l piardă pe Scott Moir ca judecător invitat la o nouă emisiune în care jucătorii de hochei erau cuplaţi cu patinatoare profesioniste, Clive a plecat în grabă, promiţându-mi că avea să mă caute a doua zi.

Amirah a sosit după aproximativ o oră, distrăgându-mi atenţia de la situaţia mea cu una dintre încurcăturile ei clasice de la locul de muncă. Deşi trecuse mai mult de un an de când era fericită cu partenerul ei, Amirah încuraja constant aventurile emoţionale cu bărbaţii de la spital, care, apoi, deveneau obsedaţi de ea. Ultimul dintre aceşti nenorociţi era un infirmier pe nume Brian.

— Se agravează, a spus Amirah, pe jumătate cu părere de rău, pe jumătate încântată. Săptămâna trecută, mi-a făcut un playlist. Mă tot întreabă dacă am ascultat melodiile, dar, pentru mine, e picătura care umple paharul.

— Ascultatul melodiilor.

— Da, a zis ea cu solemnitate. Cine ştie ce-aş putea auzi?

Era uşor de înţeles de ce Amirah făcea ravagii romantice în aripa C. Era splendidă în fiecare zi, chiar şi în uniformă medicală, şi un pic răutăcioasă într-un fel care-i obseda pe bărbaţi. Când m-am mutat în cămin, ea era deja complet instalată în camera de vizavi şi ajusta unghiul unui poster cu Pussycat Dolls, lângă fereastră.

„Măcar au nume cele pe care nu le cheamă Nicole?", o întrebasem eu, iar Amirah îmi răspunsese: „Poate că *pe toate* le cheamă Nicole", și asta a fost tot.

— Cum gestionează ai tăi situația? m-a întrebat după ce ne-am uitat cu atenție la lista de melodii a lui Brian (scrisă de mână pe hârtie groasă, cu versurile importante subliniate... o, Brian!).

I-am spus că îmi urmau exemplul, ceea ce însemna că nu vorbeam prea mult. Mama se oferise imediat să vină în Toronto și să mă ia, să mă ducă înapoi în Kingston, unde să rămân cât aveam nevoie, și să-mi dea să mănânc tot felul de dulciuri reconfortant de pline de nostalgie; însă eu am rămas unde eram. Într-un fel, a fost o ușurare că familia mea – mama, tata, Hannah, sora mai mică, dar mai înțeleaptă – locuia la o distanță sigură de câteva ore de oraș, profunzimea îngrijorării tuturor dezvăluindu-se doar în mesajul zilnic primit de la tata: trăiești? da/nu.

Cine încerca să mă aline avea o sarcină imposibilă: dacă primeam prea multă atenție și se îngrijea prea mult de mine, mi se părea că mă compătimește, iar dacă nu o făcea suficient, era dovada că n-am nicio valoare și nimeni nu vrea să fie în preajma mea. I-am zis Amirhei că, pentru mine, situația ideală (în măsura în care orice avea legătură cu asta putea fi considerat ideal) era ca toți să știe de divorț fără să fiu nevoită să le spun, iar eu să zac într-un soi de încăpere hiperbarică antistres până aș fi fost pregătită să intru din nou în societate. Aveam nevoie de câteva săptămâni în care să fiu dezgustătoare de una singură și să mă adaptez la noua mea viață de femeie inutilă și de neiubit. Amirah și-a strâns picioarele lungi sub ea, iar eu mi-am dat seama că urma să spună ceva enervant.

— Vrei numărul psihologului mamei mele?

Nu-l voiam. Era doar un divorț, și nu unul deosebit de interesant. Nici măcar nu avusesem vise pline de înțeles – despre ce am fi discutat?

— În general, nu cred că-s omul care să se dea în vânt după mersul la psiholog, am zis eu. Nu mi se pare că m-ar ajuta.

Vorbeam serios. Singurul psiholog pe care-l întâlnisem vreodată era verișoara lui Jon, Penelope, o minionă cu dreaduri soioase care organiza ateliere unde participanții își săpau mormintele și erau îngropate în ele ca să experimenteze moartea egoului.

— Nu cred c-ar fi... așa, a spus Amirah.

Și-a dus un deget la buze și a mușcat colțul unei unghii, privindu-mă gânditoare când a smuls-o cu dinții.

Dar mi se pare că, dac-ar exista vreodată un moment potrivit pentru o ședință la psiholog, ăsta ar fi, nu?

— Sunt în regulă, am asigurat-o eu. Am descărcat aplicația asta pentru meditație și-am să alerg mai mult... Hei, Tom știe despre Brian?

Tom era iubitul stângaci al lui Amirah, un bărbat cu mâini imense și un râs zgomotos, care avea o slujbă importantă și sofisticată la fabrica de bere din centru. Se cunoscuseră primăvara trecută prin intermediul unei aplicații pentru întâlniri și, de atunci, erau inseparabili. Limbajul lor amoros părea să se rezume la etichetarea reciprocă în fotografii măgulitoare, cu descrieri lungi ale prieteniei lor și a modului în care viața împreună semăna cu o aventură. Aventura lor preferată era să meargă la restaurante. Mai întâi, Tom posta o fotografie cu Amirah ținând un pahar cu vin alb – vinerea alături de ea – când li se aduceau felurile principale, iar Amirah posta una cu Tom – uriașului îi place o felie –, după care Tom posta din nou fotografia pe care i-o făcuse ea, Amirah închizând, în cele din urmă, circuitul distribuind postarea originală cu „vinerea" pe contul ei de Instagram, la Story. În felul ăsta, toţi cunoscuţii lor puteau să vadă ambele părţi ale mesei la care mâncaseră. Comportamentul ăsta nu o caracteriza deloc pe Amirah, însă iubirea îi face pe oameni să fie siropoşi şi un pic absurzi, şi aşa stăteau lucrurile între ei. Eram curioasă cum i se părea că se potrivesc încurcăturile ei de la serviciu cu şedinţele foto, nopţile cu stridii şi uriaşul.

— Nu fac nimic cu tipii ăştia, a spus Amirah. Şi, momentan, Tom e doar un iubit.

Uitasem de definiţia neortodoxă a lui Amirah pentru cuvânt, despre care credea că nu implică niciun angajament real în afara timpului petrecut împreună. Amirah era mereu neîndurător de relaxată, până-n clipa în care hotăra că un bărbat este Alesul. Până acum, fuseseră doi – un iubit din timpul liceului şi un student la medicină care încă-i trimitea uneori mesaje –, dar pe Tom părea să-l aştepte o „promovare".

— Oricum, a zis Amirah, una e viaţa reală, şi alta-i o înfiorare. Ştiu ce-mi doresc pe termen lung, dar, uneori, chiar simţi nevoia să ştii că tipul n-a văzut pe una mai bună decât tine.

Suna frumos. Poate reuşeam să am şi eu parte de o înfiorare, două, chiar dacă traiectoria mea pe termen lung era, ireversibil, a unei femei „inutile". Amirah a primit un mesaj în care i se cerea să ţină locul cuiva de la serviciu.

— Te deranjează dacă plec? m-a întrebat ea. Încerc să câştig simpatia unora, ca să nu fiu nevoită să lucrez de Anul Nou. În plus, e o pacientă căreia i-am promis că facem brăţări de prietenie.

— Ar trebui să fiu geloasă? am întrebat-o.

— Ei bine, e o fetiță de șapte ani cu cancer osos, deci probabil că nu, a răspuns Amirah.

Printre dinți, mi-am supt interiorul obrajilor.

— La naiba! am zis. *La naiba!* Voiam să spun că...

— Știu ce voiai să zici, a râs ea. Și prognosticul ei este destul de bun. Calmează-te!

Întotdeauna mă uimea ușurința cu care Amirah purta zi de zi povara slujbei, cum putea să intre în spital și să dea vești dificile părinților sau să-i ajute pe copii să gestioneze durerea cu care aveau să trăiască toată viața și apoi să vină la cină și să ne asculte pe noi, restul, plângându-ne de normele pe care nu le respectau cei care scriau e-mailuri. Ori de câte ori ne dezvăluia niște detalii îngrozitoare despre ce se petrecea la spital, noi, ceilalți, intram în panică, deși, așa cum subliniase de multe ori, nu era o competiție, iar stresul profesional al lui Clive nu era mai puțin justificat doar pentru că, în mare parte, era cauzat de viața personală tumultuoasă a unor personalități sportive canadiene nu foarte cunoscute. („Suntem... siguri în privința asta?", întrebase Clive pe atunci. Eu încă nu eram.)

— Dumnezeule, ce intens! am spus. Nu știu cum de n-ai mereu căderi nervoase.

— De fapt, la etajul al treilea e o cameră în care poți să plângi, a zis Amirah. Însă, în mare parte, e plăcut să le poți fi alături oamenilor care trec printr-o perioadă grea. Este dificil, dar e bine. Sunt sigură că așa te simți tu când explici... *Macbeth* sau... Sincer, habar n-am ce presupune meseria ta.

— În majoritatea timpului, inventez jocuri de cuvinte pentru partea care precedă cele două puncte din titlul unei lucrări, i-am răspuns. Dar ai dreptate, în multe privințe ce fac eu e similar cu ajutorul pe care-l oferi copiilor bolnavi de cancer. M-am ridicat și-am început să scotocesc prin dulapuri. Lasă-mă să-ți ofer ceva de mâncare înainte să pleci.

Am scos ingredientele pentru sendvișul ei preferat, o combinație neplăcută de murături și humus cu miere și mult muștar. Amirah a venit lângă mine cât l-am pregătit, ștergând cu degetul marginea borcanelor deschise înainte să le pună capacul și să le bage la loc în frigider.

— Ce-ar fi să le trimiți un mesaj fetelor Lauren? m-a întrebat, mușcând din sendviș. Nu sta singură în apartament! E nasol aici fără Janet.

Ca să nu plâng la auzul numelui pisicii mele, am strigat „CE IDEE GROZAVĂ!" cu o energie neconvingătoare și mi-am scos telefonul. Am aflat că cele două Lauren se întâlneau peste puțin timp la un bar din apropierea biroului lui Lauren cea sensibilă, unde vinul se servea la cinzeacă. I-am spus lui Amirah că nu mă simt deosebit de sociabilă, dar că vreau să beau mai mulți litri de vin.

— Perfect! a exclamat ea. Poți să mă conduci la serviciu.

Și-a luat poșeta și ne-am îndreptat spre hol, unde am încercat să mă fac prezentabilă cu un rimel rătăcit, lăsat pe raft, lângă cheile mele. Mi-am atins pungile de sub ochi și am oftat zgomotos.

— Păcat c-a trebuit să se-ntâmple chiar când mi-am pierdut ultima fărâmă de frumusețe tinerească! am zis eu.

— Nu vorbi așa! a spus Amirah, încălțând o pereche de saboți de plastic decorați. Îhh, aș putea să-l omor pe Jon! Sunt foarte furioasă pe el.

— Nu este vina lui, i-am zis, vârând cheile într-o poșetă și deschizând ușa. Serios! La drept vorbind, e vina mea.

Amirah s-a strâmbat.

— Cum adică este vina ta?

Nu ştiam cu adevărat, doar că aşa simţeam.

A doua zi, trebuia să merg la muncă, însă nu mă puteam convinge să o fac. În primul rând, nivelurile de umiditate din Toronto trecuseră de la tradiţionala „zonă de aburire a sticlelor de Coca-Cola", din iunie, la scenariul „ud leoarcă", cu care, de obicei, nu ne confruntam până-n august, şi, în al doilea rând, arătam ca dracu' şi eram tristă tot timpul.

Deşi nu predam vara, în mod normal lucram câteva zile pe lună la biroul meu înghesuit din catedra de engleză, ca asistent de cercetare pentru Merris, înţelegătoarea şi mai în vârsta modernistă timpurie care-mi coordonase lucrarea de masterat şi care, în imaginaţia mea, ocupa un loc undeva între mătuşa de temut şi totuşi iubită şi puternica vrăjitoare bătrână. În ultimele două miercuri nu mă dusesem la birou, trimiţându-i de fiecare dată mesaje cu scuze vagi, neconvingătoare. Miercurea asta, m-a sunat.

— Merris, bună, îmi pare rău, eu...

— Ce mai e astăzi? Programarea urgentă a bunicii la dentist?

Îmi plăcea să lucrez pentru Merris. Era cea mai informată persoană pe care o întâlnisem vreodată şi niciodată nu-i făcea pe alţii să se simtă proşti, deşi, uneori, ca acum, nu se putea abţine să nu se joace un pic cu ei. Puteam să o văd la birou, cu zâmbetul strâmb şi degetele lungi înfăşurând cablul telefonului de la birou în jurul degetului mare stâng şi noduros. Probabil purta o pereche de ochelari de citit şi încă o alta pe cap. Uneori, o a treia pereche îi atârna de lanţul elegant de la gât.

— Cred c-am să divorţez, i-am spus. Adică sigur am să divorţez, dar nu ştiu exact când sau cum.

— Aha...

Nu-mi făcuse deosebită plăcere să povestesc nimănui despre întâmplarea asta, însă a-i da vestea lui Merris mi se părea spectaculos de prostesc. Eram o tânără de 20 şi ceva de ani care trecea printr-o despărţire – şi ce dacă? Merris fusese căsătorită de două ori, divorţase o dată, iar acum era văduvă şi trăia ceea ce spunea că este „cea mai bună viaţă", împărţind un duplex uriaş în partea de est a oraşului cu încă două doamne profesoare, cam ca în *Golden Girls*, doar că erau femei cu pretenţii înalte.

— Îmi pare rău! a zis ea. Lucrează de acasă deocamdată şi revino la birou când eşti pregătită.

I-am spus că s-ar putea să nu mă-ntorc niciodată. Merris a râs şi a încercat să pretindă că sughiţă.

— Ia-ţi cât timp ai nevoie, câtă vreme revii în septembrie, mi-a răspuns ea.

Merris nu-l agrease pe Jon deoarece, în principal, avusese sentimentul că, în urmă cu câţiva ani, la o recepţie a departamentului, îi ţinuse lecţii despre cinematografia canadiană franceză preţ de „mai multe ore". Când l-am întrebat pe Jon de asta, mi-a zis că vorbiseră mai puţin de cincisprezece minute în care nu spusese mai nimic despre film, doar că menţionase recenta lui participare la o proiecţie a filmului *Mommy*, regizat de Xavier Dolan. Presupun că amândoi erau insuportabili şi nu îngăduiau să-şi vadă ipocrizia oglindită în celălalt. La nunta noastră, încercase să-i intre în graţii citându-i din Sonetul XVIII, replica ei fiind: „Shakespeare, la nunţi? Cred c-ai descoperit ceva important." Ca toţi cei pe care-i iubisem vreodată, amândoi erau în stare să fie un pic exageraţi.

După ce Merris şi cu mine am închis telefonul, m-am întors la activităţile mele obişnuite: munca, mâncatul şi găsitul motivelor pentru a evita să fac un duş. În majoritatea zilelor, după ce analizam cu atenţie piesele de teatru din anii 1500 – care nu erau populare nici măcar atunci –, mă recompensam şi/sau mă pedepseam uitându-mă la diferitele profiluri ale lui Jon de pe reţelele sociale. Recent, redusese conversaţiile noastre minime, lucru pe care încercam să-l accept cu o graţie nonşalantă, în timp ce, în sinea mea, mă speriam de asta. Într-un efort de a părea degajată, îi sugerasem şi să ne blocăm unul pe celălalt pe reţelele sociale, ca „să ne facilităm ieşirea din viaţa celuilalt". El o făcuse inconfortabil de repede, deşi niciunul din noi nu blocase contul comun de Instagram pe care-l crearerăm pentru pisica noastră.

Dacă mă deconectam de pe contul meu şi mă conectam pe @perfectjanetgoodgirl, îl găseam pe Jon: nu posta mult pe flux, dar cu siguranţă cânta la pian şi vocal (!) în postările de la Story, transmiţând totul dintr-un subsol întunecat. Mă uitam la fotografiile în care era etichetat şi urmăream Poveştile prietenilor lui, căutând ceva plin de durere – un fişier audio în care râde la o petrecere, un videoclip de la un concert în care stătea aproape de o femeie pe care nu o cunoşteam –, o dovadă a bucuriei sau satisfacţiei din noua lui viaţă, în calitate de bărbat care nu-mi mai era soţ. Faptul că-l urmăream pe internet prin intermediul contului pisicii noastre era, în mod obiectiv, un comportament dezechilibrat, însă mă alina că, uneori, şi Janet se uita la Poveştile mele, ceea ce însemna că şi Jon făcea acelaşi lucru ca mine.

Încă nu hotărâserăm cine avea să păstreze pisica, fără îndoială cel mai preţios bun comun. Practic îi aparţinea lui, dar noi (Janet şi cu mine) trăiserăm împreună tot atât cât trăisem şi eu cu Jon, şi o iubeam cu înverşunare, chiar dacă principalele ei pasiuni erau să miaune strident şi să vomite pe hainele şi mobila mea.

Era dură și uriașă, o pisică mare luată de pe străzi, cu o blană maro-cenușie ciufulită și ochi verzi inteligenți. Când citeam lucrările studenților în pat, se strecura în cameră, atrasă de hârtiile care foșneau. În clipa-n care-mi dădeam seama că se îndrepta spre mine, era prea târziu: era deja în aer, ridicându-se de pe podea ca să aterizeze direct pe eseul pe care-l țineam în mâini. De mai multe ori înapoiasem vreunui student confuz lucrarea mototolită și găurită, dar aș fi lăsat pisica aia să distrugă tot ce aveam – ceea ce, uneori, asta părea să fie misiunea ei. În casă era prea liniște fără ea. Era ciudat să nu fiu nevoită să verific partea de sus a frigiderului când intram în bucătărie (avea o mică problemă cu săritul în capul oamenilor); fiecare pungă nedeschisă de recompense urât mirositoare din dulap îmi frângea inima. Jon și cu mine conveniserăm să ne gândim o vreme la ce ar fi fost mai bine pentru ea, având în vedere și posibilitatea unei custodii comune. Adeseori îmi era dor de Janet, așa cum îmi era de multe lucruri din fosta mea viață.

Îmi petreceam serile urmărind serialele mele polițiste (terminasem cu incidentele din Anglia, așa că acum exploram crimele pasionale din Scandinavia) și gândindu-mă la singurătate și, uneori, doar atingeam podeaua cu tălpile și oftam. Dacă mă simțeam ambițioasă, mă pieptănam, deschideam și închideam ferestrele și umpleam cărucioarele de cumpărături online cu ținute scumpe pentru funcții inventate. Verificam constant conversațiile de pe grup, dar nu găseam niciodată noutăți de la ei, iar eu știam că sunt ocupați cu propriile vieți – nu aveau nevoie ca vreo divorțată ratată să-i tragă în jos. Dormeam prost, dar ațipeam frecvent. În timpul zilei mâncam ceva ușor, după care îmi găteam paste bolognese, fajitas sau altceva pretențios pentru cină și renunțam, mâncând cereale cât urmăream un individ pe nume Anders sau Lars furișându-se prin Helsinki sau Stockholm, mânios pe fosta soţie că îndrăznise să fie ucisă. Gătitul pentru o singură persoană mi se părea obositor şi deprimant.

Am încercat aplicaţia pentru conştientizare, dar nu am reuşit să mă deprind cu ea. Nu voiam să fiu prezentă în propria viaţă. Era îngrozitor! M-am străduit să-mi aduc aminte de victoriile trecutului – de faptul c-am absolvit facultatea sau că, o dată, i-am făcut sex oral unuia în sudul Franţei –, însă Jon fusese martor la întreaga mea viaţă. Trebuia să mă întorc în perioada liceului ca să-l evit, iar amintirile alea erau plictisitoare. Înainte să ne cunoaştem, nu mi se întâmplase aproape nimic. Întâlnirea cu el mi se păruse cel mai plin de însemnătate eveniment din viaţa mea şi, până în urmă cu câteva săptămâni, fiecare an care trecuse nu făcuse decât să-mi întărească convingerea. *Şi acum?* m-am gândit. Nu puteam să citesc *One Art* de Elizabeth Bishop de prea multe ori. Dura trei-patru minute, şi plânsul încă o oră. Aş fi făcut-o şi-aş fi revenit imediat la întrebarea: *Şi acum?* Chiar aşa, şi acum?

Pe lângă Janet, Jon luase cele mai bune sticle din căruciorul nostru pentru bar (ca să nu mai spun de căruciorul în sine), aşa că-mi preparam cocktailuri din Cointreau, suc de lămâie şi apă minerală, folosind apă plată în cele din urmă, bând apoi direct Cointreau. Odată ce lichiorul îşi făcea efectul, devoram cina abandonată şi îmi comandam ceva ce numeam „Burgeri de noapte" din singurul loc pe care mi-l indica la patru dimineaţa aplicaţia mea pentru livrări la domiciliu, un lanţ de cârciumi de doi bani, cu un meniu uriaş în care era inclus cel mai banal hamburger din istorie. Exact aşa era burgerul de noapte – simplu, cu o murătură şi cartofi prăjiţi. Era fad, nedigerabil şi mereu ajungea rece, dar nu voiam ca mâncarea să fie o experienţă. Voiam să arate şi să aibă gust așa cum mă simțeam eu – ca un nimic. Voiam o bucată călduță de carne și, adesea, asta primeam.

ERA PENTRU PRIMA DATĂ când locuiam singură. Crescând împreună cu părinții, sora mea, doi câini și nenumărați hamsteri condamnați la moarte, casa noastră era plină de zarvă. N-a fost cine știe ce tranziție să mă mut în gălăgia de pe holurile căminului universității, unde băieții smulgeau ușile cabinelor de toaletă din băile inexplicabil mixte și dădeau cu piciorul în tuburile goale de înghețată pe treptele scării de unsprezece etaje din spate, pătându-le cu roz și blocând jumătate de hol preț de o săptămână. De îndată ce ne-am permis, Amirah, Lauren și cu mine ne-am mutat împreună, urmărind reality-show-uri, fumând ocazional iarbă în timpul zilei și nefăcând niciodată curat în baie.

După absolvire, ne-am aventurat mai departe în Toronto, iar Lauren sensibila și cu mine am devenit rezidentele cinci și șase ale unei case uriașe din partea de vest, plină de artiști, barmani și absolvenți și – am aflat după ce ne-am mutat – un liliac în subsol, pe care îl adusese iubitul unei tipe, fiindcă acasă la el fusese descoperit de proprietar.

Când eu și Jon ne-am mutat împreună, am avut parte de cel mai mic număr de oameni cu care locuisem vreodată și mi-a plăcut la nebunie. Aveam 23 de ani când ne-am luat primul apartament. Majoritatea colegilor mei încă împărțeau case soioase cu alții (Lauren sensibila tot mai avea un liliac în subsolul ei). Mă simțeam imposibil de adultă. Îmi plăcea să vin acasă la o singură persoană – la omul meu; îmi plăcea să coc prăjiturele la zece seara; îmi plăcea să ascult vreun album ciudat de-al lui Jon și să aspir covorul ca să putem face sex pe el. Când *eram* singură acasă, dacă Jon trebuia să rămână la serviciu sau era plecat cu prietenii în weekend, mă răsfățam savurând momentul, știind că în curând avea să se întoarcă și să perturbe liniştea sau să mă scoată din baie. După ce ne-am căsătorit, uneori mi s-a părut că e păcat că nu apucasem niciodată să locuiesc singură, dar am ajuns la concluzia că nu m-aş fi priceput la asta. Până acum, se pare că avusesem dreptate.

Totuşi, situaţia mea personală avea câteva beneficii: în esenţă, mi se oferiseră nelimitate privilegii de a anula diverse chestii din cauza asta, iar eu profitam din plin. Am renunţat la propria zi de naştere, la evenimentele familiei, la ieşirile pentru o cafea cu colegi şi prieteni de la liceu cu care-mi doream de mulţi ani să mai stau de vorbă. Participam doar la ce voiam, adică la aproape nimic, nici măcar la excursia extravagantă cu autobuzul orgiastic Jimmy Buffet, închiriat de Lauren. Ea fusese înţelegătoare. Lauren cea sensibilă mi-a trimis un mesaj ca să mă anunţe că urma să-mi adauge numele pe felicitare: ți-am copiat scrisul de mână de când ne-am făcut mangă... spune că ai să ai patru soți... deși, aparent, viitoarea ta mașină e o toaletă ☹ Unei părţi din mine i se părea nepoliticos, poate o eschivă, faptul că renunţam la atât de multe, dar nu asta se presupunea că fac femeile? Că refuză?

Vechea eu s-ar fi putut îngrijora că asta i-ar fi făcut pe oameni să o urască. În trecut, îmi făceam griji pentru practic aproape orice, tot timpul. Acum, nivelul constant scăzut de anxietate era înlocuit de o indiferenţă invincibilă la care făceam referire zicând: „Ha, ha, şi ce dacă?" Îngrijorată că s-ar putea să răceşti? Ha, ha, nicio boală n-ar putea fi mai gravă decât pustiirea asta nouă şi abisală dinăuntrul fiinţei tale. Ţi se pare c-ai spus ce nu trebuie la o petrecere? Persoana pe care ai promis, în faţa tuturor cunoscuţilor tăi, să o iubeşti pentru tot restul vieţii tale n-a rezistat doi ani – şi ce dacă? Ai ratat un termen-limită la serviciu? Ideea este că, de fapt, viaţa e o glumă şi nu ni se garantează nimic, şi orice crezi că-ţi *este* garantat probabil o să-ți fie luat pe neașteptate, și, în plus, se pare că adânc în sinea ta ești o scorpie de neiubit, ceea ce, probabil, e o chestiune mai importantă decât o sarcină făcută cu întârziere – și ce dacă? Hai să râdem de treaba asta!

Când eram căsătoriți, Jon rareori venea târziu din oraș. În puținele ocazii când o făcea, mă bucuram de seara mea până pe la două, apoi mă întindeam și mă holbam la tavan, gândindu-mă la toate lucrurile care puteau merge prost. Dacă se întrerupea curentul și eram nevoită să știu cum să umblu la panoul uriaș din subsol? Ușa din spate era șubredă și deloc sigură. Indiferent cât de atent încuiam broasca, verificam și mă mai asiguram o dată că o făcusem, frica mă ținea trează. Mă trezeam noaptea ca să o mai fac de zece ori, în caz că voia să intre cineva și să mă omoare. Nu-mi mai făceam griji pentru asta. *Poate cineva o să intre și-o să mă omoare*, gândeam. *Perfect!*

către: j – –@gmail.com
de la: m – –@gmail.com
trimis: 28 iunie, 1.12 a.m.

Bună, Jon...

Știu că ar trebui să „ne acordăm spațiu" unul altuia și înțeleg asta, îți scriu un e-mail doar pentru că am vorbit cu prietena mătușii lui Lauren, despre care poate ți-am zis că e avocată specializată în divorțuri... Se pare că, pentru a putea să divorțăm, trebuie să dovedim că am fost separați legal un an, ceea ce înseamnă că nu putem înainta divorțul până primăvara următoare. În plus, ne trebuie o mulțime de alte documente etc. Am sperat c-o să putem evita situația, de vreme ce nu deținem nimic de valoare, dar se pare că nu se poate, așa că-s multe de făcut în următoarele câteva săptămâni/luni și, probabil, la un moment dat, ai să fii nevoit să-mi răspunzi la e-mail.

Îmi cer scuze dacă ți se pare că-ți scriu din senin sau prea formal, dar cred că e important să punem lucrurile în mișcare, mai ales cu perioada asta de așteptare despre care nu știam. Evident, nu este situația ideală pentru niciunul dintre noi, dar mă tot gândesc la ce-ai spus când te-ai mutat: „vreau să facem asta în cel mai frumos mod cu putință." Sper că e-mailul ăsta poate fi considerat ca o declarație oficială a intenției noastre de a divorța, un fel de dată de început a anului nostru de separare.

... Ciudat, nu? Viața este foarte ciudată.

Te iubesc, îmi pare rău.

M.

Trimis de pe iPhone-ul meu

către: j – -@gmail.com
de la: m – -@gmail.com
trimis: 28 iunie, 1.16 a.m.

O, Dumnezeule, tocmai mi-am dat seama c-am lăsat în partea de jos chestia cu *„Trimis de pe iPhone-ul meu"*! Te asigur că mi-am acordat timp să compun e-mailul ăsta la calculator, doar că l-am trimis de pe telefon pentru că stăteam pe toaletă uitându-mă la ciornele mele și mi-am zis: „Trebuie să-l trimiți, chiar acum, sau n-ai s-o faci niciodată." Chiar îmi pare rău și sper că nu crezi c-am lăsat cuvintele alea acolo, ca un tip care vrea să-și demonstreze nonșalant puterea. E valabil și pentru că ți-am zis de toaletă – acolo eram atunci. E pur și simplu adevărul.

Asta a fost una dintre cele mai dificile perioade din viața mea și știu că și ție-ți este greu și n-aș vrea să mă gândesc că tu crezi că pentru mine nu contează. Contează foarte mult.

Trimis de pe iPhone-ul meu

către: j – -@gmail.com
de la: m – -@gmail.com
trimis: 28 iunie, 2.40 a.m.

La naiba! Scuze!

A fost un adevărat şoc să aflu că nu puteai, pur şi simplu, *să divorţezi* – exista o perioadă de aşteptare, pe lângă multe formulare şi nişte chestii legate de declaraţiile de impunere pentru venit de care trebuia să te ocupi mai întâi. Faptul că am aflat cât de mult costă un avocat, că am vrut să beau apă rece dintr-o ceaşcă şi n-am reuşit şi că am fost nevoită să-i arăt extrasul de cont unei femei care percepea 215 dolari pe oră au fost alte şocuri de care am avut parte la aceeaşi întâlnire. I-am spus avocatei, Lori, o femeie cu faţa blândă şi care vorbea frumos, prietenă de familie a unei prietene, că presupuneam că eu şi Jon puteam folosi o parte din banii primiţi drept cadou de nuntă ca să plătim diversele cheltuieli de judecată. Ea a râs – scurt şi strident – şi apoi a devenit foarte serioasă:

— A, nu glumeşti!

Lori a deschis unul dintre mai multe dosare, iar o tânără care purta genul de pantaloni ce implorau să fie etichetaţi ca „largi" i-a adus o cafea.

— Mulţumesc, Lindsey! a spus sorbind o gură.

Lindsey a plecat, luând cu ea câteva dosare.

În puţinul timp petrecut în birourile firmei Janson Parker Stevenson, LLP, mi s-a părut că profesia de avocat era, de fapt, un sistem foarte sofisticat de gestionare a dosarelor. Pereţii biroului lui Lori erau plini de rafturi cu certificate, cărţi legate în piele şi fotografii cu copii zâmbăreţi despre care am presupus că sunt ai ei. M-am foit pe scaun, încercând să par competentă şi adultă, şi nu ca şi când aş fi purtat un tankini în loc de sutien.

— Ei bine, presupun că e unul dintre beneficiile separării. Câţi ani au trecut? Doi? După căsătorie?

O, dragă... mai puţin de atât. Nu-ţi face griji, a zis ea. Ştii, se spune că o persoană obişnuită depune cererea de divorţ după aproximativ doi ani de când s-a gândit prima dată să o facă. Scuze! Nu ştiu de ce am spus asta.

După vizita la avocat, am vorbit cu Merris despre nişte sarcini suplimentare. Mi-a promis că avea să întrebe, deşi cererea pentru cineva cu calificările mele specifice (mă descurc acceptabil pe platforma JSTOR, sunt capabilă să fac diferenţa între un *S* lung şi un *F* minuscul, şi mai nimic altceva) nu era, să zicem, foarte mare. I-am reamintit că mă pricepeam şi să copiez diverse lucruri şi să le spun cu tact studenţilor, când era clar că-şi plagiaseră eseurile din introducerile unor cărţi uşor de căutat pe acelaşi subiect, iar ea mi-a răspuns că urma să vadă ce poate să rezolve.

Îmi lipseau momentele în care, datorită lui Jon, eram autor de reclame, inventând sloganuri pentru pantofi de alergat şi pizza congelată şi „oferindu-i părerea unei femei" despre cerealele bogate în fibre, pentru slăbit. La început, mă enervasem să descopăr că mă pricepeam la genul ăsta de chestii, că într-un fel mi se părea similar cu a găsi motive pentru care oricine ar trebui să analizeze de două ori o piesă din secolul al XVII-lea, în care toate cele cinci simţuri erau puse la încercare după ce conceptul de limbaj te provoca să hotărăşti cine era cel mai bun. În multe privinţe, era mai uşor să văd că e valoros să le explic femeilor cu vârste cuprinse între 35 şi 65 de ani că pachetul de cereale pline de fibre Earth Eve avea să le surprindă cu ceea ce urmau *să câştige*.

Doar acasă comandam burgeri de noapte, parcurgeam listele cu locuinţe de închiriat şi aveam coşmaruri în care părinţii lui Jon îmi spuneau că sunt o persoană rea, înainte să se transforme în două fete cu care lucrasem la un magazin de îngheţată în vara de la finalul clasei a noua. De cele mai multe ori, mă simţeam ca o cârpă veche, dar apoi, din senin, o zi bună mă lua prin surprindere. Era ceva rar, dar se întâmpla. Aş spune că în proporţie de 98,9 la sută aveam parte de zile lungi, proaste şi singuratice şi că, din când în când, în ciuda somnului agitat, a dietei bazate doar pe carne de vită şi a nopţilor petrecute cu ochii direct în ecranul strălucitor al telefonului, mă trezeam şi mă simţeam calmă – ca şi când totul avea să fie bine, chiar dacă nu ştiam cum.

În astfel de dimineţi, adesea mă transformam într-o persoană „periculos de gânditoare", aşa cum începuse Amirah să-mi spună, făcând exerciţii de întindere şi storcând lămâi în apă fierbinte (ca să... o alcalinizez?), şi ieşeam la plimbări triste, contemplative. Citeam o mulţime de cărţi pe care le văzusem pe conturile de Instagram ale femeilor elegante, întinse la soare lângă un cristal. Erau pline de fraze lungi, descriptive şi digresiuni bizare despre filme vechi de care nu auzisem niciodată. În mod normal, cărţile de genul ăsta mi se păreau de prost gust – cu toată vulnerabilitatea aia şi descrierile înflorite ale razelor de soare –, dar, zilele astea, nu mă săturam de ele.

Deschideam una, puneam o floare peste ea şi apoi făceam o fotografie şi-mi imaginam că schimb totul la personalitatea mea şi grupul de prieteni de bază ca să-mi permit să postez online imaginea. După aceea, citeam vreo frază ca „Nu eşti distrus pentru că un om a încercat să te distrugă" şi gândeam *uau, exact!*, deşi nu trecusem nici măcar o dată prin vreo situaţie care să aibă legătură cu o asemenea afirmaţie. Cărţile erau, în mare măsură, poarta către eforturile creative care au urmat şi alte câteva încercări mai puţin reuşite.

Hotărâsem cu încăpăţânare să-mi „iau inima frântă şi să o transform în artă", mai ales cu ajutorul colajelor, o activitate pe care cărţile astea o încurajau în mod tacit.

Deodată, tot ce-mi doream era să mă așez pe podea și să decupez imagini despre sentimentele mele, să port o cămașă de noapte care semăna cu o perdea și să aflu informații despre tipurile de atașament. În scopul ăsta, i-am invitat pe cei din grupul de conversație la o „sărbătoare a solstițiului", promițându-le un soi de ceremonie a lunii.

solstițiul n-a fost săptămâna trecută? a scris Lauren sensibila.

atenție! Fiică a vrăjitoarelor pe care n-au reușit să o ardă pe rug!!! a răspuns Amirah.

o, du-te naibii! a spus Lauren sensibila.

vă rog să aduceți salvie, am scris eu.

CÂND AU SOSIT, M-AU GĂSIT scotocind prin sertarul cu condimente, scoțând tot ce era verde.

— Se pare că mânjirea feței este o însușire culturală, am zis eu.

Găsisem un articol.

Am putea folosi ierburi de Provence?

Nu am putut să le facem mănunchi, așa că am înfășurat câteva într-un șervețel și l-am aprins într-un castron, pe masa din bucătărie.

Am adulmecat aerul.

— Miroase a...

— Carne de pui, a spus Clive. Mâncăm carne de pui?

Am clătinat din cap. Mâncam ceea ce mâncam întotdeauna: o grămadă de diverse resturi.

— Ei bine, a spus Lauren. Foarte puternic, până acum. Mai facem ceva? Ce presupune ceremonia asta?

Nu o cercetasem amănunţit, aşa că am improvizat, sugerând să ne gândim toţi la ceva la care vrem să renunţăm şi apoi să-l scuipăm în castron.

— O, eu nu vreau să..., a început Amirah, înainte ca Lauren sensibila să o oprească.

Amirah şi-a dat ochii peste cap şi a scuipat în castron. Cei din grup şi-au aruncat nişte priviri dubioase, dar, Dumnezeu să-i binecuvânteze, toţi au făcut-o. Am închis ochii şi mi-am imaginat cum totul – ruşinea şi tristeţea mea, o fantezie meschină, în care una dintre prietenele lui Jon cădea de pe bicicletă – urca uşor în trupul meu, gata să fie expulzat. Mi-am plimbat de câteva ori limba prin gură, adunând o cantitate de scuipat care părea suficientă, şi am scuipat în castron. Am deschis ochii şi-am văzut un cocktail profan din rozmarin un pic ars, un elastic de cauciuc, un şerveţel care ardea mocnit şi saliva de la cinci adulţi.

— De fapt, cred că poate e incredibil de scârbos? am zis eu.

Prietenii mei au fost de acord. Am stins focul şi am curăţat bine castronul, iar Lauren sensibila, mistica grupului, ne-a citit tuturor din cărţile de tarot în timp ce Clive a pregătit un morman uriaş de gustări pe care, apoi, le-a fotografiat. Lauren a desfăcut o sticlă de Lambrusco şi ne-a povestit despre un coleg care folosea o platformă de *crowdfunding* ca să finanţeze o serie de fotografii al căror scop era „revendicarea, din nou, a fundului uman", în mare parte prin cele realizate de el. Am ieşit din cameră ca să iau nişte gheaţă şi, când m-am întors, Amirah îmi ocupase locul pe canapea. Fără alte piese de mobilier în încăpere, m-am ghemuit la picioarele ei, ca Janet.

— Fotografiază-te nud în dormitor, ca noi ceilalţi! a strigat ea.

Apoi ne-a arătat o poză deosebit de impresionantă pe care i-o trimisese lui Tom zilele trecute și despre care-și făcea griji că fusese compromisă de prezența unui castron pe jumătate plin cu supă, din fundal.

— Nu vreau să creadă că m-am oprit din a mânca niște broccoli și brânză cheddar ca să fac o poză sexy pentru el, a zis, cu toate că exact asta făcuse.

Am făcut schimb de telefoane, arătându-ne unii altora autoportretele noastre nud preferate, revendicându-ne împreună fundurile. Am căzut cu toții de acord că, pe măsură ce ne apropiam de 30 de ani, era din ce în ce mai complicat să faci poze nud. Pozițiile noastre erau din ce în ce mai contorsionate încercând să ajustăm și să scoatem în evidență ce trebuia, nemaifiind mulțumiți să stăm în fața unei oglinzi și să permitem blițului să ne întunece fețele. Era tot mai atrăgător să nu-ți mai scoți sutienul.

— Știu la ce te referi, a spus Clive. Zilele trecute, un tip mi-a cerut o poză, iar eu am vrut să fac una în care să par oarecum delicat sau timid, dar mă simțeam aiurea din cauza trupului meu și nu mi-a reușit ce voiam, așa c-am renunțat și i-am trimis una obișnuită.

Ne-am uitat cu atenție la pagina de *crowdfunding* a colegului lui Lauren și am fost nevoiți să recunoaștem că bărbatul își cunoștea unghiurile bune. Mi-am notat în minte o fotografie în care stătea întins/pe o parte, ca un covrig. După spusele lui Lauren, platformele de *crowdfunding* erau o „pantă alunecoasă" și probabil că noi, ca specie, experimentaserăm „toate seriile online de care-am avut vreodată nevoie despre albi care făceau poliamor" și că, dacă nu erai atent, vreun fost coleg de școală primară putea să-ți ceară doisprezece dolari pe lună pentru tablouri feministe în acuarelă. Lauren sensibila a zis c-ar fi cumpărat un astfel de tablou, apoi toți am fost distrași pentru că o persoană pe care nu o plăceam postase o serie de fotografii bizare de logodnă pe Instagram. S-a iscat o mică ceartă când Lauren a subliniat că postările cu Tom ale lui Amirah nu erau departe de cele peste care trecuserăm şi-n care viitoarea mireasă se scufundase, în mare parte, într-un lac, iar viitorul soţ venea să o salveze – regele Arthur într-un tricou polo. După o oră şi ceva în care toţi am fost neobrăzat de răutăcioşi, le-am explicat celor din grup chestia cu „ha-ha, şi ce dacă?", punând accent pe cât de eliberată mă simţeam.

— Înainte, mă preocupa foarte mult cum arăt sau ce cred oamenii despre mine, am zis eu. Dar, acum câteva zile, m-am dus la o cafenea într-o pereche de pijamale vechi şi cu machiajul de cu o seară înainte şi, când am dat peste cineva de la serviciu, i-am zis pur şi simplu că trec printr-o perioadă grea. A fost foarte eliberator. Am înfăşurat un cub de brânză într-o felie de salam şi l-am băgat în gură. Este bine! am continuat când nimeni nu mi-a pus alte întrebări. E ca şi cum nu trebuie să-mi sap mormântul ca să ştiu că, în cele din urmă, nimic nu este atât de important şi că toţi murim singuri. Nu ştiu de ce voi sunteţi atât de serioşi în privinţa asta. Adică la modul distractiv.

Prietenii mei au părut mai sceptici decât în privinţa poţiunii cu scuipat, dar nu m-am descurajat. Le-am zis că miza vieţii scăzuse plăcut, deoarece nimic nu putea fi la fel de dezastruos ca despărţirea asta, că dormeam mai bine – de fapt, dormeam des – şi că mâncam îngrijorându-mă mai puţin pentru valoarea nutritivă sau dacă aveam sau nu să fac exerciţii fizice mai târziu.

Mă simţeam plăcut deconectată de tot ce mă înconjura, de parcă aş fi observat viaţa de sub apă, ceea ce-mi permitea să nu mă grăbesc să răspund factorilor de stres şi să mă agit mai puţin pentru lucrurile care, în cele din urmă, erau nesemnificative. Eram sigură că e calea pe care trebuia să o urmez şi fericită că în sfârşit ajunsesem aici, chiar dacă pentru asta fusesem nevoită să trec printr-un eveniment traumatizant. Toată lumea m-a ascultat cu atenţie, dând din cap ca un grup de gazde de la postul naţional de radio. Lauren a înmuiat o andivă în iaurt, s-a şters la colţul gurii şi a întrebat cu politeţe şi curiozitate:

— Oare nu exact aşa descriu oamenii depresia?

După ce au plecat, am lăsat vasele grămadă în chiuvetă, lângă cele din seara precedentă şi din urmă cu două zile. Noaptea fusese minunată în mare parte, iar faptul de a avea din nou casa plină mă liniştea. Mi i-am imaginat pe vecinii de la etaj înghiontindu-se entuziasmaţi: „Fără Kate Bush în seara asta! Şi astea sunt... râsetele altora?" Totuşi, mă frustra ce spusese Lauren despre noua mea perspectivă. Nu mi se părea că este depresie, ci un mod pozitiv de a mă ascunde. A doua zi, am golit secţiunea cu cărţi despre dezvoltare personală din anticariatul de pe strada mea, răsfoindu-le cu un pix, subliniind fragmente şi notând pe margini *!!!, ???* şi *NU TREBUIE SĂ CERI PERMISIUNEA*. Totul părea mai intens: făcutul ceaiului era un ritual, timpul petrecut ignorând e-mailurile de la serviciu era sacru, cumpărarea unui ruj strident pe care nu l-aş fi folosit niciodată era o acţiune importantă de îngrijire.

Vara s-a scurs. Am lucrat de acasă şi mi-am îngăduit să mă odihnesc şi am încercat aproape agresiv să-mi las trupul pufos să iubească ce iubea – în momentul ăla, în principal cartofii. Mi-am petrecut timpul distrăgându-mă cu autorii cărţilor de dezvoltare personală, acceptând cu furie orice vedeam în faţa ochilor şi uitând câteva clipe mai târziu. Aproape că mi-am rezervat de zeci de ori un loc într-o tabără de meditaţie de zece zile. Colajele au devenit ciudate, iar eu le-am atârnat prin casă, gândind mai întâi: „E bine. Construiesc un templu al durerii mele" și apoi: „O, pentru numele lui Dumnezeu!", dar le lăsam oricum acolo. M-am abonat la o mulțime de buletine informative despre sentimente.

Într-o zi, după o sesiune de decupat deosebit de intensă, m-am uitat în jos și mi-am văzut mâinile. Observarea lucrurilor devenise un joc important de-al meu. În ultima vreme, observasem următoarele: cafeaua era caldă, lumina soarelui era intensă, iar eu mă simțeam tristă. În dimineața asta, mi-am observat mâinile și-am avut un gând care, în ultimii ani, devenise tot mai frecvent: *mama avea dreptate*. De data asta, avea dreptate chiar în privința mâinilor. Erau exact mâinile ei: unghiile casante și denivelate, degetele prea-lungi-ca-să-fie-butucănoase, prea-scurte-ca-să-fie-elegante, monturile catifelate și palmele mici.

În adolescență, mama mi-a atras de multe ori atenția asupra acestui lucru, icnind și lipindu-și mâna de a mea. „Ca să vezi!", obișnuia ea să spună, ca și când brusc și-ar fi adus aminte că persoana din bucătăria ei era una pe care o purtase în propriul trup. „Iată-le!"

Nu-i acordasem prea multă atenție. Eram foarte ocupată să decid cum să-mi fac mâinile și restul ființei să arate cât se poate de groaznic, folosind pastă corectoare în loc de ojă și mâzgălindu-mi aberații absolute pe brațe și palme, astfel încât un băiat care vorbea prea mult despre pop punk să-mi poată vorbi prea mult despre asta și mie, într-o zi. Nu acordasem atenție nici altor lucruri pe care mi le spusese mama când eram mică.

Și astfel, în noaptea aia, i-am scris un e-mail. A fost lung, emoționant și, în mare parte, despre mâinile noastre. I-am zis că-mi place să le văd pe ale mele și să-mi aduc aminte că sunt și ale ei – că ea le crease și cum, cu propriile mâini, mă crescuse, mă hrănise și mă transformase într-un om. În timp ce scriam, mi-am imaginat-o mișcată de sinceritatea, elocvența și recunoștința mea şi, terminând de citit e-mailul de la mine, stând un minut şi gândind: „Ştii, a fost mai dificilă decât sora ei, dar s-a dovedit a fi în regulă. În sfârşit, sunt sigură că înţelege tot ce am făcut pentru ea." Mi-am închipuit-o vărsând o singură lacrimă şi căutând cuvântul „incipient" în dicţionar. Am fost serioasă în privinţa tuturor lucrurilor despre care i-am scris în e-mail şi-am făcut eforturi uriaşe ca să le exprim clar şi cu un impact emoţional maxim.

Poate asta era binecuvântarea ascunsă a unei despărţiri: nu „ha-ha, şi ce dacă?", ci o nouă tandreţe, o deschidere. Abilitatea de a spune lucrurile care nu fuseseră rostite, dar ar fi trebuit. Dezamăgirea şi durerea sufletească – un curs rapid despre acceptarea sentimentelor mele şi observarea lor fără teamă; poate că totul merita. Aşa cum citisem recent într-o secţiune de şase mii de cuvinte dedicată sfaturilor adresate unei bolnave în stadiu terminal a cărei luptă cu soarta iminentă am considerat-o relevantă pentru tumultul personal de atunci, poate că acum eram sublimă, mergând sub lumina lunii emanate de egoismul meu glorios şi complicat. Poate eram o războinică. Cel puţin, eram o fiică al naibii de grozavă. Am apăsat butonul „trimite" cu atât de multă iubire şi optimism, încât am simţit că-mi ies prin pori. Am inspirat profund şi m-am dus la culcare, mulţumită şi zâmbind.

A doua zi dimineaţă, m-am trezit cu un mesaj de la sora mea: mama spune că trebuie să vedem ce faci; se pare că ai un soi de cădere nervoasă.

Conversații bine intenționate cu cei dragi, întrerupte chiar în momentul în care încep să aducă vorba de kintsugi[7]

„Cred că separarea o să vă prindă bine. O să găsiți drumul înapoi spre celălalt. Nouă ani sunt o investiție importantă! Ați fost împreună cu un motiv. Și, uneori, un lucru un pic distrus poate fi și mai frumos. Știai că în ceramica japoneză există..."

„Îmi pare rău, dar nu poate să se supere pe tine pentru că ai fost răutăcioasă. S-a însurat cu tine știind că ești așa. Ar fi nedrept să divorțeze de tine din cauza asta. Și încă nu este oficial – din punct de vedere legal, încă ești nevasta răutăcioasă pe care o iubește. O să-i treacă. O să-i treacă și o să se întoarcă, iar tu poți să-ți dai seama ce să faci cu afișele sau ce mai ai tu, dar, în cele din urmă, asta o să vă facă mult mai puternici. După incidentul cu tipul ăla din facultate, am crezut că Greg nu o să mă ierte niciodată, dar am depășit momentul, iar acum ne certăm din cauza asta doar o dată pe an – poate de două ori, dacă ne îmbătăm de-a binelea. Nici măcar nu cred că n-aș repeta schema. Faptul că am trecut prin atâtea ne-a

7 Artă japoneză de reparare a ceramicii sparte cu lac pudrat sau amestecat cu pudră de aur, argint sau platină (n. tr.).

făcut aşa de puternici cum suntem acum. Ne-am dus la expoziţia asta la AGO, şi..."

„V-aţi gândit la terapia de cuplu? Ştiu că el poate fi dificil... şi n-o interpreta greşit... dar simt că, probabil, nici să fie cu tine nu e floare la ureche. O spun ca pe un compliment, adică tu ştii ce vrei. Cred că, la drept vorbind, mi-ar plăcea să fiu mai mult aşa, dar cred că asta ar înnebuni-o pe Ade şi, sincer, cred că şi eu aş lua-o razna. Cred că ar trebui să-l suni. S-ar putea să te surprindă. Zilele trecute am fost la un târg de meşteşuguri cu mama, iar femeia care vindea nişte aranjamente din ceramică ne-a povestit despre..."

„*Tot* nu ţi-a răspuns la e-mail? Bărbaţii sunt nişte gunoaie! Fiecare bărbat în viaţă este, la propriu, un morman de gunoi. Ce-ar fi să te combin cu cineva? Vărul meu este singur. Are o slujbă decentă şi este foarte drăguţ, iar singurul dezavantaj este că e cu siguranţă unul dintre tipii ăia albi prea obsedaţi de Japonia. Mereu vorbeşte despre... de fapt, s-ar putea să ţi se pară interesant..."

„Dumnezeule, habar n-aveam că e atât de greu să obţii un divorţ! Când eu şi Sammy ne-am despărţit, ea şi-a luat pur şi simplu lucrurile şi a plecat. Dar presupun că aşa ai timp să devii super-sexy şi să apari ca să semnezi actele spunând «Scuze, tu cine eşti?». Ar trebui să-ţi cumperi nişte cercei mari. În plus, adu-mi aminte să-ţi trimit un link pentru un videoclip pe care l-am văzut undeva; o să trebuiască să-l caut. E vorba despre un concept conform căruia poţi să-ţi îmbrăţişezi defectele, ca şi cum..."

„Vai, îmi pare rău să aud asta! Habar n-aveam. M-am întâlnit cu el alaltăieri. Arăta destul de bine, scuze că ţi-o spun. Era cu o feme... Hei, ai auzit vreodată de k..."

În iulie, proprietara a început să trimită e-mailuri. Cineva din clădire îi povestise că Jon se mutase, iar ea voia să știe dacă intenționam să modific contractul de închiriere, pentru siguranța mea și, totodată, pentru că taxa de modificare era de șaptezeci de dolari. M-am întrebat dacă o neliniștea capacitatea mea de plată. Pentru contractul inițial, fuseserăm obligați să ne menționăm salariile separate, pe lângă totalul veniturilor comune; poate că intuise corect că Jon contribuise cu mai mulți bani la cheltuielile noastre lunare, în funcție de salariul lui, care era mai mare. Acum, venitul *ei* era amenințat de prezența „verigii slabe" dintr-unul din apartamentele ei cu un singur dormitor.

Mi-am accesat contul bancar: aveam 200 de dolari și un extras al unui card de credit cu care, în mare, cumpărasem burgeri. În loc să-i răspund la e-mail, am intrat pe internet, în magazinele cu articole de casă, de îmbrăcăminte și-n micile buticuri cu accesorii pe care le văzusem pe Instagram, umplând cărucior după cărucior, bând vin și imaginându-mi viața pe care aș fi dus-o dacă aș fi avut lucrurile alea.

Uneori eram practică, alteori capricioasă, alteori extravagantă. Evocam un eveniment important – Oscarurile, o a doua nuntă – și cream ținuta perfectă sau combinația de accesorii ca să ies în evidență într-un mod care să-mi asigure integrarea mai mult decât oricărei alte persoane. Hotăram că o vilă italiană mă aștepta în viitor și proiectam un dormitor pentru ea în secțiunea de vânzări a magazinului Urban Outfitters, ocolind articolele „vintage" care-mi aminteau de nu atât de îndepărtata mea copilărie, în căutarea pilotei perfecte sub care să trag un pui de somn, în timp ce focaccia mea creştea în cealaltă cameră. Era plăcut să-mi imaginez că a avea cămaşa de noapte potrivită m-ar fi putut ajuta, chiar dacă, de fapt, m-ar fi lăsat cu o elegantă datorie pe card. Am apăsat butonul „cumpără" în aproximativ 20 la sută din cazuri, dar tot am reuşit să strâng un număr impresionant de comenzi.

De exemplu: am cumpărat o lampă SAD[8]. Am cumpărat un ham pentru corectarea posturii. Am cumpărat o lumânare de 113 dolari pe care, mai târziu, am returnat-o. Mi-am cumpărat lenjerie nouă, enormă. Mi-am cumpărat un halat. Am cumpărat un set de acuarele şi m-am aşezat cu jalnica mea ceaşcă cu apă înainte să-mi dau seama că nu cumpărasem şi o pensulă. Am cumpărat un vibrator mare, agresiv, apoi unul mai puţin ambiţios. Mi-am cumpărat cina. Am cumpărat o fiolă de acid de nouăzeci de dolari, ca să mi-l aplic pe faţă. Am cumpărat o aplicaţie pentru somn şi încă una pentru meditaţie. Mi-am cumpărat plante. Am cumpărat un covoraş pentru yoga, gantere şi benzi elastice de rezistenţă. Am cumpărat o ojă experimentală. Am cumpărat plasturi coreeni pentru coşuri, în formă de inimioare. Am cumpărat o mască de păr, una de faţă şi una de mâini. Am cumpărat o punguţă de plastic în care să-mi bag picioarele şi să aştept până cădea pielea. Speram să se desprindă într-o singură bucată mare şi lungă, ca a unui şarpe care năpârlea, în schimb, a fost ca şi cum aş fi umblat pe două solniţe deschise, cu parmezan procesat.

Am plătit o consultaţie cu o clarvăzătoare care şi-a petrecut treizeci de minute desenând un bărbat: „E importantă persoana asta pentru tine?" Nu era un desen reuşit; mi-era imposibil să-mi dau seama. Am minţit şi-am zis că da, părea foarte importantă. Mi-a

8 Lampă special concepută să imite lumina soarelui (n. tr.).

spus că așa este pentru că avea să-mi fie alături pe patul de moarte. Am cumpărat o cafetieră frumoasă, sculpturală, care trebuia să funcţioneze o veşnicie ca să-şi facă treaba. Am cumpărat cafea în pahare pe care le luai la pachet de la cafeneaua din josul străzii, cât am aşteptat ca aparatul meu scump să facă mai multă. Preferam cafeaua de la cafenea.

Am cumpărat vin. Am cumpărat un „spray pentru somn" cu lavandă pentru pernele mele şi locurile în care se simte pulsul. Mi-am cumpărat o ceară pentru linia bikinilor care nu m-a usturat prea mult, mi-a făcut pielea netedă preţ de trei ore a doua zi şi care, apoi, mi-a provocat o foliculită groaznică. Am cumpărat o loţiune de protecţie solară cu minerale care nu a avut efect. Am cumpărat nişte pantaloni largi văzuţi pe Instagram. Am cumpărat şi o cămaşă care să se asorteze cu ei. Am cumpărat spaţiu suplimentar de stocare în Cloud. Am cumpărat un shaker ciobit pentru cocktailuri de la Value Village şi, apoi, unul mai puţin ciobit, săptămâna următoare, când am revenit.

Mi-am cumpărat o rochie scumpă online, mi-am dat seama că cei 350 de dolari pe care acceptasem să-i plătesc reprezentau o primă rată – că magazinul se aştepta să mai primească trei –, am trimis panicată un e-mail şi mi-am primit banii înapoi. Mi-am cumpărat un ceai de dormit, unul laxativ şi unul pentru reglarea hormonilor. Am cumpărat o sută de cărţi despre cum este să fii singur, să găteşti singur, să-ţi deţii trupul şi despre exerciţii fizice. Am cumpărat fulare pentru o viitoare iarnă, pălării pentru o vară pe sfârşite şi un set de pahare de cocktail pentru o aniversare plină de farmec pe care nu aş fi organizat-o niciodată.

Când mi-a venit factura de la cardul de credit, am returnat aproape tot, apoi am anulat cardul şi am început să caut, cu seriozitate, o nouă locuinţă.

Toate erau prea scumpe sau neatrăgătoare. Am dat câteva telefoane şi am răspuns la câteva anunţuri de pe Craigslist şi postări de pe Facebook. Ceva era în neregulă cu fiecare persoană cu care am vorbit – prea veselă, nepoliticoasă, bătrână, prea apropiată de vârsta şi situaţia mea, prea diferită de mine – şi toate locuinţele pe care le-am văzut – înghesuite, pline de mucegai, cu prea mulţi colegi, prea departe de metrou – „arătau ca genul de loc în care un vecin are tobe."

Mereu pregătită pentru un proiect, Lauren mi-a trimis linkuri cu observaţii atente (lângă mine!; are o pisică!; proprietarul pare sexy???), dar nu m-a convins. Eu îmi imaginasem o mansardă însorită, în stil minimalist, sau un apartament cu un dormitor plin de plante, pregătit pentru o divorţată, dar toate erau case dărăpănate din anii 1960, cu ciment în curţile din faţă şi cu patru „designeri grafici fericiţi şi sociabili" care locuiau în trei dormitoare şi o cameră de lucru.

Lauren m-a obligat să-i contactez pe câţiva, dar mi s-a părut imposibil să le explic cine sunt sau ce caut prietenoşilor Christopher, fetelor pe nume Briana şi Evany care mi-au răspuns la e-mail, întrebându-mă despre „vibraţia" mea şi obiceiurile de îngrijire personală. Ce conta pentru mine? Eram dezordonată sau pur şi simplu fusesem mai dezordonată decât Jon, care era foarte ordonat? Îmi plăcea să ies în oraş sau să stau în casă? Mă consideram o „persoană matinală"? Lui Jon îi plăcea să doarmă până târziu, în timp ce eu mă trezeam la 8.15 în majoritatea zilelor, indiferent ce făceam.

Pentru mine, era o provocare să gândesc în afara unui context comparativ. Eram mai puţin petrecăreaţă decât Jon, dar chiar puteam să zic despre mine că sunt un „om de casă"? Cât fusesem căsătorită, renunţasem la trăsăturile mele esenţiale pentru o serie de comparaţii: eu eram cea irascibilă, cea savantă, cea căreia îi pasă dacă prosoapele sunt umede. Îmi doream un loc în care să-mi dau seama cine aş fi putut fi în continuare, dar fiecare potenţial proprietar sau coleg de apartament îşi dorea să afle informaţii despre mine, acum.

Mi-am dat toată silinţa: *Sunt o roşcată de înălţime medie, cadru universitar, care suferă de anemie. Sunt la jumătatea drumului spre vegetarianism, în weekend. Sunt stângace şi mioapă. Practic vorbind, sunt o femeie de „mărime medie" – totuşi îmi este foarte greu să-mi cumpăr pantaloni, adică pare imposibil de greu, şi nu înţeleg întru totul pentru cine sunt pantalonii, dacă nu pentru oameni care poartă, în general, mărimi medii. Nu am nicio părere despre „activităţile în aer liber". Politica mea este de stânga, lucru care, până acum, a însemnat în mare parte că am semnat o mulţime de petiţii şi am donat mici sume oamenilor care muncesc mai mult decât mine să rezolve problemele sau participă la proteste şi încearcă să fie solidari cu cei care au necazuri. Deşi nu-mi place muzica live, merg la un festival pe an. Nu cred că sunt destul de bisexuală încât „să conteze". Am o personalitate ENFJ, INFJ sau ENFP – am făcut testul de multe ori. Citesc multe cărţi şi am o mulţime de genţi de pânză care indică asta limpede. Merg cu bicicleta. Sunt copilul familiei (nu ţinând cont de ordinea naşterii, dar ştii tu la ce mă refer). Sunt invidioasă pe oamenii care au cariere mai folositoare, deşi carierele folositoare par mai epuizante. Cred că majoritatea oamenilor inteligenţi sunt un pic răutăcioşi şi că toţi cei drăguţi sunt un pic proşti. Mi-aş fi dorit să nu cred asta. Mă străduiesc să nu fiu aşa. Am o postură proastă şi o tensiune arterială bună. Sufăr din dragoste.*

Nu am primit multe răspunsuri şi nu le-am deschis pe cele pe care le-am primit. M-am dus la exact o singură vizionare, la rece, a unei locuinţe aflate la trei uşi distanţă de a mea. Acolo trăia un bărbat în vârstă – după ce soţia lui murise iarna trecută, se trezise cu prea mult spaţiu şi transformase o anexă din spatele casei într-un „apartament cu un dormitor şi toate facilităţile moderne".

La 1 000 de dolari pe lună, era singurul spaţiu aproape accesibil pe care-l văzusem şi unde puteam să trăiesc singură, în cartierul ales de mine. În fotografii, era incredibil de curat, deşi o singură plantă sănătoasă potos se străduia din răsputeri să creeze o atmosferă familiară pentru un pat cu platformă înălţat peste o plită şi un frigider de cămin. Nu era tocmai rău – după standardele locuinţelor de închiriat din Toronto, era foarte bun –, însă nu puteam să neg că arăta ca a doua cea mai frumoasă încăpere dintr-o închisoare scandinavă foarte blândă.

Când am ajuns acolo, mi-am dat seama că bătrânul se aştepta să împărţim baia.

„Sunt foarte respectuos, dar dacă intri fără să baţi la uşă, tu eşti responsabilă de ce vezi!", mi-a zis râzând.

Le-am povestit celor din grupul de conversaţii că experienţa asta mă făcuse să amân căutarea unei locuinţe, că ar fi putut avea sens să mai aştept un pic. Aş fi putut să-mi ofer spre închiriere apartamentul în weekend, să stau pe canapelele prietenilor în timp ce un cuplu bogat pe care nu-l cunoşteam se certa sau şi-o trăgea în dormitorul meu. Aş fi putut să-mi mai iau o slujbă. Poate m-ar fi ajutat părinţii. În mare parte, nu mă puteam imagina plecând – nu încă. Anul ăsta decoraserăm corespunzător camera de zi, ne riscaserăm recent economiile ca să batem trei cuie în perete. De două dintre ele nu atârna acum nimic, ieşind pe lângă o fereastră ca nişte acuzaţii de metal. Făcusem o promisiune locului ăsta. Poate că nu reuşeam să-mi ţin toate promisiunile, dar intenționam să-ncerc să o respect pe asta.

Mi-am accesat din nou contul bancar și i-am dat proprietarei ultimii mei șaptezeci de dolari. Ea mi-a răspuns, confirmându-mi că primise banii, adăugând: Îmi pare rău să aud că treci printr-o perioadă dificilă. Mereu e mai rău înainte să fie bine. 😂 Dacă ai să cunoști pe altcineva și-ai să vrei să adaugi o altă persoană în contract, o să te mai coste 70 de dolari.

către: CustServ@Treatza.com
de la: m - -@gmail.com
trimis: 30 iulie 2018, 4.12 a.m.

Tuturor celor interesați,

Vă scriu ca să mă plâng de politica voastră conform căreia mai întâi trebuie să fiu sunată, despre care Erik, șoferul vostru, mă asigură că este standard pentru toate livrările Treatza. După cum probabil se vede pe profilul meu de client, în ultima vreme am fost deosebit de activă pe aplicația voastră. Tocmai m-am uitat și, în ultimele 20 de zile, am plasat 15 comenzi, așa că sunt într-o poziție foarte bună, cred, ca să fac niște critici constructive.

Practic, este foarte, foarte important să le spuneți oamenilor că urmează să le dați un telefon înainte ca măcar să încercați să sunați la ușă. Locuiesc la parter, așa că, de obicei, văd și aud când sosește cineva. Ies, iau mâncarea și mă întorc fără ca soneria sau telefonul meu să sune. După cum v-am zis, am făcut asta aproape zilnic în ultimele trei săptămâni, fără incidente.

În seara asta, după ce am plasat comanda, am intrat la duș. Nu știu de ce sau cum de-a fost așa de rapid, dar cred că Erik a ajuns cu câteva minute înainte ca eu să dau drumul la robinet. N-am auzit pe nimeni pe palier, iar Erik nu a sunat la ușă, nu a bătut, nu m-a strigat și nici nu mi-a trimis mesaj. N-a făcut decât să-l sune pe fostul meu soț de patru ori și să-mi lase trei mesaje vocale.

Sunt sigură că nu trebuie să explic de ce a fost o situație mai puțin decât ideală, dar, din păcate, nu așa s-a sfârșit. Când mi-am sunat fostul soț ca să-mi cer scuze, mi-a spus că nu este mare lucru să primească patru apeluri de la un șofer de livrări la 4 dimineața pentru că, în clipa asta, este „destul de obișnuit cu așa ceva" și că singurul lucru pe care-l găsește deranjant este cantitatea de carne de vită pe care o consum. Erik nu a fost primul șofer care i-a dat telefon înainte să încerce soneria. De fapt, s-a dovedit că *fiecare șofer de livrări care a venit la mine acasă de când ne-am despărțit a apelat numărul de telefon al fostului meu soț înainte să ajungă la ușă.* Mi-a zis că unul dintre ei i-a spus chiar că eu „mereu comand burgeri", ceea ce mi se pare extrem de neprofesionist. Chiar există un fel de clauză de confidențialitate în contractele angajaților? Comenzile mele nu sunt treaba lui și nici a altcuiva!!!

Vă rog să modificați politica privind primul telefon dat clientului (sau cel puțin să o CLARIFICAȚI FOARTE BINE în aplicație), să ștergeți numărul 647-xxx-xxxx din profilul meu de utilizator și să-mi creditați în cont 15 dolari, pentru daune emoționale.

În plus, vreau să știu dacă există vreo metodă să adaug un bacșiș pe factura lui Erik acum; nu am făcut-o atunci pentru că eram foarte agitată și supărată, și chiar regret. Știu că economia ciubucurilor este foarte precară și voi refuzați să vă lăsați angajații să formeze un sindicat, ceea ce, pe termen lung, e probabil un lucru mai important decât întâmplarea asta nefericită cu burgerul, și, în plus, e un tip amabil. Are niște ochi foarte blânzi.

Mulțumesc pentru timpul acordat. Și, ca să fie clar, câinele meu are o dietă specială care-i permite să mănânce doar carne de vită tocată, așa că pentru asta sunt toți burgerii.

Margaret

către: CustServ@Treatza.com
de la: m – -@gmail.com
trimis: 30 iulie 2018, 4.25 a.m.

P.S.: Veterinarul a spus că el, câinele, trebuie să mănânce la ore exacte din noapte, și ăsta-i motivul pentru care comenzile sunt atât de târzii. Este puțin incomod, dar sunt un părinte devotat pentru patrupedul meu.

către: CustServ@Treatza.com
de la: m – -@gmail.com
trimis: 30 iulie 2018, 4.25 a.m.

Uitați care-i treaba, m-am mai gândit și chiar nu ar fi trebuit să vă contactez. Vă rog ca Erik să nu aibă probleme din cauza asta, nu merită așa ceva. V-am trimis e-mailuri doar pentru că am vrut să mă asigur că alți oameni nu sunt afectați de politica firmei care, din motivele subliniate anterior, are potențialul de a răni pe mulți sau, cel puțin, de a le strica ziua. Pur și simplu îmi pasă mult (poate prea mult, ha-ha!) de sănătatea câinelui meu și vreau să fiu corectă față de Fozz (o corcitură de pechinez cu schnauzer pe care l-am salvat din Puerto Rico, prin intermediul unei fundații caritabile). Oricum, îmi pare rău că v-am deranjat. Vă rog să folosiți cei 15 dolari din creditul meu pentru bacșișul lui Erik și să încheiem subiectul.

Mulțumesc,

M.

Băcănia era un teren minat. La fel erau şi cafeneaua mea preferată, staţia locală de metrou şi barul în care-mi petreceam fiecare aniversare de când împlinisem 23 de ani. Într-adevăr, Toronto e un oraş prea mic în care să divorţezi. Dacă locuieşti în Toronto şi căsnicia ta nu merge, recomandarea mea este să înduri sau să te muţi.

La început, l-am evitat pe Jon (sau posibilitatea de a-l vedea) rămânând în casă, dar, în ultima vreme, începusem să mă aventurez afară, luându-mi inima în dinţi de fiecare dată. Într-o zi, crezând că l-am văzut, m-am ascuns în spatele unui tufiş ca eroina dintr-o comedie romantică, asta dacă eroinele din astfel de filme ar fi purtat pantaloni de trening vechi pe al căror tur erau imprimate cuvintele AUG '02 – SUNTEM TRĂSNITE. Era greu să-mi dau seama dacă-l vedeam pe Jon peste tot pentru că-mi era dor de el, dorul din subconştientul meu transformând chipurile din preajma mea, sau pentru că toţi bărbaţii dintre Ossington şi Dovercourt erau albi, de înălţime medie şi cu barbă de un castaniu-închis.

Totuşi, băcănia părea să se impună în primele luni, fiind locul în care era cel mai necesar să ajung şi, adesea, singura mea activitate în aer liber din timpul zilei. Uneori, făceam duş, aranjându-mă în faţa oglinzii de parcă magazinul alimentar de dimensiuni medii aflat la o stradă distanţă de locuinţa mea ar fi fost un nou iubit. (Evident, ideea unui iubit adevărat ieşea din discuţie – eram pur şi simplu prea bătrână şi dezgustătoare şi n-aveam să mai iubesc sau să mai simt vreodată atingerea altcuiva. Urma să mor singură, probabil mai devreme decât mai târziu, poate a doua zi.) Alteori, arătam groaznic şi era în regulă.

Plimbarea de cinci minute pe strada mea liniştită şi flancată de copaci părea lungă, lentă şi în văzul tuturor. Cuplurile erau un afront, ca şi oamenii singuri, stăpâni pe viaţa lor. Mergeam târându-mi mâhnită picioarele, clipind la strălucirea soarelui, transpirând în hainele mele comode şi sperând să nu dau peste vreun cunoscut. Mereu, mereu mă întâlneam cu o persoană cunoscută.

De fapt, este foarte dificil să locuieşti în partea de vest a oraşului Toronto şi să scapi de o întâlnire socială zilnică neplanificată, dar şi mai greu să eviţi un om pe care speri să nu-l vezi. Mă-ntâlneam cu studenţi, rude, colegi de clasă din şcoala primară şi cunoştinţe de la fostele locuri de muncă, şi, de fiecare dată, în mintea mea rulau supoziţii sumbre: ştiu şi nu le pasă, ştiu şi le pasă, nu ştiu şi ar vrea să afle sau nu ştiu şi nu ar vrea să afle.

Toate variantele erau proaste. Dacă într-adevăr ştiau, trebuia să mă pregătesc pentru privirile blânde, înclinarea îngrijorată a capului şi rostirea tărăgănată a întrebării: „Cum rezişti?" Compasiunea lor mi se părea îngrozitoare. Femeile cu un simţ matern mai dezvoltat şi bărbaţii într-o stare optimistă de excitare întindeau mâna să-mi maseze umărul, mângâindu-mă uşor ca pe un copil care nu se descurcase excelent la fotbal, şi nu ca pe o femeie al cărei plan de viaţă se ruinase într-o zi, în timp ce mânca o porţie mediocră de *pad thai*. Dacă nu ştiau, întrebau de Jon, iar eu trebuia să le răspund, cu o voce care speram să pară înţeleaptă şi resemnată şi poate să sune un pic european, că „luăm o mică pauză".

Aici simţeam că divorţatele mai în vârstă aveau un avantaj competitiv. Era greu să pari mondenă şi împăcată cu situaţia când foarte puţine se întâmplaseră ca să ajung aşa. Îmi doream să proiectez imaginea unei femei cu capul pe umeri şi independentă, care pufăia dintr-o ţigară ca şi când ar fi spus „Ah, viaţa!" şi apoi, calm, sufla un inel de fum sau scutura ţigara fără să facă mizerie peste tot. Să spun „Divorţez" mă făcea să mă simt ca o copilă care umbla încălţată cu pantofii prea mari ai mamei şi murdară de ruj pe faţă. Înainte să-l întâlnesc pe Jon, fusesem îndrăgostită o singură dată. Presupusesem, în mod legitim, că urma să fim împreună pentru totdeauna. Fiecare întâlnire îmi dezvăluia naivitatea, mă ţintuia de stâlpul infamiei, cu un indicator alături: A CREZUT PE DEPLIN ÎN IUBIREA ROMANTICĂ ŞI ÎN POSIBILITATEA UNUI ANGAJAMENT ETERN (ÎN ZIUA ŞI EPOCA ASTA!!!).

Prima interacţiune adevărată am avut-o la câteva săptămâni după mutarea lui Jon. M-am întâlnit cu o cunoştinţă pe nume Gaby, care lucra la o galerie de artă şi se îmbrăca în aşa fel încât, dacă o vedeai pe stradă, ziceai: „Pun pariu că fata asta lucrează într-o galerie de artă!", şi cred că aşa îi şi plăcea. Am dat peste ea la raftul cu condimente, comparând două borcane identice de tahini. Şi-a ridicat privirea în timp ce încercam să găsesc o cale de scăpare şi ne-am uitat rapid una la cealaltă ca şi când am fi spus: „Dumnezeule, îmi doresc să nu ne fi văzut!", în clipa în care am zâmbit şi ne-am salutat reticent cu voci piţigăiate, prelungind cuvintele.

Când am întrebat-o cum îi merge, mi-a răspuns „Ei, ştii tu... groaznic. Ha-ha!" Am oftat într-un mod care speram să pară empatic şi, pentru un moment, nu am fost sigură c-aveam să-i zic. Nu mă întrebase şi, preţ de o secundă reală, am trăit în blânda amăgire că sunt o femeie capabilă să nu spună, dintr-o singură răsuflare şi fără să se oprească, următoarele: „Ohsoţulmeuşicumine luămomicăpauzăşichiarcredcăaşaestecelmaibine,dare dificil,ştii,maidificildecâtmăaşteptam,defapt,şimăcam simtcaoratatăşiceamaitânărăpersoanăcareadivorţat vreodată,cinefaceastala28deani;majoritateaprietenelor meleapropiatenusuntnicimăcarcăsătoriteşieumăaleg cutaxededivorţşimămachiezîncazcădaupestefosta iubireavieţiimelelaraftulcucereale,hahaha,dar,sincer, numammaisimţitniciodatăatâtderău."

Am făcut o pauză, aşteptând ca Gaby să-mi dea un răspuns banal şi reconfortant, ceva de genul: „Schimbările sunt dificile", „Să sperăm că o să fie mai bine" sau „În timp, ai să te simţi mai bine." S-a uitat la mine cu milă, dar şi cu altceva în privire, înainte să pună la loc ambele borcane cu tahini şi să-mi spună scurt:

— Ai dreptate. Ei bine, tatăl meu e pe moarte! Aşa că, ştii, e nasol pentru toată lumea.

Când s-a întors, am observat ce ochi roşii are.

Mai târziu, am căutat-o pe Gaby pe Facebook şi i-am trimis un mesaj, cerându-mi scuze că fusesem atât de neghioabă, atât de prinsă în tragedia mea nontragedie, şi zicându-i că lucrurile păreau foarte grave pe moment, deşi ştiam, undeva în sinea mea, că nu sunt, iar ea îmi adusese aminte de asta, şi că dacă nu părusem în apele mele era pentru că City Market fusese locul clasic din care eu şi Jon cumpăram mâncarea mai scumpă pe care nu puteam să o luăm de la FreshCo şi că, de fiecare dată când mă duceam acolo, mă trezeam gândind că, *în altă lume, am fi fost tot acolo, încercând să hotărâm dacă dăm curs impulsului de-a lua tagliatelle proaspete.* Dacă te face să te simţi mai bine, i-am scris, când am ajuns acasă, mi-am dat seama că am cumpărat o mulţime de chestii pe care nu voiam să le mănânc.

Cu toate că uram vinetele, Jon era obsedat de ele, iar acum aveam în frigider două legume minunate şi de un negru dezgustător, care mă luau peste picior pentru că acordam prioritate preferinţelor culinare ale unui bărbat care nu mă mai iubeşte. Dacă voia nişte vinete gratis ori o legătură mare de coriandru (alt lucru pe pe care Jon îl prefera, şi eu îl detestam), ştia unde să mă găsească.

Nu mi-a răspuns. Mesajul apărea ca fiind „văzut”, sub ultimul pe care i-l trimisesem cu şapte ani în urmă: Ce aniversare distractivă! Îți mulțumesc foarte mult pentru invitație! Fato, trebuie să repetăm experiența cât de curând! Nu-mi aminteam ziua de naştere sau o versiune a mea care folosea cuvântul „fato”, însă presupun că ambele chestii s-au întâmplat la un moment dat. Câteva săptămâni mai târziu, am văzut pe Instagram că tatăl ei murise. În postarea ei, scria că murise de cancer pancreatic şi că el îi fusese cel mai bun prieten, partener pentru totdeauna la Scrabble și cel mai mare campion. Am început să-mi comand alimentele online.

Cel mai greu era să dau peste prietenii lui Jon. Ei ştiau cele mai bune părţi ale lui Jon care-mi lipseau. Încă aveau acces la ele: simţul umorului, mirosul lui cald, lemnos; felul în care-ţi masa picioarele când te aşezai lângă el. (Probabil că nu le masa picioarele prietenilor lui în absenţa mea, dar tălpile mă dureau ca naiba, iar când mi-am dat seama de ce – pentru că, în toată viaţa mea de adult, mi le masase cam de trei ori pe săptămână –, am izbucnit în lacrimi.)

În plus, presupuneam că toţi prietenii lui mă urăsc nespus. Unora dintre ei nu le păsase de mine de la bun început; pe alţii îi plângeam alături de celelalte lucruri pierdute – erau încă o parte dispărută din viaţa pe care contasem. Între o femeie şi prietenii bărbaţi ai partenerului ei există sau poate să existe o intimitate sigură, facilă. Înainte să ne mutăm împreună, Jon avea mai mulţi colegi de cameră pe care-i îndrăgisem în mod deosebit, lângă care era uşor să fii sora mai mică, singura influenţă civilizatoare, persoana care juca *Mario Kart* cu un handicap major.

Odată, am ajuns la Jon cât el încă era la cursuri şi i-am găsit pe toţi jucând un joc video cu nişte cowboy;

urmăreau un şerif care pusese recompensă pe capul lor, furând în drumul lor aur şi vite. Totuşi, spuneau că lumea era atât de bine concepută, încât puteai să faci orice: să-ţi împuşti tatăl, să prinzi peşte cu mâinile într-un pârâu, să te îndrăgosteşti. Mi-au dat joystickul, iar eu m-am drogat şi mi-am petrecut o oră culegând flori pe un câmp ca să i le dau calului meu. Aşa îmi imaginam că m-aş putea simţi dac-aş avea fraţi.

Cel mai bun nu-tocmai-frate dintre toţi fusese Calvin. În esenţă un labradoodle[9] devenit om, Calvin era un bărbat prietenos, lipsit de motivaţie, cu păr blond ondulat şi un zâmbet blând. Fusese colegul lui de cameră în primii ani de facultate, când cei doi împărţeau un subsol legendar de scârbos pe King Street pe care soarele nu-l vedea şi unde inventaseră feluri de mâncare ca „pizza cu curry" (exact aşa cum se aude), „bufetul doar cu ouă toată ziua" (omletă la micul-dejun, fierte la prânz, prăjite la cină) şi „găluştile-surpriză" (o tigaie plină cu găluşti şi câţiva colţunaşi „ca să rămânem pe fază").

Jon şi Calvin se distrau mereu în moduri pe care le consideram stupide şi la care-mi doream cu disperare şi-n secret să iau parte: supraîncălzeau căşti de motocicletă şi se împuşcau cu pistoale cu bile în armuri făcute din chestii pe care le găsiseră sau, în anii următori, în armuri propriu-zise furate de Jon din recuzita pentru o reclamă la un sos de paste. Se iubeau unul pe celălalt şi păreau mândri că sunt în stare să o spună, afişându-se spectaculos ca genul de bărbaţi care puteau cu uşurinţă să se îmbrăţişeze şi să se sprijine emoţional reciproc, dar să se şi bată la o partidă de „crochet cu contact deplin" sau să înfiinţeze o trupă de rock numită Fundul Gorgonei.

---

9 Rasă de câine obţinută prin încrucişarea unui labrador retriever şi a unui pudel (n. tr.).

În al treilea an de când eram împreună, s-au mutat de la subsol într-un loc nu cu mult mai bun. Pe atunci, Jon şi cu mine eram un cuplu stabil, aşa că ne petreceam mult timp prin casa lor dărăpănată din Kensington Market, mâncând cereale şi chiulind la toate cursurile noastre de dimineaţă. Întotdeauna ne-am amuzat, în mod ironic, să facem cunoştinţă cu femeia frumoasă care-l însoţise acasă pe Calvin după programul lui de chelner la un restaurant de lux din districtul financiar. Unele şi-au făcut repetat apariţia, însă nu multe. Niciuna nu părea să se supere; se bucurau pur şi simplu să fie acolo, să mănânce negrese cu haşiş făcute la prăjitor într-o bucătărie nespălată, cu un bărbat care se adresa tuturor femeilor cu „amico", aşa că nu era niciodată prins că le uitase numele. Într-o vară, a împărţit casa cu trei iubite care ştiau una de cealaltă, întâlnindu-se cu fiecare în altă seară. Întregul experiment a culminat cu o excursie desfrânată de weekend în Port Hope, după care nu şi-au mai vorbit. Presupun că, pe ocolite, vreau să spun că, într-un mod celebru, Calvin a făcut-o de cacao.

Ceea ce a făcut oarecum să fiu şi mai uimită să-l găsesc în studioul unde începusem să merg la un curs de yoga pentru tonifiere de când, în urma unei întâmplări fericite, aflasem că, practic, tot ce faci este stai întins într-un mod organizat. După câteva luni în care zăcusem în patul meu, îmi doream să ies şi să zac în altă parte. Luam mai multe perne decât aveam nevoie, simţind că acest curs de yoga ar fi putut să fie unul dintre cele la care trăgeam un pui de somn sau plângeam uşor, cu o pernă cu lavandă peste ochi, când iată-l pe Calvin, purtând o pereche de pantaloni de trening scurţi şi subţiri şi un tricou de la GUY FIERI'S DINERS, DRIVE-INS AND DAVES.

— Petrecerea burlacilor, mi-a explicat el. Pentru vărul meu Dave. E cam jalnic, dar... sincer? A fost un weekend criminal.

Am râs, fiind pentru o clipă cum fusesem cândva, când puteam să răspund dezinvolt unui prieten de-al lui Jon, fără să-ncerc să pretind, cu toată ființa mea, că „sunt bine, mulțumesc!” Mi-am îndreptat postura și, din instinct, m-am șters sub ochi. N-aveam picățele negre – bun! Calvin mi-a explicat că venea aici din cauza unei răni cu placa de snowboard și m-a întrebat dacă „supraviețuiesc”, și sunt sigură că intenționase să fie amabil, însă blândețea tonului său m-a făcut să mă simt surprinsă și jenată, proasta jalnică a cartierului. M-am întrebat ce-i povestise Jon.

Ora de yoga a fost la fel de liniștită și lipsită de evenimente ca întotdeauna, sub îndrumarea unei însărcinate superbe al cărei balayage era de culoarea cafelei cu lapte de ovăz pe care o bea pe hol înainte să-nceapă exercițiile și, în mare parte, cu participanți vârstnici și femei care, în mod vizibil, se înscriseseră la cel puțin un curs de *hooping*. Și de data asta era și Calvin, răsucindu-se în poziții în care se putea întinde ușor, construind forturi din perne, cuburi și curele mari de pânză pe covorașul așezat lângă al meu. Când eram la postura podului susținut, am avut impresia că se uita pe furiș la mine. Ceva se schimbase în felul în care-mi simțeam colanții compresivi și sutienul sport prea strâmt pe care-l aveam încă din timpul liceului. Mi-am tot aranjat bucățile neascultătoare de slănină de pe unde ieșiseră, încercând să par atrăgătoare. M-am dat în spectacol răsucindu-mi vertebră cu vertebră, iar profesoara m-a complimentat pentru cât de mult mă întinsesem în poziția „porumbelul adormit”, ceva ce nu se întâmplase niciodată în lunga, dar intermitenta mea experiență la cursurile de yoga.

Era palpitant să fiu observată, mi-am zis, să observ pe cineva observându-mă... *A fost* palpitant, până mi-am adus aminte că nu era un gând care-mi aparținea, ci un vers dintr-un cântec despre „fete periculoase” care se auzea la fiecare petrecere la care mă dusesem, în fiecare an de facultate. Dându-mi seama de asta, m-am simţit bătrână şi obosită – eram o divorţată în pantaloni de yoga care tânjea după un tip cu mustaţă pentru că i se păruse că s-ar fi uitat la ea. Jalnic!

După oră, Calvin a aşteptat lângă mine la coadă cât mi-am luat un ceai verde şi m-a însoţit până am cotit pe strada care ducea spre casa mea. L-am întrebat dacă mai stă în vechea lui locuinţă, iar el mi-a răspuns că da, însă acum e de unul singur, şi a adăugat că „îmbunătăţise cu adevărat locul" cu un proiector pentru filme, un covor şi toate celelalte.

— Ar trebui şi voi să veniţi să vedeţi, a spus Calvin. La dracu', scuze!

I-am zis că este în regulă; şi eu făceam aceeaşi greşeală tot timpul.

— Nici măcar nu mi-am dat seama că am devenit o persoană care foloseşte cuvântul „noi", am spus. Nu sunt sigură ce este mai jenant: să-l folosesc în timpul relaţiei sau după ce relaţia s-a încheiat.

— Probabil după, mi-a răspuns cu sinceritate maximă.

M-am aşezat pe treptele din faţa casei mele şi i-am pus întrebarea pe care o evitam cu stăruinţă din clipa în care l-am văzut.

— O... da, adică, e deprimat, mi-a zis ciudat de ruşinat. N-am discutat exact despre asta, dar, ăăă, aş spune că fumează mai multă iarbă decât de obicei, deşi cred că se vede cu... Probabil n-ar trebui să deschid subiectul.

Am fost de acord că probabil nu trebuia să o facă, deşi nu am menţionat că n-ar fi trebuit să fie în faţa casei mele de la bun început. Era plăcut să stau de vorbă cu el; mi se părea cunoscut, ca în vremurile bune de demult, dar şi schimbarea situaţiei mele plutea între noi. Pentru prima dată, mi s-a părut că a fi singură – chiar celibatară – era şocant.

A intrat şi am băut berile care s-au tot înmulţit după prima noastră întâlnire, stând prea aproape unul de celălalt pe canapea şi râzând de weekendurile la cabane şi petrecerile date acasă cândva, de viaţa lui sexuală (intensă) şi de a mea (inexistentă, condamnată). Am mărturisit că stăteam prea mult trează şi plângeam până adormeam, ca o femeie părăsită dintr-un film. Calvin a spus că, în cele din urmă, totul avea să se rezolve. Chiar părea să creadă asta, iar eu m-am întrebat cu voce tare dacă aşa ar fi trebuit. Despărţirile puteau să vindece. Aşa făceau oamenii – se separau şi se întorceau unul la altul. Uneori, auzeai despre cupluri despărţite de mulţi ani care, după câteva decenii, se recăsătoreau. Calvin a râs zgomotos, amiabil.

— O, Doamne, nu la asta mă refeream! a spus el şi a râs şi mai cu poftă. Glumeşti? Tipul ăla n-o să se întoarcă *niciodată*. Între voi s-a TERMINAT. Adică amândoi o să mergeţi pe drumuri separate. O, Doamne! Imaginează-ţi!

Când a spus-o, mi-am dat seama că este adevărat, bineînţeles, şi, desigur, în clipa aia s-a aplecat să mă sărute. L-am lăsat preţ de câteva secunde, bucurându-mă de noutatea buzelor nesărutate până acum, de respiraţia dulceagă, cu gust de bere, şi de limba bizar de solidă. Pentru mine, era ciudat şi faptul că cineva vorbea relaxat despre ceea ce se întâmplă, fără milă sau respect. Căsnicia mea se încheiase! Nu trebuia să fie ceva rău! Putea fi chiar amuzant! Putea, măcar, să fie în regulă.

Am pus capăt sărutului aproape imediat. Să mă culc cu bărbatul care citise din Neruda la nunta noastră părea să fie foarte satisfăcător, într-un mod pe care-l consideram vulgar şi periculos, dar cu siguranţă nu era matur să procedăm aşa. Mi-am imaginat-o pe Lauren făcându-i avansuri lui Jon şi am simţit că mă sufoc. Dacă intenţionam să merg mai departe, nu puteam să-l aleg pe Calvin, şi nu doar pentru că o fostă de-a lui îmi spusese că el îi dăduse „toate tulpinile” de HPV. Nu petrecusem suficient timp gândindu-mă cum să fiu cu un alt bărbat. (Şi, cu toate că nu era un factor-cheie în decizia mea, mi-a trecut prin minte că nu-mi mai tunsesem părul pubian din aprilie.)

— Cred că, probabil nu..., am zis, retrăgându-mă în colţul meu de canapea.

Când Calvin nu s-a arătat atât de descurajat de refuzul meu, m-am gândit că poate-mi imaginasem încercarea lui. Atmosfera din cameră nici măcar nu se schimbase.

— Iarbă? m-a întrebat el, apropiindu-se de aragaz şi aprinzând un joint înainte să accept.

Am fumat şi am băut până seara târziu. L-am pus să asculte o înregistrare a şedinţelor mele cu clarvăzătoarea, iar Calvin a jurat că bărbatul pe care-l descrisese ea semăna cu unchiul lui. Am comandat o pizza şi ne-am arătat videoclipuri importante de pe YouTube: un clip dintr-un documentar în care o femeie făcuse sex cu Turnul Eiffel (eu) şi o înregistrare de unsprezece minute în care Jason Derulo îşi cânta numele (el). La un moment dat după miezul nopţii, l-am rugat să nu plece.

— Nu pot să subliniez cât de non-sexuală e propunerea mea, am zis. Dar m-am simţit bine să te am în casă şi mi-ar plăcea să rămâi.

Calvin a fost de acord, cu o singură condiţie.

Mai târziu, când l-am ghidat în fiecare pas al rutinei mele de îngrijire a pielii, l-am întrebat dacă asta e mişcarea lui obişnuită cu femeile.

— O, cu siguranţă! a zis el. Nu mă face să par sensibil?

Ne-am curățat tenul de două ori și am aplicat pe piele un acid, un ser și o cremă de noapte. Era prima dată de la plecarea lui Jon când îmi făceam până la capăt rutina de îngrijire a pielii. Am adormit în pijamale, la treizeci de centimetri distanță de Calvin, îmbrăcat în boxeri și tricoul lui cu Guy Fieri zâmbindu-mi peste marginea ochelarilor de soare înguști.

M-am trezit singură și strălucitoare.

O fantezie

Sunt la un bar de karaoke şi arăt minunat. Mai bine decât în mod normal, dar neintenţionat, de parcă tocmai m-aş fi tuns şi asta ar fi avut un efect asupra întregului meu corp. Barul este plin şi, cu toate că sunt singura persoană care cântă, nimeni nu are nimic împotrivă şi tuturor li se pare distractiv. De fapt, accept cereri.

Ţinuta pe care o port este lejeră, dar pare specială, de parcă nu hainele ar scânteia, ci eu, de parcă „purtatul paietelor" ar fi o atmosferă şi acea atmosferă m-ar învălui din cap până-n picioare. Mă port cu încrederea şi lipsa de griji a unei femei care are un cont de economii nesupus impozitării şi înţelege cum funcţionează aşa ceva. Cânt grozav.

Toate melodiile pe care le cânt sunt despre inimi frânte, iar emoţia brută a experienţei mele recente îi inspiră pe toţi. Oamenii sunt foarte emoţionaţi – unii dintre ei plâng. Cei mai mulţi din public sunt străini încântaţi, cărora le par misterioasă şi ispititoare. Prietenii cu care am venit sunt uluiţi. Nimănui nu-i vine să creadă că am ascuns o asemenea voce, că am fost atât de modestă în privinţa asta.

— Credeam că toată durerea ei o să fie în zadar, îi şopteşte unul altuia. Dar uite ce-a făcut cu asta. E ca Nora Ephron, dacă Nora Ephron ar fi avut vocea lui Adele.

Pe scenă, pianistul (există şi o trupă) îmi face semn discret cu ochiul. Un străin se apleacă spre prietenii mei:

— Scuze, o cunoaşteţi?

Ei radiază.

— Da!

Toată lumea fumează înăuntru şi locul acela mi se pare plin de farmec, nu ca unul dintre barurile alea de bătrâni în care luminile sunt mereu aprinse şi cineva îşi pregăteşte tacul frecându-l prea mult cu praf de cretă, în timp ce bărbaţi imposibil de vârstnici citesc ziare vechi şi înjură în portugheză.

— Ce-i grozav la Maggie, îi spune un prieten unui străin, este că e divorţată, dar la modul foarte distractiv.

— Divorţată? întreabă străinul. Atât de tânără? Chiar *e* distractiv. Bravo ei!

Brusc, de undeva: *nuggets*.

Femeile nu ar trebui să-și promită că o să-și cumpere singure flori. Am învățat asta pe pielea mea, atunci când m-am trezit hotărâtă să fac un gest atent pentru prietenele mele, în semn de recunoștință pentru mâncarea pe care o gătiseră, pentru încurajările oferite și prezentările sentimentale cu fotografiile lui Janet la care se uitaseră de când Jon se mutase oficial, cu două luni în urmă. Aveau lucruri mai bune de făcut – să participe la adunările de familie, la proteste în favoarea unor cauze sau împotriva altora, la mic-dejunuri târzii organizate de travestiți – și totuși s-au mobilizat: m-au dus în parc să beau roze, mi-au trimis mesaje de genul te rog, fă duș... poți să fii deprimată ȘI să miroși bine, și chiar m-au convins să-mi sărbătoresc, cu întârziere, ziua de naștere într-o noapte de august. Era vremea să le răsplătesc bunătatea (și, m-am gândit eu, să consolidez și mai mult bunăvoința, căci eram copleșită încă de anumite sentimente și probabil trebuiau să-mi mai poarte de grijă încă vreo lună și ceva).

În ultimul timp, încercasem să mă ocup de micile comisioane, pretinzând că sarcinile de zi cu zi erau ocazii să nu mă mai gândesc la despărțirea mea. La florărie, lucrul ăsta nu era posibil. Locul acela era un templu al iubirii romantice, plin de cadouri bine gândite, hârtie de împachetat în formă de inimă și baloane pe care scria TU EȘTI ALEASA. Sărutul neașteptat al lui Calvin îmi sporise încrederea în latura mea romantică pentru o săptămână sau două, ceea ce m-a făcut să trimit câteva mesaje târzii oamenilor pe care-i cunoșteam la universitate și un zâmbet spectaculos de greșit judecat unui barman drăguț. Însă flirtam ca un pui de căprioară care învață să meargă – ezitam, fără o direcție clară –, iar când primele eforturi nu mi-au fost răsplătite, am renunțat. Acum revenisem la starea mea de odihnă: presupuneam că aveam să fiu singură pentru totdeauna.

Eram în spatele unor vaze cu iarbă de pampas și urmăream cum un val de pretendenți iau în considerare plante în ghivece de bun gust, aleg aranjamente, se încruntă aplecați peste mesajul potrivit pentru felicitarea gratuită de calitate inferioară. Mi-am dat seama că-mi cumpăram buchetele de femeie singură din același loc frecventat de fostul meu soț cu alte ocazii în care se ofereau flori: Ziua Îndrăgostiților, aniversarea noastră, ziua mea de naștere, o ceartă. În dimineața în care am împlinit 25 de ani, mă trezise cu același număr de margarete minunate și pline de speranță.

Am alungat imaginea și m-am îndepărtat de un raft cu rame drăguțe pentru fotografii. Nu mă interesa să păstrez gândurile astea în „chihlimbarul amintirilor mele" și nici în altă parte. În spatele tejghelei, un bărbat de vârstă mijlocie, cu mânecile suflecate și un șorț întins pe o burtă prietenoasă, ca de tată, se agita din cauza unei explozii de ranunculus portocaliu și galben. Pe site-ul web al florăriei scria că aranjamentele mici costau patruzeci și nouă de dolari fiecare, mai mult decât voiam să cheltuiesc, așa că l-am abordat pe bărbat și l-am întrebat dacă oferă reduceri pentru comenzile mai mari.

— O, categoric! a zis el. Facem multe aranjamente pentru companii. Pentru mai mult de cincizeci, oferim câteva aranjamente gratuit.

— Grozav! am spus eu. E bine de știut.

Bărbatul și-a înclinat capul într-o parte, așteptând probabil ca eu să plasez o comandă mare în numele companiei mele. Din boxele florăriei s-a auzit slab o melodie jazz cât am încercat să mă gândesc la ce să-i spun.

— Mă mai uit puţin pe aici, i-am răspuns eu, pipăind neconvingător o frunză de monstera.

Florarul nu şi-a pierdut buna dispoziţie. Mi-am dat seama că vede că pierde vânzarea sau, poate, că de la bun început nu fusese vorba de una. Mi-a zâmbit resemnat şi s-a întors la buchetul lui.

Poate nu era nevoie să le cumpăr nimic prietenelor mele. La urma urmei, şi eu le fusesem alături: o dată, Lauren a suferit atât de mult din cauza unei despărţiri, încât ne-am urcat în maşină şi am plecat la Montreal în aceeaşi zi; în timpul ultimei certe cu studentul de la medicină, Jon şi cu mine i-am oferit lui Amirah canapeaua noastră; eu am fost cea care a avut grijă de Clive după ce iubirea lui de-o vară s-a întors în Brazilia, fără să-l anunţe înainte; Lauren sensibila nu se despărţise niciodată de nimeni, dar avea mereu mici crize în băile de la serviciu şi, fiind cea mai puţin implicată în conversaţiile grupului nostru, deseori mă ocupam şi de astea.

Mi-am zis că pur şi simplu făcuseră ce fac prietenii, că poate chiar era rândul meu să mă transform într-un fel de vid de muncă emoţională, absorbind orice aveau de oferit. Însă ştiam că e o prostie – şi, mai mult, că nu doar cei din grupul de conversaţii se dăduseră peste cap pentru mine. Şi părinţii şi sora mea meritau flori. Şi Merris, şi proprietara mea, şi barmanul care mă refuzase cu blândeţe, şi vecina de deasupra care-mi spusese „O să fie mai bine” atât de încet, aproape în şoaptă, într-o dimineaţă când ne-am întâlnit pe hol. Divorţul mă făcuse să mă-ndatorez atât de mult faţă de ceilalţi, că ar fi trebuit să dau faliment la florărie. Urma să vin aici în fiecare săptămână.

— Avem nişte lalele în faţă, a zis bărbatul scărpinându-și aproape rușinat chelia. Dacă îţi plac mai mult?

M-am dus în partea din faţă a florăriei, clopoţelul de deasupra uşii sunând când am deschis-o. Afară, aerul era fierbinte şi terasele erau pline, iar tipul ăla care-şi pierde vremea prin centru îmbrăcat ca Omul Păianjen îi agresa verbal pe oameni, de pe skateboardul lui. Lalelele erau luxuriante şi vibrante şi, cel mai important, mănunchiul costa zece dolari. În timp ce florarul le-a împachetat – două mov, unul roz –, mi-am exprimat recunoştinţa promiţând să las o recenzie incredibilă online pentru florăria lui.

— Fă cum vrei, mi-a spus el. Sunt doar un angajat.

— Am să te menţionez în recenzie, am zis eu. Oraşul la superlativ.

— Foarte generos din partea ta, a spus bărbatul, cu o urmă de altceva decât căldură în glas. Mi-a întins lalelele, învelite într-o foaie maronie un pic mototolită. Să ai o zi frumoasă!

M-am întors acasă şi am lăsat florile pe masa din bucătărie, împărţindu-le în şase buchete de diverse culori, patru pentru cei din grupul de conversaţii şi două pentru oricine făcea următorul gest frumos. M-am gândit dacă să spăl vasele din chiuvetă, dar mormanul era uriaş, iar pe una dintre farfurii era o crustă ameninţătoare, aşa că m-am aşezat şi mi-am deschis laptopul.

Încă lucram în mare parte din pat, ceea ce mă izola şi cu siguranţă îmi afecta îngrozitor coloana, dar nu puteam să mă întorc la birou până nu arătam şi mă simţeam mai bine. Toţi burgerii, toate lichiorurile şi emisiunile poliţiste difuzate noaptea târziu mă făcuseră să mă îngraş, să am coşuri şi un ten pătat cu gri, roz şi galben.

Cu câteva săptămâni în urmă, postasem pe panoul virtual al departamentului nostru că îmi caut o locuinţă nouă, iar Jiro, un profesor exagerat de spilcuit, trecut un pic de patruzeci de ani, îmi trimisese un link către un apartament somptuos cu două dormitoare, dovedindu-se că nu e doar proprietarul, ci şi că-l închiriază altora, pentru profit. Depăşea cu mult preţul pe care mi-l permiteam şi ideea ca banii mei de chirie să intre direct în buzunarul lui Jiro mă făcea să-mi doresc să mă arunc de undeva. Am acceptat totuşi să văd locuinţa, cu gândul că asta le-ar putea transmite colegilor mei că mă descurc.

— Te simţi bine? m-a întrebat Jiro de îndată ce m-a văzut. Serios, pari *epuizată*.

Mi-a prezentat proprietatea care-i aducea venituri, scoţând în evidenţă podelele de lemn, ferestrele mari şi şemineele fermecătoare, chiar dacă erau nefuncţionale. M-am prefăcut că evaluez totul şi i-am spus că urmează să-l anunţ ce hotărăsc. În dreptul uşii, Jiro şi-a sprijinit mâinile de umerii mei şi mi-a zis „nicio căsnicie bună nu s-a încheiat vreodată cu un divorţ", lucru care mi s-a părut oarecum obraznic; era prima noastră interacţiune în afara locului de muncă şi, la început, îmi spusese „Magda". Cât am aşteptat tramvaiul, m-am întrebat dacă are dreptate – dacă avusesem o căsnicie proastă – sau dacă Jiro e doar nesimţit.

Am ales ultima variantă. Dacă era atât de bogat, de ce nu-mi acordase o reducere pentru apartamentul lui uriaş sau, şi mai bine, de ce nu se oferise să mă lase să locuiesc acolo gratis? Nu mi-ar fi trebuit multă vreme, iar chestiile de genul ăsta se întâmplau mereu femeilor palide şi melancolice din romanele pe care le citeam în vacanţă. Acum, că eram falită şi fără locuinţă, oare Jiro şi soţia lui nu trebuiau să mă invite în casa lor de vacanţă – şi, în cele din urmă, în căsnicia lor? Pentru câteva săptămâni, puteau măcar să-mi ofere o mansardă nefolosită din New York!

I-am explicat asta lui Clive când am trecut pe la el să-i dau lalelele, a doua şi ultima oprire din livrările mele florale după ce sunasem din fața casei lui Lauren și aflasem că ea și Amirah sunt cu el.

— Nici să nu te gândești la asta! mi-a zis, privindu-și ostentativ apartamentul de la mansardă, cumpărat cu ani în urmă după moartea unei strămătuși care nu avusese copii.

Era mic și încântător, cu grinzi expuse, rafturi încastrate în pereți și o fereastră imensă, orientată spre sud, în bucătăria văruită într-un verde-mentă. Noi, ceilalți, eram chiriași dedicați, așa că tratam locuința lui Clive, cu micul balcon și interiorul aproape gol, ca pe un fel de club – casa noastră comună. Ne petrecuserăm multe seri de duminică aici, îngrămădiți pe canapeaua lui cu gustări sau măști pentru picioare sau cu șase sticle de vin și un film.

— Ești foarte norocos că ai locul ăsta, i-am spus lăsându-mă pe spate pe una dintre pernele decorative cu model vag marinăresc.

Lauren mi-a luat mâna și mi-a pus-o pe capul ei, un gest bine cunoscut mie. Mi-am lăsat băutura pe măsuța de cafea și-am început să-i despart șuvițele de păr în secțiuni, ca să i le strâng într-o împletitură franțuzească.

— Sunt norocos că restul verilor mei sunt niște gunoaie, a spus Clive, dând picioarele lui Amirah de pe el și ridicându-se cu autoritate, ca un bărbat care avea un plan, chiar dacă planul era să prepare tonice cu vodcă. Mulțumesc, mătușă Grace! Să o sugeți, Jordan și Luke!

Amirah își petrecuse tot timpul întinsă peste noi pe canapea, distrasă de o ceartă prin mesaje cu Tom, din cauza unei rezervări pentru cină pe care el uitase să o reprogrameze.

— Parcă nu vrea să-l cicălesc, a zis ea. Și, când nu o fac...

— Trebuie să mâncaţi la alt restaurant? a întrebat Lauren. *Ce coşmar!*

— Exact, mulţumesc! a spus Amirah, adăugând „O, du-te dracului!" când şi-a dat seama că Lauren îşi bate joc de ea. Urmează să-i întâlnesc părinţii, bine? Am emoţii.

Amirah nu avea de ce să-şi facă griji. Toţi părinţii din lume o adorau şi încă se înţelegea de minune cu familiile mai multor foşti de-ai ei. Rar se agita aşa, un alt semn din multele recente că începea să-l considere pe Tom un partener romantic serios, şi nu un simplu iubit.

— Credeţi că este prea devreme? a întrebat ea.

Clive a ridicat din umeri, ieşind din adâncurile frigiderului cu trei lămâi verzi.

— Eu fie vreau să-ţi cunosc bunica la a doua întâlnire, fie nu-mi bat capul nici cu numele de familie.

Lauren a dat din cap cunoscătoare.

— Nu pot să te ajut, a zis ea. Aplicaţiile mi-au distrus ideea de normalitate. Am fost nevoită să mă despart de tipul cu care mă vedeam – mai ţineţi minte, era agorafob, aşa că trebuia mereu să ne întâlnim la el acasă? S-a dovedit că nu are nicio fobie, doar că nu-i place să vină în partea de vest.

— La dracu'! am zis eu.

— Am să fur tehnica asta, a spus Clive.

Lauren s-a ridicat să-şi vadă cu atenţie codiţele în oglindă.

— Fără supărare, dar nu e cea mai reuşită coafură pe care mi-ai făcut-o, a zis ea.

Amirah şi-a aruncat telefonul pe nişte perne şi a scos un sunet îndurerat.

— Ce mă faaaaaaaac? s-a văitat, prăbuşindu-se pe canapea şi ascunzându-şi faţa în umărul meu.

I-am spus că nu sunt persoana potrivită pe care să o întrebe; în ritmul rapid cu care treceam de fiecare etapă a vieţii, în scurtă vreme urma să mă pensionez, apoi să mă bucur un timp într-un cămin pentru bătrâni înainte de înmormântarea mea, la 40 de ani. Clive a pufnit când a lăsat pe măsuţa de cafea o tavă cu pahare îngheţate.

— O, nu contează, a spus Lauren, desfăcându-şi cu grijă părul împletit. Este mai ciudat să te căsătoreşti de tânăr, decât să divorţezi. Înainte, când ieşeam, trebuia să te prezint: „Ea e prietena mea, soţia lui cutărică." Acum, parcă eşti ca la început.

Le-am spus că mi-aş fi dorit să fiu văduvă.

— Am impresia că, atunci când divorţezi, toţi se întreabă cum ai stricat totul, ce te-a făcut atât de insuportabilă. Dacă îţi moare soţul, măcar oamenilor le pare rău pentru tine.

Amirah s-a înviorat auzindu-mă, poate dându-şi seama că nu fusese prezentă într-un moment crucial de sprijin şi văzând asta ca pe o ocazie de a-şi lua revanşa. S-a aplecat înainte ca să mă mângâie liniştitor pe cap şi s-a uitat foarte serios la mine.

— O, dragă, *nu*-ţi face griji, a spus ea. Oamenilor le pare foarte rău pentru tine.

Mesaje la care nu am primit răspuns, 6–16 august

hei, am primit corespondența ta. vrei să ți-o trimit la noua adresă? sper că e totul bine acolo.

ai primit mailul de la mine? tot trebuie să stabilim o dată a separării...

hei, știi ce este *shoegazing*?

tocmai l-am văzut pe colegul tău de la serviciu, eli. cred. e posibil, totuși, să fi fost doar... un tip, haha

îmi pare rău că te deranjez, dar chiar cred că trebuie să discutăm pașii următori și să demarăm procedura legală. ce mai face Janet? sper că sunteți bine amândoi.

astăzi este ziua surorii tale, dacă vrei să știi! sunt sigură că nu-i nevoie să-ți aduc aminte, dar, dacă ai nevoie, te anunț: este.

am văzut clipul tău publicitar pentru *pottery barn*... actrița pe care au ales-o are în jur de 14 ani și soțul, 50, de altfel, e chiar grozav! bravo 😂

nu mai știu nimic de tine de o vreme... m-am gândit să discutăm despre corespondența ta, despre pisică și data separării, bla-bla. anunță-mă când ai o secundă! sper că ești bine!

hei, ai făcut curat pe profilul tău de instagram? l-am văzut din greșeală, când încercam să mă deconectez de pe contul lui janet, și am observat că ai șters tot... nu sunt decât patru fotografii cu mâncare și nimic altceva. e totul în ordine? sper că ești bine. xo

????

....

te rog, jon, chiar nu vreau să-ți trimit un mesaj din ăla lung, supărător, care să te facă să mă blochezi.

Nu-ți cer atât de mult dacă vreau să-mi spui ce face pisica noastră. Și, curând, am să-ncep să-mi caut un apartament nou și-n cele din urmă am să mă mut, iar corespondența ta o să ajungă la o adresă unde locuiesc niște străini. Și de când ești abonat la *Architectural Digest*? E foarte dureros să găsesc în fața ușii chestii cu numele tău pe ele. Serios, e nasol. Și, prin faptul că nu-mi răspunzi înrăutățești situația. Nu vreau să fim unul din cuplurile alea în care cei doi trebuie să se deteste ca să se despartă cum trebuie, dar tu ești egoist și, sincer, cam crud. Nu-mi vine să cred că spun asta, dar chiar urăsc că m-ai adus în starea asta, uită-te la Gwyneth Paltrow! Nu-ți cer decât să-mi răspunzi în legătură cu tot ce primești prin poștă și să-mi spui cum ne-am putea planifica divorțul. Dac-ai vrea din când în când să schimbăm câteva vorbe, despre viață sau orice altceva, și asta ar fi drăguț. O, în plus, pentru pisică: Janet, încă sper să împărțim custodia (funcționează de minune pentru Gwyneth și Chris, chiar dacă acum el este cu Dakota Johnson). Janet ar putea să se descurce. Se adaptează foarte ușor – dacă-ți aduci aminte, am luat-o atunci la cabana lui Lauren și n-a fost nicio problemă. Încerc din răsputeri să fiu rezonabilă și abia simt că faci ceva ca să mă ajuți. În plus, trebuie să discutăm și despre altceva, nu e foarte important, dar s-a întâmplat ceva despre care cred că ar trebui să vorbim și sper că nu ai vorbit cu alții despre asta în altă parte și că nu mă eviți din cauza asta, pentru c-ar fi chiar nedrept, și te asigur că nu e ceea ce crezi. Știu că n-ar trebui să „apelăm la jurăminte" în astfel de vremuri, dar noi am spus că o să ne iubim la bine și la rău, iar situația asta e cu mult, mult mai gravă decât ne-am așteptat, totuși n-am putea încerca să fim îngăduitori? Începe să mă calce pe nervi că despărțirea vieților noastre unite poate să fie un noneveniment pentru tine și o sarcină administrativă extrem de grea pentru mine.

chiar sper că ești bine.

Amirah m-a pregătit pentru o seară a compătimirii cu o colegă de-a ei care, recent, fusese implicată în ceea ce ea numea „un divorţ de gradul cinci". În general, oamenii erau foarte dornici să-mi sugereze să-mi petrec timpul cu alţii pe care-i cunoşteau şi care divorţaseră înainte să încărunţească. Uneori, mi se părea un gest prin care mă sprijineau şi, alteori, parcă ar fi încărcat toate cadavrele în aceeaşi căruţă, ca restul satului să nu sufere de ciumă.

Vara mea fusese plină de astfel de seri aranjate, unde se bea mereu alcool şi se plângea de obicei, şi fiecare era ciudată în felul ei. Faptul că eram unite de un singur eveniment sumbru din viaţă arăta multe alte lucruri în privinţa cărora doi oameni puteau fi incompatibili. Era ca şi cum aş fi ieşit constant la băut cu cineva care-şi pierduse un unchi sau al cărui coleg de cameră se mutase pe neaşteptate sau care-şi rupsese recent o pereche de blugi. Numele femeii ăsteia era Amy.

Amy fusese cu soţul ei patru ani, căsătoriţi fiind de trei. Nu i-am zis că mi se pare, obiectiv, o prostie să te căsătoreşti cu o persoană pe care o cunoşti de un an, la 27 de ani, deşi aşa simţeam. Amy era frumoasă, minionă şi foarte, foarte furioasă. Furia radia din ea în linii aproape vizibile, ca mirosurile neplăcute din desenele animate.

— E al dracului de ridicol! a spus ea. Este un *ratat nenorocit*!

Soţul lui Amy o părăsise pentru o femeie mai tânără, ceea ce nu credea că avea să se întâmple până când ea însăşi nu ar fi fost, cu adevărat, bătrână. Noua lui iubită avea 21 de ani şi preda pilates cu una dintre maşinăriile alea care par a fi făcute pentru sex, dar sunt pentru femeile slabe ca să facă exerciţii cu ele. Amy se gândise să se înscrie la unul dintre cursurile ei, dar presupusese că noua iubită a fostului ei soţ ştia cum arată ea, datorită reţelelor de socializare din Toronto. În schimb, începuse să se ducă la o altă sală de pilates, trezindu-se la cinci dimineaţa ca să rămână la cursurile de la şase şi şapte.

— Cumva, trebuie să faci două ore ca să simţi un efect, a zis ea, ceea ce bănuiam că nu ar fi fost adevărat în cazul meu.

Acum, la 30 de ani, Amy se simţea vlăguită.

Invidiam limpezimea furiei lui Amy. Să hotărăşti că fostul tău este un răufăcător părea o cale mai uşoară de a face faţă unei despărţiri. Eu oscilam, de la o oră la alta, între a-l urî pe Jon şi a-mi dori să-l iau cu uşurelul. La urma urmei, nu făcuse nimic îngrozitor; greşeala lui principală a fost că nu m-a contrazis când i-am sugerat că mariajul nostru nu funcţionează, iar eu nu puteam să-l învinovăţesc pentru asta (... nu-i aşa?).

— Cred că s-a speriat pentru că ne-am căsătorit şi şi-a dat seama că asta este, că n-o să mai aibă parte de alte femei până la moarte, a spus Amy. Imediat ce ne-am întors din luna de miere, a început să fie ciudat. Nu înţeleg. Eu nu m-am simţit diferit după ce ne-am căsătorit.

În noaptea dinaintea nunţii noastre, Jon se întrebase cu voce tare dacă urma să se schimbe ceva, dacă aveam să ne simţim diferit ca soţ şi soţie. După slujbă, l-am întrebat dacă se simte altfel.

„Nu chiar", fusese răspunsul lui. „Te iubesc ca şi până acum."

Apoi a zis „soţia meeeea" imitându-l pe Borat şi a fugit după un chelner care ducea o tavă cu burgeri de pui. Totuşi, eu mă simţeam diferit: mai calmă, mai în siguranţă. Asigurată.

Amy a spus că nu intenţiona să se împace „nici într-un miliard de ani" cu soţul ei şi că fostul meu este cu siguranţă un idiot cu penisul probabil mic. Mi-a propus să îmbrac o rochie sexy, să mergem într-un loc unde ştiam sigur că avea să fie şi „să-i arăt ce ratează".

I-am spus că noi doi fuseserăm împreună aproape zece ani şi că putea să deseneze din memorie ce anume rata. În plus, nu părea să rateze prea multe. Am mărturisit că de aproximativ o lună nu-mi răspunsese la mesaje.

— De fapt, e chiar toxic. Este hărţuire, a spus Amy, umplându-ne din nou paharele cu vin natural.

Personal, credeam că lipsa permanentă de comunicare este, la drept vorbind, opusul hărţuirii, însă am tăcut şi mi-am sorbit vinul, acreala băuturii înţepându-mi gâtul. Când chelnerul ne adusese lista cu vinuri, Amy îl rugase „să o provoace". I-am zis că, odată, Jon îmi spusese că toate vinurile i se par burgheze. Amy a rămas cu gura căscată.

— Deci e un nenorocit!

Ei îi plăcea.

Amy era amuzantă. A înjurat mult şi s-a dus la magazinul din colţ să cumpere ţigări după ce-am terminat prima sticlă de vin menit să ne provoace. A vorbit cu atâta cruzime despre fostul ei soţ, încât mi-am îngăduit să-mi aduc aminte cât de enervant era Jon în perioada electorală, cum se comporta de parcă ar fi fost rezonabil să-şi petreacă nouă ore pe toaletă (aproximativ, dar chiar şi-aşa...), cum uneori se purta de parcă a lucra în publicitate era o chemare nobilă. Oare nu alesesem să-l eliberez? Am simţit din nou euforia libertăţii care mă învăluise când Calvin îmi spusese râzând: „Tipul ăsta n-o să se mai întoarcă *niciodată*." Poate că nu era o tragedie care să-mi definească viaţa. Poate eram o femeie inteligentă care ştie cât valorează sau, cel puţin, că merită mai mult decât să fie sfâşiată mortal în fiecare noapte de unghiile tari de la picioarele unui director publicitar adjunct. Amy a spus că, şi în zilele în care se simţea absolut groaznic, nu se simţise niciodată mai bine.

Totuşi, nu putea să treacă peste faptul că, într-o zi, fostul ei soţ avea să moară, iar ea nu ar fi ştiut.

— Va trebui să particip la înmormântarea aia, a spus sughiţând. Sau poate-am să fiu şi eu moartă, dar măcar prin apropiere.

M-am gândit la moartea lui Jon, într-o zi, la trecerea în nefiinţă a unui bătrân cu milioane de experienţe abia acumulate, dintre care niciuna n-ar fi avut nimic de-a face cu mine, farsa noastră simpatică şi plină de umor de negru la adresa evenimentului fiind de mult uitată. La o analiză a vieţii sale, cei aproape zece ani petrecuţi împreună nu însemnau prea mult. În mintea lui, aş fi ocupat cam tot atâta spaţiu cât şcoala primară: o chestie care s-a întâmplat, din care nu mai rămâneau multe amintiri. Ce nu s-ar fi pierdut? Şi-ar fi adus aminte de primul nostru apartament, de cabina de duş în care nu puteai să stai în picioare, de afişele vechi de care eram ciudat de mândri, de momentul în care am rămas încuiaţi pe dinafară în toiul iernii, de privirea fiului proprietarei când a venit să ne salveze la două dimineaţa? Şi-ar fi amintit că ne iubiserăm, că ne schimbaserăm unul pe celălalt; că făcuserăm compromisuri în privinţa decorării dormitorului şi împărţiserăm o saltea răcoritoare pentru transpiraţiile lui nocturne şi tare ca piatra pentru problemele mele cu spatele? Învăţase să folosească un cuţit de bucătărie la un curs de gătit la care-l înscrisesem pentru aniversarea noastră. S-ar fi gândit la mine măcar când ar fi tocat usturoi?

— Chestia asta mă deprimă, a spus Amy. Hai să luăm nişte nachos!

Am schimbat barul şi am mâncat brânză topită procesată, sub un tigru cu lumini neon, cât mi-a povestit Amy despre întâlnirile ei. Se vedea cu trei oameni diferiţi, pe care-i cunoscuse „pe aplicaţii". Cel mai incitant era un tânăr de 24 de ani care aspira să fie actor şi care era deja celebru în anumite colţuri ale internetului pentru videoclipurile cu cascadorii în care escalada clădiri imposibil de înalte. Am vizionat câteva. Erau pline de tensiune şi impresionante. Amy spunea că este uimitor în pat şi că este „specializat în divorţate", deoarece călătoreşte mult şi nu are timp să se stabilească undeva. Şi pentru că este matur pentru vârsta lui.

Mi-a zis că multor bărbaţi le plac femeile divorţate.

— Durerea te face oarecum sexy, aşa că e mai probabil să rămână prin preajmă, în loc să dispară sau să facă sex cu prietena ta, ca să-ţi demonstreze că e ceva lipsit de angajament.

I-am răspuns că, probabil, trupul ei grozav şi atitudinea ei relaxată o fac atrăgătoare pentru bărbaţi.

Ea mi-a luat telefonul, l-a ridicat în dreptul feţei mele ca să-l deblocheze şi a zis „Nu, e datorită divorţului", cât a descărcat aplicaţia Tinder.

I-am povestit despre incidentul cu Calvin, că nu mă simt pregătită să cunosc alţi oameni.

Ami a ţâţâit.

— Nu trebuie să te căsătoreşti cu tipul. În plus, e grozav că ţi-ai tras-o cu prietenul lui, adică... i-ai făcut-o!

Am încercat să-i explic că nu mă culcasem cu el, ci doar împărţiserăm platonic un pat, în care sânul îmi ieşise din maioul de dormit doar o dată, însă ea nu mai asculta. Cât s-a uitat prin fotografiile mele, fără măcar să clipească la zecile de selfie-uri de o tristețe îngrozitoare pe care le făcusem, m-am simțit plăcut de neputincioasă.

Amy s-a oprit la o fotografie veche de trei ani, în care zâmbeam cu prietenele la o terasă din Collingwood, înainte să spună, fără răutate:

— Poate c-ar trebui să-ți lași bretonul să crească.

A tăcut o clipă, după care a decupat din fotografie o prietenă deosebit de atrăgătoare și a transformat-o în poza mea de profil.

— O să-ți placă să ieși la întâlniri, a continuat. Acum, toți fac analingus.

Amy și cu mine am lucrat la replicile de spart gheața când cuplurile au început să se adune în jurul nostru, perechile stabile ieșind ținându-se de mână, cele mai noi îmbrățișându-se politicos și îndreptându-se în direcții diferite sau privindu-se prea mult înainte să accepte, cu timiditate, să ia același taxi. M-am uitat cu atenție la oamenii ăștia: câți dintre ei erau fericiți, câți erau nefericiți și nu știau, câți pretindeau că sunt fericiți, cu toate că știau al naibii de bine cât sunt de triști... și când aveau să rămână singuri, dacă s-ar fi întâmplat așa ceva? Am încercat să-mi imaginez că mă alătur lor. Ultima dată când fusesem disponibilă, să ies la o întâlnire însemna să-mi pun un top fără mâneci și să strecor înghețate Smirnoff într-o sală de cinema. M-am gândit la zvâcnirea unui genunchi care atinge intenționat un altul, la zăbovitul pe stradă târziu în noapte, la două trupuri care inventează scuze ca să se apropie. Probabil mai aveam pe undeva un top din ăla.

Eu și Amy ne-am continuat activitatea, coborând pe terasa barului și trecând, din nefericire, la cocktailuri când ne-am comparat poveștile de despărțire. Familia lui Amy nu gestionase bine situația – îl îndrăgea pe fostul ginere. Mama ei chiar mai ţinea legătura cu el ocazional! Din Kingston, ai mei mă sprijineau cât puteau de mult.

— Mi se pare că nu prea ştiu ce să zică, am spus eu.

Recent, o întrebasem pe mama dacă vreun membru al familiei mele se aşteptase la asta, iar ea îmi răspunsese întrebându-mă, printr-un mesaj: ce înseamnă „se aşteptase"?

Părinţii lui Amy erau încă împreună, ceea ce însemna – simţea ea – că o vedeau ca pe un eşec. Reuşiseră să rămână căsătoriţi mai mult de treizeci de ani, iar fiica lor nu fusese în stare să reziste trei. Părinţii mei s-au despărţit când eram copil, dar nu au divorţat în mod oficial până nu am devenit adulte, lăsându-ne pe mine şi sora mea să creştem într-o stare incertă, care sunt sigură că nu a avut urmări pentru abordările intimităţii din perspectiva unor femei mature.

La divorţul ei, Amy se purtase extrem de dramatic, nu neapărat zgâriindu-i maşina cu cheile („Am fost tentată, din cauza lui Carrie Underwood"), dar cu siguranţă fiind neatentă când îşi cărase lucrurile pe alee, pe lângă Toyota Auris, pe care el o tunase. Mi-a zis că apartamentul lor însemnase totul pentru ea. Ziua plecării ei fusese o zi „de 9 septembrie în varianta personală".

Totuşi, avocata lui Amy era sigură că urma să fie răzbunată.

— O să-l târâm pe nenorocitul ăla în sala de judecată şi-o să fie nevoit să locuiască în *Orangeville* cu mama lui, a chicotit ea. Orangeville! Poţi să-ţi imaginezi?

I-am spus că eu şi Jon speram să apelăm la avocaţi doar pentru documente; împărţiserăm deja aproape tot, aşa că nu prea aveam pentru ce să ne luptăm. I-am explicat că ni se părea important să fim onorabili, că le eram datori versiunilor noastre mai tinere să fim amabili.

Amy şi-a golit paharul de martini şi a tras din ţigară, părând mai divorţată decât oricine altcineva din istorie.

— Baftă!

Noaptea a continuat. M-am simţit trecând pragul dintre a fi distractiv de beată şi „a recita un vers dintr-o melodie din trecutul meu", dar n-aveam altă soluţie decât să beau. I-am povestit lui Amy că tot ce postam online mi se părea ca un exerciţiu pentru relaţii publice, de parcă aş fi încercat să le transmit prietenilor, colegilor, cunoştinţelor şi câinilor câtorva amici că sunt bine, că poate chiar prosper. Mă trezisem machiindu-mă înainte să văd un film, apoi postând pe Instagram câteva videoclipuri făcute cu camera frontală, în care făceam glume prosteşti despre film. Întotdeauna alegeam filme care-i plăcuseră lui Jon (care, probabil, îi mai plăceau). Întotdeauna ştergeam videoclipurile dimineaţa.

Amy mi-a spus că e normal să caut strălucirea. Mi-a sugerat să o însoţesc la o oră de spinning, dacă într-adevăr îmi doream să dau sfară-n ţară în legătură cu starea mea. În garsoniera ei avea o oglindă pe care scria CA O FEMEIE DE PUTERNICĂ şi îi plăcea la nebunie cum îi făcea să arate fundul în selfie-uri.

— În cazul unei despărţiri, există un singur câştigător, a spus Amy. De ce să nu afle toată lumea că tu eşti?

Trebuia să admit că, observând toate aspectele, situaţia asta avea atmosfera unei competiţii. Mi se părea că, prin experienţa sfârşitului căsniciei mele, mă apropiam cel mai mult de posibilitatea de a fi o celebritate locală nemiloasă: mi-i imaginam pe cei din cercul nostru mai larg urmărindu-mi mişcările, studiindu-mi postările şi întrebându-se, în grupuri, despre întâlnirile mele. Mă simţeam super-vizibilă – chiar supravegheată. Dacă toată lumea intenţiona să se uite, de ce să nu vadă un abdomen bine definit?

I-am spus lui Amy că aveam de gând să încerc ciclismul, dar nu să încerc să „câştig" despărţirea. Amy, căreia o geană falsă începea să i se desprindă din coada ochiului, s-a uitat la mine de parcă aş fi fost cea mai mare cretină în viaţă.

— De ce crezi că te obligă să aştepţi un an? m-a întrebat ea, bolborosind doar uşor cuvintele. Ca să ai timp să arăţi uimitor la mediere. Am cumpărat topul ăsta care o să-l dea gata.

Mi-a zâmbit, iar eu am văzut o lacrimă apărându-i în ochiul stâng.

Înainte ca barul să se închidă, Amy şi cu mine plânseserăm de două ori. Stăteam afară şi îi aşteptam Uberul, iar mie nu-mi venea să cred cât de drăguţ arăta încă, cu trăsăturile ei delicate, părul lung şi strălucitor şi rochia uşoară parte peste parte, cu volănaşe în partea din faţă. Ducându-mă o dată la baie, îmi surprinsesem chipul în oglindă, şi nu puteam spune acelaşi lucru despre mine. De ce n-avea dinţii pătaţi de vin? Cum îşi păstra părul aşa? Ea a suflat ultimul fum de ţigară şi a zis:

— Urăsc să fiu fosta soţie a cuiva. E prea haotic.

Amy a râs cu amărăciune, pentru prima dată parcă tristă în noaptea asta.

— Când ai auzit vreodată o poveste bună despre o fostă soţie? Toate sunt oribile – toate. Lanţul de la gâtul unui bărbat. Dar el m-a făcut aşa. Dacă nu voia să aibă de-a face cu o fostă soţie, n-ar fi trebuit să mă transforme dracului în una!

Amy s-a uitat la mine şi a zâmbit timid înainte să vomite un pic în palmă. Maşina ei a sosit şi ea a vomitat din nou, ca lumea de data asta, înainte să urce. Am auzit-o spunându-i şoferului să nu-şi facă griji în privinţa asta, deşi nu părea foarte îngrijorat, şi pe bună dreptate. Am mers pe jos până acasă, ascultând melodii de despărțire și simțindu-mă ca o ratată pentru că mă raportam la toate. „Pierderea iubirii este ca o fereastră în inimă", am gândit eu. Am postat pe Twitter *toată lumea vede că ești distrusă*, apoi am șters postarea, am găsit versul pe contul unui fan de-al lui Paul Simon și l-am postat din nou de acolo. Mergând, mi-am accesat profilul de pe Tinder și am glisat la dreapta pentru toată lumea, simțind un val incredibil de respect pentru propria persoană sau ceva de genul când s-au afișat potrivirile, iar nu am răspuns nimănui. Nu făceam niciun rău dacă mă uitam. Puteam să șterg aplicația dimineață.

Era palpitant să selectez „afișează bărbați și femei". Până acum, bisexualitatea mea fusese în mare parte teoretică, bazată pe o singură aventură din timpul facultății și câteva săruturi la beție. Avusesem câteva „prietenii" controversate cu persoane de același sex, o partidă stânjenitoare de sex în trei, iar genul meu porno preferat era cel în care una sau mai multe femei hărțuiau sexual o alta, dar niciunul dintre aceste lucruri nu mi se păruse suficient de important încât să-l proclam parte din identitatea mea. Deși întotdeauna mă simțisem gay, în proporție de cel puțin 35 la sută, ori de câte ori se aducea vorba despre orientarea mea, mă simțeam lipsită de experiență și rușinoasă. Acum, dacă aș fi spus cuiva că-mi plac femeile, aș fi putut să-mi susțin afirmația cu dovezi. M-am uitat la câteva profiluri, atrasă de cele cu descrieri personale concise, scrise cu litere mici: o grămadă de gunoi uman - caut același lucru; caut complice (intenționez să comit multe infracțiuni); fugi! Profilurile femeilor erau, în general, mai discrete decât ale bărbaților, cu excepția cazurilor în care erau mult mai exagerate – selfie-uri de prim-plan prost luminate în băile cluburilor care au piscină și ele poartă bikini, descrieri în care menționau că sunt în căutarea unei persoane *dispuse să se implice cu adevărat* și *să spună NU dramelor*.

Era plăcut să-mi simt telefonul vibrând, să văd scrisul cu italice, urmat de semnul exclamării, ca o invitație la nuntă: *Vă potriviți!* M-am uitat la femei înalte și bărbați scunzi, femei cu cercei în nas și bărbați cu tatuaje, la bărbați în grupuri mari, în grupuri anonime sau stând singuri pe vârful muntelui, gesticulând vag în aerul liber, ca și cum ar fi spus: *Ia privește!* Erau bărbați care țineau în brațe bebeluși (*nu-ți face griji, nu-i a mea!*) și femei cu limba scoasă la petreceri date acasă și bărbați lângă feline din junglă, sedate. Femei care erau prea interesate să aibă o bicicletă, bărbați la costum care căutau distracție necondiționată, fotografii în tonuri sepia ale unor androgini atrăgători cu chipurile pe jumătate ascunse și care făceau semn cu ochiul din spatele unui filtru cu câini sau machiați prea intens. Nimeni nu era teribil de atrăgător. M-am uitat la profiluri ore-n șir.

A doua zi, eram mahmură și aveam patruzeci și șapte de noi potriviri. Mă uitam prin opțiunile mele, când Amy mi-a trimis un mesaj:

ce noapte distractivă, gagico!

ce este esențial să știi despre aplicații este

că, de fapt, nimănui nu-i place altcineva de acolo.

doar respiră și nu uita:

nu-ți face griji😂

Corespondență selectată, Tinder, 20 august

ce faci, cum îți merge azi?

drăguțe poze

salut!

hei, frumoaso, cum îți merge azi? ce siluetă voluptuoasă și încântătoare

salut, ha-ha, ce mai faci?

nu-mi place să pierd vremea trimițând mesaje aici, vrei să ieșim la un pahar? ești sexy😆

așadar, lucrezi la universitate, tocilară, dar sexy ha-ha

saluuuut!

dacă ai putea călători oriunde în lume, unde te-ai duce? tocmai m-am întors din Peru – e grozav aici. străinii sunt duși cu pluta și totul este extrem de ieftin. dacă vrei, pot să-ți recomand niște locuri.

bună, iubito, ce cauți aici? eu îmi doresc o relație temporară roșcatele nu-s chiar genul meu, ha-ha, dar poate că tu reușești să mă faci să mă răzgândesc

salut, chica 😉 eu sunt lisa

încântat de cunoștință, cum îți merge azi? vreau să fiu foarte sincer și să-ți spun că iubita mea nu știe că am contul ăsta

hei, sunt în căutarea distracției, tu?

ai mers la liceul macdonald? credeam că ești căsătorită. sunt danny, ha-ha

Bună, Maggie! Pari o persoană drăguță și amuzantă, cu un loc de muncă interesant 😂 Mi-ar plăcea să te cunosc mai bine și să-ți fac cinste cu o băutură sau cu cina. Doar ca să mă asigur că suntem compatibili, ai putea să-mi trimiți poze cu picioarele tale? Mi-ar plăcea să le masez, să le sărut și să le ling. Toate cele bune!

cred că ești profesorul meu de sprijin, ha, ha, ha,

nu pot să mă gândesc niciodată cum să încep o conversație în cazurile astea, dar, salut, pari grozavă 🤓

picioare mari

M-am prezentat fizic la serviciu pentru prima dată la sfârșitul lunii august. Probabil că Merris le povestise tuturor de ce lipsisem, pentru că peste tot vedeam priviri compătimitoare. Cei mai mulți erau delicați în privința asta, însă bătăile ușoare pe braț și capetele înclinate mă epuizau, iar oamenii mă tot întrebau dacă eu credeam c-aveam să mă recăsătoresc vreodată, ceea ce părea o schimbare de situație rapidă.

Olivia, o medievistă liniștită, cu un sâsâit ușor, parcă academic, se logodise în absența mea și era incredibil de timidă, ca și cum căsătoria ar fi avut o politică în care unul reușea și altul nu, iar începutul căsniciei sale ar fi adus direct sfârșitul mariajului meu. Jiro m-a oprit pe hol ca să-mi spună de evenimentul pentru tinerii celibatari organizat de biserica la care mergea sora lui.

— Relativ singuri, s-a corectat el. Câți ani ai, 34?

Am închis ușa de la biroul meu.

Acum era septembrie, iar Jon nu-mi răspunsese la niciun mesaj, telefon sau e-mail din noaptea incidentului cu burgerii, când fusese pe jumătate adormit și păruse confuz în privința identității mele și a motivului pentru care-l sunam, spunând în cele din urmă „serios, nu-ți face griji pentru asta” și închizând telefonul. La un moment dat, blocase și contul de Instagram al pisicii. I-am trimis un mesaj lui Calvin ca să-l întreb dacă mărturisise despre noaptea noastră împreună, iar el mi-a răspuns ÎMI PARE FOARTE RĂU, cine ești? și apoi nu, după ce l-am lămurit. Mi-am întrebat avocata dacă era nevoie să luăm legătura cu Jon pentru niște chestiuni legale, dar, cu „atât de puține bunuri de împărțit” (mulțumesc, Lori!), era puțin probabil să tărăgănăm lucrurile prea mult.

Mi-am ocupat timpul cu colajele mele, cărţile de dezvoltare personală şi alte câteva tentative de socializare. Mă pregăteam pentru o serie nouă de studenţi, iar în cea mai recentă carte a lui Merris erau mai multe întrebări importante, fără răspuns, care mă determinaseră să-mi petrec multe ore singură în bibliotecă, şi era incredibil cât de normal părea totul până plecam acasă şi acolo nu era nimeni sau se întâmpla ceva amuzant şi voiam să-i trimit un mesaj lui Jon, însă-mi aminteam că nu mai facem asta. Uneori, îi trimiteam oricum un mesaj.

Mi se părea umilitor să recunosc, dar, fără un partener cu care să analizez lucrurile, evenimentele mici şi mari ale vieţii parcă erau nefondate. Acceptasem că se terminase, că niciodată n-avea să mai fie la fel şi că eventual aşa este cel mai bine, însă aş fi plătit un milion de dolari pentru încă un drum acasă cu taxiul de la o petrecere, în care să ne atingem beţi genunchii şi să discutăm evenimentele serii – cine ce spusese despre cine sau cine jignise neintenţionat pe cineva, cine era prea beat şi pleca acasă cu o altă persoană, dacă fuseseră sau nu destule gustări şi dacă părea că gazdele aveau să se certe mai târziu –, încântaţi să fi ieşit cu atât de mulţi oameni şi mult mai încântaţi să fim singuri, doar noi doi, în drum spre casă, unde urma să ne-o tragem, să râdem şi să bem apă rece ca gheaţa.

Dar! Era mai bine să nu mă gândesc la asta. De obicei, munca mă distrăgea în mod util, deşi situaţia mea – dorul confuz şi nostalgia autoflagelatoare, faptul că descărcam şi ştergeam constant aplicaţia Tinder – găsea moduri să se insinueze şi acolo. Într-o zi, răsfoind *Emblemata* lui Alciato după referiri la râuri, am fost luată prin surprindere. „Uneori, lucrurile dulci pot să devină amare”, a scris el după ce o persoană fusese atacată de albine. „Uau!”, am gândit eu. „E foarte adevărat.” „Port cu nefericire rodul propriei distrugeri”, spunea un castan după ce fusese scuturat de nişte copii. M-a dezorientat să descopăr că şi asta era despre mine, o voce care-mi zicea, peste secole şi un ocean, *îmi pare rău de divorţul tău.* Când am ajuns la Emblema 192, „Acest respect trebuie căutat în căsnicie", am fost nevoită să închid cartea şi să iau o pauză, scriindu-le încă o dată celor din grupul de conversaţii despre părul meu.

Dorinţa de a-mi tunde şi decolora părul era extrem de puternică şi devenea mai puternică în fiecare zi. Cei din grupul de conversaţii recunoscuseră deja, cu timiditate, crearea unui al doilea grup în mare parte dedicat etichetării persoanei care urma să mă convingă în săptămâna respectivă să nu mă vopsesc acasă. Înţelegeam de ce se opuneau dorinţei mele: era banal să apelezi la o tunsoare dramatică în timpul unei despărţiri. Voiam să rezist. Recent, Amy îşi tatuase cuvântul RESPIRĂ, iar Amirah glumise că la fel de bine s-ar fi putut citi DIVORŢ. Oare voiam ca toţi din jurul meu să vadă limpede că trec prin ceva?

Poate că nu, dar gestul tot avea ceva atrăgător – era tentaţia unui nou început. Imaginea fugarei în baia unei benzinării, cu o foarfecă şi peroxid, devenind o altă persoană. Doar mândria mea la ideea că Jon ar fi putut să afle mă făcea să ezit – şi, chiar şi atunci, dacă aş fi reuşit să mă transform în versiunea străină şi sexy a femeii pe care o cunoscuse... ei bine...

Decupam fotografii cu Drew Barrymore din anii 1990 ca să-mi susţin cauza, când am primit un e-mail:

> Vă mulțumim pentru întrebarea privind controlul anual al lui Janet. Conform înregistrărilor noastre, Jon a făcut o programare și a adus-o la cabinet săptămâna trecută. Vă veți bucura să aflați că este perfect sănătoasă și că, acum, are toate vaccinurile la zi. Cât a fost aici, Jon

i-a actualizat contul lui Janet la noi și v-a șters informațiile de contact și statutul de îngrijitor principal. S-a comis o greșeală? Dacă da, nu putem face alte modificări fără a-l informa pe Jon, așa că va trebui să luați legătura cu el. Îmi pare rău că nu vă pot fi mai mult de folos. Rugați-l pe Jon să ne trimită un mesaj, ca să putem modifica dosarul lui Janet.

Veterinara s-a semnat cu numele ei şi cu o imagine micuţă a unei lăbuţe. Părea că o pisicuţă din desenele animate îmi arăta degetul mijlociu. Când am clipit spre monitor, Olivia a intrat ţinând în mână o pungă cu alimente cu proteine ce au conţinut scăzut de grăsimi.

— E totul în regulă? m-a întrebat ea, căutând în punga cu fermoar primul din cele două ouă care păreau ude.

I-am răspuns că totul e bine, că sunt doar obosită, iar ea a dat din cap de parcă ar fi ştiut ce vreau să zic, deşi bănuiam că rareori era obosită şi că, de îndată ce obosea, trăgea un rezonabil pui de somn de douăzeci de minute şi se trezea înviorată şi hidratată.

Olivia alerga la maratoane şi de asta avea ouăle. Mereu consuma niscaiva proteine între mese, mestecând pastramă de curcan fără să se plângă sau numărând câte opt migdale. Ouăle de buzunar erau de departe cea mai scârboasă gustare a ei – o sursă aparent nesfârşită de ouă fierte tari şi umede pe care le căra cu ea şi le scotea în momente nepotrivite pentru a le decoji şi a le mânca fără sfială.

— Deci, a zis ea veselă, cu unghiile înfipte în coaja primului ou. Ce mai e nou?

Cred că e posibil ca soţul meu să ne fi furat pisica sau să se mute în altă casă fără să-mi spună şi o s-o ia cu el sau pur şi simplu mă urăşte nespus şi vrea să mă strofoc sau pisica este ostatică sau ăsta-i un plan elaborat ca să mă recâștige sau poate a înnebunit și ăsta este un strigăt de ajutor, iar eu trebuie să-l găsesc...

— Nu prea multe.

— Ca-ntotdeauna, ca-ntotdeauna! a râs Olivia.

A spus-o cu entuziasm, ca și când ar fi fost o nouă expresie amuzantă pe care o încerca. Am vrut să mă-ntorc cu spatele la calculator, dar era clar că avea chef de o mică pauză de discuții. Mi-a trecut prin minte c-ar fi putut să vină aici, cu atitudinea asta, cu scopul de-a mă înveseli – îngrozitor.

Problema era că Olivia era o persoană minunată și grijulie, care mereu aducea migdale în plus, în caz c-ar fi vrut cineva, și niciodată nu mă rugase să particip cu ea la cursa de zece kilometri, deși participa întotdeauna și, o dată, o întrebase pe Merris dacă i-ar fi plăcut să i se alăture. Merris o refuzase și, uneori, râdeam puțin de ouăle de buzunar, însă nu era plăcut sau chiar posibil să nu o agreezi pe Olivia, așa că trebuia să accepți ouăle ca parte a farmecului ei.

— ... ceea ce nu e groaznic sau altceva, dar nu e treaba mea să răspund la astfel de întrebări, când Google ar răspunde mai repede decât mine, a terminat ea, făcându-mă să-mi dau seama că nu o ascultasem, ci doar mă holbasem la cojile de ou pe care le strângea la întâmplare.

Nu se decojea ușor – oul de dedesubt era crăpat și zgrunțuros, coaja ciobindu-se și desprinzându-se odată cu bucățele de albuș. Mi s-a făcut rău.

Olivia a continuat:

— E o fată care-mi trimite e-mailuri aproape zilnic și, pe de o parte, o înțeleg și sper că are prieteni sau persoane dragi sau, știi tu, oameni în viața ei, dar chiar nu e treaba mea să o sprijin așa...

Oare-mi vorbea despre asta pentru că le-am trimis un e-mail părinţilor lui? Am făcut-o doar ca să le mulţumesc pentru că mă primiseră în familia lor şi ca să le spun că avea să-mi fie dor de ei şi că, dacă voiau să ne întâlnim cândva, cu siguranţă puteam să o facem? Ce era în neregulă cu asta? Nu-mi răspunseseră, iar eu insistasem o singură dată.

Olivia vorbea în continuare.

— Sunt atât de răutăcioasă... dar dacă aş răspunde fiecărui student singuratic şi care nu are limite, ar fi ca şi când aş avea un alt serviciu cu normă întreagă şi, practic, am deja trei. Eşti sigură că te simţi bine?

Olivia şi-a condimentat cel de-al doilea ou cu sarea şi piperul din cele două pliculeţe din pungă.

— Să-ţi aduc o cafea sau altceva?

A luat o muşcătură serioasă, iar eu mi-am imaginat-o acasă, epuizată după o zi de ciclism montan cu logodnicul ei, umplând o oală cu patruzeci şi cinci de litri de apă ca să fiarbă o mie de ouă.

— Ştiu că traversezi o perioadă grea, a zis ea.

Eu am ridicat din umeri şi am zis că sunt bine, un pic plictisită şi, în mare parte, falită.

— Nu te îngrijora, am spus adoptând o falsă expresie curajoasă. Am gânduri sinucigaşe doar lunea.

Deodată, Olivia a devenit serioasă.

— Glumesc! N-am nimic.

Olivia a împăturit punga de plastic în care ţinuse ouăle şi a băgat-o la loc în buzunar.

— Schimbarea poate fi foarte dificilă, a spus ea. Ieşi din casă? Te vezi cu prietenii?

I-am zis că mă străduiesc. Îşi ţinea capul atât de înclinat într-o parte, încât părea incomod.

— Uite ce e, dacă ţi se pare vreodată prea mult, dacă ai să-ncepi să simţi că s-ar putea, ştii tu, să ai nevoie de cineva, într-o... situaţie de urgenţă...

— Isuse, Olivia, *am glumit!* Haide!

Olivia a înghiţit în sec.

— Bineînţeles c-ai glumit, a răspuns ea. Dar trebuie să ai grijă cu lucrurile astea... şi mi-ai părut atât de... Oricum. Dacă ai să vrei vreodată să discuţi cu cineva, din orice motiv, sunt aici. Doar să nu le spui studenţilor mei, bine?

Ea a chicotit agitată şi a dat să plece, uitându-se înapoi la mine cu o îngrijorare atât de sinceră, încât am roşit. M-am întors ca să mă concentrez la calculatorul meu. Zeci de Drew Barrymore mi-au zâmbit, scoţând limba și aruncându-i ocheade lui David Letterman. Arătau bine, dar privirea lor era goală.

Am încercat să-mi aduc aminte ultima dată când luasem legătura cu Jon. Un mesaj vocal lăsat în urmă cu o săptămână pentru că Bean Pun, cafeneaua noastră preferată, se transforma într-un Starbucks. Mesajele pe telefon trimise cu două săptămâni înainte, în care-i scrisesem nu știu ce s-a întâmplat cu noi, apoi, scuze, a fost stupid, apoi ha-ha, sper că ești bine!!! Însă ce se întâmplase cu noi? Nu intenţionam să fim amabili? Nu continuam măcar conversaţia despre pisică?

Nu trebuia să apuce să se furişeze noaptea cu animalul pe care, în glumă, dar şi incredibil de serios, îl considerasem singurul meu copil. Nu urma să mi se refuze o ultimă atingere a nasului ei catifelat sau un moment dulce-amărui în care Jon şi cu mine ne uram toate cele bune şi schimbam replici banale despre maturizare, în care poate mă săruta cu dor pe frunte. Hotărâserăm că se încheiase, da, dar trebuia să colaborăm ca să-i punem capăt aşa cum se cuvenea.

Merris şi-a făcut apariţia purtând unul dintre şalurile ei mai jazz. Ţinea o pungută cu ouă.

— Ai neliniştit-o pe Olivia, a spus ea, lăsând-o în faţa mea. Se pare că vitamina B12 o să te ajute.

— A luat pisica, i-am zis eu.

Merris m-a mângâiat pe spate, un gest neobişnuit de matern.

— Ei bine, măcar n-ai să mai vii la serviciu cu vomă pe cămaşă. În orice caz, nu cu vomă de pisică.

A chicotit şi chiar mi s-a părut c-aveam şi eu să râd – sunetul s-a auzit imediat. În schimb, am bocit zgomotos şi pe neaşteptate şi-am simţit cum mă pleoştesc pe hol. Mai întâi mi-a picat capul, apoi restul trupului, o femeie ajunsă grămăjoară, în locul omului competent care fusese cândva. Merris părea să se aştepte la asta, trăgându-mi capul pe umărul ei cu o mână şi închizând cu cealaltă uşa de la biroul meu.

Plânsesem mult de când se mutase Jon, dar de data asta a fost diferit, intens şi animalic. Totul se revărsa, la serviciu, spre şefa mea: refuzul lui Jon de a-mi răspunde la apeluri, uşurarea mea că pleca şi regretul imediat când a făcut-o, sticlele de Cointreau, burgerii şi cheltuielile nesăbuite făcute cu cardul, orele petrecute pe Instagram, chiria imposibilă şi suma care scădea rapid din contul meu bancar. Faptul că părinţii mei locuiau la ore distanţă, că ştiam că devenisem deja un pic prea insuportabilă pentru prietenii mei, că avocata mea nu părea preocupată de cea mai mare decizie a mea din tinereţe, că scriam din nou poezii. Şi, cel mai grav dintre toate, să ştiu că niciunul dintre lucrurile astea nu era o problemă reală, că, petrecându-mi fiecare clipă gândindu-mă la ele deveneam, probabil, o persoană foarte rea sau cel puţin ridicol de plictisitoare care nu avea să realizeze nimic vreodată sau să ajute pe cineva, care urma să moară din cauza inundațiilor provocate de climă, de cancer sau foamete, singură și urâtă de ceilalți.

M-am șters la nas și s-a lăsat tăcerea tipică unui moment în care s-a încălcat o limită.

— Ei bine, a spus Merris înainte să apuc să-mi cer scuze. Sper că te consolează ideea că eu cred c-ai procedat corect. Nu trebuie să spui asta, în caz că cei doi se împacă, dar, în situația ta, nu mi se pare un risc prea mare.

I-am zis că sunt mereu surprinsă de cât de oribil mă simt. La 18 ani, despărțirea de primul meu iubit mă vindecase de teama de moarte – neantul veșnic părea de preferat în locul rănii pe care mi-o lăsase Jason în piept alegând să meargă la o altă universitate (în ciuda acordului *expres* de a ne muta împreună în Toronto!). Presupusesem, un deceniu mai târziu, că aveam să percep altfel suferința, că aș fi dobândit niște abilități ca s-o gestionez cu grație și demnitate. Dar nu. Într-un e-mail trimis după despărțirea noastră, îi scrisesem lui Jason că mă simțeam de parcă mi-ar fi sfâșiat pieptul și s-ar fi răhățit în mine. Acum mă simțeam cam la fel – la drept vorbind, mai rău, din cauza familiarității trăirii – și iată-mă plângând la masa mea de scris în mijlocul zilei, primind ouă din mila colegilor mai tineri.

Merris a țâțâit.

— Sunt bune ouăle.

I-am zis că, pe atunci, îmi plăcuse ideea dificultății de a scăpa de căsnicie – mi se păruse chiar romantică. Părea că ar fi trebuit să fie greu și să părăsești pe cineva, pentru că, probabil, ar fi fost uneori greu să rămâi. „Cel mai bun sfat pe care pot să ți-l dau despre căsătorie este următorul: *asigură-te că vă doriți divorțul în clipe diferite*", îmi spusese o mătușă în glumă. Presupusesem că provocarea aia avea să apară mai târziu.

— Pare o idee extraordinară pe moment, nu-i aşa? a zis Merris. Şi, uite, poate a fost. Sunt sigură că v-aţi iubit şi e OK să te răzgândeşti. N-am să te tratez cu superioritate sugerându-ţi că aţi învăţat unul de la celălalt tot ce trebuie să ştiţi. Uneori, cei doi pur şi simplu se rătăcesc.

I-am spus lui Merris că are dreptate. Chiar mă simţeam pierdută. Şi proastă. Toată situaţia era penibilă. Şi demoralizatoare, lipsită de speranţă şi aşa mai departe. I-am zis că mă simt prea bătrână să merg mai departe şi prea tânără să fiu divorţată, ca şi când m-aş fi blocat în abisul dintre experienţă şi maturitate.

Merris şi-a îndreptat spatele şi m-a determinat şi pe mine să fac acelaşi lucru.

— Într-o zi, a spus ea, şi o să te surprindă cât de curând o să vină ziua asta, o să te trezeşti şi o să te simţi bine. Nu o să dureze mult, însă apoi o să vină altă zi în care abia o să-ţi aminteşti de umilinţa asta, apoi o alta şi o alta, până când aşa o să fie, pur şi simplu, viaţa ta. Dar, deocamdată, o să fie greu. Asta-i partea grea.

Am schiţat un zâmbet.

— Dumnezeule, eşti înţeleaptă!

— Sunt în vârstă, a spus ea. Şi divorţată şi văduvă... cu siguranţă ai ajuns la cine trebuie. Acum du-te acasă, nu te simţi bine. Dormi puţin, bea un lichior sau ce-ţi place ţie şi întoarce-te mâine, într-o formă mai bună. Şi poate-l laşi pe om în pace.

Am strâns-o uşor de braţ pe Merris şi m-am uitat în altă parte, dorindu-mi să o scutesc de alte manifestări emoţionale. Deşi eram colege relativ prietenoase, după-amiaza asta pretinsese mai multă intimitate din partea ei decât întreaga noastră relaţie până acum. S-a ridicat şi şi-a netezit cutele rochiei.

— O să-ți trimit un articol, a spus ea. E o compilație de greșeli cauzate de corectarea automată. Ca atunci când oamenii scriu „spârc" în loc de „sfârc". Poate niscaiva umor sec o să te ajute să mai uiți de toate.

După ce a plecat Merris, mi-am adunat lucrurile și am ieșit în ceața apăsătoare a unei alte luni prea calde de septembrie. Am mers de-a lungul străzii College, suficient de senină cât să treacă cinci din cele cincisprezece minute de meditație asupra „mersului conștient". Era îngrozitor să le ascult, însă faptul că accesasem fișierul mi se părea transformator, primul pas pe calea către o dezvoltare semnificativă. L-am închis când vocea prea liniștitoare mi-a cerut să observ cum îmi simt degetele în pantofi.

Sfatul lui Merris fusese profund și matur. M-am gândit la norocul de a putea să apelez la un model atât de generos pe care să-mi întemeiez modul de gândire, însă era trist că vorbele ei nu însemnau nimic pentru mine, că, în schimb, eram plină de o furie oarbă care nu urma să se potolească până nu câștigam divorțul și nu-l distrugeam pe bărbatul care mă rănise, nu-i nimiceam viitorul și mă asiguram că-i este imposibil să și-l reclădească. Merris avusese dreptate în toate privințele, însă nu așa intenționam noi să procedăm.

În loc să observ cu atenție frunzele copacilor, mirosurile și sunetele străzii, am meditat la cât de mult îmi disprețuiam soțul, la ardoarea, pretențiile și gusturile lui muzicale, la umflătura de pe nas cu care se alesese în urma unei răni în timpul unui meci de hochei din liceu. Uram părul lui de pe spate, mâncarea gătită de mama lui și că era prea înalt ca să fie practic scund, dar nu chiar înalt și cu siguranță nu de „aproape un metru nouăzeci", așa cum pretindea. Am recitat ca pe niște mantre tot ce mă enerva la el, am stăruit asupra clipelor în care mă dezamăgise și îmi rănise sentimentele și mi-am exprimat furia. M-am gândit la momentele în care mă uitasem la el şi-mi venise să exclam *Isuse, omul ăsta!*; la dăţile în care mă umilise la băcănie, spărsese o cană de furie sau tăiase calea cuiva în trafic. Astfel, mi-am rememorat toţi anii de până acum, învinuindu-l pentru fiecare experienţă negativă, trecând peste zilele de naştere, excursiile împreună, dimineţile de sâmbătă, cinele şi filmele şi Crăciunurile petrecute cu familia. Am remodelat amintirile noastre până când s-au dezvăluit aşa cum erau în realitate: false momente de speranţă care ascundea adevărul. Era un bărbat care îţi promitea că avea să te iubească şi să mintă în privinţa asta. Era un bărbat în stare să-ţi fure pisica.

M-am îmbătat şi am făcut sex cu Calvin.

Căutări pe Google, 4 septembrie

aplicații feministe pentru întâlniri

e importantă vitamina B12?

aplicații pentru întâlniri, fără cupluri

videoclipul gratuit pentru brațe al lui tracy
anderson

meme grozave

posibilitatea dispariției la nivel global

ajută reciclarea?

nicole kidman iese din biroul avocatului de
divorț

divorț rapid în ontario

urmărește anonim poveștile de pe Instagram

baruri din toronto cu lumină bună

infecții cu transmitere sexuală în 2018

e periculos să lingi fundul?

ce se întâmplă cu albinele

exerciții pentru cocoașă

de ce să mănânci spaghete cu dovlecel

criza locuințelor din toronto

HPV din cauza linsului în fund

divorț catherine zeta-jones

designer grafic fergus toronto leslieville

designer grafic vegan servicii sociale și locuri de muncă toronto

designer grafic fotograf barman ali toronto

cultul celor patru înțelegeri?

ciot ciudat pe deget

artrită precoce din cauza telefonului

seruri de umplere pentru mâini

compilații de videoclipuri scurte cu discursuri romantice de la televizor

rațiune și simțire emma thompson willoughby

hamul pentru corectarea posturii este o escrocherie?

ochelarii cu protecție pentru ecran sunt o escrocherie?

deodorantul natural este o escrocherie?

locuri de muncă în învățământul universitar modernismul timpuriu america de nord

diplomă de profesor obținută rapid

taylor swift cântece de despărțire

primele videoclipuri one direction

saturn retrograd

Când s-au reluat cursurile, mi-am promis c-am să încetez să mă mai gândesc la Jon. Lucrul ăsta s-a dovedit surprinzător de ușor; nu-mi cerea decât 100% din energia mea, 100% din timpul meu. Mi-am umplut timpul cu serviciul și ședințele, mergând acasă la prieteni ca să bârfim și să ne trimitem mesaje cât ne uitam la film și sunându-i obligatoriu pe ai mei ca să le spun da, sunt bine, nu, tot nu voiam să mă mut acasă o vreme „ca să lămuresc niște chestii".

Evitam să mă gândesc la el cât făceam naveta către serviciu, înghesuită în autobuz, cu căștile în urechi, uitându-mă ocazional la străini atrăgători cu o expresie căreia Lauren îi spune „conexiune vizuală ratată". Nu prea eram cu gândul la el cât căutam liste cu locuințe de subînchiriat în biroul meu sau răspundeam la întrebările prostești ale studenților – de fapt, erau mai mult comentarii decât întrebări – despre Spenser sau oricine altcineva. Nu mă gândeam la el în zilele lungi ale săptămânii, stând pe podeaua din sufragerie și notând lucrări, făcând probabil niște exerciții inutile de tonifiere a tenului sau aprinzând singura mea lumânare de lux pentru treizeci de minute înainte să o sting din nou.

Nu știam exact care era planul; nu știam decât că, în etapa asta, a fi mereu ocupată însemna să fiu distrasă și, prin urmare, ceva mai aproape de fericire. Dacă depășeam perioada asta cu un corp mai în formă, o viață mai frumoasă, un chip mai drăguț și un posibil nou partener celebru și incredibil de sexy, așa să fie. Ca să ating obiectivele astea, am început o „provocare cu genuflexiuni" și am hotărât să merg mai mult cu bicicleta și, probabil, să economisesc pentru botox, preventiv. Nu mai plângeam tot timpul – de fapt, nu mai plânsesem de săptămâni întregi – şi făceam glume online despre viaţa mea fabuloasă, extraordinară, petrecându-mi weekendurile bând, dansând şi ieşind la întâlniri. Pentru că mă distrăgeau cel mai rapid, mă concentram, în mare parte, pe întâlniri.

Prietenele mele se temeau că mă mişc prea repede, avertizându-mă că prima mea dată cu o nouă persoană m-aş fi putut simţi răvăşită şi emotivă. De fapt, fusese în regulă – minus câteva clipe de disfuncţie erectilă în cazul lui Calvin –, deşi hotărâsem să nu povestesc nimănui despre alegerea aia. Mi se părea oarecum distractiv şi flatant, dar, totodată, îmi era şi destul de ruşine de mine. Aşa că m-am prefăcut interesată de sfatul lor de a nu grăbi lucrurile, în timp ce, în secret, speram să le grăbesc cât mai mult posibil, ca să-l împing pe Calvin cât mai în josul listei mele de experienţe sexuale. Eram şi nerăbdătoare pentru că era mai bine să fiu entuziasmată, agitată sau excitată, decât tristă.

— Asta ar trebui să fac, le-am spus prietenilor mei într-o seară acasă la Clive. Să ies din nou în lume. Am cont pe Tinder şi cred c-am să încerc şi Hinge.

Lauren a râs cu tristeţe şi mi-a urat baftă.

Amirah a subliniat, nu neapărat ca să mă ajute, că nu prea „ieşisem în lume" de la bun început. Având o relaţie cu Jon încă de la nouăsprezece ani, nu mă-ntorceam în cine ştie ce mod fabulos la viaţa de celibatară. Ăsta era debutul meu.

Prima mea întâlnire a fost cu o barmaniţă de 27 de ani, pe nume Sofia, de la care am preluat ideea să folosesc fotografii obişnuite cu mine pe profilurile dedicate întâlnirilor. Online, mi se păruse destul de drăguţă – scundă şi puternică, cu sprâncene îndrăzneţe şi sâni mici, ca ai Mariei Antoaneta –, însă când ne-am întâlnit în viaţa reală şi am văzut pentru prima dată îndreptându-se către terasa unde păzeam două pahare cu cidru în timp ce încercam să nu transpir, mi s-a părut atât de frumoasă încât, pentru o secundă, m-am gândit să fug. În schimb, mi-am şters palmele umede de blugi şi, înainte să mă pot opri, i-am strâns mâna de parcă ne-am fi aflat la un soi de interviu de angajare sexual şi emoţional, ceea ce, într-un fel, cred că era.

Sofia m-a luat de mână cu un zâmbet viclean şi m-a întrebat „Ce mai faci, Maggie?" şi ne-am petrecut trei ore bând cidru şi vorbind despre rănile noastre sufleteşti înainte să începem să ne sărutăm în Trinity Bellwoods. Întâlnirea a fost atât de reuşită, încât mi-am petrecut vreo săptămână cochetând cu ideea că o terminasem pentru totdeauna cu bărbaţii, dar, apoi, la o altă întâlnire, un muzician pe nume Tyler m-a ridicat pe maşina lui de spălat, iar eu am fost obligată să admit că mă interesa cam oricine se arăta interesat de mine.

A fost nevoie de o mulţime de timp, de glisat la stânga sau la dreapta, de potrivit, de alegerea unei replici de început fermecătoare, dar rezervate... şi apoi de tachinări, programări, reprogramări, anulări şi găsirea unei noi persoane. Uneori, o lăsam pe Olivia sau Amirah să se uite la fotografii pentru mine. Cei cu relaţii serioase erau entuziasmaţi de „aplicaţii" nu pentru că, așa cum păreau să creadă mulți, erau geloși sau visători când venea vorba despre noile metode tehnologice cu ajutorul cărora oameni îşi întâlneau perechea. Le abordau mai degrabă ca nişte corespondenţi de război, de parcă ar fi avut datoria de a observa cu imparţialitate grozăvia. O vedeam în ochii lor când apărea un profil cu cele două treimi inferioare ale chipului unui bărbat fotografiat incredibil de aproape în trei locaţii sau când o femeie cu care vorbeam de patru zile îmi dezvăluia că are un iubit şi caută o surpriză distractivă pentru aniversarea lor sau când un bărbat mă întreba, într-un mesaj, *o sugi?*, cu emoticonul unei maimuţe care-şi acoperă ruşinată ochii. Era o încântare, o dorinţă de a se grăbi să le raporteze partenerei lor din primele lunii ale întâlnirilor moderne: *nu ai crede aşa ceva, iubito, e un coşmar acolo.*

Nu era întotdeauna un coşmar. Sofia era încântătoare, iar noi ne-am mai văzut de două ori înainte să-mi trimită un mesaj lung plin de complimente, la sfârşitul căruia îmi spunea că se împacă cu fosta ei. Lauren şi cu mine am ieşit la o întâlnire dublă cu doi veri care ne-au făcut rost de bilete gratuite la mai multe meciuri de baschet şi o femeie pe nume Gretchen m-a făcut să ejaculez, lucru pe care înainte îl considerasem imposibil. Chiar şi atunci când o întâlnire era proastă – bărbatul folosea aţa dentară la masă, femeia care mă întrebase dacă putea să folosească nişte fire de păr pubian de-al meu pentru nu ştiu ce „magie albă sexuală" –, nu conta. Balta avea peşte, aşa cum promitea. Mulţi dintre peştii ăştia erau chiar atrăgători. Cu unii te distrai stând de vorbă şi singurul lucru care conta cu adevărat era că, practic toţi erau disponibili. Odată ce te potriveai cu cineva şi treceai de întrebările obligatorii – *cum îţi merge?* şi *ce cauţi pe aici?* –, erai între douăsprezece ore şi două săptămâni distanţă de o primă întâlnire.

Mereu mă surprindea cât de deschişi sunt noii pretendenţi înainte să-i cunosc personal. În discuţiile preliminare de zece minute, aflam despre păcatele oamenilor, relaţiile parentale şi cei mai puţin preferaţi colegi de la serviciu înainte să-mi spună numele de familie sau cât sunt cu adevărat de înalţi. În ceea ce mă privea, preferam să anunţ personal că sunt divorţată, deşi nu ştiam niciodată sigur cum să abordez destăinuirea asta. I-am cerut ajutorul unei prietene cu herpes şi mi-a spus că preferă să iasă la întâlnire cu un tip cu infecţii transmise pe cale sexuală decât cu cineva „cu un asemenea bagaj emoţional".

I-am zis că sunt pachetul complet: moartă lăuntric şi, în plus, cu herpes.

„O, dacă e doar herpes, nu trebuie să le spui", mi-a zis ea. „HSV-1 nu e cel mai important tip de herpes."

Departe de a fi o problemă, statutul meu marital oferea ocazia unei discuţii distractive. Cei mai mulţi oameni se arătau surprinşi şi amuzaţi, de parcă le-aş fi spus că am o viaţă secretă ca artist celebru pentru copii sau spion internaţional. În plus, facilita trecerea conversaţiei spre ceea ce mersese prost în ultimele lor relaţii, o activitate care-ţi ocupa jumătate din timpul petrecut folosind aplicaţiile pentru întâlniri. Amy avea dreptate: mă făcea să par incitantă, chiar misterioasă. De asemenea – şi poate cel mai important –, mă făcea să par mai puţin înclinată să caut un angajament, ceva ce-am învăţat rapid că bărbaţii, în mare parte, nu-şi doresc, iar cele mai multe femei îşi doresc imediat, însă par să adore că li se refuză asta.

Observând lucrul ăsta, simţeam că trăiesc într-una dintre comediile alea în care personajele spun întotdeauna „Sunt anii nouăzeci!", dar nu puteam nega că tiparul evolua. Aparent, pe bărbaţi îi elibera gândul că o femeie care încearcă în mod activ să se distanţeze de un tip nu şi-ar fi dorit să se implice imediat într-o relaţie serioasă cu altul, iar femeilor li se părea fie tragic de romantic, fie un punct comun. Dacă nu voiau să mă salveze, puteam măcar să facem schimb de poveşti de război – nu toţi sunt divorţaţi, dar toată lumea a suferit din dragoste.

O femeie mai tânără pe care am cunoscut-o pe Hinge mi-a spus că starea mea civilă este „sincer, oarecum şic", adăugând că funcţionează ca „o resetare a vârstei, pentru că nu pari prea tânără, nu te supăra, dar pari *foarte* tânără ca să fii divorțată". Mai târziu în noaptea aia – lui Harriet, cred? Poate lui Hali? –, i-a venit menstruația atât de năvalnic, încât sângele a trecut prin cearșafuri, pătându-mi salteaua. La câteva zile după aceea, i-am trimis un mesaj cu o glumă despre testele medievale de virginitate, spunând că tatăl meu, regele, fusese încântat să vadă rezultatul, dar ea nu s-a prins sau, dacă a făcut-o, nu i-a plăcut. În orice caz, nu mi-a răspuns.

Clive mi-a spus că generația Z rareori pierde timpul cu despărțirile ca la carte.

— Cred că e cel mai bun scenariu, a zis el. Bătrânii sunt foarte insistenți. Cu tinerii, ai două variante: ori te plac, ori nu mai auzi de ei niciodată.

Lucrul ăsta avea să se dovedească foarte adevărat. În prima lună în care am folosit aplicațiile, am mers la șase prime întâlniri, de trei ori la a doua întâlnire și la o singură a treia întâlnire. Nu m-am întâlnit cu nimeni a patra oară. Era plăcut să fiu ocupată, să am unde să mă duc și motive să fac duș. Era plăcut și să am un motiv bun să mă uit la telefon. Deodată, să stau acasă și să mă uit absentă pe Twitter mi se părea ca așteptarea între două mesaje importante. Telefonul meu nu era doar un portal pentru livrarea mâncării sau un oracol plin cu fotografii și videoclipuri înduioșătoare. Era un centru al afirmării sexuale și al posibilelor legături romantice! Pur și simplu, avea sens să-l folosesc ore în șir.

Dar, odată cu trecerea săptămânilor și dispariția noutății bufetului uman trageți-o-cu-cine-poți, mi-am dat seama că partea mea preferată a întâlnirilor era ora dinaintea lor. Îmi plăcea ritualul de pregătire pentru întâlniri: făceam duș și mă dădeam lent cu cremă hidratantă de corp, îmi tundeam părul de la subsuoară (este feministă!), mă epilam pe picioare (una discretă!) și-mi masam vârfurile firelor de păr cu un ulei parfumat în timp ce gheața se topea într-un tonic pe care-l beam înainte de întâlniri de pe calorifer.

Îmi puneam să ascult nişte muzică pentru a-mi trezi cheful să fiu atrăgătoare, cântând odată cu femeile blazate pe care le auzeam în căştile minuscule ale telefonului meu şi luând o gustare uşoară ca să absorb alcoolul şi să evit balonarea. Vedeam seara cu ochii minţii, repetându-mi în dorul lelii glumele proaste, încercând să-mi aduc aminte dacă persoana asta era cea căreia îi povestisem deja despre arsurile solare groaznice din 2005 sau dacă fusese o alta care purta, de asemenea, ochelari şi iubea să călătorească.

Într-un articol sinistru despre întâlnirile din 2018, pe care-l căutasem pe Google, am citit că bărbaţilor nu le plăcea să porţi pantaloni la întâlniri, aşadar, când mă vedeam cu ei, purtam rochii şi fuste, cu toate că nu aveam multe. Iniţial, mi-am făcut griji că, dacă întâlneam un bărbat care să-mi placă, rămâneam fără ţinute feminine curate, dar, desigur, am descoperit la puţin timp după aceea că nu ar fi fost o problemă. Adevăratul pericol era să mă întâlnesc cu prea multe femei bisexuale şi, odată ajunsă acasă, să-mi petrec patru ore gândindu-mă să cumpăr un piercing nazal.

Majoritatea întâlnirilor au fost destul de plăcute. Doar una a fost groaznică – cu un bărbat care a venit cu treizeci de minute mai târziu, desculţ, şi mi-a ţinut discursuri despre uzurparea „rolului masculin natural" de către femei – şi două au fost foarte distractive. Mergeam în baruri sau stăteam în parc la apus sau, ocazional, ne implicam în vreo activitate, aţâţaţi de trei până la şapte băuturi, anonimatul relativ şi înţelegerea tacită că suntem la fel de atraşi unul de celălalt sau cel puţin la fel de excitaţi.

Mi-a trecut prin minte – în timp ce mă străduiam din răsputeri să evit să-mi scot telefonul cât o fată era la baie – că, până să împlineşti 30 de ani, era posibil să ai o primă întâlnire satisfăcătoare cu aproape oricine: toţi avuseseră parte de una sau două despărţiri importante, cei mai mulţi făcuseră rost de o sursă de venit pe jumătate sigură şi puteau să-şi permită o băutură sau două (sau, cel puţin, cunoşteau un barman) şi genul de loc în care chelneriţele erau hotărâte să nu poarte sutien şi tu ştiai cu siguranţă că, pe undeva, e vreun animal împăiat.

Nu era o problemă că toate barurile semănau. Există prea multe informaţii despre gusturile milenialilor în lume; oriunde mergeam, vedeam asemănarea aproape matematică. Însă, deşi presupusesem că aplicaţiile aveau să-mi lărgească orizonturile romantice, o figură incredibil de omogenă a apărut ca tipul de om cu care mă potriveam cel mai des, vorbeam şi mă întâlneam. Bărbaţii aveau tendinţa să poarte barbă, să fie înclinaţi politic spre stânga şi să se entuziasmeze prea mult când îl menţionai pe Harry Nilsson. Toţi credeau că Bernie ar fi câştigat. Alarmant de mulţi se gândeau să se apuce de comedie. Niciunul dintre ei nu avea perdele.

Deşi femeile erau un pic mai diferite (tunsori variate, stiluri diferite de îmbrăcăminte, idei diferite pentru „a-şi găsi perechea"), numărul persoanelor gay din Toronto care-şi dădeau întâlnire însemna că le şi cunoşteam pe multe dintre ele: le vedeam la yoga, le deschideam uşa la petrecerile prietenilor, treceam pe lângă ele pe holurile universităţii. Femeile erau prea atente şi obsedate să anunţe lumea că sunt „delicate". Bărbaţii, deşi îmi erau străini, aveau băi dezgustătoare şi nu ştiau să scrie mesaje. Aplicaţia Tinder nu era la fel de amuzată, aşa cum nu spusese nimeni că este.

S-a dovedit că nu contează. Tocmai când mă săturasem de ciclul impus de aplicaţie (făcut cunoştință, două întâlniri, sex, amânat a treia întâlnire, reprogramat, anulat și, în cele din urmă, dispărut), am observat altceva la serviciu. Un fel de semnal ca al liliecilor că „Sunt vulnerabilă" ajunsese la aproape toți cei cu care era să ies, în trecut – oameni cu care îmi dorisem să mă culc la facultate, cunoștințe care-ntotdeauna mi se păruseră drăguțe, colegi care flirtau de la vechile locuri de muncă la bar – și luau masiv legătura unii cu alții.

Apreciau o postare veche pe Twitter, comentau sub o fotografie sau trimiteau un mesaj obișnuit pe telefon, ca să-mi spună că ceva din ce văzuseră îi făcuseră să se gândească la mine: o reclamă pentru un restaurant de care râseserăm cam cu șase ani în urmă, o floare de aceeași culoare ca părul meu. Un britanic pe care mai că-l sărutasem la o petrecere în 2017 mi-a trimis o imagine cu un cartof acoperit de fasole, cu o descriere amenințătoare la modul criptic – tu ești fasolea.

Amy, cu care păstrasem legătura și uneori ne întâlneam la cafea, când deja mă plânsesem de Jon prea mult celorlalți prieteni ai mei, a spus că persoanele astea din trecutul meu puteau „să-și dea seama" că sunt singură din activitatea mea rețelele de socializare.

— Este instinctiv, a spus ea. Povestea pe care ai postat-o zilele trecute? Ți se vedeau *clar* sfârcurile întărite. Femeile cu relații pur și simplu nu postează așa ceva. Și asta-i ceva ce oamenii ăștia știu.

Mi-a arătat un videoclip cu efectul de bumerang al unui bărbat care presăra pudră într-o sticlă de apă și o scutura viguros.

— Pentru mine, emană energia unui burlac, a spus ea. Felul în care se uită la cameră de parcă i-ar trage-o? Și privește! I-a accesat profilul și s-a uitat la fotografiile lui, țâțâind. Iubita lui nu mai apare de trei luni în postările din flux. Adică, ăsta-i un burlac convins. Se vede din spațiu că nu are pe nimeni.

O parte din mine era îngrozită să fie în aceeași tabără cu excitatul care consuma proteine. Chiar eram atât de evidentă? M-am simțit ca un babuin care-și scutură fundul mare și umflat spre un alt babuin alături de care participasem la o conferință cu cinci ani în urmă. Însă, mai ales, eram încântată de mesaje, de validarea din exterior, de ocazia de a încerca ce știam deja că-mi place.

Să întâlnesc oameni noi mi se părea un nou început: descurajant și deprimant, o provocare pentru cineva care-și revenea în urma unei despărțiri. Să mă reconectez cu căi neumblate era mai ușor și părea să aibă un scop. Ăștia erau oamenii cu care relația mea mă împiedicase să fiu! Cei potriviți fuseseră acolo de la bun început! Era reconfortant să cred că a fi cu Jon fusese greșeala, nu faptul că-l pierdusem sau îl lăsasem să plece. Dacă trebuia să fiu cu una dintre pasiunile mele vechi, atunci despărțirea de soțul meu fusese un pas important spre găsirea iubirii adevărate, în loc de ceea ce mi se părea mereu a fi: un eșec.

Când veneam acasă de la o întâlnire cu un vechi coleg, o cunoștință care flirta cu perdea, sau cu prietenul unui prieten față de care mă simțisem atrasă dintotdeauna, trăiam o satisfacție și o mândrie la limita maniei. Era spectaculos să-mi dau seama că alți oameni – mulți! – mă plac sau mă cred drăguță sau vor să mi-o tragă. Sperasem ca Jon să mă iubească o veșnicie, desigur, însă o parte din mine presupusese și că era singurul cu adevărat dispus să încerce.

Înapoi în apartamentul meu la patru dimineața, treceam pe lângă oglinda din hol și mă surprindeam: o persoană destul de seducătoare încât să fiu invitată în oraș, suficient de sexy cât să fiu sărutată franțuzește pe bancheta din spate a unui Uber, destul de „pricepută la mesaje” cât să obţin o a doua şi, posibil, o a treia întâlnire. Micile mele anecdote, ochii conturaţi cu un creion dermatograf şi discreţia cu care găseam ocazii să ating pe cineva uşor pe spate funcţionaseră. Potrivit părerii obiective a unui alt trup, meritam timpul, şi care era zicala? „Timpul e modul în care-ţi petreci dragostea?” Citeşte-o pe Zadie Smith!

Nu prea acordasem atenţie faptului că a iubi şi a sprijini pe cineva mulţi ani nu era acelaşi lucru cu a mânca pizza două ore într-un bar plin cu aparate de pinball. De fapt, eram al naibii de adorabilă. Mă simţeam bine.

O fantezie

Mă întorc acasă după ce am făcut ceva productiv şi bun din punct de vedere moral, cum ar fi să merg la ora de spinning. Am făcut duş de curând şi părul mi s-a uscat exact cât trebuie. Nu sunt machiată, dar nu trebuie, pielea îmi e luminoasă de parcă mi-aş fi pus, simultan, trei măşti tip şerveţel. Arăt ca o franţuzoaică. *Mă simt* franţuzoaică. Nici măcar nu ascult un podcast în timp ce merg, pentru că sunt genul de persoană care vrea să experimenteze viaţa.

Soarele apune şi eu inspir adânc, aşa cum fac oamenii când sunt liniştiţi în sinea lor şi nu au nimic de dovedit. Nicio parte a sânului nu-mi iese peste sutienul sport, pe care îl port ca pe un tricou, o decizie pe care nimeni nu a observat-o, pentru că sunt foarte relaxată.

Mergând pe strada luminată frumos, cineva îmi dă un smoothie: „Ar trebui să bei asta, domnişoară." Nici măcar nu se gândeşte să-mi spună „doamnă" – şi de ce ar face-o? Sunt tânără. Beau şi iarba de grâu din smoothie îşi găseşte loc în corpul meu, energizându-l, eliminând toxinele sau făcând ce face iarba de grâu.

Fredonez în sinea mea şi ţopăi un pic pe trotuar; mă simt foarte uşoară. Când ajung acasă, am să ard tămâie şi-am să citesc o carte, telefonul meu o să fie într-o altă cameră, iar eu nici nu o să-mi aduc aminte în care, pentru că nu mă deranjează să fiu atât de departe de el. Am să-mi hidratez pielea cu o loţiune de corp şi n-am să am nicio părere în privința celulitei, ceea ce este în regulă, toată lumea o are, chiar şi o persoană care o duce la fel de bine ca mine.

Mergând pe stradă, am să ştiu, în adâncul corpului meu, că sunt iubită. De prieteni, familie şi chiar...

Deodată, iată-l! Jon are ochii roşii, pare obosit şi rătăceşte fără scop, ca o persoană care a luat multe decizii proaste în viață, dintre care una îl bântuie în special. Îl văd cu mult înainte să mă observe şi mă gândesc: *Ce tragic!*

Îmi este greu să-l văd zbătându-se, când eu, potrivit spuselor prietenilor noştri, ale cunoscuților şi unui articol de ziar surprinzător de personal, şi totuşi corect, de pe prima pagină, mă descurc „incredibil de bine".

Cred că poate ar fi mai bine să-l evit, aşa că îmi măsor pasul ca să-l las să treacă pe lângă mine. Merg foarte încet, dar nu este suficient. Felul în care-şi târâie picioarele – resemnat, devastat – înseamnă că aproape l-am ajuns din urmă. Încerc să-mi imaginez cel mai amabil mod de a-i spune „Am întâlnit pe cineva", când cineva mă strigă:

— Maggie! Maggie!

Mă întorc în acelaşi timp cu Jon. Amândoi îl vedem imediat pe bărbat – nu-l putem rata, din cauza mulțimii care s-a adunat. Aleargă spre noi în pantalonii lui largi, prototip, zâmbind şi fluturând din mână.

— Iat-o! spune Harry Styles, cuprinzându-mi talia cu un braț elegant şi tatuat.

Jon observă imediat apropierea dintre noi, obrajii mei roşii. Simt o fărâmă de compasiune pentru bărbatul care mi-a fost soț cândva. Vreau să-l rog pe Harry Styles să nu mai fie atât de intim, să arate un oarecare respect față de situația incomodă. Vreau să spun: „Harry Styles, te rog!" Dar ştiu că nu-l pot împiedica – este prea entuziasmat, totul este atât de nou. Lui Jon îi cade fața, dar întinde mâna să o strângă pe a superstarului internațional pe care l-am întâlnit întâmplător într-un avion și l-am fermecat pretinzând că nu îi cunosc discografia.

— Mai bine nu, amice, spune Harry Styles. Mi-am petrecut toată dimineața trăgându-i-o soției tale cu degetele.

Frenezia activităţilor a preluat controlul undeva pe la mijlocul toamnei şi nici măcar eu n-am putut să-mi dau seama că este un semn rău.

— Categoric nu, a spus Lauren după ce i-am sugerat să ne înscriem la un curs intensiv de Krav Maga care, potrivit Oliviei, ne-ar fi distrus cu siguranţă. Niciun adult nu se apucă de un hobby dacă se simte bine.

Avea dreptate. Nu conta dacă era o nouă tendinţă interesantă în fitness sau un curs util din punct de vedere aspiraţional sau ceva distractiv şi specific, precum desenul dedicat nudurilor sau un grup de conversaţie în italiană – toţi cei implicaţi în activităţile pentru adulţi fugeau de ceva.

Aflasem asta pe pielea mea, ideea de a mă apuca de un hobby venindu-mi în timpul unei nopţi deosebit de jalnice şi pline de durere sufletească, după ce citisem pe o pagină de wikiHow sfaturi pentru gestionarea unui divorţ. Lista conţinea optsprezece ponturi, deşi ultimele şapte se refereau la creşterea copiilor conform aranjamentelor unei custodii comune şi, prin urmare, nu erau relevante. „Fă-ţi un hobby" era pontul numărul patru, chiar deasupra sugestiei de a „acorda o nouă şansă vechilor pasiuni", titlu însoţit de o ilustraţie în care o femeie amesteca într-o tigaie ceva bej în timp ce-şi imagina un ceas deşteptător. Un hobby ce părea mai puţin confuz, şi al şaselea pont, „Apelează la un psiholog, dacă este nevoie", nu era valabil în cazul meu.

Nu am reuşit să o conving pe Lauren să ne apucăm de arte marţiale israeliene, dar am convins-o să ne înscriem într-o ligă de bowling pentru cei singuri, pe motiv că era posibil să fie prezenţi şi câţiva tipi atrăgători.

A fost o dezamăgire. Ştiam că, şi-n cel mai bun caz, în grup se putea să existe un singur bărbat eligibil. La toate cursurile la care m-am înscris – antrenamente de grup, seminarii de scriere creativă sau ateliere de weekend despre prepararea propriilor amestecuri de uleiuri esenţiale – participau cei recent părăsiţi, majoritatea femei, toate mult mai în vârstă decât mine.

O dată, la o seară extrem de ambiţioasă şi dedicată „introducerii în *bouldering*[10]", pe care o găsisem pe Groupon, am văzut două femei cam de-o seamă cu mine şi m-am entuziasmat, gândindu-mă că *da, aşa îţi faci prieteni la 30 de ani*, dar s-a dovedit că nu erau amatoare ale căţăratului pe bolovani şi care sperau să creeze legături; erau surori venite să-şi sprijine mama care trecea – ai ghicit – prin cel de-al doilea divorţ.

— Este greu, a zis una din ele, dându-se cu cretă pe mâini într-un mod care mi s-a părut ciudat de atrăgător şi enigmatic. Tot spune: „Trebuie să recunoaştem că experimentul heterosexual a eşuat". Şi da, sunt de acord cu ea, dar nu este lesbiană, aşa că... Nu ştiu care crede ea că este planul.

Mai târziu, când stăteam pe podeaua sălii de escaladă, urmărind-o pe acea fiică ce-şi susţinea mama, deşi era cinică, urcând pe stânca simulată, mama ei s-a aşezat în apropiere, mi-a oferit un Capri Sun şi a oftat atât de lung şi de zgomotos, încât m-am scuturat de praf şi am plecat.

În afară de bouldering, am încercat un curs de macrame, o seară de „cusut şi bârfit" şi una de olărit în care toţi din jurul meu modelau frenetic lutul în forma unor sâni mici pe post de ghivece pentru plante; a urmat un curs de vopsire a materialelor textile, unde,

10 Formă de căţărare, întreprinsă fără asigurare, practicată pe pereţi naturali sau artificiali. Este limitată la rute foarte scurte, astfel încât căderile să nu producă răniri foarte grave (n. red.).

înnodându-le, obţineai un model, un weekend de gătit mâncare asiatică şi un curs de fitness de grup, unde eram încurajaţi să ţipăm, eliberând furia din noi şi orice ne împiedica să ne atingem scopurile individuale, nedefinite. Am plecat de acolo după ce instructorul a strigat „Sunt lucruri mai importante decât BANII!" şi toţi cei prezenţi au aplaudat, deşi pe toţi îi costase patruzeci şi şapte de dolari să se înscrie.

Nu mă costase nimic şi, un motiv important pentru care-mi plăcea atât de mult noul meu hobby „de a avea hobbyuri" era că majoritatea activităţilor îţi permiteau să participi gratuit la o primă oră. Oraşul era plin de ocazii să încerci meşteşugurile şi activităţile atletice combinate, fără costuri. Dacă aveai suficient timp liber la îndemână şi nu erai pretenţios când venea vorba de curăţenia din sală sau de experienţa instructorului, puteai să participi la mai multe cursuri gratuite de yoga în orice zi a săptămânii.

Eu am continuat să merg la cursul de yoga pentru tonifiere de la sala mea locală (Calvin nu şi-a mai făcut apariţia), dar, în rest, mă duceam la cumpărături, la orele de yoga la cald, pentru atleţi, şi la un curs de „yoga în stilul Rihannei", în săli diferite, dar aproape identice, din tot oraşul. Mă grăbeam la ora de yoga pentru abilităţi mixte înainte de seminarul meu de la ora zece şi jumătate (Poţi intra chiar dacă eşti ud: vremea pe scena elisabetană), apoi intram în sala posomorâtă şi fără ferestre în care predam, ţinându-mi capul cât mai sus posibil. După ore, îmi pierdeam concentrarea şi mă prăbuşeam peste birou timp de şapte ore înainte să mă opresc pentru o altă şedinţă gratuită de chaturanga în drum spre casă.

Majoritatea eforturilor mele care nu implicau yoga se concentrau asupra deblocării unei laturi creative neexplorate, însă prolific de talentate, de care diverse pliante şi descrieri ale cursurilor online mă asigurau că este latentă în noi toţi. Încet, apartamentul meu s-a umplut cu „umeraşe pentru plante" din aţe împletite, sculpturi de lut deformate şi o grădină zen miniaturală ce semăna cu o litieră având o mică furculiţă ataşată.

Majoritatea acestor lucruri le făceam singură. Prietenii mei erau de principiu împotriva activităţilor, iar eu nu mai puteam să le invoc înţelegerea aşa cum o făcusem înainte, în vară. Între timp, se obişnuiseră cu situaţia mea – treceam printr-o despărţire şi, pe viitor, tot asta aveam să fac. Nu puteam să mă aştept ca ei să lase totul baltă şi să vină la mine ori de câte ori mă simţeam prost. Mă simţeam prost tot timpul! Ocazional, când mă luptam cu lipiciul şi firele de aţă sau tăiam bucăţele de material ca să le cos pe o bucată mai mare, mi-i imaginam pe prietenii mei mulţumiţi: pe Lauren sensibila ghemuită lângă iubitul ei relaxat, Nour, urmărind documentare despre natură şi plângând din cauza puilor de animale; pe Lauren întorcându-se de la o oră de antrenament fizic intens la apartamentul ei perfect aranjat pentru o singură persoană, gata să comande ceva extravagant de mâncare; pe Amirah şi Tom găsindu-şi lumina potrivită la o porţie de tapas; pe Clive urmărind un film cu tipii chipeşi mai în vârstă cu care avea un soi de triunghi amoros. Şi eu vopseam un prosop.

Până la urmă, nici prietenii mei singuri nu erau suficient de singuri pentru calea pe care mă aflam. Clive m-a abandonat după ce ora de fitness la care-l dusesem s-a dovedit că includea şi câteva elemente de mişcări de jazz. Lauren a cedat nervos la seara de pictat, când stăteam una lângă alta, bând vin cu alte douăsprezece femei, toate conturând aceeaşi imagine a orizontului unui oraş la apus. A mai dat câteva tuşe roz în colţul unui cer străveziu şi a spus: „Asta-i autovătămare. E mai rău decât atunci când şeful meu ne-a obligat să mergem la aruncări cu toporul."

NU PUTEAM SĂ CONVING pe nimeni din grupul de conversații să mergem să aruncăm topoare, iar Amy își petrecuse ultimele două săptămâni ascunsă într-o mansardă cu un tip de la finanțe, alternând între a-mi trimite mesaje cu EL E ALESUL!!! și a mă ignora zile la rând. În schimb, m-am ales cu Nathan, un bărbos musculos pe care-l cunoscusem cu mai mulți ani în urmă la o petrecere dată acasă și care, recent, îmi răspunsese **râd de mă prăpădesc** la una dintre poveștile mele de pe Instagram, la trei dimineața.

Nathan era genul de bărbat care ar fi fost considerat vag schimbător cu zece sau chiar cinci ani în urmă, dar ale cărui concepții se combinau acum ca să indice limpede că este un fost locuitor al suburbiei care se mutase în oraș, devenise vegan și se ocupa de PR în domeniul muzical.

— Oamenii cred că-i vorba numai de boluri cu cereale și acai, a spus el, adoptând o atitudine îndrăzneață și uitându-se la toporul din mâna lui tatuată. Bluza din flanel și blugii rupți păreau să i se lipească de trup, ca și cum cineva l-ar fi ambalat pe Kurt Cobain în vid, ca să-l păstreze peste iarnă. Dar eu sunt dovada vie că poți să mănânci ca prostul și tot să duci o viață bazată pe plante. Întreabă-mă care Doritos sunt exclusiv vegetali, a zis el, enervându-se. Nu toți, dar mai mulți decât ai crede.

Mi s-a părut ciudat de deprimant că a nimerit imediat ținta, și de mai multe ori după aceea. Întâlnirile au un mod de-a te face să simți că incompatibilitatea este un eșec personal; practic, nu era nimic în neregulă cu Nathan, doar că nu-l plăceam și nici nu voiam să-mi mai petrec timp cu el, care, în contextul celor patruzeci și cinci de dolari plătiți pentru o oră de aruncat toporul și câte o halbă de bere de fiecare, era o problemă. Când mi-a spus că i se pare că am „forme grozave pe sub haine", m-am oferit să mă duc la bar.

Pe lângă aruncarea toporului, aici se organizau și alte activități. Adulții care aveau vârsta legală ca să bea veneau să se bucure de o mulțime de activități cam ca în tabără: jocul cu odgonul, *shuffleboard* și distracția clasică de tabără, imensele jocuri video de acțiune. Am ocolit un grup mare de gălăgioși care se împungeau unii pe alții pe gazonul de bowling în interior, adversarii lor insistând că Scott trecuse cu piciorul de linie, trecuse! – chiar o făcuse! –, toți îl văzuseră.

Ce făceau toți aici? Ce sperau să simtă adulții ăștia antrenați de jocuri din trecutul lor real sau imaginar? Să găsească o cale de a-și distrage atenția de la ceva, bănuiam eu. Asta era concluzia către care părea să se îndrepte experimentul meu în plină desfășurare de schimbare a hobbyurilor. Weekenduri petrecute la schi, bowling, ligi de volei după serviciu, cunoștințele acumulate despre sporturile profesioniste... toate activitățile păreau eforturi transparente de evitare a golului, când, de fapt, nimic nu te făcea mai mult să te gândești la lipsa de sens a vieții decât să te uiți la mii de oameni care ovaționează disperați când un milionar încearcă să treacă mingea dincolo de linia unui alt milionar. Singura activitate care m-a interesat vreodată cu adevărat era să stau cu prietenii într-o lumină măgulitoare, să mănânc și să vorbesc despre cine voia să ne sărute și ce purtam când a făcut-o.

M-am gândit la asta cât am urmărit un grup de fete de douăzeci și ceva de ani care aplaudau în timp ce una dintre prietenele lor a lovit un aparat de pinball. Nu mai văzusem niciodată pe cineva care să se distreze așa de mult, în afara unei reclame pentru un lanț de restaurante. Poate mă înșelam. Poate evitarea era o soluție. Mi-a trecut prin minte să mă alătur lor ca să le încurajez prietena, care nici măcar nu se descurca atât de bine la pinball, nu că ți-ai fi dat seama după ovațiile violente ale însoțitoarelor ei gălăgioase. Tocmai nimerise un buzunar de cincizeci de puncte, când săgeata mi-a străpuns piciorul.

Ce se întâmplase? O femeie a țipat și, când m-am uitat după sursa sunetului, trei oameni se holbau la mine acoperindu-și gura cu mâinile.

M-am uitat în jos, la coapsa mea. Fusta pe care o purtam (de piele, un pic evazată) și dresurile (cu două straturi, pentru mai multă finețe și susținere) mă ajutaseră, dar, fără îndoială, o săgeată folosită la jocul de darts pe gazon mi se înfipsese în coapsă.

— Ooo, Dumnezeule! a strigat una dintre femei. O, *Dumnezeule*, te simți bine?!

Nu am știut ce să răspund. Săgeata nu părea înfiptă adânc, dar dacă înțepase o venă? Dacă, atunci când o scoteam, sângele împroșca peste tot, ca în filmele în care unui personaj i se taie jugulara? Nu era o arteră principală în picior? Probabil important era să nu intru în panică și să respir lent, dar nu mi se părea că depinde de mine. Care era chestia cu respirația – patru, opt, cinci?

— Te superi dacă mă uit?

Vocea era a unui bărbat cu părul creț care avea o privire îngrijorată și un cardigan cu guler larg.

— Ești doctor? l-am întrebat.

— Mai bine, a spus femeia beată, apucându-mă de brațe și scuturându-mă, crezând că, astfel, mă liniștește. Este șeful meu.

— *Tu* ești doctor?

— Poate! a zis ea.

— Categoric nu ești, a spus bărbatul, împingând-o cu blândețe. Du-te să aduci niște apă, bine?

— URGENȚĂ, 6Bites! COD ROȘU! a strigat femeia peste umăr.

Numit anterior Taste of T.O., 6Bites era unul dintre noile canale care s-au hazardat când un copil actor devenit rapper a sugerat să începem să-i spunem orașului nostru „6asele". Difuza recenzii ale restaurantelor și interviuri cu bucătarii locali și demasca, ocazional, „cultura bucătăriei toxice", dar, în mare, părea să-și câștige existența cu ajutorul videoclipurilor cu mâini fără trup care găteau mâncăruri necomestibile și al listelor cu locuri unde să savurezi un Bloody Mary cu un burger înăuntru.

— Îmi cer scuze pentru ea și pentru tot ce are legătură cu asta, a spus bărbatul îngenunchind să-mi examineze piciorul. A fost un dezastru, de la început până la sfârșit.

Conștientă de mediul înconjurător și de faptul că era destul de chipeș, totul s-a transformat într-un stres: dacă, din cauza dresurilor și a fustei de piele, asudasem între picioare?

— Le-am dat noilor angajați o notă de plată de la bar, a spus el. E mai îngrozitor ca niciodată, dar crede-mă când îți spun că nu ești prima victimă a jocului ăsta de darts. Poate că... a spus și s-a întins nesigur spre săgeată.

— N-ar trebui să chemăm un angajat sau așa ceva? am întrebat eu.

— Toți au 19 ani și s-au drogat, a spus el. Cred că sunt cea mai bună șansă a ta. În plus, nu pare să fie... adică, abia a străpuns pielea. Lasă-mă să...

A atins săgeata cu vârfurile degetelor. Am tresărit și mi-am mutat privirea, incapabilă să îndur. Eram încă schimonosită la față, încordată și mă uitam în altă parte când am auzit-o zăngănind pe jos. M-am uitat cu atenție la fustă: nici măcar nu trecuse de căptușeală.

— Eu sunt Simon, a zis el, zâmbind când s-a ridicat.

Avea comportamentul calm și încrezător, tipic celor atrăgători, dar și o deschidere care sugera altceva:

poate un mediu familial care-l sprijinea cu stăruinţă sau fusese educat în spirit religios. Arăta ca un om care credea că Raiul este real.

Simon s-a oferit să-mi cumpere ceva de băut, ca să compenseze rana. I-am spus că, până la urmă, nu fusesem rănită, iar el a zis „Totuşi" şi s-a îndreptat spre bar.

Nu ştiam ce să înţeleg din flirtul lui evident. Eu ştiam că intenţia romantică (sau cel puţin ocazional sexuală) era transmisă printr-o serie de replici amuzante despre hainele, obiceiurile sau caracterul celeilalte persoane sau poate o interacţiune pe reţelele de socializare, la o oră bine aleasă. Seriozitatea cu care mă întrebase dacă poate să-mi ofere o băutură era nouă şi mă tulbura. Totuşi, arăta foarte bine, iar eu ignorasem sentimente mai ciudate decât noutatea unui nume într-o conversaţie de câteva minute cu un tip sexy.

Simon a ajuns la bar, a vorbit puţin cu persoana din spatele lui şi a comandat o băutură de care nu mai auzisem niciodată, cu bourbon, Campari şi un alt ingredient, al treilea, pe care nu l-am reţinut. Era de un roşu intens şi avea un gust dulce-amărui şi o cireaşă înăuntru. I-a mulţumit barmanului şi i-a lăsat bacşiş. I-am privit absorbindu-i zâmbetul dulce. Apoi s-a întors la mine.

Am discutat nestingheriţi şi fără pauze stânjenitoare preţ de vreo douăzeci de minute. Am aflat că are treizeci şi unu de ani şi că locuieşte în apropiere. Era aproape imposibil de heterosexual – cămaşa cu nasturi de sus până jos, camaraderia presupusă cu barmanul, sprijinul înfocat al echipei de fotbal din Toronto despre care nici măcar nu ştiam că există –, dar semnalele de alertă nu au apărut imediat. Părea un bărbat blând, amabil, care se simţea ca acasă în barul ăsta şi, probabil, în orice alt loc fusese vreodată. Din cauza ţipetelor oamenilor beţi şi a zgomotelor scoase de diversele jocuri pe gazon, era dificil să ne auzim şi, cu toate că-mi plăcea că eram nevoită să-mi lipesc faţa de urechea lui ca să vorbesc, voiam să discutăm mai serios şi în privat.

— Ai voie să-ţi abandonezi stagiarii? am întrebat eu.

Era neobişnuit din partea mea să „fiu atât de deschisă”, dar deja mă observasem apelând la vechi tehnici de încredere de flirt: râsul meu exagerat, ca de fetiţă, insulte care erau de fapt complimente, încercările de-a sorbi cu paiul din pahar ca o curvă, chestie de care nu eram mândră. Nu mi se părea un risc să mă arăt interesată de bărbatul ăsta; din motive neclare (cel puţin pentru mine), era deja vizibil interesat.

— Practic, nu, a spus el. Deşi urăsc să fiu aici. Trebuie să te întorci la grupul tău la un moment dat?

M-am uitat în spate la separeul meu, unde Nathan sporovăia vesel cu oamenii de la altă masă, probabil despre seitan.

— Nu neapărat.

— Grozav! a spus el. Ai vrea să vii la mine acasă?

Simon venise aici cu bicicleta. A umblat la sistemul antifurt al bicicletei, în timp ce eu i-am trimis lui Nathan un mesaj în care-i ziceam că fusesem nevoită să plec din cauza unei urgenţe nespecificate, dându-i clar de înţeles că mă deranjasem la burtă. Eliberându-şi bicicleta, Simon s-a oferit să meargă lângă mine, după care a spus „Stai, nu!”, şi-a scos puloverul şi l-a pus grămadă peste şa, ca să fie un soi de pernă de toată jena.

— Urcă!

Mi-am dat ochii peste cap – toată chestia asta mă făcea să mă gândesc la *Aladdin*, dar chiar i-am ascultat îndemnul şi am coborât până-n Dovercourt; vântul tomnatic mi-a fluturat părul pe spate, iar eu m-am gândit că, dacă aşa se simţea prinţesa Jasmine, probabil se distra destul de bine. Apoi am deschis gura şi am înghiţit o insectă.

Când am intrat în apartamentul lui, am icnit zgomotos.

— Trebuie să-mi spui care-i treaba cu draperiile, am zis eu. Am tot fost la întâlniri şi niciun bărbat nu are draperii? De ce? Urâţi somnul? Intimitatea? Recent, am făcut sex oral în faţa unor adolescenţi care săreau pe o trambulină.

— Isuse!

— Tipul n-avea draperii! Chiar nu am avut altă opţiune.

— Presupun c-ai fi putut să nu o faci, a zis el, scoţându-şi haina şi atârnând-o pe un rând ordonat de cârlige de lângă uşă. M-am mutat aici oarecum din scurt şi am găsit nişte jaluzele groaznice de plastic, aşa că le-am scos şi încă nu le-am înlocuit. Am de gând s-o fac.

— Când te-ai mutat?

— Acum patru luni.

Am trecut pe lângă el în living; *mid century modern*, cum avea toată lumea. Ceva mirosea bine, fie apartamentul, fie el. Am aruncat o privire în dormitor ca să mă asigur că are cearşaf pe pat (nu întotdeauna ceva sigur, mă învăţase Tinder). Nu doar c-avea cearşafuri, dar patul era făcut.

Şifonierul lui nu avea uşă, aşa c-am văzut un rând de cămăşi albastre călcate, cu guler, identice celei pe care o purta acum. M-am întrebat ce spunea asta despre personalitatea lui, dacă nu-i plăcea riscul sau dacă era bogat ori pur şi simplu aflase că Uniqlo nu avea să mai fabrice un anumit stil de cămaşă mai puţin formală, dar deosebit de apreciată. Logica asta de curios era una dintre cele mai bune părţi ale celibatului şi motivul pentru care rareori invitam pe cineva la mine acasă. Voiam să inspectez locuinţa celeilalte persoane, să trag concluzii în funcţie de paharele pe care le are, de amplasamentul diverselor fleacuri, de numărul de straturi ale hârtiei igienice; ideea ca altcineva să-mi facă asta îmi îngheţa sângele în vene.

M-am întors în living, unde Simon scotocea prin dulapuri.

— Îmi pare rău să-ţi spun, dar stau îngrozitor cu gustările. Vrei o bere?

Am dat aprobator din cap. Frigiderul lui era curat, aproape gol şi trist: avea câteva beri Modelo, nişte filme Polaroid, trei feluri de sos iute şi mâncare pentru câini.

— Nu mănânci acasă? l-am întrebat eu.

— Nu des.

— Ai câine?

— Mda, am avut.

Simon şi iubita lui, cu care fusese patru ani, se despărţiseră primăvara trecută. Ca să facă faţă singurătăţii, adoptase un chihuahua bătrân pe nume Bartholomew, care a murit mai mult sau mai puţin aproape imediat. Simon îşi petrecuse vara plângând după fosta lui şi după câine, iar acum mergea la psiholog şi descoperea ce-şi dorea de la viaţă, neajunsurile lui ca om, modurile în care eşuase şi fusese dezamăgit în relaţia lui.

Erau mai multe informaţii decât îmi dorisem să aflu, despre el sau trecutul lui emoţional. Şi-a întors nostalgic privirea şi mi s-a părut că era pe punctul să plângă. Chiar nu voiam să o facă.

— Nu aud decât că ai mâncarea asta pentru câini de cel puţin trei luni, am spus eu.

Simon a strâns din buze, prefăcându-se enervat.

— Vrei sau nu berea asta?

Am luat-o şi i-am mulţumit, aplecându-mă să ciocnesc stângaci partea de jos a sticlei cu a lui. Era mai departe decât am anticipat, iar efortul depus ca să ajung la el a devenit jalnic de îndată ce sticla abia a lovit cealaltă sticlă cu un zgomot surd.

— Şi tu? a întrebat el. Când ai avut ultima dată o relaţie?

Am tăcut o clipă, după care i-am răspuns că a trecut o vreme de când nu mai aveam pe cineva. Chiar şi aşa, viaţa mea amoroasă nu era atât de interesantă. N-aveam nimic important de raportat.

— Serios? Nicio mare iubire? Niciun „tip care ţi-a scăpat"?

— Nu. Am ridicat din umeri. Presupun că nu sunt o persoană care să aibă relaţii. I-am spus că, recent, dezinstalasem aplicaţia Tinder pentru a patra oară şi că speram să nu o descarc din nou.

Simon nu se aventurase în lumea aplicaţiilor. Ieşise ocazional cu prietena unui prieten şi timpul lor împreună părea să-şi urmeze cursul. Ea îi ceruse, frecvent, să-i dea palme peste faţă în timp ce făceau sex.

— Vreau să-i dau ce-şi doreşte, evident, a spus el. Dar mi se pare un pic... poate prea curând? Încerc să-mi dau seama cum să fac asta într-un mod respectuos.

I-am spus că s-ar putea să nu înţeleagă esenţialul. După un moment neplăcut în care Simon se gândea, evident, cum să-şi exprime părerea, a zis:

— Nu ştiu dacă e o idee bună să facem sex.

— *Pe mine* nu trebuie să mă pălmuieşti, am spus eu. Adică, ai putea. Nu am încercat niciodată asta, dar cred că e puţin mai îndrăzneţ decât trasul de păr, care, în clipa asta, este practic un sărut, nu?

— Nu-i vorba de asta.

Începeam să mă simt jenată. El era cel care mă invitase aici! Ce crezuse că urma să se întâmple? Mi-am adus aminte de o expresie despre care fusesem şocată să aflu că e folosită în limbajul curent din Australia: „N-am venit aici să le-o trag păianjenilor." Prima dată auzisem zicala asta de la o bisexuală din Melbourne, aflată într-o relaţie deschisă, cu care băusem o bere şi dezbătusem dacă aş fi fost o participantă potrivită la partida de sex în trei pe care ea şi soţul ei sperau să o aranjeze. Până la urmă, partida n-a mai avut loc, dar e întotdeauna distractiv să înveţi ceva nou despre limbaj.

Mi-a trecut prin cap că interpretasem greşit întreaga situaţie. Poate că bărbatul ăsta nu mă găsea incredibil de fascinantă, aşa cum sugeraseră comportamentul, vorbele şi limbajul trupului său. Poate că încerca doar să evite un proces pentru 6Bites. Poate era „prea drăguţ" şi avea mereu parte de genul ăsta de neînţelegeri, prietenii lui avertizându-l întotdeauna să nu mai invite femei străine la el acasă pentru o discuţie lungă şi fără sex, la o bere. Poate avea un penis aiurea. Poate era homosexual. Tocmai voiam să-mi cer scuze de la însoţitorul homosexual şi prea politicos, cu scula defectă, când mi-a atins piciorul cu mâna şi creierul meu a încetat să funcţioneze.

Şi-a retras-o aproape la fel de repede, dar ideea, să spunem, fusese sădită. M-am apropiat de el, iar tipul s-a mişcat uşor înapoi, zicând:

— Trebuie să-ţi spun ceva mai întâi.

M-am rezemat cu spatele de canapea, strângându-mi picioarele sub mine într-un efort de a părea înţelegătoare şi gata să ascult şi, probabil, mică. Simon a tras aer în piept şi s-a lansat într-o poveste lungă şi emoţionantă, al cărei rezumat era că-şi înşelase iubita.

Desigur! Bineînţeles că o făcuse! Evident, nu era doar un superburlac care apărea de nicăieri şi salva femei divorțate din accidente provocate de aruncările la ținte joase în timpul jocurilor pe gazon. Era un om rău tipic, un ticălos. Cunoscuse pe cineva la un festival al mâncărurilor sponsorizat de un producător de vodcă (pentru numele lui Dumnezeu), se culcase cu ea şi minţise despre asta câteva luni, până când a mărturisit şi a fost dat afară din apartamentul lui de o femeie care nu făcuse altceva decât să-l iubească şi să-l sprijine (probabil) în ultimii patru ani din viaţa ei acum irosită.

Era o poveste clasică, şi una pe care o ştiam bine, întrucât vorbisem cu multe prietene care, în ultimii ani, trecuseră prin situaţii extrem de asemănătoare. Pentru femeile heterosexuale care se apropiau de 30 de ani, e ceva comun să fie înşelate de partenerul lor.

I-am spus că lucrul ăsta mă făcea să am o părere cu 40 la sută mai puţin bună despre el, dar că nu-mi afecta în mod deosebit intenţia de a-mi petrece noaptea în patul lui. Uşurarea care i-a traversat chipul nu părea să aibă legătură cu sexul.

— M-ai prins într-un moment bun, am spus eu. Am citit multe cărţi de Esther Perel[11].

Mi s-a părut din nou că era pe cale să plângă. L-am bătut uşor pe spate şi m-am gândit să-i povestesc despre despărţirea mea, însă am hotărât că nu era excepţional de relevantă şi că, în situaţia asta, aş fi dat impresia că mă laud. La urma urmei, nici Jon, nici eu nu încălcaserăm singura condiţie obligatorie a legăturii romantice contemporane; făcuserăm gestul nobil şi, încet, de-a lungul timpului, încetaserăm să mai fim îndrăgostiţi.

M-am gândit dacă să-l întreb ceva de genul *vrei să vorbim despre asta?*, deşi s-a dovedit total inutil. Nu voia să deschidă subiectul. Deloc. Era interesat să aud cum se lupta cu atât de multe lucruri deodată: se

11 Psihoterapeut american (n. tr.).

întreba dacă relaţia s-ar fi încheiat de la sine într-un fel sau altul (probabil), dacă este o persoană bună (neclar), dacă ar trebui să iasă din nou la întâlniri (neclar, dar... probabil că nu) şi ce să facă în legătură cu „paradigma toxică masculină" (cuvintele lui) în care fusese crescut şi socializase. Frazele lui erau pline de condiţii, amânări ale diverselor lui privilegii. Folosea mulţi termeni din psihoterapie. În mod clar, era un bărbat care ţinea un jurnal.

I-am spus că mi se pare un semn pozitiv că îşi dă seama că se simte rău, că merge la psiholog şi-şi pune toate întrebările astea uşor patetice despre moralitate, dragoste şi bărbăţie.

— Aşa sper, a zis el.

Părea dulce, agitat şi timid, bărbatul încrezător şi relaxat de la bar fiind străpuns şi răpus de marea săgeată a vieţii. Am încercat să domolesc o parte din empatia pe care am simţit-o cu gândul la cât de supărată, probabil, fusese iubita lui şi avea să rămână o vreme. Dacă aş fi fost prietena ei, i-aş fi sugerat să ardem o păpuşă care-i seamănă. Însă nu o cunoşteam, aşa că eram în livingul lui, aşteptând ca el să nu se mai văicărească şi să-şi bage capul între picioarele mele.

Şi-a terminat berea şi a zis:

— Îmi petrec mult timp îngrijorându-mă că, în esenţă, sunt o persoană mai rea decât credeam că sunt. Cum poţi să-ţi dai seama dacă un lucru pe care l-ai făcut a fost o greşeală stupidă sau un semn real al caracterului tău?

N-am ştiut ce să-i răspund, aşa că i-am sugerat să mergem în camera lui.

Sexul a fost mai intim decât mă aşteptasem – am înţeles de ce un om cu stilul ăsta ar fi putut să aibă nevoie de o perioadă de acomodare ca să dea o palmă –, dar, de asemenea, semnificativ mai bun decât o partidă obişnuită. Ca orice altceva ce avea legătură cu el, a fost sincer, profund şi cu un scop. M-am întrebat dacă e din cauză că nu ştia că sunt divorţată; în ceea ce-l privea, eram doar o femeie, singură din motive obişnuite. Poate că ce simţeam era absenţa milei, felul în care cineva te atinge când nu ştie că viaţa ta e ruinată. Orice ar fi fost, m-am simţit legată de el aşa cum nu mă mai simţisem cu nicio altă persoană cu care ieşisem, în afară de Jon. Era enervant, desigur, dar nu poţi contrazice tehnica. După patru orgasme combinate, am adormit, lumina felinarelor stradale intrând direct în dormitor.

A doua zi dimineaţă, m-am trezit ţinându-l strâns pe Simon, din spate – o poziţie împrumutată din viaţa de femeie măritată şi ceva ce mă trezisem, umilită, că făcusem din instinct la ultimele câteva întâlniri. Niciodată nu mi se păruse normal: familiaritatea sentimentului şi caracterul straniu al oamenilor dădeau naştere unui vertij emoţional tulburător. Am încercat să-mi retrag mâna fără să-l lovesc. El a mormăit ceva, pe jumătate adormit, apoi m-a întors, pliul cotului său ajungându-mi pe talie și antebraţul între sânii mei. Am rămas acolo stânjenită, întrebându-mă cât de mult i-ar fi luat să se trezească şi, astfel, să pot pleca.

Când am deschis ochii după vreo oră, eram singură. M-am îmbrăcat repede şi m-am dus în bucătărie, simţind un gust rânced şi ceva texturat. Simon făcea cafeaua în halat.

— 'Neaţa, a spus el amiabil. Halatul avea o monogramă. Cred c-am întârziat la serviciu.

Am intrat în baia lui ciudat de curată şi mi-am curăţat gura cu pastă de dinţi, masându-mi stângaci gingiile, dinţii și părţile laterale ale limbii cu degetul.

— Dacă vrei, poţi să foloseşti periuţa mea de dinţi! a strigat Simon din bucătărie.

— Ce? Asta... Nu, mulţumesc!

Simon şi-a băgat capul pe după uşă.

— Nu pare mai puţin igienic decât ce-am făcut noi, dar... cum vrei tu. Cafea?

— Trebuie să plec.

— Îmi pare rău că ţi-am împărtăşit prea multe aseară, a spus el. Mă lupt să-mi dau seama cum să fiu sincer în legătură cu trecutul meu faţă de oamenii noi şi, totodată, să conştientizez că nu trebuie să-i încarc cu problemele mele emoţionale.

Habar n-aveam la ce se referea.

— E chiar, ăăă, nu-ţi face griji în privinţa asta, am spus distrasă, căutând cu privirea prin cameră lucrurile aruncate pe jos cu o seară în urmă.

Mi-am luat telefonul de unde îl băgase în priză (!) pe noptiera lui şi mi-am prins părul în coc. Când m-am întors în bucătărie, pe blat am găsit cafea într-un pahar de carton.

— Se întâmplă să ai aşa ceva prin apartament?

— Un prieten de-al meu conduce o cafenea, a zis el. Din când în când, îmi strecoară câte unul. De obicei, le folosesc să iau berea în parc.

L-am luat şi am băut o gură. Era delicioasă.

— Eşti criminal în serie?

A râs şi s-a aplecat spre mine, apăsându-şi buzele pe ale mele cu o forţă surprinzătoare pentru ora opt dimineaţa, şi m-a lipit de uşa deschisă a apartamentului. Preţ de o secundă, m-am gândit că era posibil să încerce să mă ducă din nou în dormitor, dar s-a retras, s-a uitat la mine şi a spus:

— A fost frumos. Mi-ar plăcea să te revăd.

Lucrul ăsta m-a dezamăgit.

— Ai fost crescut într-un cult? l-am întrebat eu. Ești american sau așa ceva?

Un vecin de vizavi a deschis ușa, iar eu am devenit brusc conștientă de rimelul întins și de părul tapat foarte evident. Simon s-a uitat conspirativ la mine și apoi i-a făcut cu mâna vecinului, un tată modern care se îmbrăca elegant, chiar dacă era un pic adormit. Mi-am dat seama că bărbatul ăsta este probabil cu cel mult cinci ani mai în vârstă decât mine și, totuși, m-am simțit ca o adolescentă pe care un adult o surprinde trăgând cu ochiul la film. M-am întrebat dacă mă consideră de-o seamă sau mai tânără, dacă saluta multe femei de pe holul ăsta. Vecinul a dispărut pe scări, iar eu m-am întors la Simon, ținând în mână paharul fierbinte și ridicol din carton.

— Mulțumesc pentru cafea!

— Oricând!

DUPĂ TREI ZILE, Simon mi-a trimis într-un mesaj o captură de ecran a unei achiziții online: DOUĂ (2) PERDELE DUBLU-STRAT CU INELE, GRI ÎNCHIS. Mi-am petrecut câteva zile încercând să mă gândesc la o replică inteligentă, dar nu mi-a venit nicio idee, așa că am renunțat.

de la: Lori@JansonParkerStevenson.ca
către: m – –@gmail.com
trimis: 18 octombrie 2018, 12.04 p.m.
Re: re: câteva întrebări despre factură???

Bună, Maggie,

Mulțumesc pentru e-mailul tău, primit joia trecută, pe 11 octombrie. Îmi pare rău să aud că te-a surprins cea mai recentă factură a noastră și m-am gândit că ai vrea să vezi o defalcare detaliată pentru fiecare onorariu (copiată mai jos). Din curtoazie, nu ai să fii taxată pentru acest e-mail, dar te rog să reții, conform facturii, că e-mailurile sunt însoțite de taxe suplimentare.

În ceea ce privește corespondența, cred că ar trebui să ne dăm telefon. Știu că este o perioadă dificilă și presupun că tu, ca orice persoană care este greu încercată în viață, ești supusă unei presiuni enorme. Sunt bucuroasă să răspund oricând la apelurile clienților mei, să le explic procesul de separare și divorț sau să primesc informații relevante referitoare la viitoarele procese. Totuși, apelurile către biroul meu sau telefonul mobil personal sunt facturate la onorariul meu standard de 215 dolari pe oră și, după cum ai să vezi mai jos, sumele pot să se mărească în timp. În cazul în care vrei să cauți o modalitate de a-ți reduce taxele judiciare, s-ar putea să fie o alegere înțeleaptă să găsești un membru al familiei sau alt confident cu care să-ți discuți experiențele și sentimentele.

Mulțumesc și toate cele bune,

Lori

Cheltuieli și timp facturat
10 august – 10 septembrie 2018

Fotocopii .... 50,75 $

Fax .... 3,50 $

Răspuns apel telefonic: *legea întreținerii soției – clientei i s-a explicat că mariajul a fost prea scurt pentru a da dreptul oricărei părți să beneficieze de întreținere după desfacerea căsătoriei* (7 minute)...... 25,06 $

Curieri/Mesageri generali .... 10,43 $

Răspuns apel telefonic: *incapacitatea de a găsi declarația de venituri pentru anul 2017; am informat clienta că o estimare a veniturilor bazată pe declarațiile din anii precedenți ar fi suficientă; conversație despre depunerea declarației ca liber-profesionist, dispută privind păstrarea chitanțelor; solicitarea unei recomandări pentru un consilier de cuplu* (12 minute) .... 42,96 $

Răspuns apel telefonic: *am găsit declarația de venituri din 2017* (3 minute)....... 10,74 $

Răspuns apel telefonic: *s-a dovedit că, de fapt, declarației din 2017 îi lipsesc mai multe pagini; informații despre reprezentarea legală a soțului și comunicarea cu consilierul; clienta a vrut să afle „cele mai urâte" povești din cariera consilierului; digresiune lungă despre situația întâlnirilor din zilele noastre, bazate pe aplicații* (28 de minute) ...... 100,33 $

Consilier juridic pentru litigii – începerea imediată a procesului	30,00 $
Curieri/Mesageri generali	18,90 $
Răspuns apel telefonic: *sentimente de disperare, epuizare cu procesul legal și distragere a atenției la locul de muncă; i-am reamintit clientei că divorțul este un maraton, nu un sprint, și i-am sugerat să se concentreze mai mult asupra sa și să se îngrijească, întrucât petiția nu a fost încă depusă și mai rămân multe etape; câteva minute de înjurături* (30 de minute)	107,50 $
Diverse e-mailuri	48,35 $
Consilier juridic pentru litigii – începerea imediată a procesului	30,00 $
Răspuns apel telefonic: *scuze pentru apelul din ziua precedentă* (1 min)	GRATIS
TOTAL	**478,52 $**

Probabil sătulă să mă audă plângându-mă de vulturii de pe piaţa închirierilor din Toronto, Merris mi-a oferit apartamentul de la subsol din casa ei ca-n *The Golden Girls*, spunând c-aş putea să nu plătesc prima lună chiria, dacă eram de acord să-l plimb pe marele dog german al colegei ei de cameră, Lydia, cât ea se refăcea în urma unei operaţii la picior.

Nu era o casă pe plajă şi nici vreo mansardă din New York, iar pe mine nu mă interesa în mod deosebit să ocup subsolul unei comunităţi de pensionare erudite, însă întâlnirile se dovedeau a fi aproape la fel de scumpe ca divorţul şi, cum în ultima vreme apelasem la o mulţime de tratamente de îngrijire a pielii cu Amy, mi-a trecut prin minte c-aş fi putut să merg la şi mai multe întâlniri şi să-mi tratez derma cu şi mai mult laser la reducere dacă aş fi trăit într-un loc pentru care nu plăteam, în fiecare lună, 80 la sută din venitul meu. În plus, apelurile telefonice cu avocata se înmulţeau. M-am opus câteva zile şi apoi am acceptat, permiţându-i lui Jiro să-mi adreseze întrebări zeflemitoare referitoare la aranjament şi acceptând de la Olivia o aspidistra despre care ştiam c-avea să moară imediat.

Am întrebat-o pe Merris dacă îşi făcea griji că, avându-mă ca locatară, relaţia noastră profesională urma să fie afectată. Ea şi-a dat ochii peste cap şi mi-a spus să-i trimit un e-mail cu data la care mă mutam; avea nevoie de câteva zile să scape de un acvariu stricat, înainte ca spaţiul să poată fi locuit. Mi-am anunţat proprietara care mi-a răspuns Îmi pare rău că pleci! şi apoi a publicat online anunţul pentru fostul meu apartament, cerând 400 de dolari în plus pe lună.

M-am mutat într-o sâmbătă mohorâtă, cu câteva zile înainte de Halloween. Cele două Lauren au venit să mă ajute (Amirah nu a găsit pe nimeni care să-i preia tura; Clive era mahmur). Conveniserăm să ne întâlnim la zece și jumătate, iar ele m-au surprins venind aproape la timp. Eu nu eram gata. M-au găsit în mijlocul sufrageriei, încercând să îndes o grămadă de haine vintage hidoase într-o geantă.

Totuși, apartamentul era mai mult de jumătate gol și noi trei ne-am mișcat repede, sigilând cu bandă adezivă cutiile închise, găsind locuri pentru un suport de vase sau o mănușă pentru cuptor pe care nu reușisem să le împachetez în eforturile mele umile de a mă pregăti pentru ziua asta. Cât am împachetat castroanele în paginile revistelor vechi, le-am povestit despre o întâlnire neplăcută la care fusesem cu o seară în urmă, cu un bărbat mai în vârstă care îmi complimentase sânii, mă-ntrebase ce vârstă am și, apoi, îmi spusese că „probabil au să mai fie fermi vreo cinci sau șase ani."

— Isuse! a spus Lauren sensibila. Ce măgar! Ți-am văzut sânii și cred că mai rezistă vreo opt sau zece ani – adică, atâta vreme cât nu ai copii. Ce s-a întâmplat cu tipul de la darts? Nu părea... așa.

I-am zis că nu sunt sigură că vreau să-l revăd. Cu ajutorul aplicațiilor de întâlniri, al Instagramului, al petrecerilor și barurilor, aveam acces la atât de mulți potențiali parteneri romantici sau cel puțin sexuali, că-mi era greu să-mi dau seama dacă țin la vreunul dintre ei. Chiar dacă părea să se fi creat o legătură cu cineva, informația nu mă interesa în mod deosebit. Caruselul meu de aventuri de o săptămână funcționa bine deocamdată.

— Știi, mai ai și opțiunea de a fi singură, a spus Lauren. Nu este nimic în neregulă în a-ți acorda ceva timp.

Lauren sensibila a dat aprobator din cap, adăugând că sex-shopul din apropierea casei ei promova un nou vibrator grozav care era, „în esenţă, o cupă de sucţiune performantă". Am încuviinţat că suna destul de bine şi ne-am apucat apoi să dezmembrăm canapeaua mea nenorocită.

Să-mi părăsesc apartamentul a fost mai puţin devastator din punct de vedere emoţional decât mă aşteptasem.

— Luând în considerare toate aspectele, poate n-a fost cea mai bună opţiune să trăieşti în continuare în mausoleul fostei tale relaţii, a spus Lauren, trăgând o măsuţă de cafea uzată lângă bordură, ca să o ia cineva mai tânăr şi mai disperat decât noi.

Golit, locul se înfăţişa ca groapa de rahat care era, cu podele ieftine şi găuri prost acoperite, cu o baie care aproape sigur era o verandă transformată ilegal – iarna, apa de la toaletă îngheţa.

Odată, chiar după ce ne-am căsătorit, bunica a venit la noi la cină. După ce i-am făcut turul apartamentului, a fost încântată să vadă câteva piese de mobilier primite moştenire pe care le crezuse dispărute pentru totdeauna, vândute sau pierdute în timp. „Foarte fermecător", spusese văzând vechea noastră canapea şi mesele zgâriate, scaunele de bucătărie luate de pe trotuar. „Seamănă cu apartamentul în care am locuit cu bunicul tău prima dată după ce ne-am căsătorit."

I-am adus aminte că, atunci când ea şi bunicul erau proaspăt căsătoriţi, aveau 19 ani şi locuiau în Hamiltonul postbelic, într-un bloc cu locuințe de închiriat unde încălzirea era pe bază de nichel. Ea nici măcar nu lucra atunci. Noi doi ne apropiam de 30 de ani, lucram mai mult decât cu normă întreagă şi abia ne permiteam să locuim aici, în locul ăsta unde plăcile de „faianţă" din bucătărie erau nişte autocolante uşor de dezlipit, iar proprietara închidea termostatul într-o cutiuță de plastic pentru a ne împiedica să dăm drumul la căldură înainte de noiembrie.

„Totuși. E plăcut să-mi revăd vechiul bufet de bucătărie”, a spuseea.

M-am gândit unde locuiseră părinții mei, la vârsta mea: într-o căsuță ai căror proprietari erau și așteptând un copil. Jon și cu mine vorbiserăm o dată cu un broker de credite ipotecare ca să vedem de ce-am fi avut nevoie ca să cumpărăm o casă. El ne sugerase să economisim 80 000 de dolari și să părăsim orașul.

Cele două Lauren mi-au spart cadrul de la pat încercând să-l dezmembreze, așa c-am pus tăblia pe gazon, cu restul obiectelor de vânzare. Ca să evit să cheltuiesc bani pe un camion de transport și cu speranța de a câștiga niște bani, hotărâsem să organizez o vânzare în aer liber, împrăștiindu-mi bunurile în fața casei și oferindu-i-le oricui se oprea să se uite la ele. Până acum, primiserăm doisprezece dolari și optzeci și cinci de cenți pentru un uscător de păr și un cuier de haine, pe care i-am investit imediat în produse de patiserie.

Ne-am petrecut ziua trecând de la aranjarea articolelor de vânzare pe peluză și transportul cutiilor, genților și al plantelor prost protejate la Merris folosind mașina lui Lauren, depozitându-le neglijent în noua mea locuință înainte să ne întoarcem după restul fleacurilor. După ultimul drum, eu și Lauren ne-am întors ca să o găsim pe Lauren sensibila victorioasă și copleșită. Niște studenți veniseră și goliseră peluza.

— *Le-a ars casa* în urmă cu câteva săptămâni și nu aveau asigurare, așa că o luau de la capăt cu mâinile goale, a spus ea.

Le oferise totul pentru cincizeci de dolari.

— Nu ți-ar veni să crezi cât de fericiți au fost, a zis radiind. Am făcut un lucru bun astăzi.

Înapoi la Merris, am despachetat și am mâncat lipii cu falafel, iar Lauren a remarcat că poate aș fi preferat să câștig mai mult de cincizeci de dolari pentru un procentaj similar din bunurile mele.

— Ai discuri? a întrebat Lauren sensibila. Când Nour le-a scos pe ale lui la vânzare în curtea noastră, mai mulți bărbați au apărut de nicăieri. Au fost *atrași*. Am făcut sute de dolari.

M-am uitat într-o cutie pe a cărei etichetă scria FOARTE DIVERSE. Singurele discuri erau *Jagged Little Pill* al lui Alanis Morissette, un album live al Ellei Fitzgerald și ceva intitulat DANSURI NONSTOP 1600, care era o compilație de dansuri tradiționale și populare din secolul al XVII-lea, înregistrate de doi bărbați diferiți, pe nume Siegfried. Am hotărât, în schimb, să vând câteva din hainele mele vechi.

Recent, Lauren primise optzeci de dolari pentru o curea uzată Gucci de-a mamei ei, la un magazin secondhand de pe strada College. Eu nu aveam niciun articol Gucci, dar poate i-ar fi interesat cele aproximativ trei sute de perechi de blugi prea mici din denim pe care-i comandasem online și nu mă înduram să-i returnez pentru că, dacă făceam asta, abandonam fantezia că, într-o zi, ar fi putut să-mi vină, și perfect. Am hotărât să trec pe la magazinul secondhand a doua zi, după ce încercam toți blugii o ultimă dată, ca să mă conving.

— Vreau să subliniez că problemele astea fac să pară că nu sunt foarte frumoasă, dar cred că putem fi toate de acord că arăt destul de bine, poate chiar grozav, iar metoda contemporană de fabricare, stabilire a mărimilor și comercializare a hainelor este problema, am spus eu.

Grupul a încuviinţat.

Mi-am sortat hainele şi accesoriile, aruncându-le într-o pungă mare de plastic pe cele de care mă săturasem şi pe care Lauren nu şi le dorea. La un moment dat, am dat peste verigheta şi inelul meu de logodnă. Le-am aruncat şi pe ele în pungă.

— Poate... Nu te grăbi cu astea, a zis Lauren.

I-am spus că nu mi-aş putea imagina c-am să mi le mai doresc vreodată şi că, dacă aş fi făcut-o, ar fi fost un semn că o luasem razna. Ce puteam să fac? Să le înşir pe un lănţişor şi să le transform într-un colier nenorocit? Să le folosesc a doua oară, când aş fi cedat în cele din urmă insistenţelor tuturor şi aş fi hotărât să mă căsătoresc din nou? Oricum, setul costase mai puţin de 400 de dolari la un amanet de lângă biroul lui Jon. Nu mi-a plăcut să ghicesc valoarea la revânzare a unei verighete folosite de două ori, dar mi s-a părut sigur să presupun: nu ar fi fost una mare.

Lauren m-a atins pe umăr şi apoi a întins mâna şi a scos cutiuţa.

— Am o propunere, a spus ea. O să le păstrez eu puţin. Poţi să-mi zici mai târziu dacă vrei să faci ceva cu ele. Şi le-a strecurat pe inelarul mâinii drepte. Bine, îmi vin grozav! Poate ar trebui să-l sun pe Jon?

Lauren sensibila a ţipat, ceea ce a făcut-o pe Lauren să chicotească. Am aruncat o pernă în ea şi i-am zis să păstreze inelele. Chiar i se potriveau, iar cineva trebuia să le folosească.

— Ai să te întristezi dacă ai să le vezi? m-a întrebat ea.

Am clătinat din cap.

— Marfă! a spus Lauren. Diamante gratis! Când l-am ajutat pe fratele meu să se mute, mi-a dat doar pizza.

Am tot sortat lucrurile până când a sosit Merris cu o cutie de fursecuri de bun-venit.

— Copiii vin mereu la ușă cu una sau cu alta, a spus ea. Singura cale să scapi de ei este să cumperi ce vând. Astăzi au venit cu fursecuri așa că *bienvenue*![12]

Fursecurile erau din cele cu ciocolată și mentă, de calitate superioară, iar noi ne-am bucurat să le primim. Merris și cele două Lauren s-au înțeles de minune, cu toate că ea a plecat după primul fursec, promițând să nu coboare des.

— Spațiul tău e spațiul tău; treburile tale sunt ale tale, a zis ea. Nu vreau să aflu nimic din ce mi-ar putea schimba părerea despre tine.

I-am spus că este mai încrezătoare decât mine în stilul meu de viață dezmățat. Lauren a glumit, zicând că intenționa să organizeze o orgie și să le invite pe fetele de la etaj pentru un plus de autenticitate. Merris și-a dat ochii peste cap și a închis ușa, strigând peste umăr că așa ceva se întâmplă doar în suburbii. Cele două Lauren au plecat curând după aceea, ca să fie prezente la inaugurarea unei reviste destinate eșecului, și, deodată, am rămas singură în noul meu apartament.

M-am uitat la cutiile și genţile mele și la grămezile cu diverse lucruri. Am sortat câteva fleacuri. Mi-am pus o mască de față și mi-am zis ăsta e un loc în care să devii tu însăți. Apoi am văzut un șoarece, am țipat, mi-am dezlipit cu mare efort și o durere semnificativă masca și m-am culcat.

A doua zi dimineață, decorul necunoscut m-a trezit devreme și m-a dezorientat. Am făcut cafea, m-am urcat înapoi în pat și am băut-o cât am încercat câteva „pagini de dimineață". Am renunțat aproape imediat la efortul ăsta: mi se părea jenant și inutil să țin un jurnal. De ce

12 Bine ai venit! (n. tr.)

să-mi notez sentimentele, când puteam să le expun celor dragi sau să fac o descriere prea lungă și falsă, sub o fotografie cu niște nori? Măcar așa aș fi primit un feedback. Să țin un jurnal mi se părea o metodă mai lentă, cumva mai plictisitoare, de a mă gândi la lucrurile de care deja mă plictisisem analizându-le prea mult. Nu.

Apartamentul era, de fapt, o garsonieră, înghesuită, dar luminoasă. Ușile duble mari dădeau spre o curte acoperită de un strat subțire de ceață de la șase dimineața. Spre deosebire de vechea mea locuință, liniștea părea intenționată aici: sunetul unui apartament pentru o persoană. Nu simțeam o absență; aveam loc suficient doar pentru mine.

Am urcat scările și am chemat-o pe Lydia, care a venit de după colț, enormă și plină de salivă. I-am prins lesa și ne-am plimbat prin noul meu cartier – mai liniștit decât cel vechi, cu cafenele mai ciudate și buticuri independente și scumpe de haine, care păreau să vândă ținute exclusiv clarvăzătorilor bătrâni care părăseau orașul pentru un weekend petrecut într-o cabană.

Lydia era o gogomană cu maniere, care habar n-avea că este uriașă și care se ferea imediat de câinii mult mai mici și încrezători care veneau până-n botul ei sau îi adulmecau fundul. Mi-am cumpărat o cafea și o chiflă cu cardamom dintr-un loc unde se plătea doar cu numerar și decorat cu poze alb-negru ale cafelei cu lapte.

Când am ajuns acasă, i-am scos lesa Lydiei și le-am salutat pe Betty și Inessa, colocatarele lui Merris. Erau bătrâne, vag boeme și neinteresate de mine într-un mod politicos; Merris le dăduse toate detaliile relevante, iar ele se certau de mama focului dacă să cheme sau nu un arboricultor pentru ciuperca îngrijorătoare pe care o găsise Inessa pe copacul uriaș din curtea din spate. Betty, stăpâna Lydiei, avea piciorul într-o cizmă de plastic.

Am ieşit pe uşa din faţă, am ocolit casa şi am intrat în subsol prin mica mea intrare laterală. Am umplut un sac mare de gunoi cu mai multe perechi de blugi mărimea 33 şi alte haine vechi şi m-am îndreptat spre magazinul secondhand.

Uşa magazinului a scos un sunet agresiv, ca de claxon, când am deschis-o, iar femeia din spatele tejghelei şi-a ridicat privirea. Era înaltă, zveltă, şi avea o grămadă de tatuaje minuscule pe braţele lungi şi graţioase. Arăta de parcă ar fi locuit într-un atelier de ceramică pe o barcă sau într-o rulotă pe care o renovase cu grijă împreună cu iubitul ei, un model liber-profesionist, sau poate doar într-un apartament uriaş din centrul oraşului, cumpărat de părinţii ei. Chiar nu voiam să-i arăt hainele mele.

În magazin nu mai era nimeni altcineva. M-am gândit să mă prefac că mă uit câteva minute şi apoi să plec, dar era evident că aveam după mine o sacoşă transparentă plină cu haine vechi, ceea ce făcea imposibil să sugerez că mă duceam în altă parte. Am pus reticentă sacoşa pe tejghea şi am început să turui ca o idioată că nu mai făcusem asta niciodată, că nu ştiam sigur cum se procedează şi că sper să o intereseze câteva dintre mărfurile mele. Am spus „mărfuri". De fapt, „mărfuri, cum vine vorba". Voiam să mor.

Femeia a oftat. Era îmbrăcată impecabil, cu o tunsoare pe care am recunoscut-o de pe Instagram. Doar fetele cool o aveau şi părea că trebuia să te duci la San Francisco pentru ea, dar tipa probabil se tunsese singură cu un foarfece recuperat de pe o epavă veche.

A răsturnat conţinutul sacoşei în faţa ei, trăgând de cusături şi evaluând etichetele, ţâţâind ocazional sau ridicând o sprânceană. Totul a fost sortat în trei grămezi, potrivit unui sistem neştiut de clienţi. Din când în când, spunea „drăguţ" sau „frumos", iar eu rânjeam monstruos şi bâlbâiam ceva despre magazinul de unde cumpărasem haina sau de ce nu o mai voiam: „O, da, ha, ha, ha, pe ăsta l-am luat de la Topshop, mama era cu mine și chiar a crezut că acolo se vând doar topuri, nu-i...! Oricum, acum îmi e prea mic, din cauză că mi s-au mărit sânii de la anticoncepționale."

Femeia a schițat un zâmbet, fără ca acesta să i se citească în privire. A căutat prin ruinele vieții mele: tocuri ambițios de înalte pe care le purtasem exact o dată, o grămadă de curele țesute pe care prezentatorii emisiunilor dedicate transformărilor vestimentare le coseau, practic, de mijlocul fetelor grase, un colier lung cu o bufniță. 29 de ani pe pământ, iar eu cu astea mă prezentam. De multe ori mă contrazisesem cu bunica mea catolică în privința existenței iadului. Am vrut să o sun și să-i cer scuze: iadul era real, și ăsta era.

În cele din urmă, femeia a sortat totul.

— O să le păstrez pe astea, a zis ea, gesticulând spre cele două grămezi mai mari. Și pe restul pot să le donez, dar trebuie să-ți înapoiez pantalonii ăștia. Cu o expresie compătimitoare, mi-a împins peste tejghea o pereche de pantaloni de catifea. Chestia este că nu putem să acceptăm haine care au fost murdărite.

Urechile mi s-au lipit de cap, ca ale unei pisici.

— *Murdărite...?*

— Nespălate.

— Nu asta înseamnă murdărite.

— Ei bine, au o pată.

Am înșfăcat pantalonii, cercetând agitată zonele relevante. Nu am găsit nimic. I-am întors pe dos și am văzut un punct mic și mov lângă tiv.

— Pata este pe *crac*, am zis eu. Și e suc sau ceva.

— Nu mă privește ce este, a spus ea. Nu judec, evident, dar nu putem să-i acceptăm.

Femeia a împins pantalonii peste tejghea. Eu îi îndesam în grabă în geanta mea de umăr, când am auzit vocea unui bărbat:

— N-ar trebui să te c*ci pe tine.

Simon zâmbea prea larg, incapabil să ascundă cât de mulţumit este de gluma lui. Zâmbetul a mai şters din duritatea mişcării lui iniţiale de tip cool (apăruse în spatele meu, chinuitor de aproape), dar mi-a mai completat imaginea pe care mi-o creasem despre el (un bărbat simplu, aproape ciudat de cordial).

— Exact, domnule, mulţumesc! a spus femeia. Avem o politică.

Mi-am scăpat geanta pe jos şi m-am întors spre Simon, care se uita la mine cu acelaşi interes degajat ca la aruncarea de topoare.

— Ți-ai cumpărat draperii, am spus eu.

El a râs şi mi-am dat seama, cu o oarecare nelinişte, că mă bucur să-l văd.

— Da.

A urmat o clipă de tăcere şi, ca să o rup, i-am povestit cât de ocupată fusesem şi că mă mutasem în altă parte, că am multe pe cap și că-mi pare rău că nu i-am răspuns la mesaje.

— O, nu-ţi face griji în privinţa mea! Dormitorul meu e într-o beznă totală şi eu mă bucur de fiecare minut!

— Scuzaţi-mă, doamnă, puteţi să-l luaţi şi pe ăsta?

Femeia ţinea un tricou pe care mi-l făcuseră cele două Lauren pentru petrecerea burlăciţelor, în care faţa mea prelucrată în Photoshop era lipită de trupul unei strigoaice sexy care purta o rochie de mireasă. Deasupra mea, scriseseră cu un marker PETRECEREA BUUU-RLĂCIȚELOR LUI MAG 2016 şi, dedesubt, ULTIMA

SCULĂ ÎN VIAȚA ASTA. Mâna mea de zombi ținea un penis retezat.

— Era întors pe dos, și acum, că-l văd... adică, realist vorbind, probabil că nu pot să vând ceva atât de crud, a spus ea. Adică, pe partea din spate scrie „RIP"[13], dar R-ul vine de la...

— „Rim in Peace"[14], mda, am zis eu repede. Nu este serios. E amuzant... ăăă... M-am gândit doar că, poate, cuiva i s-ar părea amuzant. Adică s-ar putea să-l cumpere, în mod ironic, cineva, știi tu... ca să fie amuzant.

Învinsă, m-am oprit din vorbit. Am simțit că fața mi se înroșește și se înfierbântă și știam, din experiență, că avea să fie tot mai roșie și mai fierbinte. Era un real pericol ca buza superioară să-mi transpire. Care era problema femeii ăsteia? Încercam doar să câștig câțiva dolari în plus din vânzarea unor haine vechi care nu-mi mai trebuiau. Era o infracțiune să vrei să le oferi altor persoane care să se bucure de ele, în loc să îndeplinești profeția toxică a modei rapide și să le arunci la groapa de gunoi? Pentru numele lui Dumnezeu, încercam să *reciclez*!

Femeia s-a întors către Simon.

— Ți se pare amuzant?

— Mă tem că da. Simon a zâmbit.

Am protestat puternic, deși inutil. El a scos cinci dolari din buzunar, a cumpărat tricoul și l-a îmbrăcat.

— Așadar, a zis dându-se în spectacol în oglindă. Ești căsătorită!

Ochii și sânii mei mari de zombi s-au holbat la mine.

— De fapt, divorțată. Ei bine, despărțită.

---

13 Rest in Peace – Odihnească-se în pace (n. tr.).

14 Lingi în pace (n. tr.).

Simon a ridicat din sprâncene.

— Aha...

— Durează o vreme să devină oficial, aproximativ un an și apoi alte câteva luni, am spus. Încă... îmi execut pedeapsa. Vestea bună este că am încasat deja cecurile tuturor. Am schițat un zâmbet.

Femeia din spatele tejghelei părea confuză.

— Pe tricou scrie 2016... Cât timp ai fost căsătorită?

— Practic, cinci secunde, am zis prea repede și cu o voce prea pițigăiată. Mulțumesc de întrebare!

— Nu e nevoie să devii defensivă, a spus ea, făcându-și de lucru cu o grămadă de costume vechi de baie.

Ca să evit să țip la femeie, m-am concentrat din nou la Simon. Părea curios, dar nu mânios. Părea îngăduitor.

— Nu știu de ce nu ți-am spus. Mă simțeam chiar foarte bine și n-am vrut să fie un element negativ, dar este, nu am cum să-l evit, și apoi mi s-a părut ciudat că nu ți-am povestit, așa că nu...

— Nu-ți face griji, a zis el, părând să vorbească serios. Divorțul este, ei bine... o chestiune delicată.

N-am știut cum să-i răspund, așa că i-am propus să bem ceva.

Motive pentru care am plâns, 12–23 noiembrie

Autobuzul prea plin sau prea încălzit

Gâtul care părea distrus

Câini, în general

Am luat un taxi spre casă când am plecat de la cel cu care m-am întâlnit seara târziu şi geamul era deschis, iar oraşul părea pustiu şi frumos, dar ştiam că este plin de oameni şi m-am simţit legată de toţi şi eram şi foarte beată.

Am încercat de cinci ori să-mi amintesc parola de la AppStore, nu am reuşit, am încercat să o resetez, nu am reuşit nici asta şi, în cele din urmă, mi-am amintit că este numele meu urmat de semnul exclamării.

Jiro m-a văzut desfăcând un baton de granola la serviciu şi m-a întrebat cu o privire nimicitoare dacă „mă răsfăţ", şi asta făceam.

M-am gândit la câte eforturi au făcut părinţii mei ca să mă înveţe să citesc.

Am făcut sex cu Simon şi a fost frumos şi afectuos, iar lacrimile ne-au surprins pe amândoi.

Unul dintre studenţii mei mi-a zis emoţionat că sunt „înaltă".

Am văzut fotografiile unei podele antice cu mozaic, descoperită la un metru sub curtea unei italience, perfect păstrat și așteptând.

Am făcut sex cu Simon și am plâns din nou, apoi el m-a întrebat despre asta și am mai plâns puțin.

Am urmărit un documentar despre câte feluri de animale au dispărut deja.

Cineva mi-a tras clapa în perioada greșită a ciclului meu.

L-am auzit pe R. Kelly în mașina lui Clive și am spus că melodia îmi amintește de liceu, iar Amirah a zis că-i aduce aminte de „dominația violului în industria muzicală" și am avut impresia că toți ceilalți din mașină mă judecă; în plus, eu și Jon obișnuiam să dansăm prin apartament pe melodia „Ignition (Remix)" tot timpul înainte să știm că a) R. Kelly este un violator și b) că nu mai suntem îndrăgostiți unul de altul.

Am folosit unul dintre calculatoarele alea menite să determine cât de curând poți să te pensionezi dacă faci suma X și economisești lunar suma Y; am aflat că aș putea să mă pregătesc, în mod rezonabil, să ies la pensie peste 238 de ani.

Steve din *Sex and the City* îi striga „E ceva bun aici!" Mirandei, care nu putea încă să-i accepte dragostea.

Descrierea unui sos de tomate într-o revistă: „Geniul sosului Hazan constă în faptul că, deși este practic un aliment complet, doar din ingrediente ieftine și cu termen mare de valabilitate, nu mai poate fi îmbunătățit. Adaugă ulei de măsline sau busuioc proaspăt genovez dacă vrei; nu o să-l facă mai bun. Sosul este deja cât se poate de bun."

M-am gândit că dau de Janet pe stradă la fel cum ai întâlni un fost iubit şi ai încerca să păstrezi o distanţă remarcabilă în timp ce îi spui că „arată bine".

Am găsit o carte poştală pe care mi-a trimis-o Jon din Florida, cu nişte sâni mari şi pe care scria SÂNI FALŞI ŞI ATITUDINE REALĂ.

Mi-am citit toate mesajele de pe Facebook din iulie 2014, când a plecat Jon în Florida.

Sex cu Simon

Sex cu Simon

Mi-am amintit că toţi cei la care ţin o să moară într-o zi, mulţi dintre ei înaintea mea; că ori o să aflu de moartea lor, ori o să-i rănesc cu a mea, şi că, indiferent ce fac, sfârşitul vine pentru toţi într-un moment pe care nu avem de unde să-l ştim; că, între timp, corpul meu o să putrezească în jurul oaselor, o să se rideze, o să se umple de pete şi o să devină tot mai puţin eficient în fiecare zi, şi că, în clipa asta, chiar acum, este cel mai tânăr şi mai sănătos şi mai frumos decât o să fie vreodată, iar eu nu mă simt atât de tânără, sănătoasă sau frumoasă – de fapt, mi se pare că pierd un război cu propria postură, şi oare este mai rău dacă sora mea moare înaintea mea sau dacă mor eu înaintea ei, şi ce o să spun la înmormântarea tatălui meu?

O reclamă la Tim Horton, în care nişte taţi homosexuali aduc gogoşi la antrenamentul de hochei al fiicei lor.

Cadrul pentru saltea pe care mi-l oferise Merris s-a rupt aproape imediat după ce m-am mutat la ea, dar cei de la Ikea erau ocupaţi cu comenzile de sărbători, deci SKURNSK-ul comandat nu era programat să sosească înainte de Ajunul Crăciunului. M-am folosit de data de livrare ca să-mi justific lipsa de la un eveniment important de familie pe douăzeci şi patru şi am promis să iau trenul spre ei în dimineaţa următoare.

Prietenii, cei dragi şi înţelepciunea populară sugeraseră că sărbătorile ar fi putut fi dificile anul ăsta, că fiecare „nou început” fără soţul meu avea să fie deranjant în felul lui, dar totul fusese în regulă până acum: fusesem cu Simon să patinăm la primărie ca nişte turişti de vârstă mijlocie, campusul căpătase un licăr de Crăciun, iar grupul de conversaţii pentru Secret Santa o dăduse în bară în stil clasic, Clive turnând prea mult alcool în tradiţionala budincă de prune şi aproape pârlindu-şi o sprânceană când i-a dat foc. La serviciu se organizase o masă la care Olivia adusese „turte proteice”, iar doamnele de la etaj împodobiseră casa cu decoraţiuni de sărbătoare ce nu aparţineau niciunei confesiuni religioase.

Sesiunea de examene a însemnat mai puţine drumuri la biroul meu şi mai mult stat în pat purtând o maletă lungă până la podea, mâncând tocană direct din oală şi scriind „SURSA???” pe lucrările slabe de ecocritică despre *The Revenger's Tragedy*. Deşi piciorul lui Betty se vindeca, am continuat s-o scot pe Lydia la plimbare în majoritatea dimineţilor. Asta mă făcea să mă dau jos din pat şi să ies din casă şi era plăcut să am o prietenă mare şi tăcută care se bucura întotdeauna să mă vadă.

Lydia era tovarăşul ideal, o ființă paşnică ale cărei singure interese în viața asta erau să fie hrănită şi scărpinată între urechi – o înțelegeam. Uneori, bătrânele nu o auzeau lătrând la uşa de la etaj, iar ea venea până la uşa mea, o zgâria cu laba şi scâncea până o lăsam să intre şi îi dădeam să mănânce din ce mâncam şi eu. Îmi plăcea timpul petrecut împreună – eu lucram sau îmi vopseam sprâncenele ori pierdeam vremea pe internet, iar ea stătea întinsă pe picioarele mele, pârțâindu-se. Până acum, nu reuşisem să o conving să doarmă noaptea în patul meu, dar mă străduiam.

Pe douăzeci şi trei, Amy m-a dus să ne facem manichiura de sărbători. Am băut lapte de pasăre ieftin, am răsfoit reviste şi am discutat dacă aveam sau nu structura osoasă potrivită pentru pălăriile mari pe care le purtau întotdeauna femeile în California. Amy era foarte veselă. Fusese recent promovată ca asistentă-şefă la etajul ei în cadrul spitalului de copii şi ieşea cu cineva nou: un clovn terapeutic din aripa oncologică pentru adolescenți.

— Şi-a scos nasul şi a luat-o razna tot etajul, a spus ea. Era un iad şi fetele se străduiau să iasă în evidență, dar competiția scoate ce e mai bun din mine, deci...

Ieşiseră de trei ori în oraş în două săptămâni, inclusiv o dată când el pregătise un picnic de iarnă, cu tot cu sticle de apă caldă pentru fiecare. Îi cântase melodii duioase la chitară şi cântece R&B în timp ce ea băuse vin fiert dintr-un termos.

— A fost de vis! a spus Amy, deşi descria coşmarul meu. E un cântăreț minunat şi se descurcă de minune cu copiii... Tipic pentru zodia Peşti.

Am felicitat-o pentru promovare şi noul bărbat şi am recunoscut că nu credeam că astrologia e o ştiință adevărată.

— Probabil că nu, a zis ea, studiind ghirlanda pictată și cu ștrasuri de pe unghia degetului arătător. Dar tot este interesat să afli lucruri despre relaţia cuiva în funcţie de zodie. În plus, pentru tot ce fac rău, dau vina pe faptul că sunt Rac.

Am întrebat ce trăsături au Gemenii, iar ea mi-a răspuns că sunt „adevăraţii nebuni ai zodiacului". Amy spunea că poţi să-ţi dai seama dacă un bărbat avusese o relaţie dificilă dacă, în astrograma lui, știa în ce casă este Venus.

Mai târziu în seara aia, m-am dus la Simon ca să beau cidru și să mă laud cu noile mele unghii strălucitoare. Ne întâlniserăm des, bând câte o cafea între cursurile mele, mâncând gratis la restaurantele pentru care Simon scria recenzii și trimiţându-ne mesaje cu unde ești la ultimul apel. Iniţial, mă îngrijorasem c-ar fi putut fi un prostănac atrăgător, din cauza chipului, a părului și a ţinutelor lui îngrijite, dar era inteligent și amuzant și nici măcar nu vorbea despre metoda „sous vide"[15], în ciuda faptului că era un adevărat cunoscător al gastronomiei.

Era și surprinzător. Într-o dimineaţă, mahmură și cu ochelari de soare la gustarea de prânz, l-am observat privindu-mă cu atenţie. Mi-am studiat scrobul și i-am făcut semn chelneriţei să-mi aducă niște ketchup. Ea mi-a adus o sticlă și am turnat o grămadă pe marginea farfuriei. Când m-am uitat din nou la Simon, el încă mă privea fix, schiţând un zâmbet.

— Scuze! a spus el. Nu pot să fac asta.

S-a întins peste masă și mi-a luat ochelarii de pe nas. M-am pregătit pentru cine știe ce porcărie romantică

15 Metodă de gătit în care alimentele sunt introduse în pungi de plastic sau borcane de sticlă și gătite într-o baie de apă, pentru un timp mai lung decât cel obișnuit (n. tr.).

voia să facă el – să-mi complimenteze ochii sau să-mi spună că vrea să se poată *uita* cu adevărat la mine –, când a scos o bucată albă de material din buzunar şi a început să cureţe lentilele.

— Sunt dezgustători, a zis zâmbind în continuare. Eşti un animal! Le-a aburit suflând peste ele şi a şters o ultimă dată puntea nazală înainte să mi-i pună din nou pe nas.

— Ai la tine o bucată de piele de căprioară? am întrebat eu. Tot timpul?

Simon a zâmbit.

— Bineînţeles! a spus el. De ce nu?

Grija asta puţin sâcâitoare s-a dovedit a fi cartea lui de vizită. O dată, şi-a dat seama că îi folosisem apa de colonie deoarece o pusesem înapoi pe raft cu eticheta înăuntru. Când mi-a spus asta, mi-a dat o sticluţă pe care să o păstrez în poşetă.

— Relaxează-te, mi-a zis când am început să mă bâlbâi că nu credeam că ajunseserăm la stadiul în care ne făceam cadouri. Am primit-o gratuit când mi-am cumpărat gelul pentru curăţarea feţei.

Gândindu-mă la incidentele astea, mi-am scos pantofii pe hol când am ajuns la el, rămânând în şosete. L-am găsit curăţând foarte atent cu aburi pernele canapelei.

— În ce zodie eşti? l-am întrebat eu. Sau, mai degrabă, ce ascendent ai?

Simon s-a oprit cu aparatul de aburi în mână.

— Ar trebui să o sun pe mama ca să aflu exact ora la care m-am născut, a spus el. Dar sunt destul de sigur că am multe planete în Fecioară.

Am făcut sex şi am urmărit episoade vechi din *Familia Simpson*, iar el a pregătit o mâncare foarte simplă cu o concentrare aproape imposibilă, ca și când și-ar fi făcut griji că, dacă s-ar fi uitat în direcția greșită, colțunașii semipreparați ar fi profitat de asta ca să se desfacă în mod intenționat. S-a opus atât de vehement să spăl vasele, încât momentul amenința să se transforme într-o ceartă de proporții, dar în cele din urmă a cedat, iar eu i-am permis să rămână în spatele meu, cu mâinile pe șoldurile mele, cât am spălat două farfurii și o oală mare cu sită atașată.

— Miroși bine, a spus Simon, atingându-mi gâtul cu nasul.

I-am spus că era mirosul groazei că speranțele și visurile putrezesc în mine (unul dintre eseurile mele mediocre fusese respins de un al treilea jurnal academic în săptămâna aia).

— Isuse! a exclamat el, retrăgându-și brațele.

M-am întors, cu mâinile pline de spumă.

— Ce e asta... ce se întâmplă acum?

— Aș vrea să pot spune un lucru sincer fără să îl transformi într-o glumă, a zis el. Acceptă complimentul, omule!

— *Omule?* Bine, tipule.

— Exact la genul ăsta de deviere mă refer, a spus el. Lasă-mă doar să fiu drăguț cu tine.

Mi-am dat ochii peste cap. În ultimele câteva săptămâni, Simon îmi ținuse morală despre presupusa mea „aversiune față de amabilitate". Și-a înclinat capul cu o expresie gânditoare și mi-am dat seama că suntem în pericolul de a retrăi experiența de la cascadă.

Ca să fac un rezumat: Simon avea o mașină. Când mi-a spus prima dată asta, replica mea a fost „Bineînțeles că ai"; s-a uitat întrebător la mine și am fost nevoită să elaborez. Era un Volkswagen Golf vechi și uzat de un verde-închis, cu scaune zgâriate şi suporturi de cafea moi. Ocazional, mă lua şi mă ducea la un fel de bufet cu servire din maşină, la Tim Hortons pentru un sendviş la micul-dejun, la McDonald's pentru cartofi prăjiţi şi cafea şi la Wendy's pentru lapte în care să ne turnăm cafelele, chestie pe care 6Bites o numise recent „un gunoi de affogato[16]".

Săptămâna precedentă, merseserăm cu maşina la Elora, ca să admirăm o cascadă. Fiind iarnă, nu se înota şi nici nu se permiteau alte asemenea lucruri, aşa că am admirat atracţia naturală parţial îngheţată aproximativ treizeci de minute, după care am urcat înapoi în maşină şi am plecat acasă. Pe drum, am căutat posturile locale de radio, ascultând Moose FM şi Canoe 100,9 deoarece difuzau melodii uşor de ascultat pe care mi le aminteam din călătoriile cu familia din trecut. Nu îmi dădusem seama că şi eu cântam înainte ca Simon să chicotească în barbă. M-am oprit imediat, privindu-l cu suspiciune.

— Ce?

— Întotdeauna eşti cu patru măsuri înaintea versurilor, a spus Simon, bătând cu degetele pe volan. Este drăguţ. Ca şi când te-ai grăbi să ajungi la partea pe care-ţi place cel mai mult să o cânţi.

A râs, iar mie mi s-a făcut greaţă.

— Nu fac asta! am izbucnit eu.

Am închis radioul şi am mers fără să vorbim câteva minute, amândoi concentrându-ne prea mult la peisajul de afară. Ştiam că sunt o nesimţită şi îmi doream să nu fi fost. Nu mă puteam abţine când se manifesta aşa, observând totul ca un tocilar. Nu voiam să mă privească. Abia voiam eu să mă uit mine.

Simon a oftat.

---

16 Desert italian pe bază de cafea (n. tr.).

— Îți place ce facem? a întrebat el, părând puțin deranjat. Deoarece mie îmi place și credeam că și ție. Întotdeauna îmi trimiți mesaje, mă suni și îmi ceri să ne petrecem timpul împreună și nu știu cum altfel să înțeleg toate astea.

Am mormăit că îmi place ce e între noi – în mod evident –, dar că este complicat. Simon m-a întrebat dacă vreau să discutăm despre asta. Am pornit din nou radioul și am auzit o melodie despre viața de noapte, nevoia de a dansa și așa mai departe.

Acum, în bucătăria lui, am simțit același disconfort, ca o urticarie internă. Voiam să îi spun că este un ratat. Voiam să strig: *NU!* Voiam să înțeleagă că era foarte stresant să primesc genul ăsta de atenție, știind că se putea transforma în ceva de nerecunoscut sau să dispară complet. Voiam să îi spun că mă trezisem o dată în patul lui și-l crezusem, pe întuneric, altcineva, cineva care observase tot felul de lucruri adorabile la mine și care, mai recent, spusese că a fi cu mine i se părea ca înecul în nevoile altei persoane. La o analiză mai atentă, nu voiam cu adevărat să îi spun asta.

Am luat un prosop de bucătărie și am început să șterg superficial farfuriile.

— Bine, am spus eu. Miros minunat! Sunt ca o spălătorie care și-a tras-o cu o brutărie și a dat naștere unui trandafir.

Pe tejghea, ecranul telefonului s-a luminat la o nouă potrivire pe Tinder. L-am întors înainte să poată vedea Simon.

— Așa mai merge, frate! a zis luându-mi farfuria din mână și trăgându-mă spre el. Data viitoare o să vedem dacă reușești să mă și privești în ochi.

Mi-am dat seama că Simon nu mai este îngrijorat. Criza, așa cum o vedea el, se sfârșise. De ce să mă mai gândesc la asta? Simon era un bărbat care credea că, în viață, lucrurile se rezolvă în general deoarece, pentru el, așa era. Era genul de om pentru care avioanele așteaptă, căruia barmanițele îi oferă cafea gratis și barmanii, încă un shot. Odată, îl văzusem scăpând de o amendă pentru depășirea vitezei doar vorbind mieros, deși nu avea asupra lui nici permisul de conducere. Nu intenționam să fiu cea care să îi spună că nu este normal. M-a sărutat, iar eu am gândit că *chestia asta e sortită eșecului.*

În dimineața următoare am stat singură în maleta mea imensă, împachetând puloverul identic pe care îl cumpărasem pentru Hannah și gândindu-mă să postez la Story pe Instagram o poză cu mine folosind filtrul cu pisica și descrierea Crăciun miaunat... Știam că este jalnic, dar nu mă deranja, deoarece în fotografie maxilarul meu părea ascuțit.

Am decis să nu o fac, postând în schimb o imagine neclară a bucăților de hârtie de împachetat, cu speranța de a nu atrage atât de multă atenție. Ferestrele mele se aburiseră din cauza condensului, iar eu auzeam niște copii din vecini care se jucau afară în zăpadă. Hotărâsem să nu-mi cumpăr brad – ce să pun în el? –, dar sprijinisem niște felicitări pe dulap în încercarea de a fi festivă. Un fir de beteală atârna moale deasupra grămezii de rufe murdare.

Am revăzut *White Christmas,* trecând peste partea muzicală în care toți cei patru actori principali își exprimau dorul de vremurile trecute ale menestrelilor, apoi am trecut la ofertele mai puțin importante (deși nu mai puțin plăcute) ale sărbătorii, comedii despre schimbul de case, identități greșite și găsirea dragostei cu o întorsătură festivă. În timpul ăsta, am notat lucrări și am încropit un prânz dezechilibrat și satisfăcător din fulgi de ovăz cu scorțișoară, supă miso dintr-un pachet şi orez expandat învelit în muştar şi pastramă. La desert, am mâncat un fursec peste care am pus brânză.

Pe la patru şi jumătate, am simţit că singurătatea ameninţa să se strecoare în mintea mea. Am mers la etaj ca să văd dacă Lydia este prin preajmă. Casa era pustie, toate fiind plecate cu familiile lor sau, în cazul Inessei, cu un iubit captivant şi mai tânăr (el avea şaizeci şi şapte de ani, dar chiar şi-aşa...). M-am întors la parter şi m-am uitat pe lista cu lucruri pe care le aveam de făcut, deşi totul era deja bifat. Singurătatea te transformă într-un om prea eficient. Am încercat să dorm, ceea ce a însemnat doar că am ţinut ochii închişi până a apus soarele de iarnă. Când i-am deschis din nou, era ora cinci după-amiaza şi beznă afară. Am aprins o lumânare şi am deschis o carte, sprijinind telefonul între pagini.

La 20.30, am auzit soneria. Curierul mi-a lăsat pachetul în mâini urându-mi brusc „Sărbători fericite!" De acord! Bărbatul ăsta trebuia probabil să ajungă undeva – la o familie iubitoare sau la o parteneră devotată care îl aştepta acasă, ducându-i dorul. Era nedrept că trebuia să lucreze în Ajunul Crăciunului, livrând pachete idioţilor singuri care, dacă ar fi avut o viaţă măcar de departe organizată, ar fi putut cu uşurinţă să împrumute sau să închirieze o maşină, să conducă până la Ikea şi să cumpere singuri cadrul de pat de mărime mijlocie. Când am încercat să îi spun mai pe scurt chestia asta, mi-a făcut ceea ce am presupus a fi cea mai puţin flatantă fotografie a mea, nespălată şi arătând ca o idioată, încercând să echilibrez cutia de carton pe un şold ca pe un copil înalt şi rău.

Am intrat din nou în casă şi am deschis-o. O punguţă cu şuruburi şi piese a căzut din cutie împreună cu instrucţiunile. Pe prima pagină, o siluetă slabă desenată stătea cu un creion după ureche şi un X pe tot corpul. Se uita în jos la o grămadă de piese de mobilier şi se încrunta. Dedesubt scria: „Se montează mai bine în doi." Mai jos pe pagină, o pereche de prieteni desenaţi – sau iubiţi, relaţia era neclară, dar păreau să se înţeleagă – zâmbeau, gata să termine treaba în echipă. Am decis să montez cadrul de pat mai târziu.

În copilărie, îmi petreceam Ajunul Crăciunului stând trează până târziu cu Hannah, mâncând biscuiţi şi clementine, gândindu-ne cât de devreme puteam să alergăm la parter şi să ne aşteptăm părinţii (mai târziu doar unul) să ni se alăture. Am continuat să împărţim camera în Ajunul Crăciunului până la adolescenţă, încetând doar când omniprezenţa iubitului ei a făcut ca aranjamentul nostru să fie de nedorit. Ea încă era cu iubitul ăla – un băiat sarcastic, înalt şi slab pe nume Ed. Împărţeau un apartament dărăpănat pe strada Princess pe care îl subînchiriau perioade lungi, călătorind în Columbia, Thailanda şi Noua Zeelandă, făcând fotografii frumoase cu plaje şi ei doi şi cu străini în vaporaşe de agrement dubioase. Nu aveau porecle, dar se refereau la ei ca la o unitate, ca „mama şi tata". Nu se grăbeau să se căsătorească, însă în mod clar aveau să fie împreună pentru totdeauna.

Am mâncat câteva clementine şi m-am întors în pat, dorindu-mi să mă fi dus acasă, pentru a fi în seara asta cu Hannah. Mi-am tras laptopul pe perna de lângă mine, SKURNSK-ul înălţându-se în colţ cât am urmărit cum o tânără bucătăreasă talentată îşi dădea seama că semăna leit cu o ducesă frumoasă şi plictisită, şi aşa am avut parte de comedia de sărbători. Am adormit după o criză evitată la competiţia televizată de gătit, dar înainte de nunta dublă festivă.

A doua zi m-am trezit devreme şi am luat trenul spre Kingston. Vocea automatizată a anunţat oraşele în care soseam în engleză şi franceză, în timp ce vagonul ne-a clătinat lent înainte şi înapoi, ca pe nişte copii într-un pătuţ aflat pe un uscător. Lacul era frumos şi rece, razele soarelui scânteind din gheaţa de pe marginile lui. Ştiam că oraşul avea să fie un amestec de gri urât (biblioteci în stil brutalist[17], zăpadă topită) şi gri frumos (calcar vechi, fum din coşuri care se unduia spre înaltul cerului), învăluit într-o linişte deplină şi părăsit de studenţi. Tata m-a aşteptat la gară cu o căciulă tricotată imensă şi am mers cu maşina acasă la el ca să deschidem cadouri, să mâncăm covrigi şi să bem cocktailuri Mimosa cu Ed şi Hannah. Când am ajuns acolo, Ed m-a întrebat „Cum rezişti?", iar Hannah l-a lovit puternic peste genunchi, apoi a venit spre mine cu o cană de cafea şi m-a îmbrăţişat spunând: „Am intrat în panică şi ţi-am cumpărat pantaloni în ultima clipă. *Riscantă* mişcare!"

În anul în care s-au despărţit părinţii mei, s-au îngrozit să afle că fiecare schimbase obiceiurile de Crăciun în exact acelaşi fel: „De vreme ce mâncaţi curcan la tatăl vostru, m-am gândit ca anul ăsta să pregătim nişte şuncă", spusese mama. În ziua următoare, mirosul de carne de porc ieşea din bucătăria tatălui nostru, întâmpinându-ne înaintea lui. Fiecare din ei ne-a cumpărat papuci noi de casă din pluş drept cadou. Ambele lor planuri pentru Crăciunul îmbunătăţit includeau băutura la micul-dejun.

Deşi acum erau separaţi de mai mult timp de când îi ştiam împreună, eram deseori uimită de sfaturile asemănătoare primite de la părinţii mei, de câte valori, instincte şi expresii împărtăşeau încă. La urma urmei, fuseseră împreună treisprezece ani. După calculele mele, dragostea dispăruse cam când am împlinit opt ani, dar influenţa unuia asupra celuilalt nu era prea uşor de anulat. Nu păreau să se bucure auzind asta, ceea ce

17 Stilul brutalist este reprezentat de clădiri realizate în forme geometrice, repetitive, amintind de blocuri de beton armat nefinisat, relevând adeseori textura lemnului folosit la realizarea cofrajelor turnării betonului brut (n. red.).

înţelegeam mai bine acum. Încă mai cumpăram automat vinete şi doar recent mi-am dat seama că nu preferam partea stângă a patului. Fără certurile vesele cu Jon, viaţa mea cotidiană devenise mai puţin argumentativă şi am descoperit că o preferam aşa. Era greu să aflu că însuşirile pe care le considerasem doar ale mele fuseseră întărite sau preluate la grămadă de la altcineva. Cât de jenant era să îmi dau seama ce eram eu, ce era el, ce eram noi! Şi cu atât mai jenant era să afli că înţeleseseşi totul greşit.

Între timp, familia noastră destrămată se obişnuise cu o rutină exersată, alternând o dimineaţă intimă de Crăciun cu un părinte cu o cină alături de familie extinsă cu celălalt. Anul ăsta era rândul mamei să gătească cina. Familia mamei este imensă şi, ca în familiile cu mulţi nord-americani albi, erau înflăcăraţi ca presupuşii irlandezi. Puteai să-mi spui că orice persoană albă din Canada este vărul meu şi te-aş fi crezut. Aveam multe amintiri din copilărie cu mama care mă târa spre vreun străin în alimentară, întinzându-mi mâna ca să o strâng pe a lui şi spunându-mi că persoana pe care nu aveam să o mai văd vreodată era, în secret, o rudă dragă – un fel de văr de-al şaptelea. Sărbătorile alături de clanul ei începeau devreme, se terminau târziu şi implicau mult Drambuie[18] şi strigături afectuoase. Între trei şi şase oameni plângeau în mod normal.

Anul ăsta, principalele evenimente au fost următoarele:

— soţul unei verişoare pe care nu-l văzusem de la Crăciunul trecut m-a întrebat unde este Jon înainte să-mi fi scos măcar haina;

— curcanul a fost băgat în cuptor cu două sau trei ore mai târziu decât trebuia, ceea ce a însemnat

18 Lichior (n. tr.).

că „ora de cocktail” s-a prelungit mult peste ora opt seara și, din cauza asta, unchiul Jamie a adormit la masă;

— când îmi puneam cartofi în farfurie, mătușa Gillian, măritată a treia oară, mi-a spus că noi facem parte dintr-o comunitate a soțiilor părăsite;

— doi oameni de vârstă mijlocie s-au contrazis dacă mai există libertatea de expresie;

— o verișoară de-a doua de 23 de ani a anunțat că este însărcinată, determinând o verișoară primară mai în vârstă să o acuze că „încearcă să o facă pe Maggie să se simtă prost”;

— când am luat-o pe vara primară deoparte ca să îi spun că este în regulă, ea a început să plângă și să-mi spună că e „stearpă”;

— o mătușă le-a spus verilor să facă ocolul mesei și să ne întrebe dacă îl avem pe Isus în viețile noastre;

— sora mea s-a îmbătat și mi-a spus că „dorința ei de Crăciun” este ca într-o zi să-mi „găsesc din nou fericirea”;

— unchiul care de obicei cânta la pian la sărbătorile astea decedase recent, așa că, în loc de colinde, s-au cântat cu tristețe melodii de pe YouTube;

— noua iubită a celui mai mare văr a stat în poala altui văr un vers întreg (!) al melodiei „Santa Tell Me” cântat de Ariana Grande;

— bunica m-a întrebat dacă mă văd cu cineva deosebit (m-am gândit la Simon, dar i-am spus că nu), apoi mi-a sugerat să încerc să evit „să mă combin cu alt vegetarian”;

— am mâncat atât de multă brânză, încât, pe moment, m-am gândit să mint că o mâncase câinele;

— în cele din urmă, chiar am spus asta.

Când am plecat cu mama la slujba de la miezul nopţii, petrecăreţii unui grup restrâns, dar devotat, erau încă activi, certându-se veseli din cauza jocului de cărţi, încurajându-i pe ceilalţi să ţină discursuri şi emoţionându-se în privinţa Papei. Nu după mult timp, au scos o muzicuţă dintr-un sertar, au cântat strident melodii populare şi au dansat prin bucătărie.

Sora mea a rămas, sperând la dezvăluirea vreunui mare secret de familie, sau cel puţin la mai multă pâine cu migdale. Crăciunul era singura ocazie din an în care mama mergea la biserică şi, de obicei, negociam cine să o însoţească. Anul ăsta era rândul lui Hannah, dar după ce am văzut cum mătuşa Gillian m-a încolţit ca să mă avertizeze că viaţa este grea pentru o fată trecută de treizeci de ani, că gravitaţia ne afectează pe toate şi, indiferent de rutina mea de hidratare, gâtul avea să-mi aducă declinul, ea a sugerat să merg în locul ei. I-am mulţumit şi m-am îndreptat spre alee, unde mama încerca fără succes să dezgheţe parbrizul. A scos răzuitorul de gheaţă de pe bancheta din spate şi mi l-a dat pe geam. Am curăţat o bucăţică doar pe partea ei şi am urcat.

— Sper că Isus apreciază că rămân trează pentru asta, a spus ea, mergând cu spatele spre stradă.

I-am amintit că nou-născuţii nu pot recunoaşte culori sau chipuri, aşa că-L depăşea conceptul de şofer desemnat.

— O, Dumnezeule! a spus părând epuizată. Nu în seara asta, bine? Te rog! M-a bătut afectuos pe coapsă ca să știu că, deși îi păream enervantă, ar fi murit la propriu pentru mine.

Biserica era liniștitor de măreață, scăldată în lumina lumânărilor și pustie, cu acel miros frumos, specific lăcașurilor de cult romano-catolice, (nu poți spune multe despre instituție, dar se pricep să aleagă tămâia). Mergeam la biserică doar cu mama, de Crăciun, deși ne căsătoriserăm într-o biserică la insistențele părinților lui Jon. Ei se dovediseră mai tradiționali decât mă așteptam în privința ceremoniei – eu și mama lui am avut chiar și o discuție aprinsă despre motivul pentru care nu voiam să port voal.

La sfârșit, am pierdut disputa în privința voalului, iar dantela veche găsită de soacra mea a fost splendidă. Am purtat-o cu o rochie de mătase care era mai scumpă decât orice avusesem vreodată, iar acum stătea într-o cutie în garsoniera mea, judecându-mă dintr-o husă de protecție pentru haine. Fusese frumoasă, iar eu arătasem minunat în ea, dar tot mă simțisem stupid în ziua aia, în timp ce mergeam spre altar. Ce făceam eu acolo, cu sau fără voal, mergând prin biserică într-un costum de virgină, în fața tuturor cunoscuților, spre un bărbat cu care trăiam de ani buni? De ce trebuia să ne confirmăm devotamentul cu mica plimbare lentă? Trebuia să imit mersul din filmele cu nunți, pășind o dată și alături, de două ori și alături? Dar oricât de stupidă era procesiunea, fusese emoționant să sosesc în fața bisericii, să apuc mâinile transpirate ale iubitului meu și să îl fac soțul meu în fața tuturor.

Am alungat imaginile nedorite – zâmbetul larg al lui Jon, prietenii și rudele chicotind când am stricat imediat prima propoziție din jurămintele noastre „modernizate" și acel sărut – din mintea mea. Slujba a continuat, iar mama s-a plictisit cam pe la binecuvântarea ieslei. Mi-am dat seama de asta când a început să se uite prin cartea de imnuri ca și când ar fi fost o revistă dintr-un salon de manichiură.

— „Călăuzește-mă, o, mare Iehova”... e clasic, am șoptit eu.

Ea și-a dat ochii peste cap și a închis cartea, apoi m-a cuprins cu brațul și m-a întrebat dacă mă simt bine.

— Știu că primul Crăciun poate fi dificil.

I-am spus că sunt furioasă că părinții lui Jon nu m-au căutat. Știam că el probabil nu ar fi spus nimic, dar, de când eram adultă, fusesem de Crăciun la ei acasă. Pentru asta nu meritam o felicitare sau cel puțin un e-mail? Mama mi-a spus că furia nu este utilă, că nu are sens să mai disprețuiesc oamenii care nu mai fac parte din viața mea. I-am zis că, recent, mi-a povestit în detaliu o ceartă cu tata despre planurile de vacanță din 1997.

— Asta e altceva, a spus ea.

— Cum așa?

— Pentru că el e un nesimțit.

Mi-a făcut semn să mă uit în față și a început să cânte „Noapte de vis” cu un entuziasm ezitant. Ningea când ne-am întors spre casa ei, luându-i pe Ed și sora mea de la mătușa Linda. În mașină, cei doi ne-au informat: iubita care stătuse în poala altcuiva în timpul cântecului Arianei Grande plecase cu alt văr decât cel cu care venise; bunica le zisese tuturor că putea să vadă fantoma unchiului pianist, iar el era supărat; verii adolescenți se încăieraseră atât de rău în pivniță, încât unul din ei părea să-și fi luxat ceva.

— Minunate vești! a zis Hannah. Verișoara Sheila, clarvăzătoarea, spune că o să găsești din nou dragostea peste opt ani.

În acea noapte, am dormit în dormitorul meu din liceu, holbându-mă la fotografia mea din adolescență cu prieteni pe care nu îi mai cunoşteam; vedeam uneori pe Instagram – unul era avocat, altul conducea un studio de înregistrări în Vancouver. Câţiva aveau copii. Eu nici măcar nu mai aveam pălăria aia. Chipul meu de copil neştiutor zâmbea din rama pe care scria PUTEREA FETELOR PENTRU TOTDEAUNA, cu un font ondulat. M-am gândit să îi las un mesaj vocal lui Jon, doar ca să îi urez Crăciun fericit; poate că şi lui i se păreau dificile sărbătorile. M-am luptat mental cu nişte imagini devastatoare – Hannah făcând pe furiş un schimb de priviri cu Jon când i-a luat coroana de hârtie de pe cap şi a părăsit camera; expresia de pe chipul lui când mi-a spus că ştia că nu sunt genul care să fie cerută de soţie în genunchi; el făcând oricum asta, cu un minuscul inel de aur într-o folie de bomboană de pus în brad deschisă – şi mi-am tras laptopul în pat, uitându-mă la fotografiile de Crăciun din anii anteriori pe Facebook.

La miezul nopţii, Simon mi-a trimis un mesaj: Crăciun fericit, sper că ai o noapte mai bună decât tipul ăsta, ataşând o fotografie cu unul dintre verii lui mai tineri, plin de sos, care plângea. M-am uitat la mesajul de pe telefon şi la fotografiile de pe laptop şi nu am putut să mă gândesc la o replică mai bună decât ha-ha, da. Nu îmi dădeam seama ce vrea şi nu aveam energia necesară să aflu.

Mi-am petrecut a doua zi de Crăciun pe canapeaua mamei; am jucat jocuri de societate şi am mâncat sendvişuri cu carne de curcan picantă împreună cu Hannah. Mama se întâlnea cu cineva – un bărbat prietenos, dar agitat, pe nume Jeff, care venise la prânz şi se străduia acum puţin prea mult să se facă plăcut. Când a plecat din cameră, promiţând să revină cu ciocolată caldă aşa cum nu mai băuserăm vreodată, Hannah s-a aplecat şi a şoptit: „Oare crede că o să încercăm să o păcălim să se împace cu tata sau aşa ceva? Nu suntem toţi puţin cam bătrâni pentru asta?"

Ed a intrat şi a strâns-o de talie. Nu îmi ziseseră nimic, dar acasă la Linda îl auzisem fără să vreau pe Ed spunându-i mătuşii Sara că încercau să facă un copil. Mă bucuram pentru ei şi eram entuziasmată de următorul pas din viaţa lor de cuplu, deşi mă simţeam umilită de tactul şi, totodată, mila lor. Mi-am imaginat-o pe Hannah ascunzându-şi sarcina aşa cum făceau la televizor, ţinând amândoi tot timpul rânduri mari de genţi şi cutii de pălării în faţa abdomenului ei, disperaţi să-mi ascundă că alţi oameni duceau vieţi fericite şi însemnate, pline de evenimente importante de care nu aş fi avut parte niciodată. Sora mea şi-a strecurat picioarele sub mine şi m-a întrebat ce pun la cale zilele astea. M-am dat la o parte, trăgând pătura mai strâns în jurul capului, ca să nu o mai văd cu coada ochiului.

A doua zi am luat trenul înapoi spre Toronto, m-am urcat în pat şi am rămas acolo zile în şir, urmărind din nou seriale vechi şi misogine şi reality-show-uri cu oameni frumoşi care ieşeau din relaţii abuzive emoţional şi reveneau la ele. Perioada dintre Crăciun şi Anul Nou pare întotdeauna lungă, dar anul ăsta se calmase. Timpul se scurgea şi mai lent decât de obicei, iar eu făcusem lucruri nesăbuite: două sau trei zile comandasem mâncare pe care nu mi-o puteam permite, mersesem cu bicicleta pe zăpadă fără lumini sau cască, trimisesem mesaje riscante pline de greşeli de tipar.

Pe 28 decembrie, i-am trimis un mesaj lui Simon: de ce îți place de mine?

El mi-a răspuns a doua zi: să-ți spun ce-mi vine prima dată în minte? ești frumoasă și mă faci să râd.

Du-te naibii! am gândit eu.

I-am scris: du-te naibii, adăugând: bărbaților nu le pasă dacă femeile sunt amuzante. de fapt, cred că le displace asta.

bine, a scris el, ești frumoasă și te consider plicticoasă, și e entuziasmant deoarece asta nu mă amenință.

După trei ore, de vreme ce nu-i răspunsesem, mi-a scris: ... glumeam.

Am apăsat pe mesaj astfel încât să apară un mic emoticon cu degetul mare ridicat şi m-am întors în pat.

Brusc şi împotriva voinţei mele, era 31 decembrie. M-am trezit şi am gândit *nu*. Le-am scris celor din grupul de conversaţie că nu sunt pregătită pentru vreo petrecere de Anul Nou. Ei au fost înţelegători, chiar dacă uşor indiferenţi. nu trebuie să rămâi dacă nu-ți place, a scris Amirah, adăugând că puteam împrumuta ceva de la ea dacă aveam nevoie de o ţinută. (Prietenele mai slăbuţe promiteau întotdeauna să-mi împrumute haine frumoase care nu mi-ar fi venit nici într-un milion de ani.)

Clive a spus că băieţii care organizau petrecerea promiseseră un „bufet cu toate sosurile" şi experienţa unei curţi încălzite. Le-am zis că ştiam că avea să fie distractiv, dar şi că erau 700 la sută şanse să plâng la miezul nopţii şi voiam să o fac singură. fă ce vrei, mi-a răspuns Lauren. dar la anul o să fim în 2020 și aproape sigur cada gonflabilă cu apă caldă a lui Mark o să fie stricată.

Simon mi-a scris ca să mă anunţe că urma să-şi petreacă ultimele secunde ale anului cu prietenii la taverna Potcoava, urmărind o trupă care cânta câte o melodie din fiecare an, începând din 1919. Totuşi, după miezul nopţii, era disponibil să înceapă noul an cu o bubuitură (sex). I-am răspuns că mi se pare minunat, dar că am şi eu planuri, şi i-am propus să ne întâlnim la prânz, a doua zi. cum dorești, a fost replica lui. Nu mi-am dat seama dacă era o replică din *Princess Bride* sau doar vorbea așa.

Așadar: ajunul Anului Nou de una singură, pentru prima dată. Am fost la băcănie și mi-am cumpărat niște provizii: portocale roșii, crini, ceai de plante și o lumânare parfumată cu note de bază de vetiver și „bibliotecă".

Toți ceilalți de la magazin cumpărau ultimele lucruri pentru petrecere: cutii cu ciocolată rămase de la Crăciun, brânză semipreparată și platouri cu carne, nouă lămâi verzi. Reținerea mea de a-mi petrece singură sărbătoarea asta populară cu săruturi în grup s-a transformat într-un sentiment de superioritate: nici măcar nu intenționam să mă îmbăt în seara asta. Voiam să-mi exfoliez pielea și să-mi pun dorințe.

În timp ce mă plimbam printre rafturi, am fost cuprinsă de dorința de *a crea*, de a avea ceva să-mi demonstrez, și, după o căutare scurtă, am hotărât să cumpăr ingrediente pentru o rețetă de pâine pentru începători găsită pe 6Bites. Nu mai făcusem niciodată pâine, dar să transform ingredientele de bază în ceva nutritiv doar cu timp și efort părea să reușească să-mi dea o ocupație. În plus, m-am gândit c-ar fi fost plăcut dacă apartamentul ar fi mirosit a pâine.

Am mers repede înapoi spre casă, respirația formând norișori care-mi dădeau o stare de bine. Cerul era roz și aerul, rece, iar oamenii se grăbeau, fiecare având cu un scop precis. Mă simțeam mândră de mine pentru că-mi acceptasem limitele: Crăciunul fusese în regulă, dar nu voiam să-mi petrec seara asta înconjurată de cupluri fericite și grupuri de oameni care flirtau entuziasmați în ținute strălucitoare, toți sărutându-se cu un sentimentalism ieftin. Nu voiam să fiu nevoită să le spun tuturor că dorințele mele de Anul Nou erau să plâng mai puțin, să-mi dau seama dacă îmi place să fiu în aer liber şi să încerc salata la micul-dejun. O noapte acasă era exact ce-mi trebuia.

Am ajuns acasă, am despachetat cumpărăturile şi m-am schimbat în cea mai sofisticată / mai puţin murdară pijama. Mi-am pus telefonul într-un bol cu o farfurie deasupra, ca şi când aş fi ţinut captiv un păianjen. Am fiert nişte apă pentru ceai („un amestec liniştitor de ierburi pentru femei") şi am scos făina, sarea, uleiul de măsline şi drojdia cu acţiune rapidă. M-am uitat împrejur după o cană gradată. Nu am reuşit să găsesc decât un pahar de vin gradat, din plastic, de la festivalul de muzică, ce avea marcate pe exterior nivelurile de 150 ml şi 250 ml.

Am amestecat ingredientele şi am întins şi modelat aluatul rezultat într-o bilă, invocând un brutar celebru în vârstă la care mă gândeam uneori când mă masturbam. Am frământat bila de pâine şi am lăsat-o sub un prosop de bucătărie, la dospit. Am intrat în baie şi mi-am aprins lumânarea cu miros de bibliotecă. Am umplut cada cu sare Epsom, uleiuri esenţiale şi câteva petale prăfuite din buchetul de la farmacie pe care îl ţinusem la mucegăit în colţul băii timp de trei săptămâni, de ce nu. Am pus o listă cu melodii intitulată „Pian relaxant" şi am mâncat o clementină, în pielea goală. M-am uitat la corpul meu în oglindă şi am gândit *ştii ce, bine.*

Am stat în cadă un timp care mi s-a părut ore bune, aproape reuşind să-mi limpezesc mintea. Când degetele au început să mi se încreţească, s-a declanşat un temporizator în bucătărie şi am alergat udă prin apartament ca să verific aluatul. Era mult mai mare decât îl lăsasem – un rezultat. Am pus noua bilă de aluat mult mai mare pe o hârtie de copt, am acoperit-o cu o pânză curată şi am lăsat-o din nou la dospit. Mi-au venit nişte gânduri oarecum primitive despre „a fi lăsat singur să creşti".

După ce am şters petele ude pe care le lăsasem prin bucătărie, m-am întors în baie şi m-am dat cu loţiune hidratantă până la uitare. Aveam pielea mai catifelată decât a unui pui de focă, mai unsă decât bolul în care pusesem pâinea. Străluceam. Nici nu puteam să ating nimic fără să las urme. M-am mişcat prin apartament, evitând să-mi ating pielea de orice obiect, şi am aşteptat – să crească aluatul, să mi se usuce trupul –, şi m-a cuprins un sentiment de pace şi împuternicire. Uscarea a durat mai mult decât mă aşteptam, iar împuternicirea, dacă plănuia măcar să-şi facă simţită prezenţa, se mişca şi ea lent.

Am mâncat un fursec şi am trăit un mic sentiment de frică pentru ce pierdeam. Prietenii mei erau probabil acum într-o cadă, înmuind grisine în frişcă şi râzând, creând amintiri minunate şi glume pentru cunoscători din care nu aveam să fac parte niciodată. M-am întrebat dacă toată chestia asta a fost probabil o idee proastă. M-am dus la raftul meu de cărţi şi am deschis o carte de Pema Chödrön, foarte uzată.

Achiziţionasem cartea vara trecută, când cumpărasem de la librăria locală, unde îmi plăcea să flirtez cu bătrânul ţâfnos din spatele tejghelei, o mulţime de romane despre schimbări, călătorii, lună şi cât de rău îşi tratează soţiile celebrităţile din literatura americană. Când am adus ce alesesem la casa de marcat, m-a întrebat: „Despărţire grea?" şi mi-a dat gratuit cartea *When Things Fall Apart*. După câteva săptămâni, am ieşit în oraş amândoi şi ne-am îmbătat criţă, însă doar unul din noi a vorbit prea mult despre colecţia personală de cărţi de poezie.

Am răsfoit cartea mea scrisă de Chödrön, studiind fragmentele evidenţiate care presupun că au fost importante pentru mine cu câteva luni în urmă: „Decât să ne lăsăm stăpâniţi de negativitate, am putea să recunoaştem că acum ne simţim de rahat şi să nu ne ferim să ne analizăm cu atenţie". Sigur. „Când lucrurile sunt neclare şi nimic nu merge, ne-am putea da seama că suntem pe cale să facem ceva.” Probabil! „Aşadar, chiar dacă singurătatea este aici şi pentru 1,6 secunde stăm cu neliniştea asta, când ieri nu puteam sta nici măcar una singură, asta e călătoria unui războinic.” Nu mă simţeam ca o războinică, dar am mutat bolul cu telefonul în baie.

Căutând îndrumare şi să îmi umplu timpul pe măsură ce se încălzea cuptorul, am continuat să citesc până am găsit asta: „Relaxarea în momentul prezent, relaxarea în disperare, relaxarea în moarte, fără să te împotriveşti faptului că lucrurile se termină... e mesajul fundamental.”

Încercam să mă relaxez în privinţa morţii când Merris a coborât la parter. În ciuda promisiunii de a fi discretă, din ziua în care m-am mutat, Merris îmi vizita apartamentul destul de regulat, ca să-mi aducă ce-i rămăsese de mâncare, să întrebe cine este Chet Haze sau să se plângă de interacţiunea recentă cu un student („Sincer, şi sper că nu o să ţi se pară ofensator, nu cred că trebuie să pervertim *totul*”). De data asta, îmi aducea douăsprezece boabe de struguri.

— Ca să mănânci la miezul nopţii, a spus ea. Ai câte una pentru fiecare bătaie a ceasului. Cei din Spania o fac pentru noroc.

Am întrebat-o dacă are origini spaniole. Nu avea, dar petrecuse ajunul Anului Nou acolo de câteva ori şi păstrase tradiţia.

I-am spus că accept orice ar fi putut face anul ăsta mai bun decât cel trecut.

— O, nu o duci chiar atât de rău! a spus Merris. Te-am auzit chicotind cu tipul ăla creţ, Sinjin sau cum îl cheamă.

— Simon.

— Simon, desigur, asta am spus şi eu. Cum merge?

— O, prea repede, am zis eu. Ne îndreptăm aproape sigur spre dezastru.

Merris a părut surprinsă.

— Ce te face să crezi asta?

— Nu ar trebui să treacă jumătate din timpul în care ai fost cu cineva ca să nu mai suferi după el? În cazul ăsta, mai am încă trei ani şi jumătate de bocit la subsol.

— E ridicol. Unde ai citit asta? m-a întrebat Merris. Soţul Inessei a murit în luna iunie a anului trecut şi ea a fost cea destrăbălată din grupul ei de observare a păsărilor. Deşi cred că nu trebuie neapărat să mai sufere... cât ar fi... încă paisprezece ani.

Toate doamnele de la etaj vorbeau aşa despre moarte – ca şi când ar fi fost o întâlnire despre care ştiau că urma, dar uitaseră când anume îşi făcuseră rezervare la hotel.

— Nu este un lucru rău să te îndrăgostești, a spus Merris, iar eu am pufnit.

— *Nu* sunt îndrăgostită, i-am răspuns. Dar îl plac. Mult. Este enervant de greu să nu îl placi.

În ultima vreme, fusesem surprinsă de intensitatea ataşamentului meu faţă Simon şi chiar intenţionasem să mă întreb în particular dacă mă îndrăgosteam de el, ceea ce era descurajant. Ultima dată când simţisem aşa ceva, m-am măritat, deci presupusesem că experienţa de a-ţi găsi sufletul-pereche este unică. Dar iat-o, mai mult sau mai puţin asemănătoare, cu un tip pe care-l găsisem într-un bar: încordarea, afectivitatea şi sentimentul că mergeam în aceeaşi direcţie. Sentimentul că eram privită, că voiam, mai mult decât orice altceva, să mă uit la cineva. Mi-am dat brusc seama că omul ăsta are, cumva, cea mai frumoasă şi binevoitoare gândire, cel mai cald trunchi şi cele mai atrăgătoare picioare. Următorul lucru de care mi-am dat seama a fost că acum îmi plăceau picioarele bărbaţilor, că el făcuse să se întâmple asta. Ştiam, bineînţeles, că în cele din urmă aveam să dezvălui partea din mine care îl făcea să dea înapoi şi că avea să plece, iar eu să fiu dependentă, deci momentan încercam doar să mă bucur de privelişte.

— Nu am fost niciodată cu cineva atât de chipeş, am spus eu. Tot fac fotografiile astea cu el întins pe aici.

Merris a spus că par a fi îndrăgostită, sau poate citeam prea mult Alan Hollinghurst. I-am zis că este prea devreme să îmi dau seama şi i-am amintit că încă ieşeam cu alţi oameni. Oarecum. În orice caz, vorbeam cu ei, prin mesaje private sau aplicaţii, flirtând cu mici comentarii, apoi retrăgându-mă când îmi sugerau să ne vedem. I-am explicat că este important să ştiu că am de ales, să simt un fior în staţia de autobuz. Merris mi-a răspuns că i se pare extenuant şi m-a invitat să petrec ultimele secunde până la Anul Nou cu ea şi doamnele de la etaj.

— Dacă rezistăm până atunci, a adăugat. Betty deja e obosită. Inessa face cafea irlandeză ca să ne înviorez.

I-am mulţumit, dar am refuzat; planul era să fiu singură.

— Cât de singură poţi fi, cu toate mesajele astea dezgustătoare? a spus ea, aroganţa ei fiind subminată de nedreptatea cuvintelor folosite.

Când a deschis uşa, am auzit-o pe Betty spunându-i Inessei că dorinţa ei de Anul Nou era să „fumeze mai mult, de ce nu?"

Mi-am pus pâinea uitată în cuptor şi am stins lumânarea ca să las mirosul de pâine coaptă să umple camera. După o jumătate de oră, ferestrele erau aburite din cauza căldurii, iar pe tava scoasă din cuptor era o pâine superbă. M-am simţit mândră, apoi *foarte* ridicolă, apoi mândră din nou. M-am uitat la ceas: nu era nici măcar 22.30.

Am decis să mă uit la *Titanic* așa cum făceam când eram mai mică, oprindu-mă când barca lovea aisbergul. Când eram copil, obiceiul ăsta se născuse din necesitate: prima casetă se termina cu Jack și Rose îndrăgostiți, speriați de sunetul gheții care râcâia metalul. Ca să vezi restul filmului trebuia să scoți caseta, să o lași deoparte și să o introduci pe a doua, ceea ce părea multă muncă doar ca să vezi toate personajele de care te-ai atașat înecându-se în Atlanticul înghețat, deci, în mare parte, nu am făcut-o. Pentru mine, capodopera lui James Cameron era o comedie romantică despre doi tineri inadaptabili din clase sociale diferite, care se cunosc, decid să nu se sinucidă și, împotriva dorinței familiilor lor, fac sex într-o mașină.

Mâna lui Kate Winslet a lovit geamul la 23.27. Părea imposibil. Părea că trecuse un an întreg, ca și când m-aș fi uitat tulburată la anul 2020. M-am uitat la cadrul SKURNSK neasamblat, bucățile stând grămadă într-un colț, iar salteaua, pe podea. M-a cuprins un sentiment de panică; sau de hotărâre. Trebuia să fac asta sau să încerc din nou să scriu în jurnal.

Silueta desenată și singură s-a încruntat la mine din foaia de instrucțiuni. Mai departe în manualul de instrucțiuni, era o diagramă sub care scria PĂRȚI COMPONENTE. Era un desen cu părțile componente ale cadrului de pat, înfățișate individual, toate piesele mici de metal și lemn care se combinau ca să rezulte în ceva util și, dacă nu elegant, mai atrăgător decât o grămadă haotică de deșeuri.

Am fotografiat pagina și i-am scris un e-mail lui Jon despre posibila asemănare dintre desenul ăsta și relația noastră. Știind că nu urma să-l trimit niciodată, mi-am permis să înfloresc puțin, descriind o zi din luna noastră de miere, când vinul prost și ieftin și un apus cu adevărat spectaculos îl emoționaseră atât de tare încât îmi spusese că se simţea „în siguranţă în braţele mele", iar eu îi zisesem că el era „casa mea". Şi nu m-am simţit banală sau jenată, pentru că, deşi ambele mărturisiri erau incontestabile, mai presus de toate, ele erau adevărate.

Merris s-a întors la parter la zece minute după miezul nopţii, cu două pahare de prosecco în mâini. S-a uitat prin uşa aproape deschisă, ca să mă găsească pe podea, înconjurată de bucăţi de lemn ieftin scandinav. Aveam o faţă udă şi roşie şi nouă boabe de strugure în gură. Merris a oftat.

— O chem pe Lydia.

M-am ghemuit în jurul câinelui uriaş, lăsându-i urechile moi să alunece în mâinile mele. Merris îmi propusese să asambleze ea SKURNSK-ul, apoi s-a răzgândit; acum stătea pe un scaun de la masa din bucătărie, în timp ce eu şi Lydia zăceam în pat.

— Stai cam ca la psiholog în felul ăsta, a spus zâmbind strâmb şi, apoi, pe un ton mai serios: Sper că ai grijă de tine.

I-am spus lui Merris că aveam câtă grijă puteam de mine. Ea a pufnit.

— Te rog! Nu mă refer la rocile tale lunare sau la ce ai făcut de ai întins uleiul peste tot acolo. Este în regulă, ca şi mesajele. Dar, la un moment dat, totul devine o cursă, când o mare parte din a merge mai departe înseamnă doar să te dai jos din pat şi să păşeşti greoi înainte. Spune-i cum vrei, dar trebuie să te plimbi, să îţi trăieşti viaţa şi să ai inima frântă în acelaşi timp. Nu într-un fel entuziast, când eşti sub influenţa unei persoane noi, sau să cumperi ceva ruşinos, sau să îl terorizezi pe Jiro, ci în felul în care tot trebuie să mergi la lucru când ai o durere de măsea.

I-am spus lui Merris că de frica unor asemenea mustrări nu mă dusesem la un psiholog adevărat.

Ea s-a încruntat şi şi-a pus mâinile în poală, apoi s-a uitat la mine peste rama ochelarilor, ca un vrăjitor dintr-un film pentru copii care aflase că se intrase în turnul cu poţiuni.

— Nu faci terapie?

Am spus că nu ştiu de ce era toată lumea obsedată de asta, dar nu, nu făceam. Nu eram traumatizată; în mare parte, mă simţeam jenată.

— De ce? m-a întrebat Merris.

Am luat o gură de prosecco şi m-am gândit de unde să încep. Eram jenată:

— că nu puteam să scriu cum trebuie în jurnal;

— că nu returnasem banii pe care prietenii şi familia ni-i dăruiseră la nuntă;

— că toţi ştiau că mă chinuiam – mai rău, că ştiau că am fost părăsită;

— că fusesem părăsită de persoana care mă cunoştea mai bine decât oricine altcineva pe lumea asta şi căreia îi arătasem toate părţile mele, faţă de care fusesem cât de vulnerabilă se putea... iar acea persoană decisese că sunt nasoală;

— că, în ciuda faptului că practic observasem suficient timp imaginea de ansamblu ca să înţeleg că niciuna dintre problemele mele nu este „reală" în comparaţie cu problemele adevărate care puteau să existe şi chiar făceau parte din vieţile oamenilor, problemele mele imaginare jalnice încă îmi ocupau toate gândurile şi păreau imense, aproape de nedepăşit;

— că aş face orice doar ca să mă fi priceput mai mult la viaţa de femeie căsătorită – să mă fi străduit mai mult să fiu mai drăguță, mai atrăgătoare, mai amuzantă, mai puţin sfidătoare, o soţie bună cu adevărat;

— că ăsta era un mod destul de înapoiat de gândire, şi probabil spunea ceva despre persoana mea;

— că aveam fantezii tot mai frecvente în care, cântând melodia potrivită la karaoke, rezolvam cumva totul;

— că, că, că...

Să împărtăşesc oricare dintre lucrurile astea cu voce tare părea că ar fi fost începutul unei obişnuinţe, iar eu nu voiam să o supun pe Merris la altele, aşa că am zis:

— Ştii ce, este stupid şi mă simt obosită.

Deşi amândouă ştiam că mint, s-a ridicat politicos ca să plece. Spre groaza mea, Lydia a urmat-o.

Am stins lumina şi am rămas întinsă pe saltea, în întuneric. Anul trecut, în ajunul Anului Nou, mă certasem urât cu Jon, însă nu-mi puteam aminti din ce cauză. A fost o ceartă intensă, amândoi retrăgându-ne în spatele mecanismelor de apărare preferate: linişte rece presărată de comentarii răutăcioase pentru doamnă, ţipete furioase şi mers apăsat pentru monsieur. Nu era chiar o amintire dragă, dar nu eram sigură că e o alternativă mai bună să stau singură întinsă aici, respingând o septuagenară cu refuzul meu de a merge la psiholog. M-am uitat pe e-mailul pentru Jon, am adăugat câteva rânduri despre faptul că l-am iertat pentru orice ne făcuse să ne certăm pe 1 ianuarie 2018 şi l-am trimis. Când mi-a bâzâit telefonul după un minut, m-am grăbit spre el, însă era doar cineva cu care ieşisem de câteva ori şi care mă întreba dacă sunt „în oraş”.

Cu trecerea orelor, am primit pe bandă rulantă genul ăsta de mesaje de la alții, care-mi urau „La mulți ani!" și, mai mult sau mai puțin subtil, încercau să afle unde sunt – era unu și jumătate, ratasem de mult orice ocazie de a merge la vreo petrecere. Oamenii căutau mintal în agendă, sperând să nu întâmpine singuri prima dimineață a anului nou. I-am ignorat, am trimis grupului de conversații o fotografie cu mine sărutându-i la două dimineața, apoi la două și jumătate am primit asta de la Amy:

Ești trează?

hahaHA Am văzut pâinea postată pe instagram... foarte trist

sunt la petrecerea de lângă casa ta, VINO!!! toată lumea este foarte relaxată 😝

bine, adică aleatoriu 😂 nu 😝

😂

Diverse sfaturi de la prietenele lui Amy, în ordinea crescătoare a importanței lor pentru mine

„E groaznic să fii singur în perioada asta a anului, nu-i așa? Adică, dacă-mi amintesc cum era când eram singură, ăsta era cel mai nepotrivit moment din lume. De asta e foarte important să nu uiți că ar putea fi mai rău. Chiar dacă ți se pare cel mai greu an din viața ta, ar putea oricând să fie mult, mult mai rău. Sigur, ai divorțat și e neplăcut, dar dacă te-ai fi înecat? În fine, ăla îmbrăcat în albastru e iubitul meu, să nu flirtezi cu el."

„Nu cred că poți să forțezi lucrurile. Adică, descoperi dragostea când te aștepți cel mai puțin, nu-i așa? Și dacă ieși la prea multe întâlniri și încerci, încerci, încerci, o să te solicite prea mult. Aplicațiile nu duc nicăieri, crede-mă! Eu sunt cu soțul meu de șapte ani și n-am folosit niciodată acele aplicații. Era șeful meu, iar acum suntem căsătoriți. Așa că... poate încerci varianta asta?"

„Sincer, să nu schimbi nimic, scumpo! Ăsta e anul tău. E *ANUL* tău NENOROCIT! Eu simt lucrurile astea, jur, și ȘTIU că o să fii absolut OK. Te descurci tu, fato! Fă un copil, de ce nu?!"

„Știi cu ce ne stă bine nouă, fetelor cu siluetă tip pară? Cu rochii parte peste parte. Scuze, care era întrebarea? Hm, da, conţine lactate. Sau gluten sau altă chestie. Cu siguranţă, un ingredient dintre Cele Rele."

„Cred că dacă nu-ţi plac deloc story-urile ei pe Instagram, ai putea pur şi simplu să nu le mai urmăreşti. Dar cred că ar trebui să fii puţin mai înţelegătoare cu ea. Nu cred că e uşor să creşti un câine diabetic cu o dietă bazată pe plante."

„Când a divorţat prietena mamei mele, a luat-o razna, la drept vorbind, dar într-un fel super-şmecher, adică şi-a dat demisia şi s-a cărat în Europa şi s-a descoperit, ştii? A avut o aventură pasională cu un tip şi a făcut sex într-un fel de căsuţă de bambus şi... La dracu', ştii ceva, asta era Elizabeth Gilbert, cred, nu prietena mamei, Marie. Dar Marie a citit cartea, aşa că ai putea să încerci chestia asta."

„Nu te duce la baia de la etaj, eu – *cineva* – am vomitat peste tot. "

Ceva s-a schimbat după sărbători, aşa cum se întâmplă mereu, dar în mai rău. Zăpada şi petele de sare şi transpiraţia de la metrou îşi pierd din avânt în fiecare ianuarie, iar efectul de emancipare la care speram după ce am „şters totul cu buretele" încă nu se produsese. Până şi petrecerea lui Amy fusese un eşec. După ce mă urnisem din pat şi mă machiasem discret, ajunsesem la ea şi găsisem o cameră plină de cupluri care se certau şi doar câteva persoane singure care păreau să fi luat MDMA[19]. Amy era în baia de sus, sărutându-se cu un tip pe nume „Maxton".

Am plecat la scurt timp după sosire, mergând spre casă cu o prietenă de-a lui Amy pe nume Tamara care chipurile era heterosexuală şi mi-a spus că „nu făcea asta niciodată"; am avut impresia că nu făcea asta niciodată de foarte multe ori. Fusesem atrasă de Tamara pentru că era înaltă şi avea un fel de sclipire excitată în privire, dar când am ajuns în apartamentul ei, a devenit insistentă şi curioasă, întrebându-mă de bagajul meu emoţional, de zodia mea şi ce părere am despre locul meu în univers. (Ce anume găseau atrăgător la mine genul ăsta de persoane? De ce era atât de greu să mă duc acasă cu o străină şi să mi-o trag?) Când i-am spus de divorţ, a scos un sunet care semăna cu un orgasm empatic, apoi m-a strâns la piept şi mi-a ţinut capul în braţe cum faci cu un copil.

— Probabil eşti *devastată*, a spus ea, mângâindu-mi părul într-un fel care nu era nici neplăcut, dar nici partida de sex la care mă aşteptasem din ce se insinuase. Cred că este un moment foarte greu pentru

19 Substanţă psihoactivă din familia amfetaminelor (n. tr.).

tine. Eu sunt o persoană extrem de sensibilă, aşa că nu e nevoie să-mi povesteşti, înţeleg pur şi simplu.

Nu credeam că era necesar să fii o persoană extrem de sensibilă ca să ştii că divorţul e dureros, dar, mai mult decât atât, nu voiam să vorbesc despre asta cu Tamara. Am sărutat-o un minut sau două şi totul mergea bine, până când a scos din nou sunetul ăla, s-a desprins de mine şi a spus: „Biata de tine!"

I-am zis că sunt OK, în mare parte, că sunt conştientă că nimic valoros nu se obţine cu uşurinţă şi că mergeam mai departe pas cu pas. În realitate, de când plecasem de acasă de la mama, viaţa era într-adevăr foarte sumbră, estompându-se mai mult sau mai puţin într-un somn lung, întrerupt de cereale şi episoade din *Neveste disperate*; dar nu i-am spus toate astea, pentru că nu voiam să fiu compătimită de această femeie. A turnat câte un pahar cu apă pentru fiecare şi mi-a povestit o anecdotă lungă despre accidentul de bicicletă al prietenei ei, insistând foarte mult asupra instrucţiunilor doctorului, care spunea că – dacă prietena asta avea să se mai afle vreodată în situaţia în care să sară peste ghidon pe Roncesvalles Avenue – nu trebuia să se mai pregătească de impact.

— Trebuie să devii moale şi să laşi totul să se întâmple, a spus ea încet. Nu te poţi împotrivi, altfel îţi rupi toate oasele din corp.

În momentul ăla mă legăna încet, înainte şi înapoi, dar ar fi fost imposibil să iau un taxi la ora aia de Revelion, aşa că, atunci când şi-a strecurat mâna sub bluza mea, m-am prefăcut că dorm.

A doua zi dimineaţă, am zăcut în patul ei şi, ca să evit alte metafore despre ciclism, am rugat-o să-mi povestească finalurile neaşteptate ale tuturor episoadelor dintr-o antologie pe care o urmărise recent despre pericolele reţelelor de socializare. Într-un episod, hamsterul unui bărbat îi înscenase aparent o crimă, din pricina tehnologiei. În altul, o profesoară de media și-a omorât în bătaie elevii cu un iPad. În regulă.

Am plecat de la Tamara și m-am întâlnit cu Amy într-un birt ordinar din apropiere, unde am cumpărat șase chifteluțe din cartofi prăjiți și cafele cât capul nostru de mari. Mi-a cerut detalii despre restul serii, dar nu prea aveam ce să-i spun, mai ales că nu-i plăcea să afle dinainte ce se întâmpla în serialele de televiziune. Hotărârile lui Amy de Anul Nou erau să înceapă în sfârșit programul de slăbit în 30 de zile, să facă donații lunare unor cauze importante și să zâmbească mai mult. I-am spus că zâmbește deja foarte mult.

— În sfârșit, cred că poți oricând să faci mai mult, a spus ea, apăsând un șervețel de hârtie pe o chifteluță de cartofi până a devenit translucid și îmbibat de ulei.

I-am zis că vreau să mă ascund într-o vizuină.

— E în regulă, mi-a răspuns. Ia-ți tot timpul de care ai nevoie.

I-am spus că pielea ei nu ar trebui să strălucească așa când e mahmură și mi-a explicat cum să-mi frec fața cu linguri înghețate până se dezumfla și arăta normal, de parcă nu te-ai fi îmbuibat cu alcool în noaptea precedentă. Mă gândeam cât de înțeleaptă era și câte lucruri descoperise deja în viață, când mi-a dăruit o carte de poezii scrise de un bărbat de pe internet care le spunea mereu femeilor să-și poarte rănile ca pe niște aripi.

— O să-ți placă la nebunie, mi-a spus, sigură pe ea. Sunt obsedată de o poezie despre cum să te scalzi în pielea goală în propria putere.

Amy m-a condus la alt restaurant unde îi promisesem lui Simon să ne întâlnim la micul-dejun, oprindu-se doar să-l salute înainte de un curs de exerciții cardio *New Booty HIIT* de Anul Nou. Nici Simon nu părea mahmur.

M-am strecurat în separeu în partea opusă lui şi m-am prefăcut că mă uit la meniul laminat şi lipicios înainte de a mai comanda o porţie de chifteluţe din cartofi prăjiţi.

Mi-am dat seama că nu ştia că ieşisem seara trecută, că avea impresia că rămăsesem acasă singură ca să coc pâine. M-am gândit la mâna rece a Tamarei pe sânul meu şi m-am întrebat dacă şi Simon plecase acasă cu cineva. N-am întrebat, dar am decis în sinea mea că aşa făcuse, că fusese o femeie elegantă şi superbă şi foarte bună la desenat sau ceva asemănător. Rivala asta imaginară mi-a distras atenţia cât am luat masa.

— E totul în regulă? m-a întrebat Simon, cu furculiţa deasupra farfuriei cu ouă scăldate în salsa. De câte ori le găsea într-un meniu de brunch, Simon avea mare grijă să comande *huevos divorciados*[20], făcându-mi cu ochiul când erau aduse la masă. Deseori, făcea glumiţe pe seama stării mele civile, subliniind că o „femeie măritată” trecuse prin patul lui sau comentând despre al doilea şi al treilea soţ pe care urma să-i am. Ştiam că o făcea doar pentru că reacţionam cu hohote gălăgioase şi entuziaste de râs şi pentru că eu însămi făceam deseori astfel de glume, dar când veneau din partea lui, mă simţeam expusă şi stânjenită, despuiată emoţional.

— Sunt în regulă, i-am zis. E doar... melancolia de Anul Nou.

Nu auzisem expresia asta niciodată şi mi-am dat seama aproape imediat după ce am spus-o că nu o auzisem pentru că nu exista. Simon a schiţat un zâmbet reţinut şi ochii i-au strălucit de amuzament.

— Ah! a exclamat. Desigur.

A turnat în cafea frişca din recipientele mici de plastic, aşezându-le pe cele goale unul peste altul într-un

20 Ouă divorţate (în limba spaniolă în original, n. tr.)

teanc ordonat în timp ce eu mâncam a opta chifteluță din ziua aia. Fie din pricina mahmurelii, fie din pricina micii dezamăgiri din seara precedentă, fie dintr-un motiv necunoscut, nu puteam să rezonez cu Simon în stilul nostru obișnuit. Deodată, mi s-a părut ridicol să fiu la micul-dejun, să deschid pachețele cu gem alături de un alt bărbat, unul diferit, de parcă de data asta avea să meargă, de parcă ar fi putut vreodată ca lucrurile să meargă altfel. Când ni s-a adus nota, părea că și-a dat seama că nu aveam să mai revin în acel loc, m-a pupat afectat pe obraz și a promis să-mi trimită un mesaj în seara aia.

Am urcat într-un tramvai, am plâns puțin și am ajuns acasă. Mi-am pus încă o pereche de ciorapi lungi, m-am băgat în pat și am deschis cartea dată de Amy, care mă sfătuia să-mi îngădui să am „visuri nebunești". Am închis cartea și am adormit.

Prietenii mei nu au fost deloc mulțumiți de mine că n-am mers la petrecerea în jacuzzi și au fost și mai dezamăgiți de neseriozitatea mea în săptămânile care au urmat. Am încercat să mimez un devotament subit față de sarcinile mele de lucru, dar ei sesizaseră de mult interesul meu scăzut pentru job. I-am ținut la distanță invocând un ianuarie abstinent până când m-am dat de gol scriind pe Twitter ceva despre o mahmureală cumplită și o nevoie de spaghete care semăna cu o urgență. Până la urmă, am trimis un mesaj prin care anunțam că îmi acordam timpul necesar să intru în comuniune cu o anume Fizică a Căutării, ceva despre care am citit în *Mănâncă, roagă-te, iubește*, pe care o descărcasem ca e-book și o citisem pe jumătate. Clive mi-a scris scârbos, apoi a adăugat o inimioară.

Adevărul era că mă simțeam deprimată și lefteră, două lucruri pe care nu eram neapărat îndreptățită să le simt, dar care deveniseră prezențe emoționale dominante în viața mea. Le-am gestionat cumpărând tâmpenii de care nu aveam nevoie și refuzând să-mi verific vreodată soldul. În afară de cumpărăturile online, nu făceam nimic care să nu fie sută la sută necesar ca să rămân în viață și să-mi plătesc chiria. Zilele de meditație și eforturile de autodezvoltare se terminaseră. Mergeam peste tot purtând ochelari de soare și căștile mari și wireless pe urechi, deși nu ascultam muzică; pierdusem cablul de alimentare de câteva luni. Nu mai suportam să mă opresc și să vorbesc cu oamenii, să le ofer rezumate vesele despre viața mea, să zâmbesc și să promit că-mi mergea bine – chiar foarte bine, de fapt –, apoi să merg mai departe, să mănânc supă, să-mi tai unghiile de la picioare și să mă uit singură la televizor, la subsol.

Probabil așa era cel mai bine pentru toată lumea, pentru că era oribil să fii în compania mea. Nu voiam decât să analizez despărțirea, în unele zile fiind cel mai rău lucru care mi se întâmplase, iar în altele, cel mai bun, o binecuvântare de la Dumnezeu, care cu siguranță avea să ducă la tot soiul de chestii pozitive pe care încă nu mi le puteam imagina. Știam că, dacă mă întâlneam cu prietenii mei, trebuia să-mi pese la rândul meu de viețile lor și, pur și simplu... nu-mi păsa. Eu voiam să-mi petrec timpul monologând despre iubire și tragedie și dacă dimensiunea pulpelor mele avea vreo legătură cu faptul că acum eram divorțată.

Singurul pe care îl vedeam cât de cât regulat era Simon, pentru că și lui îi plăcea să discute despre despărțirea lui și puteam vorbi la nesfârșit despre cum se dusese totul pe apa sâmbetei, iertându-ne reciproc pentru diverse greșeli făcute în relații, apoi mâncând ceva sau împărțind o sticlă de vin și făcând sex. Îndoielile mele de la restaurant oscilau. De obicei, puteam să le ignor după câteva beri sau un orgasm sănătos.

De asemenea, înfundasem scurgerea de la duş şi acum nu puteam să-l folosesc mai mult de cinci minute fără ca apa cenuşie şi murdară să nu mi se adune în jurul gleznelor. Simon avea un duş grozav.

Ocazional, mă întâlneam cu câte o persoană pe care o cunoscusem prin intermediul aplicaţiilor ca să mă pot machia pentru prima întâlnire, să pot povesti cele mai bune anecdote şi să pun cele mai interesante întrebări unui om pe care nu aveam să-l mai văd niciodată. Teoretic, era grozav să cauţi o legătură cu cineva, dar, în cea mai mare parte, mi se părea mai plăcut să cânţi hiturile pentru un public nou şi fascinat, să te săruţi în faţa unui bar şi să te desparţi, lăsându-l pe celălalt să-şi dorească mai mult de la tine.

Deşi mă feream de ei, voiam totuşi ca prietenii mei să mă invite la diverse ieşiri. În cele din urmă, au încetat, purtându-se ca şi cum m-aş fi mutat sau aş fi făcut un copil. Aşadar, într-o după-amiază mohorâtă de februarie, după prea multe story-uri pe Instagram în care toţi petreceau timpul împreună fără mine, am scos de la bancomat exact patruzeci de dolari, am selectat opţiunea „fără chitanţă" şi le-am scris prietenilor mei că îmi era dor de ei şi că îi invitam la un concurs de cultură generală la care mergeam uneori, găzduit de un bărbat despre care eram absolut convinşi că era cea mai rea persoană din lume, dar care avea un bagaj cu adevărat impresionant de cunoştinţe.

Au fost de acord şi am programat reuniunea, cu planul de a ne combina intelectele pentru a obţine băutură gratis (sau o traistă cu logoul unei beri artizanale pe care o împărţeam la cinci, în funcţie de rezultat). În ziua concursului – când eram în întârziere cu treizeci de minute fără niciun motiv concret – i-am scris lui Amy, pe care nu o văzusem de ceva vreme, ca să-i spun să vină cu noi. Când am ajuns la masă, toţi cei din grup erau deja adunaţi şi m-a copleşit un val de afecţiune pentru prietenii mei amuzanţi, stilaţi şi ciudaţi. I-am strâns în braţe pe toţi şi le-am spus că urma să ni se alăture şi Amy.

— O! a spus Amirah, care nu părea deloc mulţumită. Ce distractiv... Nu ne-am petrecut niciodată timpul împreună în afara jobului.

I-am spus că nu ştiusem acest lucru şi că, de fapt, presupusesem că erau apropiate după modul admirativ în care Amy vorbea despre ea.

— Amy vorbeşte admirativ despre toată lumea, a zis Amirah. Ea ar găsi ceva frumos de spus şi despre Stalin.

— Asta nu e greu, a spus Clive. Ai văzut poza aia cu el când era mai tânăr? Poţi să calci pe mine, tovarăşe!

Toţi şi-au scos telefoanele, ceva ce urma să fie interzis imediat de regulile concursului. Am căzut de acord că fotografia cu tânărul Stalin ar fi avut succes, însă, în mod evident, era o dilemă morală mai complicată dacă să te culci sau nu cu el. Lauren a sugerat că Stalin fusese „la apogeu" între 1897 şi 1901 şi că şi-ar fi pus-o cu el doar între anii ăia. Eu am propus un scenariu elaborat de călătorie în timp, în care abilităţile mele de felaţie îl făceau pe tânărul Iosif să-şi abandoneze ambiţiile politice şi să se dedice grădinăritului. Am prins-o pe Lauren sensibila cu telefonul sub masă, căutând ce a făcut stalin.

A apărut şi Amy în timp ce Amirah ne povestea despre un câine de care ea şi Tom se îndrăgostiseră pe un website de adopţii.

— Despre ce vorbim? a întrebat ea, strecurându-se între mine şi Clive cu o sticlă de bere IPA, ceva necaracteristic ei.

— Amirah şi iubitul ei îşi iau un copil de probă, i-am răspuns. Presupun că e destul de serios.

— Nu e atât de serios, a spus Amirah, dându-și ochii peste cap și întorcându-se spre Amy. Dar uitați-vă la el! Ce era să facem?

Ne-a întins iPhone-ul, pe ecranul căruia se vedea pagina de adopție pentru un puggle micuț pe nume Jeremy.

Amy a scos un țipăt.

— E cel mai drăguț câine nenorocit pe care l-am văzut vreodată, pe toți dracii! a spus ea. *Trebuie* să-l luați, o, Doamne!

— Cred că e o idee proastă, am zis eu. Dacă vă despărțiți?

Amirah s-a strâmbat de parcă ar fi băut lapte stricat.

— Eu și Tom? Nu.

— Păi, i-am zis, nu se știe niciodată. Ai spus chiar tu că nu e atât de serios. În plus, cred că m-am răzgândit în ce privește ideea de animale de companie în general. Practic, un cățel e un avans pentru înmormântarea viitorului câine.

Amirah și-a pus telefonul în buzunar și a tăcut. Mi-am tras scaunul mai aproape de al ei, în timp ce Amy se prezenta bucuroasă celorlalți de la masă, dând mâna cu Clive și Lauren și întinzându-se stângace peste masă către brațele întinse spre ea de Lauren sensibila. Lângă noi, o echipă s-a înscris în gura mare cu numele „Les Quizerables", apoi s-au uitat toți în jur ca să vadă dacă îi invidia cineva.

Prima rundă de întrebări avea ca temă „Nume din anii 1990" – oaia clonată (Dolly), sora geamănă a lui Phoebe din *Prietenii tăi* (Ursula), ursulețul Beanie Baby creat în memoria prinţesei Diana (cumva, în mod incredibil, „Prințesa"). Interesul a început să ne scadă odată cu runda pe tema muzicală; Les Quizerables erau extrem de enervanţi, iar consultaţiile lor gălăgioase la grămadă şi cererile disperate de clarificări au anulat atmosfera degajată a serii, arătându-ne că ne apucaserăm din nou de Hobbyuri pentru Adulţi.

— Aşa îmi dau seama că îmbătrânim, a spus Lauren, în timp ce căpitanul echipei Les Quizerables îşi aduna grupul pentru încă o discuţie, dându-se în spectacol. Oamenii cu adevărat distractivi nu au nevoie să le organizeze cineva distracţia.

Amirah a fost de acord cu ea, subliniind că probabil eram cei mai tineri oameni din bar – ceea ce era un semn rău.

— Nu ştiu, a zis Amy. N-aş mai vrea să mai am din nou 20 şi un pic de ani. Am câteva fete tinere la acelaşi etaj cu mine şi sunt al naibii de stresate.

Lauren a întrebat ce anume le stresează.

— *Totul!* a spus ea. Devin anxioase din absolut orice. O fată, Kitty, trebuia să predea un raport managerului de la etajul nostru săptămâna trecută şi pur şi simplu... nu l-a făcut. Când am întrebat-o, mi-a spus, şi citez: „Termenele-limită îmi provoacă anxietate."

Restul celor de la masă nu ştiau cum să răspundă. În primul rând, probabil era foarte enervant să fii nevoit să scrii raportul altcuiva. În al doilea rând, anxietatea e ceva real şi este deseori o tulburare mintală gravă ce afectează milioane de oameni în fiecare zi. În al treilea rând, mai jenant, dar cel mai important dintre toate, nimeni nu voia să pară bătrân pentru că se plângea de asemenea lucruri. Urma să împlinim 30 de ani, nu 57.

— Mă simt foarte presată să îl scuip în gură pe Simon, am spus eu ca să schimb subiectul. Sau măcar să-i bag un deget în fund. Voi faceţi chestiile astea? Am senzaţia că toată lumea le face, în afară de mine.

Nu mi-a răspuns nimeni, așa că le-am explicat că, deși îl întrebasem de multe ori și chiar mă oferisem la beție să i-o trag anal, fără să înțeleg perfect ce presupunea asta, el a insistat că sexul normal pe care îl făceam era plăcut și satisfăcător. M-am întrebat cu glas tare dacă se întâlnea cu altcineva care făcea toate lucrurile la care tânjea el în secret.

— În general, am spus, vreau doar să-mi dau seama ce anume obține el de pe urma acestui aranjament. Mereu face lucruri foarte grijulii și eu mă gândesc... *de ce?*

M-am sprijinit de scaun și am așteptat să vorbească cineva. Lauren sensibila a căscat și mi s-a părut că am văzut-o pe Amirah dându-și ochii peste cap. În mod normal, era genul de discuție care îi stârnea pe prietenii mei. De când deveniseră toți niște mironosițe? Era luna în vreo fază ciudată?

— Credeți că discutăm prea mult despre sex și întâlniri? a întrebat Lauren.

Am simțit cum mi se ridică umerii spre urechi.

— Mă întreb doar, știți, ce altceva mai există?

Voiam să par ironică și cunoscătoare, dar îmi dădeam seama că nimerisem undeva între defensivă și lipsită de inteligență. În loc să încerc să repar lucrurile, i-am cerut ajutorul lui Amy cu o întrebare despre un episod recent dintr-un reality-show în care două femei bogate au agresat o a treia femeie, care le făcuse grase și feministe false.

Amy s-a prins imediat.

— E atât de trist când sar așa unele la gâtul celorlalte, a spus ea. Pentru că, la urma urmei, personalul de conducere din restaurantul ăla e o familie.

Rundele rămase au trecut într-o atmosferă calmă, deși puțin tăcută, și în cele din urmă am ajuns pe locul al treilea, pentru care am primit ca premiu intrarea gratuită la concursul din săptămâna următoare. În timp ce tocilarii care ne-au învins își iroseau nota la bar pe „kombucha alcoolizată", eu am întrebat, cu o oarecare disperare, ce am ratat în primele săptămâni ale anului. Prietenii mei mi-au dat cele mai importante vești, în timp ce trăgeam de elasticul colanților în dreptul genunchilor și luam înghițituri mari de apă și vin: Clive se „reapucase recent să mănânce praz" și era hotărât să descopere planta aromatică a verii înainte ca vremea să se încălzească (înclina spre mărar). Lauren sensibila mergea mai departe cu Nour; până acum, avuseseră șapte dispute despre definiția cuvântului „bufet". Amy se întâlnise cu un consultant financiar și hotărâse să investească în marijuana. Lauren luase în sfârșit decizia de a deține o borsetă. Amirah tăcea, uitându-se la telefon și jucându-se cu degetele în păr.

Am încercat să găsesc ceva să le împărtășesc, ceva nou care mi se întâmplase.

— Zilele trecute..., am început, apoi m-am oprit.

Fusesem pe punctul de a spune o poveste al cărei moment culminant era că eu și Olivia schimbaserăm din greșeală tipurile de lapte vegetal. Nu voiam să descriu amănuntele penibile ale vieții mele de zi cu zi, iar ei reacționaseră prost la poveștile despre sex și întâlniri. Dar eu numai din astea aveam. Am mai încercat una:

— Zilele trecute, Simon a intrat în camera lui și a zis: „Pot să-ți arăt ceva?" Și zic da, sigur, iar el a scos un pachet de cărți și mie mi-a picat fisa: *tipul ăsta o să facă un truc de magie*.

Nu am primit hohotele de râs și înțelegerea la care sperasem, dar am perseverat, descriind tumultul mental și emoțional prin care am trecut la gândul că bărbatul ăsta atrăgător la care începeam să țin avea să strice totul scoțându-mi de după ureche un as de pică.

— Dar e curios că trucul a fost chiar impresionant, am spus eu. Contrar așteptărilor, trucul l-a făcut *și* mai atrăgător, ceva ce cred că niciun truc din istorie nu a reușit să facă. Ce nebunie, nu-i așa?

Lauren a scos un sunet slab, ca să confirme că am terminat de vorbit. Clive a ridicat din sprâncene și a mâncat un cartof pai.

— Se pare că, de fapt, la tine devin lucrurile serioase, a spus Lauren.

Am asigurat-o că luam lucrurile pe îndelete – deja dormiserăm separat o noapte în ultima săptămână.

— E vineri, a spus Amirah.

Lauren s-a ridicat să meargă la baie.

— Bine! am zis eu veselă. Păi, mai bine să termin de vorbit despre Simon înainte să vină.

— Pardon, ce ai spus?

Lauren s-a așezat la loc, fără să zâmbească. I-am zis că am presupus că era o adunare în care cu cât eram mai mulți, cu atât era mai bine. Amirah își invita deseori iubitul la întâlniri ca asta fără să ne spună și nu trebuia să avem toți aceleași privilegii?

— Dă-mi un exemplu când am făcut eu vreodată așa ceva! a spus Amirah, enervată că o băgasem în discuție. În plus, Tom nu e un *străin*...

Alarma de Confruntare Iminentă a lui Lauren sensibila s-a declanșat, forțând-o să intervină:

— Eu cred că o să fie distractiv! a spus ea. Amirah, ar trebui să-i trimiți un mesaj și lui Tom, dacă vrei. Toți sunt bineveniți!

Clive a intervenit să ajute.

— Știu că a fost un an greu, a zis el, punându-mi mâna pe braț. Ne bucurăm foarte mult că ești fericită cu Simon, pare un tip grozav.

— Chiar e grozav, am spus. O să vă placă de el la nebunie.

— O, sigur că da, a spus Amy aprobator. E un scump. Are un păr minunat.

— Tu l-ai cunoscut? a întrebat Amirah.

Toţi de la masă au schimbat priviri între ei.

— Da.

Amy a zâmbit, vârându-se şi mai adânc în capcana care nu ştia că i se întinde.

— Am fost la o mică plimbare de Anul Nou, după petrecere!

Nu le spusesem prietenilor mei despre petrecere. Lauren sensibila a pus paharul jos şi s-a uitat pe fundul lui de parcă acolo ar fi stat ascuns un adevăr profund. Lauren a oftat, iar Amirah a scos un râset sec, furios.

— Vreau să reţii, undeva în mintea ta, că în momentul ăsta treci prin ceva colosal. Nu e ca şi cum ai putea să te paraşutezi instantaneu din căsnicie în altă relaţie.

— Doamne, e atât de înţelept! a zis Amy. Mereu spun că am nevoie de mai mulţi prieteni gay şi exact la asta mă refer.

Clive a trecut vorbele ei cu vederea.

— Chestia e că eu cred că aş putea! am zis bucuroasă. Să sar de la una la alta, adică. Nu mă aşteptam să fie atât de uşor, dar mă simt foarte OK. Chiar bine. Ştiu că sunteţi îngrijoraţi şi e foarte drăguţ din partea voastră, dar nu e cazul. De fapt, o să mă întâlnesc în curând cu Jon ca să finalizăm totul, aşa că e cam pe terminate.

Am dus paharul la gură şi am descoperit că era gol.

— Vorbeşte cu tine din nou? Când s-a întâmplat chestia asta?

Amirah părea ofticată.

Am mestecat nişte gheaţă cât i-am povestit că nu avuseserăm o conversaţie *reală*, în sensul în care doi oameni stau de vorbă, dar că mă programasem la un psiholog şi îi trimisesem un link, aşa că urma să ne întâlnim pentru o şedinţă de consiliere de după despărţire, în care ne puteam lua rămas-bun şi ne puteam ura toate cele bune.

A urmat o pauză lungă. În cele din urmă, Lauren sensibila şi-a dres glasul şi s-a aplecat în faţă, serioasă şi îngândurată. Arăta ca Oprah.

— Şi a zis că vrea să faceţi chestia asta?

— În principiu, am răspuns. Când se muta, mi-a sugerat să mergem împreună la un consilier specializat în despărţiri. Mi s-a părut o prostie, dar acum, că am avut ceva timp de gândire, vreau să fiu o parteneră bună – fostă parteneră, mă rog – şi să-l ajut să proceseze lucrurile oricum ar avea nevoie. Mai ales că eu am trecut mai departe şi altele. În fine, destul despre mine! Amirah, ceva fiori reci în ultima vreme?

Amirah şi-a încrucişat braţele, dar nu a spus nimic.

Simon a venit câteva clipe mai târziu la o masă învăluită în tăcere, a pus între noi o sticlă de vin şi un coş cu cartofi pai şi şi-a aşezat haina pe spătarul scaunului meu. Era îmbujorat de la plimbarea pe jos, iar barba lui păstra mirosul mineral al frigului de afară.

— Sper că e OK dacă am luat alb, a spus el, zâmbind neliniştit. Ţi-am scris, dar cred că ai telefonul în geantă.

Le-a făcut caraghios cu mâna celor de la masă şi a desfăcut capacul sticlei.

Amirah s-a aplecat în faţă.

— Aşa deci, Simon, a spus ea. Aud că faci trucuri de magie.

Simon s-a comportat bărbăteşte şi conversaţia a trecut la alte subiecte. În cele din urmă, ni s-a alăturat şi Tom şi grupul şi-a recăpătat dinamica obişnuită, cu glume porcoase şi teorii prosteşti, iar revelaţia că, deşi Stalin (şi întreaga serie de întrebări) nu era pe gustul lui, Simon şi-ar fi tras-o, la nevoie, cu Imelda Marcos dinaintea atrocităţilor. Deşi simţeam o oarecare răceală în aer când vorbeam, toţi l-au plăcut pe Simon imediat şi a fost o reală plăcere să-l văd înflorind în mijlocul interesului manifestat de grup şi fiind fermecător în felul său uşor studiat, dar eficient.

Mi-am pierdut atenţia o clipă şi i-am privit pe prietenii mei şi pe presupusul iubit discutând despre un scandal recent legat de şosetele prim-ministrului: pentru unii comentatori, fuseseră prea politice, iar pentru numeroşi furioşi din mediul online nu fuseseră suficient de politice. Simon a spus că nu-l consideră pe prim-ministru de stânga, dar bănuia că înclina spre stânga mai mult decât alegătorul de rând.

— Am auzit eu că ai înclinaţii de stânga, a spus Clive cu un zâmbet viclean.

Lui Simon i-a luat o secundă să se prindă că era o aluzie la penisul lui. În cele din urmă, şi-a dat seama şi a continuat cu o glumă despre „caucusul uriaş"[21], care nu prea avea logică, dar ca joc de cuvinte vulgar a avut un succes enorm.

— *El* este bărbatul pe care îl aduci la nunta lui Emily? a întrebat Lauren sensibila, prefăcându-se şocată.

— Emily şi Patrick? a ciripit Amy. Nu se poate! Merg şi eu! Eu şi mirele am fost în guvernul studenţesc la Western. De fapt, l-am stimulat cu mâna o dată, dar

21 Joc de cuvinte bazat pe asemănarea fonetică dintre *caucus* (adunare preelectorală în SUA) şi *cock* (penis) (n. tr.).

era o petrecere semafor[22], așa că nu cred că se pune. Dar poate nu îi ziceți miresei, pentru orice eventualitate.

I-am promis că nu-i spun.

— Abia dacă o să cunosc pe cineva acolo, i-am zis. Mă duc mai mult ca să mă laud cu noul meu iubit sexy. Uită-te la asta: e fața victoriei. Nu-i așa?

Am bătut ușor cu palma pe coapsa lui Simon de parcă ar fi fost armăsarul meu de încredere.

— Ai putea fi un criminal de război și tot te-aș lua cu mine la nuntă.

De la o masă din apropiere s-a auzit un plânset zgomotos și mi-am dat seama că cineva din echipa Les Quizerables purta un copil la piept. M-am simțit îngrozită în prezența unor părinți, dar recunoscătoare progeniturii lor că întrerupsese pauza lungă și stânjenitoare. M-am uitat la Simon și n-am reușit să-i descifrez expresia. Amirah evita să mă privească în ochi, jucându-se cu părul lui Tom, Lauren și Clive trimiteau mesaje, iar Lauren sensibila se uita în gol, cu o șuviță de păr în gură. M-am uitat la Amy, care zâmbea neliniștită. Pentru prima dată de când venise, părea că nu știe ce să facă mai departe.

— Abia aștept să-l cunoști pe Ryan, mi-a spus, apoi s-a întors ca să includă și restul mesei în discuție. Ieri, i-am spus mamei unui pacient că iubitul meu e un clovn, iar ea m-a privit drept în ochi și a spus: „Nu sunt toți la fel?”

Clive a râs primul, pe urmă s-au alăturat și ceilalți. Îmi venea s-o pup. Încercând să profit de valul de bunăvoință creat de Amy, am scos o mulțime de complimente lipsite de logică, lăudând abilitățile culinare ale lui Clive, contribuțiile lui Amirah la concursul de cultură generală

22 O petrecere la care invitații poartă culori diferite prin care arată dacă sunt singuri sau într-o relație (n. tr.).

şi paltoanele celor două Lauren. Le-au acceptat bucuroşi, apoi au trecut mai departe la alte subiecte, întrebându-l pe Simon despre 6Bites şi lăsându-l pe Tom să vorbească despre Bitcoin. Am folosit cardul ca să cumpăr un rând de băuturi pentru toţi şi, când s-a adus vorba de puggle-ul salvat, mi-am ţinut gura.

Pe măsură ce seara înainta, am început să mă simt mai bine, deşi, dacă tăceam prea mult, se instala panica şi răbufneam cu o glumă sau o anecdotă autoironică, înţelegând prea târziu că altcineva de la masă era în mijlocul unei poveşti sau conversaţii. Îmi dădeam seama că întreruperile mele nu convingeau pe nimeni, dar mi se părea mai bine decât să nu fac nimic. Deodată, simţeam nevoia disperată să impresionez grupul ăsta de oameni care mă cunoşteau şi mă iubeau din adolescenţă, pe care îi văzusem vomitând, trădând alţi oameni şi descoperind că purtau un sutien de altă mărime. Era un sentiment destabilizator şi voiam să scap de el.

Am dat gata încă un rând de cartofi aduşi la masă şi am pus capăt serii, plângându-ne deja de migrenele de a doua zi. Pentru că era iarnă la Toronto, decizia de a pleca însemna să ne pregătim serios pentru frig. Straturile de bază au fost suplimentate de fulare, glugi trase în jurul feţelor, mănuşi fără degete peste mănuşile cu degete şi apoi am ieşit afară, unde aerul îngheţat ne-a întărit mucii din nas în timp ce discutam despre avantajele diverselor trasee de autobuz prin comparaţie cu tramvaiul.

Zloata de pe stradă îmi intra deja în cizmele ieftine de iarnă; aveam să ajung acasă cu degetele de la picioare ude. Amy, al cărei apartament subînchiriat era aproape, a şters-o după ce şi-a introdus numărul în telefonul lui Lauren sensibila şi i-a promis „cocktailuri mimosa, la cerere, oricând”. Tom o ţinea pe Amirah lipită de el, cu mâinile în buzunarele hainei ei. Lauren încerca să-şi folosească vârful nasului ca să-şi deblocheze iPhone-ul, nevrând să-și scoată mănușile. Clive a privit scena și a urlat:

— La dracu' cu asta, XL pentru fete!

Apoi a comandat o dubă ca să-i ducă pe toți pe la casele lor. După o numărătoare rapidă, m-am oferit – în mod galant, aș fi zis – să-mi cedez locul. Nimeni nu a protestat.

Trei minute mai târziu, o dubă gri a tras lângă noi. Toți s-au urcat grămadă și Amirah mi-a spus grăbită „la revedere" și a încercat să închidă mai repede ușa automată, ceea ce a făcut-o să se deschidă din nou de tot, apoi să tremure și să se blocheze când a vrut s-o tragă înapoi, ceea ce a făcut de mai multe ori până când șoferul a strigat la ea să n-o mai atingă. S-au uitat toți la mine fără să spună nimic, în timp ce ușa se închidea incredibil de încet, scoțând un bip ascuțit și tânguitor. Când s-a închis în sfârșit, duba a plecat, iar Lauren sensibila ne-a făcut încet din mână mie și lui Simon, prin lunetă.

Am întins mâna spre Simon și l-am întrebat „Mergem?" cu o voce care-l imita pe Cary Grant. El și-a pus mănușa peste a mea și am plecat pe Dundas. Începuse să ningă cu fulgi mari și pufoși.

— Îmi pare rău pentru seara asta, i-am zis. De obicei, sunt mult mai distractivi.

— Mie mi s-au părut în regulă, a spus Simon.

Când ne-am întors la mine acasă, a rămas tăcut într-un mod care sugera că se supărase.

Cearta (Pe scurt)

El a zis „este totul în regulă", iar eu am spus „totul e minunat" și apoi am vorbit câteva minute despre cum nimeni nu mai produce costume de baie cu spate și margini, și că trebuie să mergi în vacanță cu familia cu aproape tot fundul și o porțiune din labii, cel puțin din cele mari, pe dinafară. Simon m-a întrebat „le-ai spus prietenilor tăi că vin?", iar eu am spus că nu era nevoie, iar el a zis „oamenilor le place să îi anunți dacă aduci pe cineva undeva" și „voiam să fac o impresie bună".

În acel moment, cearta nu începuse cu adevărat și era mai mult o mică încordare undeva în zona mea lombară. Am revenit la costumul de baie, iar el a spus „mai devreme ai zis că sunt iubitul tău", apoi mi-a explicat că nu se împotrivea neapărat titlului, dar că era surprins deoarece el nu vorbise despre asta și poate că era ceva...

L-am întrerupt ca să îi spun că poate să se culce și cu alte femei, dacă asta era grija lui. El a spus că nu, iar încordarea a urcat pe spate și mi-a cuprins umerii. „Poți să faci ce vrei", am spus eu, „dar e mai ușor dacă pot să spun: ăsta e iubitul meu." Simon a întrebat de ce, iar eu am oftat și i-am descris detaliat un praf maro-portocaliu pe care îl amestecam deseori cu apă și îl întindeam pe pâine prăjită în locul untului de arahide.

Când nu a înțeles la ce făceam aluzie, am luat o ciocolată neagră și o gustare cu unt de migdale și i le-am arătat. „Plătesc în plus ca să mănânc astea în loc de batoane Reese", am spus eu. „Vreau să spun, ce naiba e o cană pentru gustări?" Tot nu a înțeles și am văzut asta în clipa când sosise. Am fost forțată să îi fac un tur al nebuniilor mele, ca să îi arăt contururile și să detaliez profunzimea lor. Urma să ne certăm și lui nu avea să-i placă.

I-am explicat că munceam din greu în fiecare zi ca să rămân doar puțin frumoasă, probabil la un nivel de șapte din zece, deoarece toți se uitau la mine și mă compătimeau și nu puteam să le accept mila pentru corpul sau pentru chipul meu. „Îți amintești când am dat de fata aia, Liz, în autobuz?", l-am întrebat. I-am spus că Liz s-a uitat într-un fel la mine când și-a dat seama că eram cu el, o privire pe care o aruncau oamenii când auzeau că sunt logodită, ca și când ar fi fost mândri și fericiți și, cel mai important, ca și cum nu ar fi fost îngrijorați.

El stătea pe un scaun de lângă fereastră și își mișca piciorul în sus și în jos de când începusem să vorbesc despre Liz. Aveam capul și urechile fierbinți, iar Simon m-a întrebat: „De asta vorbeai despre prezența mea la nunta aia ca și când aș fi fost un oarecare?" I-am spus că îl plăceam enorm, dar era complicat, iar el a oftat. Conversația scăpase de sub control, iar acum nu putea fi decât la fel de rea sau mai rea. Am ajuns la clișee, iar Simon a spus că poate avem nevoie să ne separăm și i-am spus că era o problemă a mea, și nu legată de el, iar tipul a zis că voia să îl „accept", ceea ce, din nefericire, a fost ultima picătură.

Am strigat „Nu știu despre ce vorbești", iar el a strigat „De ce plângi de fiecare dată când facem sex?", iar eu am strigat „E BIOLOGIC", iar Simon s-a liniștit și a spus că știa că despărțirile sunt grele, că a lui a fost cea mai neagră perioadă din viață, așadar, înțelegea dacă mă chinuiam cu divorțul. S-a ridicat de pe scaun și s-a uitat la mine cu ochi aproape comic de compătimitori, iar mie mi s-a făcut greață și am început să spun lucruri pe care nu voiam să le zic.

Lucruri precum: „nici măcar nu mă cunoști" și „am terminat relația cu Jon" și „bărbații care sunt obsedați de terapie sunt întotdeauna cei mai mari psihopați". Am spus: „Ți-am căutat fosta și e foarte slabă", iar replica lui a fost „Și?", la care i-am răspuns: „Așadar, ce cauți cu mine?", iar Simon, „De ce mă tot întrebi asta?"

Inima a început să-mi bată prea repede și nu m-am abținut să spun „dacă ești atât de stabil emoțional, de ce prima persoană cu care ai ieșit după fosta ta este o divorțată distrusă emoțional care plânge tot timpul?" și „nu trebuie să fiu psiholog ca să văd că ai probleme foarte mari cu devotamentul" și „ai fi foarte speriat dacă aș lua relația chiar și puțin în serios. Probabil că ar trebui să fugi și să mă înșeli și pe mine."

După o tăcere foarte lungă și îngrozitoare, a spus „asta nu e o conversație folositoare emoționalului", iar eu i-am zis că nu era mai bun ca mine deoarece plătea pe cineva ca să îi spună că emoțiile lui erau justificate. A oftat și l-am acuzat că mă manipulează, iar Simon a început să definească „manipularea" și mi-am pierdut cumpătul. I-am spus că era nedrept că își putea trata așa iubita și să îl aștepte altă femeie. El m-a rugat să nu pomenesc de relația lui, iar eu l-am întrebat „de ce?"

Am simțit cum mi se strânge stomacul și i-am spus că eu cunoșteam zeci, poate sute de femei superbe, amuzante, inteligente și extraordinare, dintre care niciuna *nu avea nevoie* de iubit, dar nici măcar una nu putea să aibă un iubit, iar faptul ăsta le distrugea lent încrederea în ele. „Nu au nici măcar voie să vorbească despre asta", am spus eu. „*Noi* nu avem voie să vorbim despre asta. Chiar dacă toată lumea este pregătită să ajute cuplurile și este mai scump și mai periculos să fii o femeie singură și singurul lucru răsplătit fără echivoc este să găsești pe cineva – de preferință un bărbat – care vrea să fie cu tine. Iar dacă nu poți, trebuie să umbli știind că oamenii te judecă – adesea cu voce tare și în față – și te învinovățesc și află că vrei, iar tu trebuie să zâmbești și să spui o prostie de genul «nu sunt niciodată singură pentru că îmi place compania mea!» sau «ăsta are EXACT gustul untului de arahide, dar la jumătate din calorii!»"

Văzând că am revenit la pudra de arahide, Simon și-a luat haina și a spus că pleacă. M-am așezat pe marginea patului și mă durea pieptul, iar capul îmi zvâcnea. Am vărsat lacrimi mari și stupide pe pătură și am spus „Îmi pare rău, îmi pare rău, îmi pare rău", în timp ce el și-a luat fularul și cealaltă periuță de dinți din baie și a zis „Sper să te distrezi la nuntă", pe un ton resemnat și blând care m-a făcut să vreau să-mi smulg părul din cap.

Dimineţile erau atât de întunecate, că era aproape imposibil să te ridici din pat. Chiar dacă reuşeai să te ridici şi razele soarelui îşi făceau apariţia, dura cam trei ore – deci dacă, de exemplu, intrai într-o clădire cenuşie de beton la trei după-amiaza ca să ţii un curs pentru cincizeci şi opt de studenţi despre piesele interzise de Parlamentul cel Lung, ieşeai în acelaşi întuneric în care te treziseşi, iar tendinţa să nu mai ieşi din casă sau să te muţi în Suedia, unde înţelegeau cum să gestioneze condiţiile astea, sau poate să termini totul, era aproape copleşitoare.

Nu îmi dădeam seama dacă semestrul ăsta mi se părea atât de rău din cauza vremii, a vieţii personale care se deteriora sau a studenţilor mei care păreau cu adevărat mai proşti şi mai puţin interesaţi decât de obicei. Poate că fusesem ceva mai severă cu ei, dar aveau nevoie de disciplină! Ăsta era un domeniu dificil! Profesorul care mi-a scris scrisoarea de recomandare pentru facultate ataşase un bileţel pe plic, avertizându-mă, şi citez: „Umanistica e o navă care se scufundă taman când tu îţi începi călătoria!"

Studenţii au răspuns la micile mele dovezi de dragoste forţată devenind cumva şi mai puţin interesaţi, întârziind la ore, cu gheaţa zăngănind în pahare şi dinţii clănţănind pe paiele metalice în timp ce mă anunţau nepăsători că nu citiseră. Erau câţiva copii care ajungeau devreme şi citeau tot, dar nici de ei nu-mi plăcea. Le-am oferit tuturor o prelungire pentru lucrările semestriale şi mi-am întocmit programul de la birou doar pe baza programărilor.

Am stat la birou într-o zi lungă de miercuri și am mâncat o cutie de iaurt care pretindea că oferă o experiență la fel de delicioasă și delicată ca plăcinta cu brânză și lămâie verde. Produsele de genul ăsta mă făceau să devin foarte melancolică, dar nici nu puteam înceta să le cumpăr, în caz că unul se ținea de promisiune. De fiecare dată când mâncam un iaurt la desert, mă simțeam ca o proastă.

Mi-am scos telefonul și m-am uitat în istoricul mesajelor cu Simon. După cearta noastră nu mai spusese nimic patru zile, după care mi-a trimis un mesaj lung, zicând că, deși ținea la mine și îi plăcuse să ne petrecem timpul împreună, nu credea că era pregătit să se implice într-o nouă relație și spera să-l înțeleg. I-am răspuns: OK. Mi-a scris că spera ca, după o perioadă de pauză, să încercăm să fim prieteni. Răspunsul meu a fost: foarte amuzant. Nu mi-a mai răspuns după asta, iar acum relația se terminase. Era cel mai puțin amuzant mod în care mi se dovedise vreodată că aveam dreptate.

M-am uitat pe grupul de conversație, care nu mai dăduse niciun semn din seara concursului de cunoștințe generale, o deviere de la rutina noastră obișnuită (ne scriam constant toată ziua, într-un dialect comun abia inteligibil) care m-a enervat. De câte ori mă uitam la conversații, o voce din cap îmi spunea *ești o prietenă rea și o persoană și mai rea* și m-am gândit *poate că da*, dar nu aveam nicio idee semnificativă cum să repar asta. Eram foarte jenată de cât de dificile mi se păreau sarcinile cotidiene, rușinată de revenirea bruscă la stima de sine scăzută specifică adolescenților, de felul în care îmi împungeam corpul în oglindă înainte să plec la serviciu în fiecare dimineață. Nu voiam să impun nimănui versiunea asta a mea, să las în pace oamenii care erau obișnuiți cu vechea și normala Maggie. Ea fusese foarte amuzantă.

În loc să încerc grupul cu o captură de ecran sau o memă, am introdus iaurtul într-o aplicație de calcul al caloriilor pe care o descărcasem cu câteva zile înainte. Rămăsesem fără prilejul de a face sport gratuit în cartier, iar aplicația fusese gratis și promitea că puteam pierde în greutate într-un mod rapid și durabil, în timp ce mâncam în continuare ce îmi plăcea. În plus, trebuia să fac ceva când deschideam telefonul și nu aveam mesaje. Am citit câteva e-mailuri, apoi am mai mâncat un iaurt, pe care nu l-am introdus în aplicație.

M-am uitat în e-mail după ceva de la Jon. Ca de obicei, nu am găsit nimic. Am ignorat un mesaj de la sora mea și câteva de la studenți. Sub e-mailurile noi era unul pe care îl trimisese Lauren sensibila după concursul de cultură generală, cu o listă de psihologi întocmită de ea, în caz că îmi căutam unul. Am deschis fișierul spam și am verificat amestecul obișnuit de buletine informative, escrocherii și conținut de firmă.

M-am uitat la câteva bloguri și pagini de internet care îmi plăceau ca să pierd timpul și am lăsat un șir de cuvinte aparent fără legătură să mă învăluie: Douăsprezece dintre cele mai bune vaze; Experiență: Mi s-a făcut rău de mare pe uscat; Femeile astea sfidează ce înseamnă să ai cancer în Taiwan. M-am uitat la scaune vintage și la fotografii cu femei înainte și după un anumit tip de lifting neinvaziv la nivelul gâtului. Am mâncat un al treilea iaurt și m-am mai uitat la niște liftinguri ale pielii gâtului.

Nu pomenisem nimănui de fascinația mea recentă pentru chirurgia plastică, deși, de la Anul Nou, ocupase o mare parte a gândurilor mele diurne. Deși căutam întotdeauna informații despre asta în modul incognito, („algoritmul?") telefonului meu își dăduse oricum seama de asta, deci pagina mea era saturată de imagini ademenitoare cu proceduri medicale scumpe care făceau femei de 40 şi 50 de ani să pară cu zece ani mai tinere doar tăindu-şi feţele şi cosându-le mai sus. Ştiam că nu trebuia să mă intereseze genul ăsta de lucruri, că probabil era ceva nefeminist şi cu siguranţă nesănătos, dar nu mă puteam abţine. Salvasem la preferinţe tot felul de tratamente: un mic stilou care te ardea încontinuu, activând nişte impulsuri de întindere a pielii; injecţii care să dizolve bărbia dublă sau să umple golurile de sub ochi; un procedeu foarte tentant de grefare care promitea să ia grăsimea dintr-o parte a corpului și să o poziţioneze undeva unde s-ar fi potrivit mai bine.

M-am gândit mult timp la asta și am concluzionat că, până și ignorând problema stimei de sine scăzute, viața mea ar fi fost mai ușoară în aproape toate felurile dacă aş fi avut, pur şi simplu, braţe mai slabe. Nu am inventat standardele de frumusețe și nu aveam să le anulez singură doar existând şi postând câteodată fotografii cu mine dezvăluind „fără scuze" diverse părţi ale corpului. În puţinele ocazii din viaţa mea în care fusesem convenţional de slabă, schimbarea avusese loc imediat: oamenii se arătaseră mai amabili, îmi fusese mai uşor să mă îmbrac, cei de pe stradă încetaseră să facă remarci ciudate despre corpul meu. Lumea se deschisese pentru mine. Datorită celor zece kilograme! Cum era posibil? *De ce să nu cred* prostiile de la convenţia de frumuseţe, dacă făcând asta primeai asemenea recompense? Da, tendinţele apăreau şi dispăreau – atunci când fundul meu avea dimensiunea pe care mi-o doream, în viaţa mea s-au întâmplat lucruri pe care, ca adolescentă grasă și ciudată, nu nici nu le visasem –, dar mă săturasem să aştept ca tipul de corp exact ca al meu (de soţie de hangiu dintr-un desen obscen din secolul optsprezece) să devină o modă. Dacă privilegiul de a fi slab era arbitrar, de ce nu puteam doar să... îl am?

Am început să calculez: câteva mii de dolari, plus cam o lună timp de vindecare, şi nimeni nu avea să mai fie vreodată nepoliticos cu mine în haine Aritzia. Cu preţul unei şederi de o săptămână într-o staţiune mexicană de nivel mediu, nu ar mai fi trebuit niciodată să-mi maschez bărbia dublă într-o fotografie, cu siguranţă o stare de fapt mai relaxantă decât orice vacanţă. Ce rost avea să economisesc pentru o maşină, când puteam să am o structură perfectă a sânilor? Era atât de greşit să vreau să răscumpăr puţină linişte în viaţa asta, sau să definesc liniştea drept nişte „coapse desăvârşite prin aplicarea undelor radio foarte concentrate"? Nu ar fi fost mai uşor, luând în considerare toate lucrurile, să îmi revin din operaţie într-o singură perioadă de şase luni, decât să mă chinui să cumpăr pantaloni tot restul vieţii? Practic, părea o investiţie foarte bună.

Îmi dădeam seama că intram într-o zonă rea. Mai grav era că ştiam că mi-o făcusem cu mâna mea. Recent, urmărisem zeci de femei frumoase pe Instagram. Influente şi zvelte – copii de actori sau dansatori sau pe cele care alegeau bătrâni din dinastiile bancare –, cu buze pline şi obraznice, cumva cu nasuri strălucitoare, care întotdeauna făceau ceva perfect şi puţin neobişnuit: mâncau marmeladă cu lavandă dintr-o cupă strâmbă sau purtau două brioşe drept sutien. M-am uitat la noile mele prietene şi m-am simţit puţin deformată şi m-am gândit: *Isuse, o să cumpăr mănuşi de dantelă?*

Fusesem nevoită să urmăresc o mulţime de străini, deoarece toţi cunoscuţii din viaţa reală îmbătrâneau îngrijorător şi în faţa ochilor mei, ceea ce prezenta posibilitatea incomodă ca eu să păţesc acelaşi lucru, ca uneori cineva pe care nu îl mai cunoşteam să îmi vadă fotografiile şi să gândească *vai, chiar trece timpul,* chiar dacă le postasem pentru că eu credeam că arătam minunat, poate chiar foarte suplă. Părea imposibil că trebuia să continui să-mi placă trupul meu – chiar să îl ador – în timp ce se descompunea lent. De ce să nu cedez şi să am o stimă de sine scăzută? Poate aş fi reuşit să am succes în felul ăsta. Înălţător: Femeia asta se urăşte.

Îţi dai seama cum am ajuns pe Instagramul pentru femei. Aveau multe să mă înveţe (că puteai transforma un pulover într-o bluză scurtă strângându-l într-o curea; câte puteai face cu părul creţ), ceea ce era convenabil deoarece aveam nevoie de îndrumare. În ultima vreme pierdusem mult timp cu aplicaţiile, o situaţie pe care Amy – singura mea prietenă, sau cel puţin singura persoană care îmi răspundea la mesaje – o atribuia faptului că eram puţin mai emotivă în ultimul timp, ca să fiu complet sinceră! Nicio tipă de pe Instagram nu era emotivă; se concentrau la partea pozitivă şi aveau aparate pentru făcut spuma de lapte. Am făcut un studiu atent (şi am cumpărat un tel de calitate inferioară). Din ce am înţeles, bărbaţilor le plăceau femeile care erau creative, dar nu interesante. Femeilor le plăceau femeile care ştiau cum să asorteze douăsprezece perechi diferite de cercei pe fiecare lob.

Am deschis Instagramul şi am urmărit-o pe una dintre slăbănoagele mele profesioniste explicând cum îşi trăia viaţa perfectă, călătorind prin lume cu iubitul ei şi un autobuz şcolar vechi pe care îl transformaseră într-o casă minusculă. Mi se părea greu de crezut că viaţa perfectă a cuiva implica o baie unde duşul şi toaleta erau acelaşi lucru.

— O, Dumnezeule, îi urmăresc pe ăştia! a spus Olivia, apărând în spatele meu şi gesticulând spre telefon. Aş fi preferat să fiu surprinsă urmărind mai degrabă filme pornografice. Îmi place bucătărioara lor, a zis ea. Ne gândim să facem aşa ceva în luna noastră de miere. Aidan nu a fost niciodată în Kelowna, ceea ce este incredibil pentru mine. Iaurt?

Am mâncat al patrulea iaurt din zi în timp ce Olivia a spus „noi” de o sută de mii de ori, cu alte cuvinte referitoare la plănuirea lunii de miere. „Noi” urma să ne oprim la o bodegă când vom merge cu autobuzul dragostei prin Canada. „Noi” abia aşteptam să încercăm să urcăm pe munte, care, de fapt, era o scară naturală verticală de trei kilometri. „Noi” găsiserăm o cale să facem amuzante invitaţiile de nuntă.

— O să fie în acuarelă, în forma mopsului nostru Bosley, a spus zâmbind la ideea unei asemenea hârtii vesele. Şi o să le trimitem curând, aşadar, fii atentă la cutia poştală!

Îmi plăcea de Olivia. Ştiam că încerca doar să fie prietenoasă. În clipa asta voiam să moară.

Am întrebat-o pe Olivia dacă a auzit de fata care a dispărut în Guelph. Mi-a spus că auzise (nu auzise toată lumea? chipul fetei dispărute apăruse pe prima pagină a tuturor ziarelor importante toată săptămâna) şi că sperase ca diversele eforturi de căutare să aibă succes. Am zis că era deranjant că dispariţia ei era atât de mediatizată doar pentru că era mică şi blondă.

— E adevărat, a spus Olivia. Foarte multe femei dispar în fiecare an şi nu au parte de o asemenea mediatizare, deoarece...

— Fotografia pe care o folosesc este în esenţă una atrăgătoare, am zis mai tare şi mai repede decât am vrut. Dacă aş fi fost în locul ei, aş fi spus *sper ca fostul meu să vadă asta!* Deşi presupun că dacă i s-ar fi întâmplat ceva rău, e foarte probabil ca fostul ei să fie vinovat. Am zâmbit şi am închis absentă pagina, dezvăluind detaliile de contact ale chirurgului plastic local. Am închis-o şi pe aia.

Olivia şi-a supt toată buza inferioară.

— Hei, totul este, ăăă, bine?

I-am spus că totul era mai mult sau mai puţin bine decât de obicei. Am presupus că eram frustrată pentru că, de vreme ce fiecare alt aspect al vieţii mele se distrusese, acum trebuia să fiu definită de munca mea, care nu prea mă pasiona.

— Dar asta e viaţa, am spus eu. Nimănui *nu îi place* slujba pe care o are.

Afară pe hol, un grup de studenţi citeau de pe un panou uzat de plută informaţii despre cărţile vândute, serile de poezie şi familiile care aveau nevoie de profesori sau doici. Un profesor mai vârstnic a trecut pe acolo cu braţele pline de plicuri. Olivia şi-a rotit lingura prin cutia cu iaurt, râcâind metalul pe plastic.

— Îmi place slujba mea, a spus ea timidă.

— Şi mie, a zis Jiro, deloc timid.

El stătea în pragul uşii părând ciufulit şi ţinând o cană mică de espresso cu o delicateţe teatrală.

— Sunt foarte pasionat de istoria gravurii în lemn.

Unul dintre studenţii de la panoul de plută s-a uitat în ochii lui şi a chicotit.

Jiro a continuat, vorbind despre „frontispiciul uimitor" pe care îl văzuse recent, cât eu am încercat să-mi amintesc dacă fusesem vreodată pasionată de ceva în afară de profesia mea. La drept vorbind, nu mă descurcasem rău şi ideea de a lucra pentru un doctorat părea oarecum impresionantă, iar să am o „slujbă adevărată", cu un program tradiţional şi bani la mijloc şi sarcini (?) de îndeplinit, părea apăsător şi plicticos. De ce să nu discut scene antice ca să-mi câştig existenţa? Ce altceva era să fac, să învăţ programare?

Să fiu semiinteresată de munca mea păruse în regulă când reprezentase doar o parte a vieţii mele. Dacă îmi doream ceva semnificativ, puteam să găsesc asta în relaţia mea sau, dacă lucrurile deveneau foarte disperate, să fac un copil. Când abia mă căsătorisem, fusese înspăimântător să cred că restul vieţii mele (partea asta, în orice caz) era plănuit până la capăt. Dar fusese şi comod – un lucru mai puţin de care să mă îngrijorez. Cel puţin era stabilit; nu mai trebuia să fac alegeri romantice. Cu piesa asta îndepărtată, tot puzzle-ul părea greşit: trebuia să realeg totul?

M-am gândit la nopţile lungi în care lucram la teza mea de master la masa din bucătărie, Jon plătind chiria şi mâncarea ca să-mi ofere loc şi timp să-mi urmăresc presupusul vis. Atunci mi se păruse entuziasmant şi important, ca şi când urma să contribui cu ceva plin de înţeles la cunoştinţele lumii. Jon glumise pe seama mea când eram în avion: „Există vreun doctor la bord?" „Da! Cu care parte din *Coriolan* are probleme?" Fusesem foarte norocoasă şi foarte proastă.

Am revenit la timp la povestea lui Jiro ca să îi aud pe el şi Olivia spunând veseli la unison: „Genul mobil!" Ambii au râs ca şi când ar fi fost cel mai amuzant lucru pe care îl auziseră vreodată. Le-am spus colegilor că le era uşor să le placă slujba. Aveau alte lucruri care să îi definească: sportul, un câine şi un logodnic, pentru Olivia; să fie un ticălos arogant care petrecea prea mult timp la cafenele cu jocuri de societate, pentru Jiro. Olivia a rămas cu gura căscată. Jiro abia a oftat ca un pişicher, terminându-şi cafeaua, şi a plecat. M-am strâmbat la Olivia ca şi când aş fi glumit. Poate că glumeam.

— Dacă nu te simţi legată de muncă, poate că ar fi de ajutor să te mai implici puţin, a sugerat ea, ridicându-se de pe scaun şi adăugând afectată: Acum mă ridic, dar nu pentru că vreau să plec, trebuie doar să reciclez asta.

Era destul de clar că ea chiar voia să plece, dar Olivia era amabilă din toate punctele de vedere. S-a întors la scaunul de lângă mine după ce a aruncat cutia de iaurt și mi-a spus despre o conferință viitoare în Ottawa – „Elaborat: Nașterea și alte munci femeiești pe scena jacobiană" –, care, recent, lansase anunțul pentru lucrări. Ea trimisese una în care făcea legătura dintre moașe cu industria textilă din secolul al XVII-lea. Am găsit pagina conferinței și am căutat o parte din prezentările viitoare. Păreau la fel de absurde ca uitatul prin paginile mele: Doisprezece dintre cei mai buni proști; Aceste femei sfidează ce înseamnă să găsești dragostea în Iliria; Experiență: Mi-am răzbunat tatăl, regele, și am murit într-o scenă finală prost concepută, în care efectiv toți figuranții de pe scenă sunt otrăviți.

I-am spus că îmi displăcea ideea că trebuie să îmi ador slujba sau măcar să îmi placă. Nu îmi oferea o pensie, o asigurare stomatologică, un salariu competitiv, sau multă satisfacție în viață. Orele mele erau aleatorii și solitare, calea spre publicare era neclară și dificilă, iar șefii departamentului instituiseră regula de maximum două pahare de vin din partea casei. Atunci, de ce ar fi trebuit să îmi placă munca, să mă strofoc să fiu bună, sau chiar să apar la timp? Versiunea slujbei despre care auzisem și pe care mi-o imaginasem, cea în care mă implicam, nu era disponibilă acum.

I-am spus să se gândească să meargă cu avionul.

— Cu avionul?

— Ai văzut vreodată o fotografie cu un avion din anii șaptezeci? am întrebat eu, deși nu voiam un răspuns. Voiam să îmi țin discursul. Înăuntru, este ca un restaurant elegant. Ca un club privat. Avioanele din anii nouăzeci au început să semene cu autobuzele, dar tot ți se dădea mâncare, primeai pernuța aia și îți puteai mișca picioarele fără să înghiontești persoana din fața ta. Acum nu beneficiezi nici măcar de verificarea gratuită a unui bagaj. Fiecare element uman al experienței zborului a fost luat și trebuie să răscumperi fiecare lucru individual. Să fim sinceri, „clasa economică de lux” este o contradicţie în termeni.

Olivia a spus că îi era dor de prăjiturile gratuite pe care obişnuia să le ofere compania de zbor Porter.

— Exact! am spus eu. Capitalismul târziu în funcţiune.

Parcă eram unchiul meu când se îmbăta şi vorbea despre cum era urmărit de compania care-i emisese cardul de credit. Totuşi, nu aveam dreptate? Ea nu înţelegea ce spuneam? Olivia a spus că da, însă nu ştia cum distrugerea experienţei de a mânca în avion avea legătură cu mariajul sau cu orice altceva despre care vorbiserăm.

I-am spus că nu doar avioanele deveniseră îngrozitoare, şi era adevărat în cam toate aspectele vieţii moderne. Să fii proprietarul unei case era complet prohibitiv. Viaţa de adult nu implica multe vacanţe sau weekenduri departe sau chiar apartamente cu un singur dormitor. Să ţipi în stradă nu ar fi forţat pe nimeni important să facă ceva în legătură cu schimbarea climei şi toate mesajele de promovare pozitivă a corpului nu ar fi schimbat faptul că magazinul meu preferat făcea stocuri pentru ceea ce se numea mărimea „triplu zero”, dar nu şi pentru mărimi mai mari de zece, şi până şi asta trebuia să cumperi de pe internet, ca un hoţ, noaptea. Singurul lucru care chiar oferea ce spunea în reclamă era mariajul.

— De aceea este atât de tentant, am spus eu, simţind că în sfârşit ajungeam la o concluzie. Înţeleg de ce vrei să o faci. Este singura caracteristică a ce credem despre viaţa de adult care este încă accesibilă. Şi este foarte accesibilă! Poţi să o faci pentru trei sute de dolari, cât timp găseşti şi pe altcineva dispus să semneze actele.

— Nu de aceea..., a început Olivia, dar eu nu terminasem.

— Şi ajungi să stai acolo, în faţa părinţilor tăi, chiar dacă încă mai iei bani de la ei câteodată, şi să spui: *Respectă-mă ca pe un adult*. Nu? Şi este incredibil lucru că ei o fac, deoarece recunosc ceremonia şi momentul şi tot. Te simţi foarte bine când unchii şi mătuşile tale se poartă ca şi cum ai fi un om adevărat, când plăteşti taxe comune, spui unui proprietar nepoliticos „eu şi soţul meu" căutam un spaţiu mai mare pentru birou... şi da, intri în aparatul heteropatriarhal al statului sau aşa ceva, dar toată lumea îţi dă bani şi ajungi să stai la masa adulţilor şi să ai propriul blender scump.

Olivia s-a oprit o clipă. S-a încruntat şi a spus că voia să se mărite cu Aidan deoarece era îndrăgostită, dar că respecta faptul că era complicat şi că se întâmplau multe în jurul acestui concept, poate în special pentru mine în etapa asta a vieţii. A spus că erau multe motive să te căsătoreşti şi că vedea atracţia ritualului şi chiar şi blenderul, dar, la sfârşitul zilei, părea că vorbesc despre devotament şi comunitate probabil dintr-o perspectivă prea sumbră.

— Probabil, am spus eu. Dar cui îi pasă? Nimic nu contează, toate se termină, lumea este condusă de rasişti lacomi şi misogini şi toată mobila pe care ţi-o permiţi pare de rahat.

Mi-am luat geanta şi am ieşit pe hol, dând peste una dintre cele mai inteligente studente ale mele, Sara. Avea pe umăr o geantă de pânză de la departamentul de teatru şi părul strâns în obişnuitul coc răvăşit.

— Mai veniţi la întâlnirea noastră? a întrebat ea, plină de optimism şi energie tinerească.

I-am spus că a intervenit ceva. A părut dezamăgită într-un fel care m-a făcut să o urăsc.

— De ce nu-mi trimiţi un e-mail? am spus eu. Este mai uşor să răspund la întrebări printr-un e-mail.

Ea s-a întristat.

— *V-am trimis*, a spus ea. Mi-aţi spus să vin la birou şi că este mai uşor să răspundeţi personal la întrebări.

— Ai dreptate, am zis eu, cu o vagă amintire a nenumăratelor e-mailuri primite de la ea.

Am stat împreună pe hol fără să spunem nimic. Sara şi-a muşcat buza şi părea că voia să plângă. Nu era cu mult mai tânără decât mine, dar în mod clar era încă în faza la care îşi visa cariera la masa din bucătărie. Am încercat să mă gândesc la ceva util, un mic sfat, ca să fac să merite drumul până la birou, dar nu m-am străduit prea mult. În cele din urmă am spus „Ei bine" şi am oftat sperând să par obosită, după care am plecat.

Afară l-am găsit pe Jiro fumând o ţigară de-a lui subţire, mentolată şi ilegală. De ce toate bunurile lui erau atât de mici? Ce încerca să demonstreze?

— Un lucru amuzant despre capitalism, a spus el rânjind afectat. John Oliver angajează?

— Te rog, du-te naibii! am spus eu categoric.

Jiro şi-a stins ţigara şi m-a privit gânditor.

— Îmi pare rău! a zis el. Nu ar trebui să te tachinez aşa azi. Să ai o noapte bună, bine? Şi nu te stresa, oricum e o sărbătoare falsă.

M-am îmbujorat. În ciuda mementourilor constante din reclamele de pe internet, a cuplurilor de pe stradă şi a vitrinelor drogheriilor, mă străduisem din răsputeri să ignor faptul că era Ziua Îndrăgostiţilor. Nu aveam nevoie de asta. M-am întors şi am coborât în viteză treptele din faţa clădirii noastre. Jos m-am oprit şi m-am uitat înapoi. Jiro încă stătea acolo, cu o expresie amuzată și un nenorocit de brâu. Brusc, mi-am dat seama că Jiro era atrăgător.

— Hei! am spus eu. Vrei să mergi la o nuntă?

Căutări pe Google, 16 februarie

costum de baie obișnuit
test pentru narcisism
evaluarea psihopatului
chestionar ce fel de prieten ești
ce nu e în regulă cu ross
de ce părul tuturor de la televizor arată așa
indexul masei corporale este fals în mod oficial?
rețete de spaghete cu dovleac
înregistrări video pilă pentru călcâie
fată albă cu fundul mare este un compliment?
tutorial de ondulare a părului
cupon pentru saună cu infraroșii
sauna cu infraroșii e o escrocherie?
poezii despre divorț
cărți despre divorț
filme despre divorț
joni mitchell este în viață?
joni mitchell se simte bine?

apartamente de închiriat în insulele grecești
este internetul un șir de tuburi?
ce este terrazzo
lipedema sau celulită stadiul unu
semne premature de cancer de sân sau ciclu
slujbe editoriale 6Bites
nachos umpluți cu kimchi – apropriere culturală?
mâncăruri problematice
yoga antianxietate sub zece minute
greșeala revoluției industriale
chirurgie plastică decontată de asigurări
timp de recuperare pentru blefaroplastie
fondue cu număr redus de calorii
pagină de evaluare a psihologilor
pagină de evaluare a profesorilor
trolii se plâng, evalueazaprofesorul.com
câini cu trei picioare
candidoză sau ovulație
vaginul poate să fie deprimat?

Psihologa a început ședința noastră explicând semnificația cuvântului „liminal” aproape zece minute. Nu mi-am dat seama dacă i se părea o informație importantă pentru mine – o stare de separare, e destul de corect, o perioadă cu siguranță liminală în viața cuiva – sau dacă trăgea de timp, de vreme ce Jon întârzia, iar eu deveneam tot mai agitată uitându-mă la ceas.

În cele din urmă am cedat nervos, spunându-i că terminasem facultatea, deci a ști cum să folosesc cuvântul „liminal” într-o propoziție era una dintre singurele mele abilități concrete. Ea a zâmbit cu gura închisă și m-a întrebat:

— Ce părere ai despre slujba ta, ești fericită aici?

Așa te prind ei.

Fiindcă nu mai fusesem niciodată la psiholog, nu puteam să confirm că toate birourile lor semănau cu o caricatură din *New Yorker* sau dacă doar ăsta era așa. Zidurile erau de un bej de a cărui denumire, „nisip mătăsos” sau „perle pline de înțeles”, îți puteai da seama. Un tablou înrămat de pe perete înfățișa un peisaj urban pustiu, probabil părăsit după vreun fel de apocalipsă emoțională. Am fost consternată să văd o eșarfă de mătase veritabilă pusă peste o lampă în colț; făcusem ceva asemănător în dormitorul meu în liceu, provocând fără să vreau un incendiu. Cabinetul psihologului nu trebuia să fie un loc doar pentru adulți? Cu siguranță erau moduri mai mature de a crea o ambianță decât cea pe care o descoperisem în *CosmoGirl* la cincisprezece ani.

Cât despre ea, era un psiholog destul de clasic, în primul rând pentru că o chema Helen, iar în al doilea rând, din cauza tuturor celorlalte caracteristici. Avea o voce blândă și ochelari scumpi, „haioși". Bluza vaporoasă avea un imprimeu abstract care sugera că oricând putea să vină de la o sesiune de pozat nud sau să se ducă la una.

Un păr negru tuns bob îi încadra fața rotundă și prietenoasă, care era sinceră, dar nu dezvăluia nimic: puteai să îi spui secretele tale, dar nu și-ar fi expus niciodată părerea despre ele. Avea un comportament degajat, iar pe pagina ei de internet confortabil de monotonă găsisem multe diplome, seminarii și alte realizări, pe lângă calificările standard necesare pentru practică. Părea frumoasă și ca și când ajutase probabil mulți oameni în momente dificile. Totuși, nu-mi plăcea de ea. Ăsta era un inconvenient, întrucât venisem devreme la ședința programată ca să pot a) să-mi poziționez corpul într-un mod flatant pe canapea pentru momentul sosirii lui Jon și b) să creez o legătură cu Helen care ar fi putut să o determine să îmi țină partea când ne prezentam amândoi situația și motivele pentru felul în care mergeau treburile.

Am presupus că terapia de cuplu semăna cu activitatea clubului de dezbateri din liceu. Ne apăram fiecare părerea, apoi psihologul ne spunea cine greșea (el) și cine avea dreptate (eu) și ce trebuia făcut în privința asta. Într-un fel, abia așteptam să aud perspectiva lui Jon. Mi l-am imaginat zvârcolindu-se și bâlbâindu-se când încerca să explice tăcerea de aproape șapte luni, văzându-i-se pe chip că își dădea seama, în timp real, că se purtase urât. Poate mi-ar fi implorat iertarea. Cel puțin, s-ar fi scuzat. După alte cinci minute, Helen s-a oferit să ne facă niște ceai.

Cu două căni de Earl Grey între noi, ea a început să pună întrebările obișnuite: cum dormeam, dacă mă străduiam să mănânc bine și să fac mișcare, cu ce altceva îmi umpleam timpul. M-a întrebat dacă am mai fost la psiholog și i-am spus că am încercat de milioane de ori să îl conving pe Jon să meargă, dar nu am reușit. Ea și-a ajustat lănțișorul care atârna de ochelari.

— Dar tu nu ai fost niciodată?

I-am spus că nu am fost, însă doar pentru că nu am avut nevoie. Copilăria mea fusese mai mult sau mai puțin stabilă emoțional. Avusesem un mic cerc social care mă sprijinise în liceu și mă înțelegeam bine cu Hannah. Despărțirea părinților mei fusese relativ amiabilă. Prietenii mei erau minunați, aveam o slujbă bună, un nivel moderat de frică și mi-era urât doar când mă plictiseam sau se schimba ceva, dar asta era cu siguranță normal în ziua de azi.

— Și de ce ai vrut să vină Jon la psiholog?

I-am povestit despre obiceiul lui de a fuma iarbă, firea schimbătoare, felul în care se enerva când lucrurile nu erau cum voia el și, totuși, era capabil să lase ceva murdar timp de câteva săptămâni în sertarul cu rufe curate. Despre furia lui când pierdea la jocurile video, relația ciudat de apropiată cu fata aia de la birou, superioritatea disprețuitoare în privința valorii practice și financiare a muncii lui în comparație cu a mea. I-am menționat una dintre greșelile mele preferate: cum, după ce fata aia fusese nepoliticoasă cu mine la petrecerea de la serviciu, am încercat să mă plâng lui despre asta în tramvai, spre casă. El îmi ignorase îngrijorarea, spunându-mi că nu era „o atitudine feministă să distrug celelalte femei". Când ne-am întors la apartamentul nostru, am dormit pe canapea.

Ori de câte ori îmi spuneam povestea asta sau o ziceam altora, simțeam un junghi dureros, ca și când mi-aș fi lovit sentimentele cu o bandă de cauciuc. Totuși, o repetam deseori, plăcându-mi cât de clar ne definea rolurile: el era ticălosul, iar eu, soția care suferea mereu. Nu toate certurile noastre erau atât de clare.

— Jon a fost un bărbat dificil, am spus eu. Dar, sincer, voiam să îl iubesc pentru totdeauna.

Helen a făcut o pauză plină de înțeles. Toate gesturile ei păreau insuportabil de convingătoare.

— Și ți-a zis cineva vreodată, Jon sau altă persoană, că ai putea fi și tu dificilă?

Am izbucnit în râs. Un psiholog amuzant! Ce schimbare neașteptată de situație! I-am explicat că nu eram dificilă; deși fusesem puțin teatrală în copilărie și adolescență, sentimentele mele erau acum mai mult sau mai puțin sub control. Poate eram câteodată dificilă în anumite situații, în preajma termenelor-limită sau a evenimentelor stresante precum mutatul, călătoria sau a schimbărilor neașteptate de planuri. Se știa că aveam nevoie de timp suplimentar ca să gestionez emoțiile mai dificile – mâhnire sau, să spunem, senzația de foame –, dar înțelegeam că era normal, și, de fapt, tocmai mi se spusese alaltăieri că rezistam foarte bine în mijlocul dezordinii din viața mea.

În realitate, Jiro spusese că „rezistam bine având în vedere situația”, apoi a refuzat să meargă cu mine la nunta lui Emily, dar nu trebuia să îi spun totul lui Helen. M-am felicitat în gând pentru că aveam o parte din limitele despre care vorbesc mereu toți. Helen stătea senină, cu mâinile în poală, încercând să mă momească să dezvălui ceva îngrozitor despre mine. Nu azi.

I-am spus că era păcat că Jon nu sosise încă, deoarece chiar organizasem toate astea pentru binele lui. Sincer, mi se păruse foarte ușoară acceptarea divorțului. Economiseam bani pentru noul meu apartament. Și ieșeam cu alți bărbați – la drept vorbind, trebuia să ies mai puțin, deoarece avusesem *prea mult* succes. Deja mă îndrăgostisem! Eram mai activă ca niciodată și un nou prieten îmi arătase cum să mișc o bucată de piatră verde pe faţă într-un mod care însemna că nu aveam să îmbătrânesc niciodată.

— Deci da, lucrurile sunt destul de bune, am spus eu. Dar mă îngrijorez pentru Jon, ştii, el nu are la fel de mulţi oameni cu care să vorbească. Grupurile de sprijin ale bărbaţilor nu sunt la fel de puternice.

Helen a notat câteva lucruri.

— Spuneai că te îndrăgosteşti?

Am râs din nou.

— Am spus că *m-am* îndrăgostit, dar ştii cum este... nu prea grozav! Am mai râs puţin, dar nu a sunat cum voiam. L-am cunoscut pe tipul ăsta şi este minunat. Are totuşi nişte probleme de rezolvat – cu devotamentul, ştii cum e.

— Cum este?

— Nu prea mai vorbim. Au trecut doar vreo... opt sau nouă zile? Nouă şi jumătate. Mâine sunt zece. Sau aşa ceva. Deci, nu ai de unde să ştii, poate că o să ne împăcăm.

Am stat într-o linişte insuportabilă care mi s-a părut că a durat patruzeci de minute. (După ceas, au fost trei.)

— Uite, am spus eu. Trebuie să plătesc toată ora dacă nu o folosesc?

Helen mi-a spus că da.

— Bun, bineînţeles. Îmi pare rău dacă te-a jignit întrebarea.

Helen m-a asigurat că nu.

I-am spus că îmi pare rău şi că nu am lucruri mai bune de spus.

— Lucruri mai bune?

— Știi tu, divorțul ar trebui să distrugă viața cuiva, dar, în mare parte, sunt bine. Despre ce vorbesc de obicei oamenii aici, despre manii, tulburări de alimentație și lucruri din astea?

— Câteodată.

— Mda, sunt bine în privința asta. Sincer, mi-ar prinde bine o parte din disciplina pe care o aveam când mâncam dezordonat!

De ce se auzea așa râsetul meu? Parcă eram o păpușă bântuită.

— Ai avut probleme de alimentație?

— A fost o glumă. Adică, am avut oarecum o problemă în liceu. Cred că toată lumea a avut. Îți amintești emisiunea aia unde femeilor li se făceau liposucții și operații estetice la nas și alte lucruri înainte de nuntă, apoi își dezvăluiau noul corp și chipul soților lor pentru prima dată în drum spre altar?

Helen și-a înclinat capul într-o parte.

— Cred că da...

— O tulburare de alimentație era practic un răspuns rațional la lumea de atunci, am spus eu. Dar acum sunt bine. Am aproape 30 de ani. Mi se pare că nu poți încerca să economisești pentru pensie și tot să te concentrezi la cum credeai că o să ai celulită doar pe coapse.

Era greu să fiu analizată atât de atent. Îmi amintea de Simon, doar că era mai grav, deoarece nu puteam împiedica asta făcând sex cu Helen. Nu era plăcut să mă gândesc la Simon, deci am încercat să îmi imaginez expresiile sincere pe care le avea la ședința lui la psiholog, la cât de serios începea cu întrebări blânde de încercare, agreând șansa de a sonda mai mult orice traumă din copilărie cumva nedescoperită. Totul era o traumă la tipul ăsta.

— Nu este neobişnuit să revii la mecanismele de înfruntare a problemelor în timpul unei schimbări importante, iar divorțul este una importantă, a spus Helen schimbându-şi poziția. Nu îmi prea place cuvântul „normal", dar vreau să te asigur că este foarte normal să-ți fie greu în timpul unei asemenea tranziții.

— Totuşi, a trecut aproape un an, am spus eu. Primele câteva săptămâni au fost mai grele, dar acum nu mai simt nimic în privința asta. Este aproape ca şi când nu am fi fost niciodată împreună. Când încerc să-mi imaginez asta, nu simt nimic.

— Nu-ți poți aminti mariajul?

I-am spus că vedeam câteodată frânturi: noi doi râzând la o cafea, cântând pe o melodie de la radio într-o maşină închiriată, apucându-ne frenetic mâinile unul altuia pe sub masă la petrecerea de la cină când cineva spunea ceva stupid; o după-amiază când rezolvam rebusuri în pat; o glumă de-a lui că într-o zi ar fi putut să urineze pe mine în duş; senzația când mă întorceam de la lucru, ştiind că el şi pisica aveau să fie acolo. Dar frânturile astea nu păreau cu adevărat amintiri. Păreau un film sau – Doamne fereşte – o poveste pe Instagram. Păreau ceva care se întâmplase altcuiva.

— Ştii, am spus eu, nu ştiu dacă e prea util să vorbesc despre asta.

Helen şi-a înclinat capul.

— De ce?

Se pricepea, şi era enervant. Ca să trag de timp, m-am prefăcut că nu am unde să las plicul de ceai.

Mă săturasem să discut mariajul meu, cel puțin fără Jon aici, aşa că am distras-o enumerând cele mai ruşinoase lucruri din viața mea, printre care erau următoarele:

— am crezut că Ezra Pound, Evelyn Waugh şi e. e. Cummings sunt femei până aproape de absolvirea facultăţii;

— m-am scăpat pe mine, după ce m-am speriat de un zgomot puternic la nouă ani;

— am fost surprinsă de un prieten de familie dansând pe o melodie şi pretinzând că sunt o sirenă cocoţată pe o stâncă, puţin cam prea mare ca să fac asta;

— felul meu preferat de a mânca macaroane (tot pachetul, cu prea multă sare şi rece, într-o grămadă mare şi solidificată care fusese lăsată peste noapte într-o oală);

— le-am permis colegilor să intimideze un prieten apropiat în şcoala primară, temându-mă că, fără distracţia asta, aveau să se întoarcă împotriva mea;

— momentul în care am încercat să îi dansez în poală lui Jon şi m-am supărat pentru că nu ştiam dacă o fac corect, am plâns şi am încercat pe moment să continui plângând;

— faptul că nu am fost niciodată emoţionată de un tablou.

— Mi-au plăcut multe tablouri, am spus eu, şi mi s-au părut frumoase şi câteodată chiar impresionante, dar nu am văzut niciodată un tablou şi să am vreo emoţie în afară de indiferenţa faţă de acesta, ceea ce pare greșit și jenant, şi parcă nu aş fi o fiinţă umană complet implicată. O, şi alt lucru important este ce se întâmplă cu forma degetelor mele mici de la picioare.

Helen mi-a răspuns vitejeşte la toate chestiile astea, făcând câte o remarcă de tatonare din când în când, notând câte ceva pe un caiet cu pagini galbene ca acela din biroul lui Lori. Nu a încercat să ducă discuţia înapoi la Jon, la mariajul sau divorţul nostru. De fapt, m-a lăsat să vorbesc, în mare parte fără întreruperi, aproape o jumătate de oră.

La 17.45, s-a aplecat în faţă şi mi-a sugerat că ar trebui să „acceptăm posibilitatea" ca Jon să nu vină.

— Sunt sigură că e o întorsătură dezamăgitoare, dar putem reprograma săptămâna viitoare, a spus ea cu blândeţe. Probabil mi-ai putea da celelalte date despre care aţi discutat, ca să pot să îl contactez pe Jon.

Am recunoscut că nu prea discutaserăm despre programare.

— Practic, a trebuit să fac programarea fără el, i-am spus eu, deoarece nu mi-a răspuns la e-mailuri, dar ştiu că le-a citit pentru că Gmail are o setare care îmi arată când ţi se citesc e-mailurile, deci cu siguranţă a văzut mesajul pentru azi şi am crezut că ar vrea să clarifice lucrurile, ştii? Adică, s-ar putea în continuare să vrea. Nu am exclus complet un accident sau ceva asemănător. Sau poate foloseşte un ceas cu douăzeci şi patru de ore şi a confundat ora două postmeridian cu paisprezece, patru după-amiaza – ştii ce, hai să îl sunăm ca să ne asigurăm.

Mi-am scos telefonul şi am descoperit că era închis.

— Te deranjează dacă folosesc telefonul tău fix? am întrebat-o pe Helen. Probabil că nu o să obţinem nimic. Totuşi, merită să încerc.

Nu am menţionat că încercasem să îl sun de două ori de pe mobil, în sala de aşteptare. Helen şi-a pus telefonul mare şi gri pe măsuţa dintre noi, cu o expresie ilizibilă pe chip. L-am sunat pe Jon şi, după nişte indicaţii de la Helen, am reuşit să pun telefonul pe difuzor. Ştiam numărul lui pe de rost. Ştiam şi că nu el nu răspundea niciodată. I-am spus lui Helen că probabil avea să intre căsuţa vocală. Ea a dat înţelegătoare din cap, iar Jon a răspuns după primul ţârâit.

— Alo?

— O, bună, Jon, sunt Helen Yim, consilier pentru relaţii şi...

— A, da. Bună. Maggie e cu tine?

M-am aplecat în faţă şi am spus că sunt acolo. Eram prezentă şi îmi părea rău şi probabil eram supărată, şi poate, din punct de vedere medical, foarte tulburată, iar acum, auzindu-i vocea, era limpede că făcusem o greşeală. Nu voiam să mai fac yoga sau să mă mai uit la filme vechi sumbre, nu mai voiam să fiu delicată şi matură. Da, fusese dificil să fiu căsătorită, dar era şi mai greu să fiu divorţată. Nu mai voiam să o fac. Voiam să mă accepte din nou. Lui Helen i s-a poticnit respiraţia în gât. La celălalt capăt al firului, Jon tăcea.

— La naiba! am spus eu.

— Mda, a spus Jon. La naiba!

— Adică... ce crezi? am întrebat eu.

Jon a râs sec şi neîncrezător.

— Haide, Mags...

Nu îl mai auzisem rostindu-mi numele de jumătate de an. Mi se părea rezonabil să lăcrimez.

— Gândeşte-te la asta, am spus eu, ştergându-mă la ochi. Sunt destul de mare încât să recunosc faptul că te mai iubesc, că încă mai există dragoste pentru mine.

— Ştiu, mi-ai spus-o în e-mailurile tale.

— Bun, bine, deci ce zici?

— Ce să zic?

— Ştii tu, am spus eu. Tu...?

— Chiar te-am iubit, Maggie, dar...

— Ei bine, este oarecum nebunesc să arunci totul pentru... ce? Pentru că a părut ceva rău o clipă? Pentru că am avut câteva îndoieli? Mi se pare că am cu siguranță același număr de îndoieli despre toată chestia asta cu divorțul, sau poate că așa e viața, știi, poate că nu ți-a plăcut niciuna dintre alegerile făcute și asta e normal, caz în care chiar nu ar trebui să divorțăm, deoarece, de fapt, totul e bine.

Helen mi-a dat un șervețel și mi-am șters nasul. Când mi-am retras mâna, mi-a ieșit un muc lăptos și verde. Am mototolit șervețelul și mi l-am băgat în nas. Nu așa îmi imaginasem că urma să decurgă conversația. Mi-am dat seama cu groază că tot ce îi zisesem lui Helen, prietenilor mei și mie însămi era un fel de discuție înainte de plecare, care existase, în mintea mea, ca o poveste alternativă. Ca o șansă să întreb din nou „Funcționează asta?" și să îl fac să se certe cu mine, să accepte.

— Eu nu sunt cea matură, am zis, vocea mea căpătând calitatea unei părți rele dintr-un film de acțiune psihosexual. Am făcut tot ce trebuia să fac și nu funcționează. Nu o să mă regăsesc. Nici măcar nu vreau să o fac. Locuiesc într-un subsol. Am coșmaruri și continui să dorm cu oameni pe care nu îi cunosc prea bine deoarece nu sunt obișnuită să mă culc nonșalant cu cineva. Sunt obișnuită să dorm cu tine.

— Într-unul dintre mesajele vocale mi-ai spus că ai un iubit.

— O, da, ei bine, i-am răspuns eu, am avut o secundă, dar nu mai am.

— Din mesajele tale părea că v-ați întâlnit des. Sunt sigur că ai să găsești pe altcineva.

— *Nu vreau* să fac asta! am strigat eu, simțindu-mă ciudat de încurajată de depresia în care mă scufundam.

Că puteam fi atât de jalnică și tot să respir era, într-un fel, o realizare.

— Am luat decizia asta importantă, iar acum trebuie să ieșim în lume și să alegem *pe altcineva*, știind că am greșit prima dată? Categoric nu, îmi pare rău. Nu!

Expresia lui Helen, cu buzele strânse, se transforma din concentrare încordată într-o neliniște clară.

— Dacă-mi dai voie, a spus ea. Scuze, sunt Helen. Pot să te întreb cât de des ai primit mesaje vocale?

M-am rezemat când Jon i-a spus adevărul. Că îi trimisesem mesaje sau e-mailuri în majoritatea zilelor, câteodată de câteva ori pe zi, de când ne separaserăm. Că nu îmi mai răspunsese la telefon de șapte luni, dar că nu blocase mesajele, care pur și simplu deveniseră mai lungi și, după spusele lui, „semnificativ mai nebunești".

— Nu cred că e corect, am zis eu.

— De Ziua Îndrăgostiților mi-ai lăsat un mesaj vocal în trei părți, în care ai cântat tot cântecul lui Bernadette Peters.

— Nu știu despre ce vorbești.

Jon a fredonat câteva note din „No One Is Alone" din musicalul lui Stephen Sondheim, *Into the Woods*, din 1987.

— O! am spus eu. Ei bine, de fapt ăla nu e un cântec de-al lui Bernadette Peters, ea îl cântă doar în *Sondheim* și altele deoarece este unul dintre preferatele ei. Și nu am cântat tot cântecul, voiam doar să auzi refrenul și un anume vers rezonant despre cum face toată lumea greșeli, deoarece este adevărat și poate asta nu e prea...

— Nu-mi pasă, Maggie!

— Cred că este important să fie precis...

— Nu-mi pasă de nimic din toate astea! a spus el. Nu vreau să te mai aud.

— De ce nu ai *spus asta*? am întrebat eu. Cum ai putut să dispari pur și simplu?

Jon a oftat frustrat.

— Nu știu, a spus el. Presupun că eram supărat. Nu știu de ce ai crezut că poți să-mi sugerezi să divorțăm și apoi să mă pui să te țin și de mână în timpul ăsta.

— Pentru că ai promis! m-am văitat eu. Ai spus că o s-o faci!

— Ai făcut sex cu Calvin?

Helen își ținea buzele atât de țuguiate, încât eram cu adevărat îngrijorată dacă mai respiră.

Jon a încercat din nou:

— Nici măcar nu cred că vorbeai serios când ai spus să ne împăcăm. Cred că erai stresată pentru că trebuie să iei singură decizii. La drept vorbind, poate erai doar plictisită.

I-am spus că eram plictisită, că, de fapt, era al naibii de plictisitor să fiu tristă tot timpul. El a fost indiferent. Am încercat să invoc promisiunile făcute în ziua în care eram pe plajă, la apus, și care îl făcuseră să se simtă în siguranță, glumele despre numele de bebeluși, viața pe care încuviințaserăm să o adeverim. Oare oamenii nu aveau momente dificile? Nu aveau ani grei? Merita să fiu atât de nefericită încercând din nou să fiu fericită? Cuvintele îmi ieșeau din gură repede și melodramatic. Nu eram sigură nici că vorbesc serios. Nu voiam să mă mai gândesc la ce voiam, cum să fiu, sau cu cine să încerc să fiu. Voiam să revin la cum fusese.

— Nu putem face asta, a spus Jon.

— Bine, atunci, am zis eu. Vreau să avem o discuție de încheiere a relației.

— Asta nu e ceva real, a spus el.

— Ei bine, DE CE NU?

Am strigat întrebarea către Helen la fel de mult ca spre Jon. Nu era de competenţa unui psiholog să lămurească situaţiile? Helen aşteptase ocazia să intervină.

— Din nefericire, nu mai avem timp în şedinţa asta, a spus ea. Eu, ăă – de obicei aş sugera să facem o programare care să convină tuturor, dar...

— Nu o să fie necesar, Helen, mulţumesc! a spus Jon.

Simţeam că Helen se uita la mine, dar nu m-am putut forţa să îi întâlnesc privirea.

— Îmi pare rău! am spus eu. Îmi pare foarte rău!

— Şi mie! a zis Jon.

— Poţi să-mi scrii oricând, ştii, dacă te răzgândeşti şi vrei să vorbim. Sau probabil am putea cădea de acord să ne întâlnim la jumătate...

Jon a oftat. M-am întrebat dacă era în pat, în noua casă în care locuia fără mine, dacă avea colegi de cameră sau o iubită sau dacă îi cumpărase lui Janet o costumaţie. M-am întrebat dacă purta pantalonii de trening pe care îi furam întotdeauna, dacă încă mirosea a gelul de duş ieftin pe care îl folosea din facultate, dacă măcar o mică parte din el avea sentimente pentru mine.

M-am holbat la podea, am mestecat o şuviţă din părul meu şi l-am aşteptat să vorbească. Am stat cu Helen, tăcută şi rigidă, sperând că ea nu aude ghiorăitul ciudat scos de stomacul meu, întrebându-mă cât de repede puteam pleca de aici când se termina totul. M-am uitat la ceas. Depăşisem cu opt minute timpul alocat şedinţei.

— Jon, ascultă, eu...

Aproape imediat ce am început să vorbesc, mi-am dat seama că el închisese telefonul. A intervenit tonul, bâzâind strident, şi am simţit ceva asemănător unei crampe puternice şi amare în piept. Mi-am ţinut privirea la covoraşul din faţa mea, lăsându-l să apară şi să dispară din câmpul vizual în timp ce simţeam ruşine, greaţă şi luptam cu impulsul confuz de a râde. Helen a deschis gura şi a închis-o din nou. Ideea că speriasem un psiholog era foarte stresantă.

— SUNT BINE! am strigat eu, ca să o liniştesc. NU TE ÎNGRIJORA DELOC pentru mine, deoarece, aşa cum am spus, chiar sunt bine.

Am zâmbit ca un copil de la un concurs de frumuseţe – inexpresiv, larg, cu ochi speriaţi. Mă usturau obrajii. Mi-am băgat degetul mare în mâneca puloverului şi mi-am şters ochii cu mişcări bruşte şi scurte. Helen s-a aplecat în faţă, sprijinindu-şi antebraţele pe coapse şi împletindu-şi degetele. Ni s-au întâlnit privirile. Am zâmbit în semn de părere de rău şi am expirat resemnată, sacadat.

Şi ea a zâmbit şi mi-a spus:

— Chiar mi-ar plăcea dacă ai reveni săptămâna viitoare.

Ziua cea mare a lui Emily și a lui Patrick

9 martie 2019

3 p.m. JURĂMINTELE – familia şi prietenii se adună în grădina (acoperită şi încălzită!) pentru o ceremonie civilă.

Tematica nunţii era inspirată de *Marele Gatsby*, nu prea grozavă, şi exista şi o componentă a „iernii în ţara minunilor”, deşi asta a trecut repede. (Practic, era o sanie de gheaţă.)

Capitulasem în faţa elementului *Gatsby* dându-mă cu ruj închis la culoare şi purtând o bentiţă jenantă cu o pană, pe care am scos-o aproape imediat ce am sosit. De altfel, eram îmbrăcată într-un stil pe care Amirah îl numea „uşuratic semioficial”, în cazul ăsta, un imprimeu floral acceptabil la o nuntă pe o rochie încheiată precar în faţă, închiriată de pe o pagină de internet unde femei suficient de bogate ca să deţină asemenea lucruri, dar nu destul de bogate cât să nu fie stresate de asta puteau să închirieze ţinute de 400 de dolari pentru 20 de dolari pe zi, plus taxe de expediere şi curăţare. Nu părea potrivită sau nu mă simţeam eu bine în ea. De obicei, orice nesiguranţă în privinţa ţinutei putea fi alungată cu o şedinţă foto pe grupul de conversaţii, dar relaţia cu prietenii mei era acum întreruptă; nu era timpul să cer complimente.

Am șters niște mâzgă din colțul ochiului, atentă să nu îmi întind linia trasată cu dermatograful neobișnuit de complicat. Eu și mireasa fuseserăm prietene în liceu, deci trebuia să mă străduiesc puțin. Emily, care arăta superb, se căsătorea cu un bărbat pe care îl cunoscuse la serviciu. În ultimele cinci sute de zile, numărase pe diversele ei profiluri de pe rețelele de socializare cât timp mai rămânea până la nuntă. Rochia ei era frumoasă: lucioasă și modernă, cu o mantie ușor excentrică la spate. Văzusem imagini cu toate cele zece pe care le luase în considerare pe Instagram, iar asta era de departe cea mai frumoasă. Se mula pe corpul ei impresionant – lucrat, așa cum văzusem tot pe internet, cu ajutorul unui antrenor personal care derula programul #pregatireintensapentrununta. Viitorul ei soț purta o cravată texană.

Deși presupun că fusese ideea lor, cuplul părea să fi evitat tema anilor douăzeci, ăsta fiind probabil motivul pentru care domnișoarele de onoare păreau atât de supărate în privința rochiilor lor cu paiete, comandate angro de la un magazin de pe internet care fusese recent deconspirat, fără nicio consecință, că își exploata muncitorii în fabricile din străinătate. Ele se tot aranjau sub rotondă, încercând să găsească o poziție flatantă, în timp ce Emily și Patrick spuneau cât de norocoși erau să îmbătrânească nu doar cu dragostea vieții lor, ci și cu cei mai buni prieteni ai lor.

— Nu-mi place când cuplurile își scriu propriile jurăminte, a șoptit Merris. Durează mai mult decât o ceremonie civilă obișnuită și nimeni nu poate vreodată să fie solemn.

După ce Jiro m-a refuzat pe treptele departamentului, hotărâsem să particip singură la nuntă și îmi plăcuse ideea asta până în dimineața evenimentului, când, panicându-mă, am urcat la etaj şi am întrebat-o pe Merris dacă are vreo ţinută de ocazie. Gândul de a înfrunta totul – ceremonia, dansurile lente, flecăreala – fără o prietenă sarcastică era pur şi simplu prea mult. Ne-am uitat cum Emily i-a spus lui Patrick că avea să fie o onoare să nu îl încurce în ziua jocurilor toată viaţa lor. Merris şi-a dat ochii peste cap când restul invitaţilor au chicotit conspirativ.

S-au citit rânduri cu voci tremurânde, iar fotograful i-a rugat să se sărute din nou după ce Patrick şi-a ferit mireasa din faţa camerei, într-un acces de pasiune. Am aşteptat partea jenantă cu semnarea documentelor şi fericitul cuplu ne-a fost prezentat în mod oficial ca soţ şi soţie. Toată lumea a aplaudat. Trupa de patru muzicanţi a început să interpreteze un cântec pop în stil de jazz despre viaţa veşnică, iar domnişoarele de onoare au plecat timide de pe culoar, rămânând lângă cavalerii lor de onoare. Am suflat baloane de săpun când Emily şi Patrick au trecut pe lângă noi, radiind şi râzând uşuraţi: *Asta e, pentru totdeauna! Probabil!*

4.30 p.m. ORA DE COCKTAIL – Bucură-te de băutură şi gustări unice în curtea acoperită sau încearcă-ţi abilităţile la nişte jocuri de teren!

— Ce e asta? a întrebat Merris când i-am adus o băutură roz şi limpede, cu ceva strălucind pe margine.

Ea a întins mâna şi a pipăit granulele cu degetele.

Am ridicat din umeri.

— Sare, probabil? Barmanul a spus că e o băutură canadiană inspirată de una clasică mexicană, deci cred că e un fel de margarita cu sirop de arţar.

Merris a gustat pudra şi s-a strâmbat.

— O, Dumnezeule! a spus ea. Bomboane „Pop rocks”. A luat o mică înghiţitură, apoi una mai mare. Tu ce mai faci?

I-am spus că sunt bine, în ciuda panicii pe care o simţisem în acea dimineţă. Nu i-am menţionat că cei mai apropiaţi prieteni se săturaseră de mine şi nu îi condamnam, sau că fusesem umilită de doi parteneri în tot atâtea săptămâni. Era mai bine să fiu optimistă: slăbisem două kilograme cu aplicaţia de numărat calorii, încercând să şi postesc, şi, chiar dacă viaţa mea personală era ruinată, postările de pe Twitter despre asta erau minunate.

— În mare parte, trebuie doar să spui ceva de genul „bărbaţii sunt de rahat” şi zeci de femei o să fie de acord cu tine, am zis eu.

Cu două zile în urmă, scrisesem pe Twitter că bărbaţii chiar sunt de rahat, fără să înţeleg prea bine unde voiam să ajung, dar sentimentul a adunat aproape optzeci de răspunsuri – un număr destul de bun pentru mine –, deci probabil cei ce răspunseseră gândiseră la fel.

În ultima vreme, urmărisem o grămadă de conturi care publicau un conţinut asemănător de mai multe ori pe zi, postând capturi de ecran cu dialoguri urâte pe Tinder, poveşti degradante ale întâlnirilor care decurseseră prost, selfie-uri în care tipele plângeau afişând un decolteu adânc etc. Toată lumea glumea în aparenţă, deşi eram nevoită să recunosc faptul că niciuna dintre postări nu era prea amuzantă. Totuşi, îţi ofereau un anumit confort. Puteam să mă comport nesăbuit – să mă întâlnesc cu un străin acasă la el la patru dimineaţa, să scriu de mai multe ori unei femei care în mod clar nu era interesată –, iar dacă mergea prost, aşa cum se întâmpla deseori, puteam să trec mai departe şi să mă amuz de situaţie. Cineva putea chiar să accepte asta: ce sunt eu cu adevărat! Eram amândoi implicaţi.

Îmi plăcea să mă gândesc la comunitatea mea de prietene dereglate de pe internet şi la libertatea noastră onorabilă, singure de voie, chiar dacă oarecum uram asta. Ele ar fi înţeles telefoanele şi mesajele, întâmplările nefericite la psiholog, că încă îl sunam câteodată pe Jon de la un telefon public uzat dintr-un colţ de lângă campus, fără să-mi iau degetul de pe furcă – doar stând acolo şi gândindu-mă la asta –, până ce deveneam prea jenată şi mă întorceam în clădire ca să plâng în baia de la etajul al treilea şi să încerc după aceea ceva nou cu dermatograful. Nu le puteam spune adevăraţilor mei prieteni, familiei sau lui Merris cât de rău decursese şedinţa de terapie şi, într-adevăr, încă nu mă confesasem pe internet, dar era liniştitor să ştiu că în lume erau oameni care, teoretic, ar fi putut să mă înţeleagă.

5 p.m. FOTOGRAFII – Grupul nuntaşilor şi Bacon, căţelul salvat, petrec ceva timp cu fotograful; invitaţii continuă să petreacă!

Amy m-a găsit stând lângă o lampă de încălzire înfăşurată în dantelă, privind grupul nuntaşilor cum încerca „una amuzantă" (bărbaţii aveau expresii cu adevărat ciudate, iar câteva femei scoteau limba fără tragere de inimă). Un cavaler de onoare ambiţios, cel mai scund din grup, le-a propus celorlalţi să-și arate fundul la cameră. Mireasa s-a uitat la mire cu o expresie care spunea „Te rog, nu", iar când a sosit momentul, doar instigatorul şi-a dat pantalonii jos.

— Mi se pare că mă eviţi, a spus Amy. Purta o rochie cu paiete şi era rujată în formă de inimioară, ca în anii douăzeci. De ce nu te-ai costumat? Ţi-ai fi putut ondula uşor bretonul.

I-am spus că bretonul scurt la o persoană cu şoldurile şi talia mea îi făcea pe oameni să se simtă în pericolul de a vedea o parodie sau de a auzi o prelegere despre cum Marilyn Monroe purta mărimea paisprezece.

— Dumnezeule, este foarte deprimant, nu-i aşa? am spus eu.

— Nu cred, a zis Amy. După părerea mea, frumuseţea nu are nicio mărime. Să zicem că îmi place de mine când rămân în formă şi mănânc sănătos, dar cred că poţi să arăţi oricum vrei şi tot să fii superbă.

M-a tras într-o îmbrăţişare laterală afectuoasă.

— Mă refeream la *asta*, am spus eu, gesticulând spre cabina foto, sacii cu fasole şi cuplurile care-şi spuneau că sunt „participanţi la nuntă". Este începutul potopului. O să fie o nuntă după alta. O primăvară şi o vară întreagă în care să cheltui bani, să feliciţi alţi oameni şi să fii nevoit să ai ceva de spus despre combinaţiile de culori.

Amy m-a întrebat dacă primisem şi alte invitaţii.

— Încă nu, am spus eu, dar urmează şi o să le pun pe frigider, şi de fiecare dată când am să mă întind după lapte, o să fiu nevoită să-mi aduc aminte că o fată cu care am mers în tabăra de vară are dragoste în viaţa ei şi eu nu.

Amy s-a încruntat.

— Rata divorţurilor este cam pe la patruzeci şi cinci la sută zilele astea, a spus ea. Să zicem că jumătate din cuplurile pentru care trebuie să cumperi seturi scumpe de masă sunt condamnate.

M-am uitat surprinsă la Amy.

— Eşti foarte pesimistă.

Ea a zâmbit fericită.

— Așa e, nu? Sunt empatică. Mă adaptez la emoțiile celor din jurul meu, chiar dacă sunt gotice și intense ca ale tale.

— M-am dat cu Reformation, am spus eu.

— Sigur, a spus ea. Dar emani energie gotică.

În partea cealaltă a camerei, Ryan, clovnul-terapeutic purta haine ca în anii douăzeci și pantaloni trei sferturi care se umflau stupid sub genunchi. Ținuta lui era atât de jenantă, încât mi-am dat seama că îi păsa cu adevărat de prietena mea, deși am presupus că era obișnuit să poarte haine ridicole și la serviciu. A fluturat din mână nerăbdător și amplu spre Amy; și Amy i-a făcut semn din mână și i-a arătat că una dintre băuturile pe care le ținea era pentru el. Ea s-a întors spre mine.

— Vrei să fii, te rog, mai veselă? m-a întrebat. Deja ai adus o babă drept parteneră. Nu poți să aduci și emoții negative.

Amy a plecat, iar eu am încercat să îmi dau seama cum să eman fericire sau cel puțin încredere, recunoscându-mă învinsă aproape imediat și comandând în schimb tequila cu apă minerală. În partea cealaltă a camerei, Emily își lăsa noul soț să o ridice pe umeri, capul lui dispărând sub fusta imensă și pufoasă în care se schimbase pentru petrecere.

6 p.m. CINA – Vă rugăm să vă găsiți locurile și să vă bucurați de cele trei feluri de mâncare de la ferma ecologică Recyclage, preferata cuplului.

Mesele purtau numele unor cupluri celebre din istorie, deși organizatorul nunții fusese neglijent inclusiv referitor la definirea ideilor de „celebru" și „istorie". Eu și Merris eram la „Sandy și Danny", împreună cu un grup foarte dezorganizat de cunoștințe de la serviciu și rude mai îndepărtate care în mod clar se adunaseră după ce restul meselor fuseseră stabilite şi rămăseseră doar câţiva rătăciţi. Am stat între Merris şi un bărbat înalt şi slab pe nume Jesse, care era acolo cu partenera lui, o femeie pistruiată fără sutien pe care o chema Darragh.

Darragh era mult mai atrăgătoare decât iubitul ei şi relaţia lor ar fi fost de neconceput, dacă nu aş fi întâlnit deja alte trei sute de cupluri exact ca ei. Nu că Jesse era hidos, doar că iubita lui era mult mai atrăgătoare decât el în toate privinţele: era mai amuzantă, mai seducătoare, mai inteligentă şi mai fermecătoare. Mi-am amintit o glumă pe care obişnuiam să i-o fac lui Simon, şi anume că stricam o relaţie bună fiind mai puţin atrăgătoare decât el. A fost o greşeală să mă gândesc la Simon.

— Eu şi Patrick am lucrat împreună în Portul Hope, a spus Jesse, muşcând dintr-o chiflă cu seminţe unsă cu prea mult unt. Pe vremuri, evident. Şi voi?

Femeia mai vârstnică din faţa noastră şi-a ridicat privirea – relaţia mea şi a lui Merris producea, în mod evident, o oarecare confuzie la masă.

— Eu şi Emily am fost colege de liceu, am spus eu. Iar ea e prietena mea, Merris.

Merris a făcut semn din mână.

— Am venit în locul altcuiva în ultima clipă, a zis ea, deşi asta nu părea să clarifice lucrurile pentru comesenii noştri.

Darragh s-a aplecat înainte.

— Deci voi două sunteţi...?

— Împreună? am spus eu. Nu, nu, este mai fascinant de atât. Locuiesc în subsolul ei.

Chelnerii au venit la masa noastră cu cele mai mici porţii posibile de carpaccio cu sfeclă roşie rasă, iar

Darragh a zâmbit la mine la fel cum o făcea prințesa Diana când vizita orfanii.

— Am locuit și eu într-un subsol, a spus ea. Cred că mai am pe undeva veioza care imită lumina soarelui.

Mi-a ghiorăit stomacul și mi-am dorit să mănânc un baton mai mult ca niciodată, dar perioada dedicată mâncării din dieta mea tip fasting mă obliga să nu mănânc până la 6.30 p.m. Lichide limpezi aveam voie oricând, așa că am mai băut niște tequila, apoi am mers la toaletă și am scris pe Twitter despre sentimentul pe care-l ai când ești la o nuntă și vrei să incendiezi cortul.

8 p.m. DISCURSURI – O șansă să auzi ce le spun cei dragi lui Emily și Patrick și, bineînțeles, ce spun chiar ei doi!

Toată lumea a felicitat pe larg cuplul. Ăsta era cel mai inteligent lucru făcut vreodată; era menit să fie; se completau perfect și erau primiți cu brațele deschise de socri. Părinții lor abia așteptau să le ofere bani și sperau că începeau să facă sex ca să aibă copii cât mai repede posibil, de preferat în seara asta.

Banalitățile erau propriul lor fel de joc de băut: bea când plânge soacra, bea când cineva spune „persoana mea”, bea când o domnișoară de onoare face o glumă pe care în mod clar a găsit-o căutând pe Google discurs amuzant la nuntă. Era îngrozitor să urmărești așa ceva, dar știam din experiență că e minunat să fii cea care primește mulțimea de complimente.

Între jocul meu privat cu băutură și toastul pentru fericitul cuplu, îmi golisem repede paharul. M-am întors spre Merris și m-am oferit să-i aduc și ei un altul.

— Poate niște apă minerală, a spus ea. Ca să ne calmăm.

— Nu-ţi face griji, am zis eu. Tequila este de bună calitate.

M-am ridicat de pe scaun şi mi-am făcut loc spre bar printre cuplurile de vârstă mijlocie şi veri din afara oraşului şi copii, foarte mulţi copii. Când am ajuns acolo, am dat de Amy şi i-am spus că intenţionam să-l recuceresc pe Simon. Ea a ascultat răbdătoare când i-am detaliat diversele mele planuri: puteam lăsa un mesaj secret în secţiunea de comentarii de la 6Bites, sau să îi trimit o prăjitură cu chipul lui, sau poate să ajung la Jumbotron la un meci de fotbal.

— Vreau ceva măreţ şi de efect, am spus eu, ca să-i arăt că ştiu că am greşit.

Amy s-a încruntat. În partea din faţă a camerei, fratele mirelui spunea o poveste care făcea grosolan aluzie la angajarea unei prostituate.

— Îmi pare rău, dar nu cred că o să meargă, a spus Amy, după ce i-am mărturisit cea mai bună idee a mea: să îi spun proprietarului că eram sora lui ca să pot intra în apartamentul lui şi să îl umplu cu baloane. I-am zis că genul ăsta de lucruri funcţiona mereu în filme. Ei bine, da, a fost replica ei. Adică, nu vreau să fiu nepoliticoasă, dar alea sunt situaţii fictive. Singurii oameni care vor un gest măreţ în public sunt femeile care se uită la filmele alea.

Mi-am terminat tequila cu apă minerală şi am trecut la vin alb. Zahărul avea să mă stimuleze, ceea ce îmi şi trebuia; deşi începuse perioada în care puteam mânca, felul principal era pui Kiev, iar eu încercam să evit mâncarea de culoare maro. M-am uitat la masa mea şi l-am văzut pe Jesse luând şervetul lui Darragh de unde căzuse la picioarele ei. Amy şi-a dres vocea.

— Hei, ăăă, tocmai m-am uitat pe Twitter, a spus ea. Şi mi se pare... Nu ştiu, am văzut o parte din lucrurile pe care le-ai spus despre cravata lui Patrick, tematică şi toate celelalte chestii şi cred că astea sunt publice, nu? Dacă ar vedea toate alea, ar fi destul de ofensaţi.

— Sunt *glume*, am spus eu. Cred că este destul de evident.

— O, întru totul, a zis Amy. Mda, întru totul. Vreau să spun doar că poate nu ar trebui să transmiţi nunta în direct pe Twitter?

Mi-am luat paharul şi m-am întors la masă când Emily a luat microfonul şi a început un acrostih folosind cuvântul „DEVOTAMENT".

9 p.m. S-A DESCHIS RINGUL DE DANS! – După primul dans, invitaţii sunt poftiţi să se alăture cuplului pe ring. Se vor oferi premii pentru cele mai fantastice mişcări (ai grijă, vere Eddie!).

— Iubita mea crede că eşti frumoasă, mi-a șoptit Jesse când am participat, în ciuda șanselor mici, la o conga lată cât o masă.

Interesant. Fraza asta era recunoscută internaţional drept codul cuplurilor *pentru pari bisexuală și ne-am considerat întotdeauna destul de evoluaţi ca să o facem în trei.*

În ciuda începutului nostru nesigur, cei de la masa Sandy&Danny fuseseră legaţi ireversibil de cât de mult dura până venea felul întâi, deci până să fie anunţat concursul de dans, majoritatea dintre noi eram implicaţi, adică foarte beţi. Chiar şi Merris era puţin ameţită – unchiul celibatar al lui Patrick îi dădea să bea din sticla lui –, iar Jesse şi Darragh se dovediseră mai amuzanţi decât mă aşteptasem. Jesse furase pentru noi tartine rămase pe o tavă abandonată şi amândoi participaseră cu entuziasm la câteva runde de „Cât costă asta?", pe care l-am jucat pentru fiecare element al nunții. Am presupus că tot evenimentul ajungea la un preț final de 40 000 de dolari, sau aproximativ două mastere și jumătate finanțate independent.

La un moment dat, în calculele noastre nedeslușite, ne-am dat seama că nimeni de la masa noastră nu era căsătorit. Darragh, care era din Oregon, a spus că părerea ei inițială despre căsnicie era că nu s-ar fi căsătorit până n-ar fi fost legală pentru toți. „Apoi au legalizat-o pentru cuplurile homosexuale și am spus: o, poate cred că mariajul e nasol." Jesse a spus că era atractiv să fii divorțat, iar Darragh i-a aruncat o privire, căscând ochii și parcă spunând „calmează-te, omule!" A luat o gură din băutura ei și mi-a făcut semn din ochi. *Ei bine*, am gândit eu. *Ca să vezi!*

10.30 p.m. TĂIEREA TORTULUI – E timpul să ne înfruptăm din tortul cu patru etaje cu lavandă și lămâie cu cremă de mascarpone, unt și compot de afine... fără gluten, ca mirele!

La masă au apărut shoturi și am băut cu toții câteva. Toată lumea a pretins că le place cum Emily l-a uns cu mascarpone pe nas pe soțul ei, iar el s-a prefăcut șocat. M-am prefăcut și eu că râd cu o secundă sau două mai târziu, preocupată de perspectiva sexului în trei.

Eu și Jon o făcuserăm o dată, oarecum, dar o dăduserăm în bară, iar fata, o prietenă de-a mea de când lucrasem ca barmaniță, ajunsese în mare parte să mă asigure că eram atrăgătoare, în timp ce Jon spăla vasele. Erau foarte multe lucruri care puteau decurge prost: niveluri diferite de interes, experiență sau încredere în sine. Nu eram prea interesată de Jesse, dar el se purta foarte drăguț cu Darragh. Ideea de a face din nou parte dintr-un cuplu, chiar şi al altcuiva, mă atrăgea enorm. Voiam să intru în intimitatea lor ca într-un sac de dormit şi să dorm.

— Eşti dependentă, a spus Merris, aplecându-se spre mine.

Am tresărit. De unde ştia?

Ea a zâmbit.

— Oare ce s-a întâmplat cu telefonul tău în ultimele trei minute?

— Oh! Ai dreptate. Da, e rău.

I-am spus lui Merris că nu eram doar eu; creierul tuturor era stricat în exact acelaşi fel. Nu i-am spus că îmi deschisesem recent laptopul şi căutasem pe Google „mama", când, de fapt, intenţionasem să o sun. Mi-am acoperit telefonul cu un şerveţel şi am încercat să par calmă şi concentrată. Am lins nişte cremă de unt de pe cuţit, sperând că asta mă făcea să semăn cu Angelina Jolie. În schimb, mi-am tăiat puţin limba. Ca să sterilizez rana, am mai băut un pahar.

Merris părea să obosească.

— Nu o să plec fără tine, a spus ea, dar hai să începem să ne gândim la plecare, da?

I-am oferit un pahar, pe care l-a refuzat, şi i-am mulţumit din nou pentru că mă însoţise.

— Înseamnă mult, am spus eu, atingând-o pe braţ. Nu ştiu ce aş fi făcut fără tine anul ăsta.

Merris mi-a aruncat o privire suspectă şi s-a întins explicit după poşetă.

— O, lasă-mă să rămân în oraş, mamă, te rog! m-am jelit eu. Nu ajung niciodată acasă după ora de culcare.

Chipul lui Merris s-a îmblânzit, iar eu am văzut că îmi câştigasem o oră sau două, adică fix cât aveam nevoie; nu îmi făcea plăcere că purtam tocuri, iar perioada în care puteam să mănânc se termina din nou, la unu. Unchiul mai vârstnic s-a aplecat și a început să o întrebe pe Merris despre o broșă ciudată și veche pe care o purta, deci am lăsat-o, terminând restul pufuleților cu brânză pe care îi adunasem mai devreme, când aperitivele încă se aduceau, dar nu fuseseră servite. Mi s-a luminat telefonul sub șervețel. Era un mesaj de la Jesse, care făcuse cumva rost de numărul meu după conga și înainte de dansul găinii: vino să ți-o tragi cu noi în baie.

Mi-am ridicat privirea din telefon. Abia dacă era la treizeci de centimetri distanță, strâmbându-se absurd și crezând că părea obraznic și seducător. Am zâmbit, deși m-am simțit puțin stupidă. Știam că oamenii nu făceau cu adevărat sex în toaletă. Era doar ceva născocit de scenariștii de la televizor. Totuși, era drăguț să fiu dorită de iubita lui frumoasă, să știu că și în relația lor lipsea ceva, că în seara asta voiau să umple golul ăla cu mine.

11.30 p.m. MÂNCAREA DE LA MIEZUL NOPȚII – Ți-e foame după atâta dans? Curtea o să fie vizitată de zâna pizzei chiar înainte de miezul nopții!

Toaletele de acolo erau extravagante, dar nu spațioase. Cei doi (sau, mai exact, părinții cuplului) ieșiseră din alte toalete din afara proprietății întinse și spre una din asta ne-am furișat, cu o sticlă de amaretto șterpelită de la bar.

Am luat o gură când Darragh a închis și încuiat ușa, iar Jesse a făcut liniuțe ordonate. Nu am întrebat ce erau și nici nu am pomenit de fentanil și de popularitatea lui între drogurile din Ontario. În schimb, m-am aplecat peste blatul pentru lavoar, am inspirat adânc și am încercat să par că făceam asta tot timpul.

— Aşadar, a spus Jesse, crezi că o să te mai măriţi vreodată?

Darragh l-a lovit în braţ.

— Dragule, nu vrea să discute despre asta *la o nuntă!*

— Ding, ding, ding, am spus eu.

Am riscat şi am pus o mână pe coapsa lui Darragh, ca să accentuez câtă dreptate avea. I-am spus că a fi divorţată la nunţi mă făcea să mă simt ca o babă scofâlcită.

— Nu eşti scofâlcită, a spus Darragh, scoţându-mi de tot sânul din rochie.

Jesse, care stătea în genunchi într-un colţ, făcând alte linii cu cartea de credit, s-a ridicat în picioare şi s-a apropiat.

— Uită-te la asta, dragă, a spus ea încet.

Darragh folosea brusc o voce complet diferită. Chipul ei arăta ca şi când cineva ar fi abordat un caricaturist şi i-ar fi spus „desenează-mă excitată".

Amândoi se fixau intens cu privirea. Jesse nici măcar nu s-a uitat la sânul meu, doar l-a mângâiat cu mâna şi s-a aplecat spre faţa lui Darragh, mormăind în şoaptă cuvântul „catifelat". Speram că nu păream la fel de beată ca Jesse, deşi toţi băuserăm la fel de mult. M-am întins spre ei într-un efort neconcentrat de a mă implica mai mult, mi-am pierdut curajul şi mi-am retras degetele înainte să îi ating.

Jesse a ridicat-o pe Darragh pe tejghea şi au început să-şi lingă feţele, fiecare întinzându-se ca să apuce ocazional ce parte a corpului meu era la îndemână. Au gemut mult, deşi niciunul nu stimula vreo parte a celuilalt care să producă o asemenea reacţie. Am început să mă joc cu părul lui Darragh şi mi-am dat seama că îl împărţeam în secţiuni ca şi când ar fi urmat să-l împletesc.

Mi-am luat mâinile de pe Darragh; ea nu a părut să observe. M-am simţit ca atunci când filmul pornografic pe care îl urmăreşti devine brusc îngrozitor şi ştii că şi după ce închizi laptopul, ai să fii neliniştită din cauza asta cel puţin în următoarea oră. Poate că eram doar ameţită. M-am uitat şi mi-am dat seama că Darragh se mutase pe podea. Neştiind ce să mai fac, m-am ghemuit lângă ea şi am încercat să afişez o expresie atrăgătoare.

După şase minute, Jesse a ejaculat în gura lui Darragh în timp ce stăteam în apropiere pe podea. Mi-a împins capul spre iubita lui, iar ideea că el se aştepta să interacţionez cu sperma lui când încă purtam o mare parte din haine şi altminteri abia fusesem implicată în aşa-zisul „sex în trei" nu era... pentru mine. Am început să mă ridic în picioare şi mi-am dat seama că mă clătinam.

— Poate că ar trebui să mă întorc, am spus eu, echilibrându-mă în spatele toaletei.

— Îh! a zis Darragh, cuprinzându-mă cu un braţ. Apoi a ridicat un deget şi a înghiţit. Scuze! Vrei nişte iarbă?

Jesse şi-a scos ţigara electronică şi mi-a dat-o. Părea extrem de calm şi mulţumit. Nici măcar nu se încheiase la pantaloni; îi vedeam scula flască prin despicătura boxerilor. M-am simţit... nu chiar stresată, doar foarte conştientă de dinţii din gură, de oasele maxilarului şi tâmple. Cel puţin vorbeau din nou cu vocea lor obişnuită. Am expirat aburul care mirosea a vată de zahăr şi am încercat să mă gândesc cum urma să interpretez experienţa asta ca să o fac să pară amuzantă. Eram sigură că orice aş fi hotărât, m-aş fi descurcat de minune.

Fusese amuzant, am gândit eu. Oarecum. Chiar dacă nu fusese o partidă adevărată de sex în trei, cu siguranță faptul că măcar se petrecuse însemna că eram foarte modernă și neîmblânzită. M-am rezemat de ușa toaletei, savurând aroma aburului ca a uneia dintre lumânările mele și experimentând cu ochii larg deschiși. Jesse a început să-mi spună cum poliamorul era, din punct de vedere istoric, un stil de viață mai natural pentru animale, iar Darragh mi-a explicat că de aceea își făcuseră tatuaje. Tot ce spuneau era îngrozitor, dar mă simțeam foarte bine.

Am auzit sunetul ușii care se deschide înainte să-mi dau seama că eram așezată orizontal pe podea, uitându-mă în sus la Amy, care era deasupra mea.

— *Ce* faci? a șoptit ea, când Jesse s-a grăbit să se acopere, iar Darragh a strigat „Ocupat!"

I-am zâmbit.

— Mă îngrijesc.

1 a.m. MERGEM LA CULCARE 😉 – Nu trebuie să plecați acasă, dar nu puteți rămâne aici! Prietenii și familia care au camere la hotel sunt invitați să urce în autocarul pus la dispoziție. Pe toți ceilalți invitați îi rugăm să se asigure că pleacă acasă în siguranță!

Amy m-a mustrat tot timpul cât s-a servit pizza. Am stat sub rotonda stupidă și am rugat-o de nenumărate ori să vorbească mai încet; m-a asigurat că practic șoptea și îi ceream să repete, iar ea spunea „practic șoptesc", la care îi răspundeam: „Te rog să taci, mă faci de râs."

Amy îi spusese lui Ryan să ne lase în pace, deși îi vedeam cum ne pândea de la câțiva metri distanță, privind atent, culegând măslinele de pe o felie pe care o păstra, fără îndoială, pentru prețioasa lui iubită imediat ce termina să-mi spună ce proastă iresponsabilă eram. Îmi era greu să mă concentrez la ce zicea ea, deoarece era obositor, iar eu eram minunată și aveam gura foarte uscată.

— Îmi fac griji pentru tine, a spus Amy. Ai citit cartea?

— Ce carte?

— *Wild Wishes*. Erau câteva poezii acolo la care apelez când...

Știam că nu trebuia să râd atât de tare. De asemenea, nu mă puteam opri.

— Îmi pare rău! am spus. Chiar îmi pare rău, dar... evident, nu am citit cartea.

— De ce?

— Amy, haide!

— Ce s-a întâmplat cu psihologul tău?

— Doar pentru că nu mi-a plăcut cartea ta de poezii de coșmar nu înseamnă că am nevoie de psiholog.

— Nu asta te-am întrebat.

I-am răspuns că nu vreau să aflu despre mine. Voiam să spun ceva amuzant și să trec mai departe. De fapt, voiam să arăt bine în pantaloni scurți de blugi. I-am explicat teoria mea conform căreia tonifierea pielii de deasupra genunchilor cu ceva ce părea a fi un fel de sonar ar fi avut același impact cu terapia și ar fi fost semnificativ mai ieftin, deoarece erau necesare doar două, uneori trei tratamente ca să funcționeze.

— Sentimentele astea sunt normale, am spus eu. De fapt, starea mea e mai normală decât orice altceva.

Amy a țâțâit, iar eu am mormăit ceva despre supraîncrederea poetului de pe Instagram în ingambament. În timp ce scotoceam prin buzunare după telefon, mi-am amintit că rochia mea nu avea buzunare și am încercat să mă prefac că mă mânca foarte tare un picior. Mi-am scăpat luciul de buze pe jos și aproape am căzut încercând să îl iau. M-am îndreptat repede, dar a fost o idee proastă. Mi-am sprijinit ambele coate pe o masă din apropiere, apoi m-am servit cu o bucată de tort pe jumătate mâncată.

— Nu pare..., a început Amy, dar eu mă săturasem.

— Poate că lucrurile legate de divorț sunt mai dificile pentru mine! am spus mai tare decât am vrut.

Poate că așa am vrut. Amy mă enerva.

Ea și-a încrucișat brațele și a continuat cu vocea aia deosebită și responsabilă pe care o folosesc oamenii beți când au de-a face cu oameni doar puțin mai beți decât ei.

— De ce ar fi mai greu pentru tine? a întrebat Amy.

— Nu știu, am spus eu. Deoarece am o minte rațională? Deoarece simt lucrurile foarte profund? Deoarece nu pot să merg pur și simplu la Tulum cu treisprezece dintre cele mai „apropiate prietene" și să postez o fotografie cu un apus de soare și descrierea „Te amo, Mexico" și să mă simt în mod magic mai bine?

— Ești răutăcioasă, a spus Amy și și-a strâns șalul – șalul! – în jurul ei.

Mi-am coborât privirea și mi-am dat seama că aveam glazură pe rochie. (Speram că e glazură.)

— Nu înțelegi, am zis eu. Suntem foarte diferite.

— Nu suntem atât de diferite. În orice caz, prietenii tăi sunt de acord cu mine.

I-am spus lui Amy că vorbea prostii. Nici măcar nu îmi cunoștea prietenii.

— Știu că Amirah s-a logodit, a spus ea. Și m-a rugat să nu-ți spun, deoarece nu avea încredere că nu o să te porți urât în privința asta.

Am încercat să pufnesc și am ajuns să scuip o cantitate mare de tort și salivă în direcții diferite. M-am șters la colțul gurii și am zis „nu e adevărat" de câteva ori. Am tremurat puţin şi ceva cald mi-a căzut pe umeri. La un moment dat în timpul discuţiei, Merris se dusese după hainele noastre.

— E timpul să plecăm, mi-a spus şi m-a bătut uşor pe umăr, ca să mă consoleze. Oricum, cei care au stat la masa Sandy&Danny s-au cam împrăştiat.

Merris m-a privit îngrijorată şi imediat m-am enervat – pe Amy pentru că ne făcea să vorbim aşa în public; pe Emily pentru că organizase nunta asta şi mă obligase să cumpăr o bentiţă cu pene pentru ea; pe Amirah pentru că... ceva.

I-am spus lui Merris că nu pot să o însoţesc. Voiam să mă plimb. Trebuia să-mi limpezesc mintea deoarece *cineva* – şi nu dădeam vreun nume, dar, de fapt, era destul de evident la cine mă refeream – era un TICĂLOS şi într-o zi avea să se simtă foarte prost, deoarece eu urma să-mi scot grăsimea din bărbie şi să-mi umplu cu ea *zona de sub ochi*, apoi ar fi fost clar cât de prost era acela al cărui nume nu-l pomeneam.

— Temă de gândire, a spus Merris. Dar pentru moment, ce-ar fi să ne îmbrăcăm şi să chemăm un taxi?

Cuvintele erau pline de afecţiune, chiar dacă tonul ei era indiferent.

I-am refuzat taxiul, amintindu-i lui Merris că era important pentru toţi – în special pentru femei! – să facă cei zece mii de paşi pe zi. I-am spus „noapte b'nă", chestie pe care am regretat-o, şi am făcut o mică reverenţă, care mi-a reuşit.

— Nu ar trebui să mergi nicăieri singură acum, a spus Amy.

Am ignorat-o şi m-am întors spre Merris, adevărata mea parteneră din seara asta. Aliata mea. I-am spus că era o persoană raţională şi inteligentă. De fapt, cea mai inteligentă persoană pe care o cunoşteam şi, ca urmare, sigur înțelegea că viața era complicată și trăirile erau complicate, iar eu eram doar un om în mijlocul unei situații; știi, de fapt, pentru mine era o experiență cam complicată. Dar în mod evident, era în regulă, nu? Nu asta era părerea ei?

— Cred că ne așteaptă o conversație lungă, a spus Merris, scrutând nerăbdătoare strada. Dar nu cred că ar trebui să o purtăm în seara asta.

Ryan a venit timid și a început vădit să verifice ce făcea Amy.

Puteau să se ducă dracului toți.

Merris și-a scos telefonul și l-a ținut la distanță ca o bătrână, uitându-se la el cu ochii mijiți. Amy îi explica mărirea prețurilor când am plecat în viteză, felicitându-mă în gând pentru planul genial de a mă furișa înapoi la nuntă din partea cealaltă, ca să o mai văd puțin pe Darragh înainte să plec la plimbare. Poate voiam să merg pe jos tocmai până la Simon, în partea opusă a orașului. Acum puteam să fac gestul meu măreț. La urma urmei, arătam *minunat*. De ce nu?

Am ocolit clădirea, auzindu-mi tocurile țăcănind și simțind vântul în păr, și am știut în sinea mea că, din afară, scena părea foarte cinematografică. Auzeam strigătele lui Amy și ale lui Merris, țăcănitul tocurilor imense ale lui Amy și pe cele subțiri ale lui Merris când au fugit după mine. Ce intenționau să facă? Aveam picioare foarte puternice și incredibil de rapide, iar ele erau bătrâne și proaste și rele și bătrâne. Am cotit, râzând în sinea mea, și am început să cobor pe niște trepte de beton ținându-mă de balustradă, simțindu-mă atentă și activă.

Eram la jumătatea scărilor când am auzit-o pe Merris căzând.

Spitalul era tipic: deprimant şi steril, cumva prea luminat şi întunecos totodată. Mi-am rupt pieliţele unghiilor şi m-am uitat împrejur cu vinovăţie, ca să mă aşez undeva. Două femei de vârstă mijlocie care păreau surori erau întinse pe ultima bancă disponibilă, rezolvând un sudoku, plângând încet şi părând să nu fi dormit de când se născuseră. Nu mai eram entuziasmată. Mă simţeam ca ultimul rahat.

Totul fusese oribil: Merris căzută la pământ; Ryan care îndrepta lanterna telefonului spre ochii ei în timp ce Amy îi spunea să numere de la zece până la unu; micul grup care s-a adunat când am sunat după o ambulanţă şi am repetat cuvintele pe care mi le striga Amy; paramedicii care au sosit și au verificat repede încheieturile mâinilor, gleznele şi genunchii lui Merris înainte să o întindă pe o targă. Doar una din noi a fost lăsată să urce în ambulanţă cu ea şi am spus „Te rog, Amy", iar ea m-a lăsat. Când au închis uşile, am văzut-o căzând în braţele iubitului ei măscărici, plângând.

Merris păruse foarte bătrână pe targă, deşi îşi petrecuse tot drumul insistând cu voce tare că era ridicol că o luaseră aşa. Vorbind cu ea, era uşor să uiţi că avea peste 70 de ani. Ocazional, făcea glume despre membrele ei ce sufereau de artrită sau despre faptul că oamenii îi ofereau automat locul în autobuz, dar în mare parte părea activă, mai ageră ca niciodată, indestructibilă. Mi-am scos telefonul şi am căutat pe Google statistici despre oameni în vârstă şi căzături, o idee care s-a dezvăluit instantaneu ca fiind una proastă.

Pe holul de lângă biroul de la triaj, un bărbat cu o rană la cap, ce sângera, încerca să urineze într-o sticlă de apă, în timp ce doi poliţişti vorbeau nepoliticos cu o femeie care părea confuză şi supărată. Toţi cei pe care îi aduceau asistentele în scaunul cu rotile se uitau la mine ca și când ar fi putut să moară. M-am gândit cu câtă îngâmfare le vorbeam americanilor despre faptul că aveau acces gratuit la servicii medicale și am decis să nu pomenesc despre asta data viitoare. Am întrebat un bărbat care ţinea un copil în poală dacă mă puteam aşeza lângă el. S-a holbat la mine ori neînţelegând, ori prea nervos sau prea obosit ca să îi pese de o femeie care purta sandale fără vârf în plină iarnă. Copilul din braţele lui a spus: „Suntem aici de o mie şi un milion de ore."

Mi-am adunat rochia închiriată şi stupidă în jurul genunchilor şi m-am aşezat pe podea. Bateria telefonului meu era de unu la sută; nu ştiam cât aveau să dureze diversele analize ale lui Merris. Era o priză sub unele bănci, între femeile ce rezolvau sudoku şi un tip îmbrăcat sport care îşi ţinea braţul stâng şi se crispa din când în când. Am încercat să ajung la priză din şezut, înclinându-mă în spatele lor şi întinzând braţul pe lângă zid, dar era clar că trebuia să mă întind pe podea ca să ajung acolo. Eram pe jumătate sub bancă, întinzând degetele ca să împing încărcătorul o ultimă dată, când cineva s-a oprit în faţa mea şi a întrebat:

— Maggie?

Mi-am ridicat privirea de la saboţii medicinali ostentativ de mari de la nivelul ochilor mei şi am întâlnit chipul exasperat al Amirhei. Purta uniforma mov-deschis a spitalului şi un stetoscop decorat cu un mic om de zăpadă pe care l-am recunoscut dintr-un film pentru copii despre cum să nu te temi să fii tu însuţi. Spitalul în care lucra ea era peste drum. Probabil că Amy îi trimisese un mesaj.

Am ieşit de sub bancă, înghiontindu-le pe surorile cu sudoku.

— Ai ţipat la Amy?

— Nu, am spus eu. Mda, la naiba, Amirah, este foarte grav. Este foarte, foarte grav!

— Merris e bine?

— Nu ştiu, am răspuns. I se fac radiografii. Nu mă lasă să intru pentru că nu suntem rude.

Am şters o dungă gri de praf de pe braţ şi mi s-au umplut ochii de lacrimi.

— Ce naiba s-a întâmplat?

În vocea Amirhei era o exasperare de care nu îmi păsa. Părea la capătul răbdării, dar abia ajunsese aici.

— Nu am văzut, am spus eu. Era în spatele meu. Afară era foarte frig... Poate a călcat pe vreo bucată de gheaţă sau s-a împiedicat sau aşa ceva... nu ştiu.

Mi-am trecut vârfurile degetelor pe sub ochi şi s-au murdărit de rimel. Mi-am dorit ca Amirah să mă îmbrăţişeze şi să mă liniştească sau să mă ia de mână şi să mă scoată de aici.

— Te-ai logodit? am întrebat eu smiorcăindu-mă.

Amirah şi-a băgat mâinile în buzunare şi a scos un şerveţel, un gest drăguţ făcut cu răceală. L-am luat şi mi-am suflat nasul, apoi am şters ce mai rămăsese din ruj.

— Da, a spus ea. Nu vreau să vorbesc acum despre asta.

— De ce nu mi-ai spus?

— Am zis că nu vreau să vorbesc despre asta.

— Ei bine, felicitări! am spus eu. Chiar mă bucur pentru tine, am adăugat apoi, în caz că părusem sarcastică.

— Mulţumesc.

A ţiuit ceva, iar ea a scos şi s-a uitat la un pager. Prietena mea eroină, luând o mică pauză de la salvarea vieţii copiilor ca să mă râcâie de pe podeaua sălii de urgenţe. M-am îndreptat şi mi-am aranjat partea din faţă a rochiei uşuratic de diafană. M-am simţit ameţită şi m-am întrebat dacă eram panicată sau apăreau primele semne de mahmureală. Mă durea maxilarul.

— Cred că a fost poate prea devreme să merg la o nuntă, am spus eu. Cred că asta face pe toată lumea să o ia puţin razna, în general.

Amirah s-a aşezat lângă mine, însă nu a spus nimic.

— În special generaţia noastră, ştii? Ca şi când ni s-au promis vieţi minunate, iar ele nu s-au materializat...

— O, *Dumnezeule,* îmi pare rău, nu! a spus Amirah. Nu ai să începi să-ţi ţii discursul ciudat despre capitalism şi plictiseala milenialilor. Nu mai ascult asta o dată. Este o mare *porcărie.* Iar tu eşti isteaţă, nu? Deci trebuie să-ţi dai seama că asta e o porcărie. Nu ştiu ce crezi că faci. Nu ştiu nici măcar dacă te gândeşti la asta, ceea ce mă face să mă simt complet nebună.

— Îmi pare rău, am spus eu. Am fost o prietenă îngrozitoare.

— Da.

Deşi ştiam că era adevărat, nu mă aşteptasem să fie de acord cu mine. Mi-am dat seama că era posibil să mai fiu puţin beată, deoarece am avut un impuls brusc şi surprinzător să o pălmuiesc. Am ales să clatin neîncrezătoare din cap.

— Sufăr, am spus eu. Am un an greu.

— Mda, ei bine, şi Amy la fel, a zis ea. Iar Amy nu mă tratează urât şi nici nu o ia razna pe internet, nu vorbeşte despre despărţirea ei ca şi cum ar fi vreo problemă socială la scară mare. Tu şi Jon nu v-aţi despărţit din cauză că ideea de mariaj este distrusă. V-aţi despărţit pentru că nu ai fost în stare să-ţi faci căsnicia să funcţioneze, un lucru normal, care se întâmplă milioanelor de oameni. Nu trebuie să fie vreo mare conspiraţie. Nu trebuie să fie ceva deosebit. Poate fi doar ceva rău.

— Dar...

— Nu, nu. Asta e tot!

Amirah s-a ridicat în picioare. M-am gândit că trebuia probabil să o privesc în ochi înainte să plece şi m-am ridicat şi eu.

— Lauren a sugerat să organizăm o „intervenţie pentru tâmpită" în urmă cu câteva *săptămâni*, a spus ea. Poţi să crezi că am refuzat?

Am schiţat un zâmbet. Ideea că prietenele mele se adunau ca să discute cum să procedeze cu prietena lor dezordonată şi jalnică era în mare parte îngrozitoare şi puţin drăguţă. Am riscat şi am tras-o într-o îmbrăţişare. De data asta m-a lăsat. Stetoscopul ei era rece pe pielea mea goală. M-a bătut uşor pe spate și i-am simţit uleiul de păr scump sub aroma puternică de săpun antibacterian.

— Chiar îmi pare rău! am spus pe umărul ei.

— Ştiu, a spus ea, retrăgându-se calmă din îmbrăţişarea mea. Hei, ai prizat cumva cocaină de pe scula cuiva?

I-am spus că drogul nu fusese *pe* sculă, dar scula cuiva fusese cu siguranţă în preajma cocainei. A zis că ambele scenarii erau la fel de scârboase şi că nu mă pricepeam câtuşi de puţin să fiu singură. De fapt, a sugerat că nu o mai făcusem niciodată în viaţa adultă, iar ea şi restul prietenelor mele credeau că fugeam cu stângăcie de singurătate, în loc să o înfrunt cu graţie sau curaj.

— Îmi dau silinţa, am spus eu. Ştiu că nu mă descurc deloc, dar chiar mă străduiesc.

Unul dintre avantajele de a fi în spital era că toţi păreau să treacă prin asta, deci nu eram ciudată că plângeam aşa. Amirah mi-a mai dat un şerveţel.

— Străduieşte-te mai mult, a spus ea. Se întâmplă multe lucruri pe care le ratezi. Trebuie să plec. Bea apă, bine? Şi trimite-mi un mesaj. Nu curând, dar trimite-mi.

Amirah a plecat, iar eu m-am aşezat din nou pe podea.

Am stat singură ori trei minute, ori nouă ore, reflectând la modurile în care îmi dezamăgisem prietenele şi ce fel de lucruri ratam. Poate că şi ele urmau să se despartă de mine. Cu siguranţă Amy ar fi avut dreptul să nu-mi mai vorbească vreodată. M-am întrebat dacă era indicat să-i cer scuze lui Emily printr-un e-mail, sau măcar lui Jesse şi Darragh. Se pare că îmi petreceam jumătate din timp făcând ceva şi cealaltă jumătate scuzându-mă pentru lucrurile făcute; nu era o proporţie de vis.

Mi-a vibrat telefonul sub bancă, indicându-mi că se încărcase. Am luat locul sportivului, acum neocupat, şi am deschis Twitterul, de unde am şters (treizeci şi şapte?!) postări pe care nu am fost în stare să le citesc. Am deschis fişierul cu fotografii şi m-am uitat la pozele de la nunta la care tocmai fusesem. Emily arăta superb şi era fericită, dansând cu soţul ei în timp ce el se uita la ea cu veneraţie. Telefonul compilase imaginile într-o prezentare numită „Amintiri noi", adunând nişte fotografii cu fata de trei ani care ducea flori şi scotea limba cu o serie pe care le făcuse Jesse cu mine şi Darragh arătându-ne sânii, punând totul pe muzică de jazz.

Celelalte amintiri erau un amestec: o colecţie cu toate mâncărurile pe care le fotografiasem vreodată, o prezentare din excursia la cabană din urmă cu câţiva ani, unde un costum de vacanţă i-a schimbat personalitatea lui Lauren pe parcursul weekendului; Crăciunul trecut, cu Ed, Hannah, mama mea şi dragul şi ciudatul de Jeff; propria mea nuntă.

M-am uitat prin fotografiile cu Jon şi cu mine, radiind şi absentă. Toţi spun că miresele sunt prea stresate să se bucure de propria nuntă, dar eu mă distrasem mai bine ca niciodată, relaxându-mă în curtea din spate a mamei mele, îmbrăcată în mătase scumpă, acceptând laude, urări de bine şi plicuri pline cu bani. Cu siguranţă păruse prea uşor.

Merris rămăsese doar puţin la nunta noastră, plecând aproape imediat după începutul petrecerii. A purtat o tunică cu bijuterii, un colier de origine etnică necunoscută şi ne-a dăruit un vas cu formă ciudată, deşi noi ceruserăm ambiţios bani, cu scopul de a „economisi pentru casă". După ceremonie, m-a îmbrăţişat şi a spus: „Asta e o zi bună. Este important să porţi zilele bune cu tine."

Acum mă gândeam că Merris era într-o cameră rece, unde i se fotografiau oasele. Ar fi trebuit să spun că sunt vara ei, iubita ei mai tânără, fiica ei. Ar fi trebuit să fiu acolo. În schimb, ea era singură într-un tub imens şi înspăimântător, iar eu eram aici, mirosind cafeaua veche şi arhivând fotografii de nuntă într-un fişier intitulat *ups*. Am început să caut pe Google fizioterapeuţi lângă casa lui Merris, introducând diverse scenarii dintre cele mai grave, aflând informaţii despre fracturi cu deplasare şi bursite şi fisuri de şold. M-am întrebat dacă ar fi trebuit să merg acasă şi să mă mut înainte să se externeze Merris. M-am întrebat dacă fi ar trebuit să-mi dau demisia. Am şters numărul de telefon al lui Jesse.

Când noaptea a lăsat loc dimineţii, oamenii cu care venisem au fost înlocuiţi de alte perechi: mame şi fii, soţi în vârstă, colegi de cameră, cupluri tinere, fraţi maturi. Toţi aşteptau cu sau pe cineva. Am sperat că Merris voia să o aştept. Am sperat că prietenele mele aveau să mă aştepte. Mi-am dorit mai mult decât orice altceva să trimit un mesaj cuiva care ţinea la mine, să vorbesc cu cineva iubitor, dar îmi epuizasem cu adevărat opţiunile. În partea cealaltă a camerei, un bărbat şi-a sprijinit capul de umărul partenerei, în timp ce o femeie a vomitat ceva verde pe podea.

O fantezie

Mă trezesc într-o dimineață și încep să mă dezintegrez. La început, este doar un licăr la capătul firelor de păr, vârfurile despicate lucind când se transformă în nimic, dar nimicul se răspândește repede, urcând pe fiecare șuviță și coborând pe umerii mei. Înainte să cobor din pat, mâinile mele sunt un milion de particule disparate. Antebrațele mă furnică și știu că în curând au să dispară și ele.

Bineînțeles că, inițial, asta mă umple de frică; mă tem de moarte. Dar asta nu e moartea. Sunt încă aici, doar că nu mai am brațe, ceea ce este, de fapt, scenariul perfect.

Gândurile mele sunt prezente – și sentimentele, ce îmi place și ce nu, afinitatea pentru culoarea portocalie –, dar când iau ce a mai rămas din mine la o plimbare pe stradă, îmi dau seama că nu sunt văzută. Când partea inferioară începe să se împrăștie și să dispară, mă trezesc gândind că ar putea fi bine, chiar ideal, să-mi trăiesc restul vieții ca o ceață fără formă. Nimeni nu critică ceața pentru că este ceea ce este. Ceața nu poate avea probleme cu blugii cu talie mijlocie. Ceața nu a spus niciodată ceva greșit la o petrecere și nici nu a stricat atmosfera.

Îmi las picioarele să plutească în sus, mai întâi gambele cu varice. Nu o să mă mai gândesc vreodată la ele. Prietenii și familia mea o să fie nevoiți să se adapteze la acest nou mod de a mă cunoaşte. În timp, o să ajungă să le placă faptul că sunt peste tot şi nicăieri, în loc să îi dezamăgesc emoţional, sau să uit să îmi aduc vinul la eveniment, apoi să beau o mare parte din vinul lor, sau să mă strâmb la fotografia de grup. În loc să fie sufocaţi, scârbiţi sau plictisiţi de sentimentele mele stupide, o să considere liniştitoare trăirea mea atmosferică. Prezenţa mea o să fie o briză caldă, ca a lui Mandy Moore după ce moare în filmul ăla religios despre muzică.

O lumină strălucitoare îmi umple toracele până explodează, ţâşnind în afară ca la începutul universului (probabil). Simt doar uşurare: nu trebuie să ştiu ce să mai fac în nicio privinţă. Nu contează că nu mă întind dimineaţa şi că nu am reuşit niciodată să meditez, sau că faţa mea este rotundă şi corpul îmi îmbătrâneşte, sau că sunt o prietenă rea, o fiică nerecunoscătoare şi inutilă funcţional în faţa nenumăratelor probleme ale societăţii.

Sunt o ceaţă delicată. Nimeni nu poate să se uite la mine, să mă atingă sau să mă vadă. Nu vreau să fiu ţinută, ceea ce e în regulă – nimeni nu vrea să mă îmbrăţişeze, şi chiar dacă ar vrea, nu m-ar ajuta. Sunt un murmur, o ceaţă fină de particule puţin unduitoare, mişcându-mă cu uşurinţă în jurul pământului, fără să îl afectez. Nu-mi este dor de nimeni şi nu am stricat niciodată nimic.

Șoldul lui Merris era învinețit, dar nu fracturat. Urma să aibă nevoie de odihnă, de câteva luni de exerciții de recuperare și să evite să mai cadă. Când a ieșit în sfârșit din spital, era aproape cinci dimineața și folosea un cadru de mers. În ciuda faptului că am băut numai Desanis câteva ore, mahmureala se instalase bine și mi se părea că lumina fluorescentă din sala de așteptare îmi pătrunsese cumva în corp.

— Nu era nevoie să mă aștepți, a spus ea.

Nu mi-am dat seama dacă era afectată sau disperată.

— Ba da, am zis eu. O să chem o mașină.

Uberul nostru a venit, am pliat cadrul de mers în portbagaj și am ajutat-o pe Merris să urce în față. L-am rugat pe șofer să fie atent, să se străduiască să evite dâmburile și gropile. El a spus „Desigur" și nu s-a ținut de cuvânt. Am mers zdrăngănind prin Dundas în ceața iernatică de dinaintea răsăritului, strada fiind populată de muncitori care lucrau în ture și de câțiva tipi care stăteau în afara unei tabere. Un cuplu a trecut pe lângă noi la semafor, aparent certându-se. (Iubita folosea tactica aia retorică inegalabilă, și anume: „mersul rapid cu un pas sau doi în fața adversarului, pe tocuri".) Am decis să vorbesc doar dacă aveam ceva bun de spus. Am încercat să mă gândesc la ce aș fi putut spune și nu am găsit nimic. Vântul îmi șuiera practic prin țeasta goală.

Probabil am adormit, deoarece m-am trezit cu un sforăit când am intrat pe o alee.

M-am șters la colțul gurii și i-am spus lui Merris:

— Am ajuns.

— Da, a fost răspunsul ei și a deschis portiera cu mare efort.

Am fugit spre portbagaj și am scos cadrul de mers, mulțumind șoferului și conducând-o pe Merris spre treptele de la intrare vădit îngrijorată.

Înăuntru, am urcat lent pe alte trepte.

— Ești bine? am întrebat-o.

— Trebuie să încetezi să mă mai întrebi asta, a zis Merris.

Am condus-o în camera ei, am promis să-i gătesc și să-i fac curățenie, să o ajut cu programările, medicamentele, comisioanele și orele... cu orice avea nevoie.

— Te stresezi prea mult, a spus ea. O să mă descurc.

Am pus-o în pat, cu o pungă cu gheață și o sticlă mare de apă și niște analgezice. I-am pus mai multe perne la spate și am aranjat pătura. Ea a zâmbit și mi-a strâns mâna. Aplecarea în față a făcut-o să se crispeze. I-am spus că intenționez să mă mut.

— Ei bine, a spus Merris și, pentru o secundă, am crezut că m-ar fi putut opri. Acordă-ți timp ca să găsești locul potrivit.

Când m-am furișat la etaj, le-am auzit pe Inessa și Betty la barul pentru micul-dejun. Era șase fără un sfert, dar ele se trezeau întotdeauna necuviincios de devreme, mișcându-se repede, împăturind lucruri, făcând cafea slabă într-o cuvă mare de plastic. Am rămas pe palier, întrebându-mă dacă ar fi plecat imediat ce fierbea ibricul. Fie că ar fi plecat sau nu, eu nu puteam să dau ochii cu ele. Trebuia să aștept.

— Nu am vrut-o niciodată aici, a spus Inessa. M-am opus din prima zi.

Am auzit un sertar deschizându-se, clinchetul celor două căni ținute de mâner. Părea că rămâneau acolo.

— Ness, te rog! a spus Betty. E posibil să te audă.

— Ştiu că mă aude; e acolo, pe scări.

Mi-am cântărit opţiunile: să rămân tăcută unde eram şi să sper că nu verifică holul; să ies în fugă pe uşa de la intrare şi să nu mă uit înapoi; să intru cu încredere în bucătărie, să-mi scot căştile imaginare şi să mă prefac că nu auzisem nimic; să mă furişez din nou la etaj şi să mă ascund sub patul lui Merris. În schimb, am spus bâlbâindu-mă „O, bună, eu, ei bine”, am intrat repede în cameră şi am început să beau din chiuvetă ca un gerbil.

— Scuze! am spus eu ridicându-mă ca să respir. Mi-e sete.

Mi-era sete. Aveam gura uscată şi un gust îngrozitor. Mă durea tot corpul din cauză că-mi petrecusem noaptea pe podeaua şi băncile spitalului, aveam nasul înfundat şi mă durea capul. Nu voiam să mă gândesc cum arătam. Femeile m-au studiat puţin, apoi s-au întors una spre cealaltă şi au continuat.

— În mod clar este ruşinată, a spus Betty, adresându-se doar Inessei. Iar asta îmi convine, ar trebui să se simtă aşa, dar nu trebuie să insistăm.

— Poate că ar trebui, a zis Inessa. Să profiţi aşa de vinovăţia lui Mer.

Neştiind ce să fac cu mâinile-mi tremurânde, am luat un măr de pe tejghea şi am început să îl tai subţire pe un tocător. Femeile au continuat să mă ignore. Am simţit impulsul de-a le spune despre donaţiile mele lunare pentru fundaţia de caritate, despre angajamentul meu să votez cu Green[23].

— Întotdeauna am zis că, dacă o suna pur şi simplu pe fată, puteau să rezolve totul într-o oră, a spus Betty. Fiicele nu pot sta supărate pe mamele lor, nu este normal.

---

23 Federaţie de partide politice care promovează ecopolitică, ecologismul, anti-rasismul, etc. (n. red.)

M-am întors dinspre tejghea spre femei. Inessa și-a îndreptat privirea spre mine, apoi din nou spre Betty. Ea a tușit puțin, dar colega ei de cameră nu a părut să observe. Mi-am mutat privirea, prefăcându-mă absorbită de stucatura decorativă care înconjura tavanul bucătăriei.

— Când a murit Gene, am crezut că lucrurile o să meargă mai departe pentru ele, dar abia s-au uitat una la cealaltă la înmormântare, a spus Betty... Ce e cu tine?

Abandonasem dezinteresul prefăcut și acum stăteam chiar lângă cele două femei, holbându-mă prostește și întinzând farfuria cu felii de măr subțiri ca un biscuit pentru ceai, având în minte sute de întrebări. Am pus feliile de măr în fața Inessei, care s-a uitat la mine ca și când aș fi pus un rahat în farfurie.

— Merris are o fiică? am întrebat eu.

Inessa a pufnit și și-a dat ochii peste cap, deși Betty mi-a spus câteva lucruri: fiica era cam cu zece ani mai mare decât mine; lucra la o bancă; avea trăsăturile lui Merris și culoarea pielii tatălui ei; relația fusese întotdeauna încordată, dar în urmă cu câțiva ani, se încheiase definitiv; lui Merris nu îi plăcea să discute despre ea; fiica locuia în Spania. În cele din urmă, Inessa s-a ridicat în picioare și a spus: „Încetați odată!", mergând spre tejghea cu farfuria de felii de măr. A scos o pungă cu fermoar dintr-un sertar, a pus feliile de măr înăuntru și mi-a dat-o, arătându-mi că timpul nostru împreună se terminase, iar ele nu aveau să mai dezvăluie nimic din secretele de familie ale lui Merris.

M-am întors în camera mea și am rămas acolo tot restul lunii. Am plecat doar la serviciu sau după mâncare, sau să caut un apartament și să o duc pe Merris la fizioterapie în zilele de joi. O ajutam să urce în mașină, conduceam spre o clădire mică și gri din nordul orașului și așteptam pe hol, sub o planșă cu fascia piciorului, în timp ce un bărbat australian foarte cunoscut o ajuta să facă întinderi și răsuciri în scop terapeutic. Apoi o conduceam acasă. Uneori, Merris făcea puțină conversație. Dacă ea începea, eu continuam, dar preferam să ascult radioul, să privesc în față și să las rușinea să îmi umple mintea ca paraziții audio.

Acasă făceam baie și beam multe băuturi cu ulei de canabis, sperând să aibă vreun efect, dar crezând că probabil nu aveau. Încercam să mă joc cu Lydia, aruncându-i un băț, și să mă las de băutură și droguri. Încercam să citesc – romane, reviste, eseuri studențești, orice –, dar întotdeauna ajungeam înapoi la telefon. Activitatea mea principală era să citesc o pagină dintr-o carte, apoi să o las și să mă uit la ecran între douăsprezece și patruzeci și șapte de minute. Întotdeauna era ceva tragic pe ecran: detaliile unei hărțuiri sexuale la locul de muncă, animale îndrăgite de companie murind brusc, o marcă folosind elemente de argou. Simon părea să promoveze femei importante în poveștile lui de pe Instagram. O jachetă aparent femeiască apăruse pe canapeaua lui într-o fotografie, cu niște beri noi pe care le cumpărase, și am auzit o femeie râzând pe fundalul unei înregistrări video cu el care era la bowling. Ea părea drăguță.

Câteodată primeam un e-mail – un magazin universal mă anunța de noile oferte sau aflam noutăți despre operația pe creier a vărului unui prieten. Într-o seară, am descoperit o pagină de donații pentru un bărbat după ce luasem câteva pilule de melatonină și donasem cincizeci de dolari, cu mesajul să te însănătoșești, te rog! Acum părea că primeam e-mailuri în fiecare oră despre cum mergeau lucrurile (ca o adevărată nevastă disperată care strigase cândva, beată, la alta: *nu sunt bine deloc, cățea ce ești!*) și în care mi se cereau mai mulți bani. Nu mi se părea că puteam să mă dezabonez și să mă consider în continuare un om bun, dar nici nu aveam la îndemână alţi cincizeci de dolari, cel puţin nu pentru asta.

Singurele e-mailuri la care răspundeam erau de la viitori proprietari sau de la studenţii mei, faţă de care încercasem întotdeauna să fiu mai profesionistă. În efortul de a-i flata, eliminasem şi prezenţa la curs drept criteriu pentru ultimele note. M-am întâlnit cu Sara într-o cafenea şi i-am răspuns la întrebările despre programele pentru absolvenţi şi am lăsat-o să îşi contureze visul de a studia, într-o zi, la Londra. Entuziasmul ei m-a făcut să mă simt ca o escroacă. Mi-am recuperat o parte din imaginea autoritară plătindu-i cafeaua cu lapte cât timp era la toaletă.

Cei din grupul de conversaţie au continuat să stea la palavre fără mine, trimiţând o mulţime de linkuri, capturi de ecran şi întrebându-se ce dracu' avea să se întâmple cu foştii colegi de clasă, guvernul, sau corpurile noastre. M-am străduit să îi las în pace fără să tac de tot, scriind câte un haha de încurajare sau trimiţând o inimioară când mi se părea necesar. Cam după vreo săptămână de „lăsat în pace", le-am trimis lui Amirah şi Tom un coş cu fructe, ca să îi felicit. Amirah mi-a trimis un mesaj cu o fotografie a coşului ridicol şi viu colorat, cu mesajul tom e alergic la căpşuni... sabotoareo, apoi doar glumesc, mulţumesc, sunt delicioase. I-am răspuns întrebând-o putem să ieşim curând la un pahar? doar ceai verde şi 45-50 de minute de umilinţă, maximum. Amirah a aşteptat două ore înainte să răspundă sună bine, o să vedem dacă aritzia vinde cămăşi de penitenţă. Încântată de acest succes, i-am trimis un coş cu fructe şi lui Amy. I-am scris pe bilet: „Îmi pare foarte rău, sună-mă, te rog." Nu m-a sunat.

Beam trei litri de apă pe zi, ceea ce însemna că îmi petreceam tot timpul pe toaletă, mai mult sau mai puţin câteva jumătăţi de oră, din când în când, în altă parte. Mi-am dat seama că asta era viaţa: urma să-mi petrec următorii douăzeci de ani alternând hidratarea şi urinatul, apoi toată apa de pe pământ avea să sece, iar eu aş fi ştiut că era timpul să mor. Apartamentele pe care le-am vizitat erau dărăpănate şi prea scumpe pentru mine. Am început să caut apartamente în Kingston.

Într-o zi, după fizioterapie, australianul a urmărit-o pe Merris în parcare.

— Prieteno! a spus el îngrozitor. Ţi-ai uitat benzile elastice, fato!

— Ce păcat! a zis Merris. M-am distrat cu ele.

Australianul nu i-a zâmbit. Şi-a sprijinit ambele mâini pe acoperişul maşinii şi i-a vorbit ca şi când ar fi fost un copil care refuza să se îmbrace ca să iasă din casă iarna.

— Este foarte important să îţi faci exerciţiile, a spus el. La vârsta ta, dacă nu îţi întreţii mobilitatea, chiar poţi să o pierzi de tot.

Merris a luat benzile de la el, dar nu a mai spus nimic. Şi în maşină a tăcut.

— Ce ştie el? am spus eu, dând radioul mai tare. Probabil că a inventat o specie de koala cu super-chlamydia.

Merris nu a răspuns.

— Îmi pare foarte rău, am zis eu. Chiar îmi...

— Destul, Maggie, te rog! a spus ea. Sunt obosită şi am dureri. Mi se pare că am un milion de ani şi nu vreau să rememorez iar totul. Nu este vina ta.

— Este oarecum vina mea.

— Ei bine, nu este doar vina ta, a spus ea. Poate că sunt pedepsită.

Am întrebat-o pentru ce credea că era pedepsită.

Ea a coborât parasolarul și și-a studiat chipul în oglindă. A oftat.

— O, nu știu. Inactivitate, meschinărie, vanitate... alege una. Merris și-a trecut mâinile peste gât, întinzându-și pielea. Știi câți bani dau în fiecare an pe creme?

Am trecut cu mașina pe lângă o procesiune ce marca intrarea în postul Paștelui, unde un grup de oameni în vârstă ridicau deasupra capetelor o statuie a Fecioarei Maria. Mi-am dat seama că lăsasem semnalizarea pornită, că țăcănea încă pentru a-i avertiza pe ceilalți că virez la dreapta când nu aveam de gând să o fac. Am oprit-o. La radio, un bărbat care deținea un depozit de mobilă striga ceva despre oferte excelente.

— Betty mi-a spus că ai o fiică, am zis eu.

Mi-am ținut privirea la drum și am încercat să eman o empatie noninvazivă. Merris a ridicat din nou parasolarul.

— Ei bine, iată motivul, nu-i așa? a spus ea. Instinctul matern întârziat, aplicat prost și cu urmări neplăcute.

I-am aruncat o privire și cineva m-a claxonat pentru că mă apropiam prea mult de banda alăturată.

— De ce nu mi-ai povestit despre ea?

— Nu m-ai întrebat.

Avea dreptate, ceea ce înrăutățea situația. Probabil că o întrebasem mai puțin de trei lucruri despre ea tot anul ăsta, poate în întreaga noastră relație. Am intrat pe alee și am rămas acolo cu mașina pornită, scaunul încălzindu-mi partea din spate a picioarelor deja fierbinți.

— E îngrozitor, am spus eu. Îmi pare rău!

— Să nu-ți pară, a zis Merris. Sunt sigură că a făcut parte din farmec. Relațiile cu oamenii mai tineri sunt foarte directe; practic, vor să vorbească doar despre ei înşişi. Sincer, am fost leneşă să accept intimitatea fără niciun risc.

— Ce s-a întâmplat cu...?

— Danielle? a oftat din nou Merris. Nu ştiu. Cred că nu am putut fi ceea ce avea ea nevoie şi nu m-a putut ierta pentru asta. Toată copilăria ei a căutat ceva ce, dintr-un motiv oarecare, nu am putut sau nu am vrut să-i ofer. Apoi tatăl ei s-a îmbolnăvit, iar noi am gestionat situaţia în moduri complet opuse – totul este cam nefericit. Hai să nu intrăm în detalii.

Merris şi-a scos mănuşile şi şi-a aranjat din nou eşarfa, pregătindu-se să coboare. Voiam să îi spun că aş fi ascultat-o vorbind despre orice, că aş fi intrat chiar acum în casă, c-aş fi făcut o oală de ceai şi aş fi rugat-o să înceapă cu începutul. I-am spus că ea ascultase prea multe din poveştile mele nefericite, iar dacă simţea vreodată nevoia să îmi povestească...

— Nu vreau, a spus ea. Mulţumesc!

— Ai fost foarte generoasă, i-am spus. Îmi doresc să-ţi fi fost o prietenă mai bună.

— O, Maggie, a zis Merris. Nu suntem prietene. Suntem doar doi oameni care au o viaţă grea.

Am întors cheia şi bâzâitul motorului s-a oprit. Ploua puţin şi o vedeam pe Inessa uitându-se pe fereastra dormitorului ei de la etajul al doilea. Când a observat că mă uit la ea, a tras draperia.

— Mi-ar plăcea, dacă vrei, să încerc să ne împrietenim, am spus eu. Ştiu că probabil a fost prea mult că locuiesc aici, dar nu îmi petreceam timpul cu tine doar pentru că aveam o cădere nervoasă. Cred că eşti extraordinară.

Merris a râs puţin, iar eu mi-am încordat toţi muşchii din corp.

— Există o glumă despre care din noi a exagerat, dar nu am timp să mă gândesc la asta, a spus ea. În orice caz, trebuie să intru în casă şi să folosesc benzile astea. Ştii, mi-aş putea pierde mobilitatea.

A deschis portiera şi şi-a scos centura de siguranţă, punând lent un picior pe pământ, apoi pe celălalt. Am condus-o în casă, la fel ca în fiecare săptămână. Am rămas în hol, mi-a spus „Mulţumesc, dragă", iar eu am coborât la subsol şi m-am întins pe podea.

M-am mutat după câteva zile, dimineaţa foarte devreme, în principal ca să o evit pe Inessa. Am lăsat un bilet de mulţumire şi o cutie cu fructe uscate. Fusesem nevoită să rămân trează noaptea de dinainte, ştergând praful şi frecând toate suprafeţele, încercând să fac încăperea să arate ca la început. Când am terminat de tot cu robineţii din baie, Lydia a coborât scările hârâind, a sărit pe patul meu şi a rămas acolo. În dimineaţa următoare am sărutat-o de rămas-bun, lăsându-i limba să îmi intre puţin în gură, chestie pe care o evitam de obicei, dar ea părea mereu disperată să facă asta. Am deschis uşa spre etaj şi am ieşit ca să mănânc şi să bălesc pe lucruri şi să dorm la soare. Mi-am lăsat cheile pe tejgheaua din bucătărie, alături de darul meu, şi am luat autobuzul spre Kingston, unde mă aştepta tata.

După o săptămână am folosit ceea ce ar fi trebuit să fie banii de chirie ca să îmi programez patru şedinţe la Helen. La următoarea noastră şedinţă, am început o notiţă pe telefon, identificând posibilele subiecte de discuţie, lucru care părea o mişcare isteaţă, până am deschis documentul în biroul ei primitor de culoare bej şi am citit „picioare", „este reală pacea interioară?" şi „să ai craniu este cu adevărat o nebunie". Am lăsat baltă lista şi am vorbit despre Merris (relaţia cu ea), corpul meu (despre emoţiile negative) şi tocurile de uşă.

— Am aflat recent, am spus eu, că bărbații heterosexuali au o dorință nestăpânită de a se întinde și de a lovi partea de sus a tocului ușii pe sub care trec; este important pentru ei. Știai de asta?

— Vag, a zis Helen.

Și-a aranjat nodul eșarfei de mătase și a luat o gură din ceaiul de plante. Cana ei era decorată cu albine care zâmbeau.

— Ei bine, am spus eu, nu știam că se întâmplă asta. Nu pot să cred că toți bărbații, sau măcar unii dintre ei, fac așa ceva. Nu au ceva mai bun de făcut?

Helen a notat ceva.

— Și ce te deranjează, mai exact, la comportamentul ăsta?

Când a întors cana ca să apuce toarta, am văzut că scria FII CALM, cu litere mari pline de miere.

— Nu mă deranjează, am spus eu. Doar că mi se pare ciudat.

— Mie mi se pare că te deranjează foarte mult.

Atunci a urmat una dintre pauzele alea lungi și deranjante de la psiholog.

— Nu știu, am spus eu. Presupun că mă întreb: așa e când ai un creier care nu se întreabă dacă ești prea bătrân sau gras sau prost sau isteț sau în vreun pericol iminent?... Tocuri de ușă nenorocite?

Mi-am dat seama că, într-adevăr, păream destul de nervoasă. I-am cerut scuze lui Helen; citisem prea multe știri despre hărțuirea pe stradă.

— Nu ar trebui să mă supere nimic, am spus eu. Statistic vorbind, sunt unul dintre cei mai norocoși oameni care s-au născut vreodată.

Helen mi-a spus că, deși era adevărat din perspectivă istorică, tot puteam să am emoții, chiar și din cele dificile și nerecunoscătoare. Sentimentele alea erau, se pare, o parte inevitabilă a vieții și era mai bine să le observ și să le numesc, decât să mă prefac că nu există.

— Bine, am spus eu. Mă supără că nu suport disconfortul. Ca să zic așa, pot să funcționez complet normal cât timp nu este nicio incertitudine în viața mea, dar dacă aștept să aflu un rezultat, mi se strică toată ziua.

M-am uitat la Helen. Parcă indica „liniștea" la șarade.

— Din nefericire, am continuat eu, limita pentru ceea ce pare „important" este foarte joasă, deci vorbim despre răspunsurile la e-mailuri, aprecierea unei postări pe Twitter, rezultatul unui test de rutină Papanicolau... Anul ăsta parcă a fost o eczemă continuă câteva luni. Și altceva? Mă enervează campingul de lux.

— Bine...

— Nu este la fel de frumos ca într-o clădire. Indiferent de situație. Și urăsc trucurile pentru apartamente închiriate și toate modurile astea drăguțe în care ne modificăm condițiile de trai. Nu este romantic să plătești prețul unei camere de hotel pentru o rulotă din curtea din spate a unui bătrân bogat, chiar dacă acolo este un foc de tabără. Am luat un împrumut de treizeci și șapte de mii de dolari pentru studii. De ce trebuie să fim generația care să accepte – pe lângă toate celelalte ofense – ușile glisante de hambar la toalete?

— Bun, a spus Helen. Interesant. Ce emoții ai acum?

— Mă simt jenată, i-am răspuns. Știu că este greșit să mă gândesc la lucrurile astea. Ar trebui să mă gândesc, de exemplu, la inegalitate. Și chiar mă gândesc la asta. Uneori, uit complet cât de mult îmi displace corpul meu și mă uit pe hărțile alea care arată cum totul o să fie sub apă peste treizeci de ani. Alteori, mă gândesc doar la corpul meu toată ziua, și știu că e îngrozitor.

— La ce te gândești e una, a spus Helen. Dar la ce anume ții?

I-am spus că țin să fac ce trebuie în sens general și aproape abstract, dar că nu am nicio idee semnificativă în privința următorilor pași.

— De ce aș ști la ce țin, sau măcar ce să fac? Nu știu nimic. Nu am ales persoana potrivită și nu știu ce este, de fapt, capitalismul târziu.

Ședința a continuat, eu explicând micile mele teorii și preocupări prostești, Helen dând din cap și confirmând și, câteodată, scriind ceva. Deși păream un număr neimpresionant din *Adbusters*, m-am simțit minunat să dau glas gândurilor ăstora ridicole, chiar și mai bine pentru că nu le pregătisem dinainte. Era emoționant să-mi exprim ideile neînsemnate, meschine și inutile într-un limbaj sărac, deloc elegant. Nu aș fi obținut nimic expunându-le altcuiva, dar era frumos să mă gândesc la ele aici cât mai personal. Da, se petreceau lucruri rele și importante, dar și rele mai puțin importante (și așa cum Helen s-a grăbit să semnaleze, se petreceau și destule lucruri bune, deși era puțin probabil ca ăsta să fie subiectul ședinței noastre).

I-am spus teoria mea despre intimitate, și anume că era o escrocherie. I-am zis că nu știam dacă îmi place slujba mea. I-am spus cât de satisfăcător mi se părea să postez cuvântul BĂRBAȚII, pe Twitter, și un necunoscut să îmi răspundă, zicându-mi că știe la ce mă refer. I-am povestit despre iaurt, aplicația de numărat calorii și pudra de arahide, că nu îmi venea să cred că fusesem îngenuncheată de ceva atât de banal ca o suferință din dragoste. I-am spus că mă săturasem să mă simt cea mai grasă femeie pe care și-o putea imagina Emilio Zara.

— Emilio...?

— O, am spus eu. Aşa îi zicem eu şi prietenii mei designerului-şef de la Zara. Nu cred că e numele lui real, dar trebuia să ne îndreptăm furia spre cineva.

I-am spus că ni-l imaginam ca pe un fel de geniu sadic, ca pe o păpuşă din *Puzzle mortal*, doar că finalul jocului său pervers era să le facă pe femei, altminteri sănătoase la minte, să plângă în cabine de probă şubrede.

— De fiecare dată când intru acolo, am spus eu, mi se pare că sunt cea mai deformată persoană de pe pământ. Sincer, să fiu divorţată mi se pare la fel.

— Ce vrei să spui?

I-am spus că a divorţa e ca atunci când rămâneam blocată într-o bluză la Zara: mă chinuiam şi era clar că nu mi se potrivea, dar poate era mai puţin jenant să încerc să o scot, să ies din cabina de probă şi să fiu nevoită să recunosc: *Am probat-o, dar degeaba.* Poate ar fi fost mai uşor să nu încerc să o scot. Poate ar fi trebuit să dau draperia la o parte şi să o declar preferata mea, să insist să ies cu ea din magazin şi să o port în fiecare zi după aceea, râzând în timp ce îmi tăia circulaţia braţelor.

— Ţi s-a mai întâmplat asta? a întrebat Helen. Să nu mai poţi dezbrăca o bluză?

— O, de multe ori! am spus eu. De obicei, îţi dai seama undeva pe la umeri că nu o să se potrivească, dar este foarte tentant să o tragi ca să te convingi.

— Şi cum merge asta?

— Prost, am spus eu. De fiecare dată. Şi ajungi transpirată, panicată şi disperată, chinuindu-te, dar refuzând să chemi pe cineva să te ajute, şi, de obicei, bluza se rupe când o dezbraci.

Helen a mijit puţin ochii şi a mai notat ceva pe caiet. M-am aplecat în faţă.

— Uite, am spus eu. Ştiu că poate nu depinde de mine, dar dacă este posibil, mi-ar plăcea să eviţi să etichetezi drept „traumă" orice îţi povestesc.

Helen s-a mişcat pe scaun, cu o expresie amuzată. M-am întrebat dacă însemna că mă plăcea sau dacă se uita vreodată aşa la clienţii ei. Mi-am dat seama că voiam cu disperare să mă placă. Ea s-a atins cu pixul pe maxilar şi şi-a încrucişat picioarele.

— Vrei să vorbeşti despre ce s-a întâmplat ultima oară când ai fost aici?

— Nu prea, am spus eu.

— Bine, a zis Helen. Probabil că întrebarea potrivită ar fi: eşti în stare să o faci?

Căutări pe Google, 4 aprilie

câte ouă poți mânca într-o zi
recenzii psihologi toronto helen yim
marijuana pentru durere, bătrâni
cum să faci unt din canabis
shakespeare a fumat iarbă, da sau nu
ce știu nou-născuții
4 l de apă, pe bune?
slujbe cu jumătate de normă kingston
baruri mișto kingston
bernadette peters medley
proprietate la comun, dar pentru mașini
nervul vag e real?
cum să porți pantaloni largi când ai fundul mare
citate despre odihnă
john donne, „nocturnal upon st lucy's day"
john donne poezii erotice
r/relații
r/sfaturipentruprietenie

r/terapie
reddit = chestia incel?
cele mai bune perne pentru dureri de spate
tehnica alexander începători gratis
model CV modern
ce este o scrisoare de intenție
compatibilitate prieten gemeni rac
vinde colaje etsy
sinonim „coechipier"
livrare o singură cafea
cum să recâștigi pe cineva
stil păr pubian 2019
video antrenament fizic sub zece minute
dietă mediteraneeană cu cartofi
cât de importante sunt fibrele
ce sunt fibrele
twitter mod incognito
cele mai sigure locuri de călătorit de unul singur
insula mănâncă, roagă-te, iubește
insula dragostei transmisiune în direct gratis
kit decolorare păr pentru acasă

Vremea s-a schimbat din umedă și aspră (cu gheață și grindină) în umedă și blândă (cu ploaie și noroi), iar eu locuiam tot la tata, într-un bungalow cu trei dormitoare în apropiere de Sydenham, căruia el începuse să-i spună „Clubul Divorțaților". Plănuisem să stau la mama, care fusese mereu părintele mai tolerant, dar relația ei cu Jeff devenea serioasă, așa că am rămas la Clubul Divorțaților.

Spre surprinderea mea, eu și tata am intrat rapid într-un ritm de coabitare, împărțind micul-dejun și văzându-și fiecare de treburile sale până la cină. Miercurea, îi împrumutam mașina și mergeam la Toronto, unde predam și aveam ore de consultații, mă întâlneam cu Helen și dormeam pe canapeaua lui Lauren. Joia mai țineam un curs și o duceam pe Merris la fizioterapie sau umblam cu treburi, după care mă întorceam la tata, unde pedalam pe o bicicletă staționară în birou și mă gândeam la datoriile de pe cardul de credit. În weekenduri, lucram la un magazin de brânzeturi în care mirosea oribil.

Casa fusese cumpărată după mutarea mea la Toronto, așa că nu-mi era extrem de familiară. Uneori, deschideam dulapul cu lenjerii de pat crezând că era baia și habar nu aveam unde trebuie puse oalele și tigăile în bucătăria veselă și dezordonată. Dormeam pe un pat de o persoană, într-o cameră cu pereții îmbrăcați în lambriuri de lemn, pe care mă străduiam să o găsesc plăcută sub aspect estetic sau măcar estetic și confortabil la preț redus. Tata a fost foarte înțelegător și mi-a oferit spațiu și generozitate din belșug, dar stăteam mereu la pândă să observ diferența dintre generații care ne-ar fi tulburat pacea fragilă. Urmăream pe Twitter câțiva mileniali care locuiau cu părinții și trebuiau mereu să-i învețe cum să fie oameni buni şi cinstiţi. Părea mai uşor să locuieşti cu copiii; intrau mereu în livinguri şi spuneau ceva de o profunzime accidentală – *Mamă, e foarte important ca femeile să voteze* etc. –, dar eu aveam pe cap un mascul boomer[24]. Ce coşmar!

— Ia uite! mi-a zis într-o dimineaţă, arătându-mi un ziar pe care reuşise cumva să pună mâna. Nişte angajaţi de la un restaurant fast-food solicită creşterea salariului minim. Cincisprezece dolari pe oră ca să lucrezi la McDonald's.

A ţâţâit nervos şi eu mi-am trosnit degetele, pregătindu-mă să ţin un discurs. Nu-mi plăcea ideea de a ţipa la tata, dar era un limitat plin de prejudecăţi şi ştiam, dat fiind că citisem multe articole pe tema aia, că am o anumită responsabilitate.

— *Tată...*, am început, dar el nu terminase.

— Nu e deloc suficient, mi-a spus. Cu inflaţia asta, adică.

— O! am exclamat. Exact.

Am lăsat ochii în pământ şi am văzut că luasem poziţia de Power Ranger, cu picioarele depărtate, cu mâinile în şolduri.

— Păi, nici măcar n-ar trebui să-şi bată capul cu asta dacă am avea un salariu de bază universal.

El a luat o înghiţitură prelungă din cafea şi s-a uitat la mine cu o expresie placidă.

— De acord, a spus şi s-a întors la ziarul lui.

Ca să mai scap de impresia crescândă că aveam dreptate, i-am căutat nod în papură pentru că, după părerea lui, bula dreptului de proprietate avea să se spargă într-o bună zi, permiţându-mi să-mi cumpăr o casă.

M-am întors în camera mea şi am şters din telefon aplicaţiile Twitter, Tinder, Hinge, Instagram, Bumble,

---

24 Persoană născută între 1946 şi 1970 (n. tr.).

TikTok şi Facebook, apoi le-am descărcat iar o săptămână mai târziu, cu tot cu o aplicaţie care să-mi limiteze timpul în care puteam accesa internetul. Am mai descărcat una care îmi arăta unde era luna pe cer, chiar dacă era în creştere sau descreştere. Am descărcat ceva ce se numea „newsfeed eradicator", o extensie ce promitea să-mi sporească durata atenţiei prin înlocuirea notificărilor nesfârşite din partea prietenilor, a mărcilor de produse şi a jurnaliştilor asurziţi de tăcere cu citate motivaţionale. Primul pe care mi l-a arătat a fost: „Nimic nu e imposibil. Însuşi cuvântul îţi spune «I'm possible!»"[25], atribuit actriţei Audrey Hepburn.

Am încetat să mai urmăresc femeile minione de pe Instagram care făceau picnicuri la soare şi am început să urmăresc un cont cu tema „moliciune radicală", care conţinea în mare parte fotografii cu femei grase euforice dansând în lenjerie intimă. Uneori, apăreau şi animalele lor de companie. Am urmărit o fată din Coreea care picta formele graţioase şi zvelte ale prietenelor ei. Am ascultat o transmisiune în direct de pe un câmp cu lalele din Olanda. Am vizitat un website care te lăsa să priveşti pe ferestrele străinilor. Mi-am tuns şi mi-am vopsit părul blond şi m-am opus dorinţei aproape fizice de a posta o fotografie online. Ca un compromis, am trimis şapte fotografii live diferite pe grupul de conversaţii şi toate fetele au fost de acord că se înşelaseră, era o schimbare grozavă şi arătam, în cuvintele lui Lauren, posibil afectată, dar cu siguranță sexy, așadar: absolut pozitiv.

Am redus masiv postările, deşi nevoia de-a o face încă exista – să am ceva de spus sau să mă mândresc cu ceva, să „distribui". Când spuneam sau arătam sau distribuiam ceva (un tweet despre menstruaţia mea, o poză cu flori pe malul lacului şi titlul OK primăvară!), mă simţeam

---

25 Joc de cuvinte intraductibil, bazat pe asemănarea dintre termenul *impossible* (imposibil) şi *I'm possible* (sunt posibil) (n. tr.).

brusc şi visceral ruşinată de ceea ce postasem. Asta nu mă ajuta. De fapt, ştersul mi se părea, în multe feluri, la fel de umilitor ca păstrarea postării, pentru că actul de a posta, în sine, exprimarea acelei nevoi, era cel care mă făcea să mă ruşinez. Nu era cazul să o mai admit şi în mod public.

Nu ştiam de unde apăruse aversiunea asta. Niciun cunoscut de-al meu nu părea să simtă acelaşi lucru. Clive şi Lauren începuseră să facă „transmisiuni live" vinerea seara, bând şi râzând şi jucând în schiţe comice foarte lejer încropite, pe baza unor personaje, în faţa a şase sau şapte oameni. Prieteni care păreau complet normali în viaţa reală se filmau în slow motion plângând şi puneau filmuleţele pe TikTok cu mesaje despre cum să respecţi, dar să şi intri cu forţa în zona de confort a cuiva. S-a dovedit că un tip pe care îl vedeam deseori în bucătăria departamentului avea un cont celebru pe Twitter, unde scria nu acum, scumpule pe profilurile unor lideri mondiali.

Uneori, mă gândeam: *De ce să nu postez o glumiţă sau să nu-i spun unui învăţat că e un dobitoc? De ce să nu distribui nişte fotografii care mă fac să mă simt frumoasă? De ce să nu-mi documentez viaţa, faţa, stările de spirit?* Alteori, mă gândeam că a-mi instala în baie un aparat foto cu autodeclanşator şi a-mi muşca buza de nu ştiu câte ori, apoi a posta singura fotografie care-mi plăcea dintre cele patru sute făcute, era ceva vulgar şi inutil, de parcă m-aş fi aplecat şi le-aş fi arătat tuturor fundul.

Într-o seară, eram în salon şi făceam „întinderi" după pedalatul pe bicicletă, ceea ce însemna de fapt că stăteam întinsă pe jos, cu picioarele sprijinite de perete. De obicei, îmi petreceam timpul de după exerciţiile fizice încercând să stau singură în tăcere, dar dacă făceam asta prea mult, aproape întotdeauna mă copleşea amintirea telefoanelor, a mesajelor vocale şi scrise de la Jon sau imaginea lui Merris căzută pe jos la nuntă, sau cum arătase faţa lui Amy când mi-a spus că eram răutăcioasă. Era oribil să-mi amintesc asemenea lucruri. Ştiam, teoretic, că a greşi e omeneşte, dar mi se părea că ar trebui să existe o limită a greşelilor pe care le poate face un om.

Mă gândeam la prima noapte cu Simon: *Cum să îţi dai seama dacă ceva ce ai făcut a fost o greşeală prostească sau o dovadă grăitoare a caracterului tău?* Nu ştiam nici acum, dar începeam să cred că a mă gândi întruna la asta nu mă ajuta mai mult decât a încerca să nu mai repet greşeala. M-am tras cu fundul mai aproape de perete, ridicând picioarele mai sus, şi am întins braţele de o parte şi de alta până am prins telefonul cu mâna stângă. Dincolo de uşă, îl auzeam pe tata tropăind, probabil pregătind o gustare nebunească de-a lui – de curând, cumpărase borcane cu sos de mere pentru el şi ea – sau uitându-se la ştiri la televizor şi pe iPad-ul din apropiere în acelaşi timp.

Mă uitam la nişte poze vechi pe care le trimisesem/ le primisem de la Simon, când ecranul s-a făcut negru şi a apărut numele lui. M-am uitat la telefon nedumerită câteva secunde, după care mi-am dat seama că era un apel. Mă suna Simon.

Am dus încet telefonul la ureche, de parcă ar fi fost o păcăleală.

— Alo...?

— Bună, Maggie! a spus el cu vocea aia caldă şi aşezată pe care mi-o aminteam. Scuze că te-am sunat! Mă gândeam la tine şi am simţit nevoia să sun, deşi poate ar fi trebuit să ies la o plimbare sau altceva.

I-am spus că nu era nicio problemă şi l-am întrebat ce mai face. Îi mergea bine, normal. Era ocupat la serviciu. Părinţii lui se hotărâseră să se mute. Meşterea la bicicletă ca să o pregătească de primăvară. Îi era dor de mine şi se întreba dacă ne puteam întâlni ca să discutăm.

— Îmi pare rău! i-am spus. Pentru ultima dată când m-ai sunat.

— Şi mie îmi pare rău! mi-a răspuns. M-am gândit mult la asta şi simt că ne-am grăbit puţin. Adică, mi-a făcut plăcere să te cunosc şi a fost *grozav* să mă simt întruna şi altfel decât incredibil de prost după despărţirea aia, dar cred că ar fi fost mai bine să păstrăm o relaţie lejeră, să ne acordăm puţin timp ca să ne cunoaştem mai bine. Cred că mi-ar plăcea să te invit la o întâlnire şi să vedem dacă vrem să mai ieşim la una după încă o săptămână.

— Doamne! am zis eu. Rahat!

— O, mda, păi, nu-ţi face probleme! mi-a spus. Nu contează.

— Nu, n-am zis rahat ca şi cum ar fi de rău, ci de bine.

— Celebrul înţeles al cuvântului „rahat".

M-am uitat în tavan şi am oftat.

— Păi, cred că e de rahat în sensul rău, pentru că nu pot să te văd, i-am zis. Eu şi Helen am convenit să iau o pauză de la latura aia a vieţii mele.

— Cine e Helen?

Avea să-i placă la nebunie răspunsul, să-şi dea drumul în pantaloni.

— Psihologul la care mă duc.

Simon a tăcut, un truc al psihologilor, fără doar şi poate. Din păcate, a funcţionat şi am continuat cu o predică lungă despre cât de inteligent era ceea ce făceam noi. Ba chiar matur! În fond, dădeam dovadă de înţelepciune. Da, îl plăceam, mă plăcea şi el, dar înăbuşind totul în faşă reuşeam să nu o dezamăgesc pe Helen. În plus, nu aveam să ne dezamăgim reciproc în final. Totul se stricase între noi foarte repede prima dată.

— Mie îmi sună a detaşare emoţională, a spus Simon.

— Nu ştiu ce-i aia, dar să nu-mi spui.

— OK. Păi, sună-mă dacă te răzgândeşti.

— OK.

Încă o pauză.

— E jenant, i-am zis, dar n-am mai fost singură de multă vreme, iar acum sunt, şi dacă nu rămân singură o perioadă, nu o să înţeleg niciodată ce-mi place sau ce-mi doresc sau poate chiar ce simt, aşa că trebuie să fiu o călugăriţă precaută câteva săptămâni sau luni, şi pe urmă, cine ştie? Poate voi fi ratat ocazia şi toţi cei care meritau să ies cu ei vor fi luaţi şi eu o să rămân singură tot restul vieţii.

— Cred că e puţin probabil, a zis Simon. Dar mi se pare un demers lăudabil.

O parte nu tocmai neglijabilă din mine ţipa *fugi, fugi spre bunătatea pe care ţi-o oferă bărbatul ăsta atrăgător, s-ar putea să fie ultima, dar ultima dată când ţi se întâmplă aşa ceva.* Dar vorbisem serios. Nu era un moment potrivit. Am închis ochii şi i-am spus:

— Mulţumesc, Simon!

Şi mi s-a părut că l-am auzit zâmbind.

După ce a închis, am căutat „detaşare emoţională", apoi am stat douăzeci de minute încercând să compun un tweet enumerând evenimentele acestui proces ca pe ale unui decatlon, dar pentru protejarea propriei sănătăţi emoţionale. Nici măcar nu l-am salvat la schiţe.

Am intrat în bucătărie şi i-am zis tatei că experimentam interiorizarea. El şi-a ridicat o clipă ochii de la rebus.

— Da?

— Sună foarte simplu, am continuat, dar nu e nevoie să le spui întruna celor din jur tot ce gândeşti şi ce simţi. Chiar dacă vrei. Poţi să ţii totul pentru tine. Uneori, e mai bine aşa.

— Linguriţă, a spus el, completând numărul 10 vertical. Minunat, scumpo! După cum ştii, dacă tu eşti fericită, sunt şi eu fericit.

I-am povestit că descoperirea îmi inspirase nişte experimentări fructuoase. Când aveam o idee, o experienţă sau, Doamne fereşte, un sentiment, opţiunile erau să pun totul pe hârtie şi să mă opun impulsului de a scrie un mesaj sau a posta pe Twitter sau de a lua notă în gând de ceea ce simţeam şi – treaba asta mi se părea imposibilă, poate chiar falsă – să trec cu vederea.

— Ei bine, a spus el, numărând literele din cuvântul „petrichor"[26]. Ne-ai fi scutit pe toţi de o bătaie de cap dacă descopereai treaba asta în liceu, dar mai bine mai târziu decât niciodată.

— Vorbesc serios, i-am zis, luând laptele din frigider.

I-am spus că înţelesesem de curând că nu mi se întâmplase aproape nimic în viaţă fără ca eu să împărtăşesc lucrul ăla cuiva. La urma urmei, asta fusese şi una dintre marile atracţii ale căsătoriei: un om căruia să-i spun toate tâmpeniile sau care să-mi analizeze deciziile, un om care să mă asculte întotdeauna. Am turnat laptele peste un bol enorm de cereale, lăsându-le să sfârâie şi să trosnească înainte de a băga lingura în castron şi de a lua o înghiţitură.

— Desigur, esenţa unei relaţii este că şi tu – scuză-mi limbajul – trebuie să asculţi tâmpeniile *celuilalt*, a spus tata. Presupun că ai avut probleme în privinţa asta.

L-am ignorat, deşi nu se înşela.

— Am văzut-o pe mama ieri, i-am zis. Încă e supărată pe tine.

— E logic, mi-a răspuns. Am fost cam nesimţit.

Am întrebat ce se întâmplase între ei, de fapt. Mi-a spus că aproape şi-a terminat rebusul şi că ar prefera ca eu să continui experimentele cu interiorizarea.

— În afară de faptul că nu e treaba ta, a spus el, nu-ţi pot spune pentru că nu ştiu. Credeam că ştiu, în momentul

26 Mirosul aerului în timpul ploii (în limba engleză în original, n. tr.).

ala, dar cu cât mă îndepărtez de clipa aia, cu atât îmi dau seama cât de puţin am înţeles ce s-a întâmplat acolo. Eu şi mama ta avem păreri foarte diferite în privinţa asta. Niciunul nu are perfectă dreptate, dar ambele variante sunt corecte.

I-am spus că mă simt dezamăgită să aud asta. Distanţa trebuia să-ţi lărgească perspectiva, nu să o îngusteze.

— Cred că aşa a fost, mi-a spus el. Cu timpul, am încetat să mă agăţ de varianta mea asupra evenimentelor şi am acceptat că două lucruri pot fi adevărate în acelaşi timp, că s-ar putea să nu cădem niciodată de acord asupra motivului pentru care nu a mers. Deşi sunt convins că ar fi de acord că n-ar fi trebuit niciodată să facem schimb de parteneri în noaptea aia la familia Carlson.

Am rămas inexpresivă şi am aşteptat să spună că era o glumă. A rămas concentrat pe rebus. M-am uitat peste umărul lui şi am spus:

— Pedant.

A completat pătrăţelele respective.

— Mie-mi spui?!

M-am întors în cameră şi m-am urcat pe bicicleta staţionară. Am terminat un triatlon în ultimele săptămâni din aprilie, un obiectiv ridicol de modest, a cărui îndeplinire m-a făcut să mă simt mai bine decât drogurile. În timp ce alergam o bucată din cei douăzeci de kilometri, m-am împiedicat de o rădăcină pe trotuar şi m-am prăbuşit pe burtă, unde aveam o borsetă sport drăguţă în care ţineam cheile, telefonul şi nişte elastice de păr. Am alergat timp de treizeci de minute, am plecat acasă şi am intrat la duş. Mai târziu în aceeaşi seară, am vrut să pun pe grup o poză cu o crochetă de peşte care semăna cu un penis şi am observat că-mi crăpasem ecranul telefonului în cădere. Încă mai funcţiona, dar era dificil de utilizat şi mă temeam să nu-mi intre un ciob de sticlă în deget. *Charlie Brooker*, mi-am zis, *iar ai făcut-o de oaie!*

Săptămânile au continuat în felul următor: alte ziare, alte cereale, alte drumuri cu mașina la Toronto, alte drumuri de întoarcere. Mă simțeam foarte norocoasă și puțin plictisită. Am ajutat-o pe Merris la cumpărături și ceva menaj și la serviciu m-am ferit din calea ei, deși uneori luam ceaiul împreună când o aduceam acasă de la fizioterapie. Am citit câteva poezii din cartea primită de la Amy și nu mi-au plăcut deloc, dar am simțit afecțiune față de persoana care mi le dăruise, care se mulțumea cu ideea unei femei a cărei inimă era în flăcări. Eu și Amirah am avut ședința de ceai verde și ploconeală, apoi am însoțit-o la o strângere de fonduri pentru spital/spectacol de revistă cu niște anesteziologi care cântau a cappella. A fost absolut groaznic și foarte, foarte amuzant să fiu acolo cu ea, șoptind și chicotind în spatele încăperii. I-am văzut pe Clive și Lauren și Lauren sensibila în situații reale, unu la unu, în care am încercat să fiu o ascultătoare bună și o prietenă și mai bună. Uneori, mi-a ieșit figura. Asta mi-a adus o satisfacție tăcută, dar nu a reușit să înăbușe rușinea care mi se ridica în gât o dată la câteva ore ca refluxul gastroesofagian – o reamintire că eram o ratată, întoarsă în orașul în care am crescut, mâncând sosul de mere plătit de tata.

Cu toate astea, momentele plăcute găseau metode de a mă surprinde: faptul că găseam un scaun liber în autobuz lângă fereastră, că îmi mai rămânea cafea exact cât să umplu o cană cu vârf, că veneam acasă de la magazin cu flori, că puneam roșiile în alt castron decât bananele. Într-una dintre ședințele noastre, de acum săptămânale, i-am descris lui Helen clipele astea. În timp ce ieșeam din biroul ei, i-am zărit notițele: „aflarea bucuriei în banalitatea vieții".

Chiar părea banal. Totul continua să se întâmple.

Lucruri devastatoare pe care psiholoaga mi le-a spus de parcă n-ar fi însemnat nimic

„Voi începe ședința de azi provocându-te să nu încerci să mă faci să râd în timpul petrecut împreună. Nu pentru că nu ai fi o persoană amuzantă, ci pentru că mă întreb unde am putea ajunge dacă am scăpa de ideea încercării de a distra oamenii."

„Când spui că ești «dependentă» de cumpărarea bluzelor care nu-ți vin, pe care totuși le porți, simți că e vorba de o dorință nestăpânită sau folosești din nou jargonul din mediul online?"

„Data trecută, m-a uimit afirmația ta, că ești în căutarea unui fel de exfoliant pentru personalitate. Mi-ar plăcea să analizăm cum s-a întâmplat ca psihicul tău să amestece moralitatea cu îngrijirea pielii. Pare să fie o conexiune reală între efortul estetic și efortul emoțional în ce te privește – crezi că e adevărat?"

„Îți admir interesul pentru autenticitate, deși nu cred că o femeie – sau orice persoană – devine un clișeu pentru că e nemulțumită «și» de gâtul ei."

„Spui că nu simți nevoia să povestești în familie despre întâlnirile tale cu femei, pentru că niciuna nu a fost serioasă. Mă întreb dacă nu cumva ar *deveni* serioase dacă ai începe să le iei și tu în serios sau dacă eviți în mod conştient să faci asta ca să scapi de frecuşul administrativ care vine odată cu asumarea sexualităţii."

„Dorinţa asta de a-ţi arunca telefonul de pe un pod sau într-o întindere mare de apă este una despre care am vorbit în numeroase şedinţe. Îţi imaginezi că te simţi liberă. Într-adevăr, descrii sentimentul de încântare deplină la gândul că te-ai putea despărţi de telefonul tău din întâmplare sau prin forţă. Ce te opreşte – şi regret dacă sună evident, dar... Ce te opreşte să-l închizi, pur şi simplu?"

„Cum crezi că ar fi... să ştergi contul de Instagram al pisicii tale?"

„Mă întreb dacă ne-ar prinde bine să diferenţiem între conceptele de prietenie, comunitate extinsă şi public imaginat. Cred că e vorba de o eliziune aici, şi acestea sunt diferite tipuri de relaţii cu diferite obligaţii şi moravuri. Şi-apoi, desigur, una dintre ele există, dar în mintea noastră."

„Dacă nu-ţi place să fumezi şi nu eşti dependentă de ţigări – din câte spui, nu-ţi plac ţigările atât de mult încât să ţi le cumperi şi nu fumezi decât ocazional, când fumează prietenii sau cunoştinţele tale –, de ce nu te laşi? Şi dacă nu vrei să te laşi, putem analiza puţin sursa reacţiei tale de adineauri, când ţi-am spus că eşti fumătoare, pentru că a fost o reacţie destul de puternică."

„Fişele de lucru pe bază de jurnal pe care ţi le-am dat sunt doar exerciţii care să te facă să te gândeşti la sentimentele şi reacţiile tale faţă de acele sentimente. Prin urmare, nu-ţi pot oferi un feedback sau o «notă»."

„Când spui că nu vei găsi altă persoană care să fie dispusă să aibă o relaţie pe termen lung cu tine, mă întristează foarte mult. Sunt curioasă să aflu dacă ne-am putea întreba dacă tu eşti dispusă să ai o relaţie pe termen lung cu tine însăţi."

O sticlă de un litru de apă X-Cycle, de calitate superioară, costa nouă dolari şi nu glumesc. Am cumpărat una şi m-am înscris la cursul Plăceri Vinovate de la şase după-amiaza, care îmi promitea şi aventura – şi experienţa! – vieţii mele. Fetei de la recepţie i se păruse oarecum ciudată cererea mea de înscriere, dar într-un final a cedat. Asta se întâmpla când plăteai preţul întreg (cincizeci! şi trei! de dolari!) pentru un asemenea curs: deveneai un fel de rege temporar. Mi-am pus încălţările cu scai, mi-am luat apa la un preţ exorbitant şi m-am îndreptat spre vestiar.

Mă simţeam epuizată şi neliniştită. În dimineaţa aceea, Lauren insinuase semivag că aranjamentul nostru, care-mi permitea să dorm pe canapeaua ei, se apropia de sfârşit, iar programările lui Merris la fizioterapie fuseseră reduse la una pe lună. Cum semestrul de primăvară se termina peste două săptămâni, în curând aveam să rămân fără niciun motiv să mai vin în oraş, iar dacă veneam, nu mai aveam unde să rămân. Am pus geanta jos şi am muşcat dintr-un baton proteic care promitea „o explozie de caramel sărat", dar avea, evident, gust de nisip.

Chinuindu-mă să-mi pun o bustieră sport, ascultam două fete, ambele parţial dezbrăcate şi (respect) umplându-şi genţile cu tampoane şi elastice de păr gratuite.

— Cineva trebuie să-i spună Kirei ceva, a zis cea mai înaltă şi mai dezbrăcată dintre cele două. Story-urile ei încep să devină *sinistre*.

Cealaltă şi-a îndreptat chiloţii în faţa oglinzii, ridicându-se pe vârfuri ca să-şi vadă fundul.

— Ştiu. Adică, am înţeles, eşti singură, a spus ea. Totuşi, le urmăresc în fiecare zi.

Cealaltă fată a oftat.

— A ajuns atât de rău, încât nu ştiu dacă să o pun pe mut sau să-mi activez notificările.

Mi-am ridicat colanţii şi am decis să mă încalţ, alăturându-mă celorlalţi părtaşi la Plăcerea Vinovată a cursului X-Cycle.

Creierul din spatele exerciţiilor Plăcere Vinovată era o persoană cu un fizic superb pe nume Blake. Amy îmi spusese atât de multe despre exerciţiile sale „fund şi burtă" concentrate pe muşchii fesieri şi abdominali, încât acum, că îl vedeam în persoană, era aproape ca şi cum aş fi întâlnit o celebritate. Avea un zâmbet ameţitor şi braţe enorme şi părea să aibă în jur de paisprezece ani. Tricoul său cu marca X-Cycle avea un decolteu atât de adânc, încât semăna cu o baveţică răsturnată; emana o energie pozitivă care ar fi putut alimenta un orăşel întreg. Pe un panou de plută pe care era afişat programul cursului din ziua aia, o fişă de înscriere ne informa că Blake „nu se temea să se dezlănţuie". L-am privit cum ţopăia prin zona de aşteptare, prefăcându-se că pupă pe obraz nişte străini în formă şi plesnindu-şi prietenii la fund. Mă întrebam ce mă face să mă tem atât de tare să mă dezlănţui în orice direcţie.

Blake a îmbrăţişat o fată cu pantaloni scurţi de plasă, întrebând-o despre câinele ei în timp ce ea făcea fandări şi genuflexiuni şi îşi atingea degetele de la picioare fără vreun efort vizibil. Fata arăta ca toţi ceilalţi în holul verde-aprins: păr blond-nisipiu, pătrăţele vizibile, aerul unei contabile într-o corporaţie. Eu stăteam sub o reclamă luminoasă pe care scria NE/LIMITAT şi încercam să par relaxată şi nestânjenită. Dar nu aşa mă simţeam; mă simţeam ca o poză ambulantă Înainte înconjurată de zeci de posibile poze După şi pe toate le chema Amber. Cu toate astea, m-am gândit eu, locul meu era aici aşa cum era şi al lor. Nu căutasem eu programul cursului? Nu aveam şi eu cincizeci şi trei de dolari? (Nu chiar, dar îi cheltuisem, şi cu siguranţă asta era tot ce conta aici.) În cele din urmă, Blake a suflat dintr-un fluier micuţ pe care îl purta în jurul gâtului şi a deschis uşile sălii amintindu-le tuturor să-şi pună dopuri de urechi pentru că: „Eu NU cobor de pe bicicletă la jumătatea cursului doar pentru că VOI nu faceţi faţă playlist-ului meu!"

În sală, am trecut pe lângă primul rând şi m-am aşezat pe locul 23, chiar în mijlocul celui de-al doilea şir de biciclete. De obicei, eram în ultimul rând, genul de fată din colţul din spate, dar azi aveam alte nevoi. Am pus sticla cu apă în spaţiul micuţ pentru sticle şi mi-am poziţionat piciorul drept pe pedală. Când a intrat Amy, am lăsat capul în jos şi m-am prefăcut ocupată să-mi ajustez înălţimea scaunului. Nu m-a remarcat şi mi-am ţinut capul plecat până când s-a instalat pe bicicletă, pedalând uşor, legănându-se înainte şi înapoi pe picioare ca să-şi întindă tendoanele şi pulpele. Era plăcut să o văd fără a risca să aflu dacă voia să mă vadă. Am privit-o cum îşi strângea mai tare părul prins în coadă şi am sperat că nu are să mă observe până nu sunt gata.

Eu şi Amy nu mai vorbiserăm de la nuntă, asta dacă nu puneai la socoteală Aranjamentul Comestibil şi unicul mesaj de scuze post-Aranjament pe care i-l trimisesem în cazul în care nu-i plăcea ananasul. Pentru că n-am primit niciun răspuns la mesaj, m-am hotărât să nu o deranjez. Dacă simţeam nevoia de a-i scrie sau de a compune unul dintre lungile mele e-mailuri, deschideam un document Google numit „puncte" şi adăugam un punct pe pagină. Uitându-mă la documentul ăsta (cu optzeci şi şapte de puncte şi numărătoarea continua), mă simţeam dezechilibrată, deşi reuşisem să evit să-i trimit fie şi un singur mesaj vocal emotiv, şi asta cu siguranţă conta cât de cât. Helen mă mai întreba de asta în şedinţele noastre şi, în fiecare săptămână în care raportam că o lăsasem în pace pe Amy, Helen îmi spunea că era mândră. Mă purtam mereu ca şi cum ar fi fost un gest inutil care mă răsfăţa, dar ştiam în adâncul sufletului că dacă ea *nu* îmi spunea că era mândră o dată la două sau trei şedinţe, pur şi simplu mă pierdeam cu firea. Nu pomenisem de planul meu pentru ziua de azi, ultimul meu efort de a o recâştiga pe Amy; bănuiam că Helen nu ar fi fost întru totul de acord.

Blake a închis uşa în urma sa, aprinzând şi stingând luminile.

— Bine, dragilor, e timpul să PEDALĂM! a strigat în studio. Vă rog pe toţi să direcţionaţi acum o parte din energia voastră direct către fese, pentru că vreau să fie clar: vor avea nevoie de ea!

Fetele sexy de o parte şi de alta a mea au chicotit, semn că ştiau ce înseamnă asta. Cursurile X-Cycle era renumite pentru intensitatea lor. Înainte să stric tot, eu şi Amy mergeam la cursuri de fitness la multe studiouri diferite, deşi până acum evitasem orice curs X-Cycle. Motivul pentru care i-l recomandasem lui Amy era că locaţia acestuia în vestul extrem al oraşului era prea departe de casa lui Merris, dar adevăratul motiv era clasamentul.

Cursul X-Cycle era celebru pentru clasamentul său, un ecran mare în faţa clasei, care afişa o ierarhizare brutală a fiecărui ciclist, cu statistici live despre rapiditatea şi forţa cu care pedala. Instructorii consultau clasamentul şi strigau mesaje de susţinere sau de dezaprobare pentru ciclişti – nominal – în faţa tuturor. *KylieG, nu dai tot ce poţi în clipa asta* sau *FitMom73, da, scumpo, SIMTE rezistenţa bicicletei!* Nu-mi imaginam ceva ce mi-aş fi dorit mai puţin decât să fiu scoasă aşa în prim-plan în timpul unui exerciţiu de grup.

Cursul a început cu o încălzire lentă care a progresat imediat într-o coregrafie provocatoare, cu un ritm rapid. Am făcut tot posibilul să ţin pasul, aplecându-mă în faţă şi dând fundul în spate, apoi dând din cap într-o parte şi în alta, pe ritm. Blake ne spunea că eram superstaruri şi ne încuraja să „generăm energie" cu trupurile pe care le preţuiam, care ne făcuseră favoarea de a ne purta peste tot toată ziua ca să ajungem acolo, în camera aia întunecoasă plină de echipamente ultramoderne de exerciţii. Blake ne-a cerut să ne gândim la ce anume ne plăcea la mişcarea corpului şi m-am surprins singură când l-am ascultat întocmai.

Era tentant să glumesc pe seama atitudinii lui Blake, a optimismului său de neclintit şi a îndemnurilor nesărate despre mişcarea picioarelor pe ritm sau lăsarea stresului la uşă. În schimb, am simţit cum picioarele mele munceau pe întuneric şi m-am gândit la cât de puternice erau acum, în comparaţie cu anul trecut pe vremea asta. Mă simţeam puternică. Mă simţeam fericită. De fapt, mă simţeam recunoscătoare. În afară de celălalt scop, eram la cursul lui Blake ca să mă „împing" dincolo de limite, ceva ce încercam să fac în ultima vreme, deşi recunoaşterea acestui lucru mă umilea în adâncul sufletului meu slab şi neantrenat. Blake a dat muzica mai tare şi ne-a încurajat pe toţi să creştem nivelul de rezistenţă. Era timpul să pedalăm urcând.

Am respirat adânc şi m-am apăsat pe tălpi, împingând cu stângul şi ridicându-mă cu dreptul, săltând pe ritmul unui cântec despre cum să fii o târfă extrem de puternică. Mă ardeau coapsele şi am simţit o picătură de sudoare acumulându-se şi curgând pe valea puţin adâncă a spinării. Am aruncat o privire în jur şi am văzut că ţineam pasul cu restul fetelor – nu neapărat cu uşurinţă, dar ţineam pasul.

Îmi făcusem griji, în timpul orelor lungi petrecute pe bicicleta staţionară, că poate nu se întâmpla nimic. În mod sigur nu arătam diferit, or, eu doar aşa ştiam să măsor progresul unui program de fitness. Şi chiar dacă, în timp, am ajuns să pedalez pe distanţe mai lungi, să înot mai repede şi să alerg mai uşor, nu slăbisem deloc. Nu apăruseră din senin pătrăţelele pe abdomen, nici vreo strălucire peste noapte. În cel mai bun caz, străluceam lateral, dar muncisem în continuare, pentru că nu prea aveai altceva de făcut în nopţile lungi din oraşul meu de baştină şi pentru că începusem să simt o parte din aşa-zisele endorfine care apăreau odată cu programul intens de mişcare, după cum promiteau mereu oamenii în maiouri.

— Hai să respirăm mai greu! a urlat Blake, deşi i-o luasem de mult înainte.

Am pedalat mai tare, iar numele meu a ajuns mai sus în clasamentul grupului, apropiindu-se de al lui Amy, care se menţinuse în vârf de la început. Blake a strigat la cineva pe nume AdevărataCiclistă:

— Îmi pare rău, dar nu ne jucăm cu numele la cursul meu, după care ne culcăm pe-o ureche atunci când urcăm! Sporeşte-ţi rezistenţa sau ieşi afară, scumpo!

Blake a consultat laptopul de lângă bicicletă.

— OK, avem o ciclistă care urcă *în flăcări* în clasament. O rundă de urale în stilul X-Cycle pentru... AMY-ÎMI-PARE-RĂU?

Blake s-a oprit, uitându-se din nou la ecran.

— Nu, e Amy îmi p... Da, OK! AMY-ÎMI-PARE-RĂU, fir-ar să fie, iat-o că vine! Ştie ea cu ce a greşit şi se căieşte pe BICICLETĂ, dragilor!

În fața mea, Amy a încetinit ritmul și a rămas deasupra scaunului de bicicletă. S-a șters pe față cu prosopul și a întors încet capul spre stânga, apoi spre dreapta. A băut puțină apă și s-a așezat din nou pe șa. Am pedalat mai tare. Iconița cu numele meu de utilizator a urcat mai sus în clasament... apoi a început să cadă. Alte cicliste mai în formă mă depășeau. Dacă nu ajungeam pe primul loc, nu primeam validarea publică de care aveam nevoie, momentul de la finalul cursului în care puteam s-o fac așa cum trebuie. Numele meu a căzut în a doua jumătate a clasamentului, iar ocazia pentru acel gest – scuzele oferite în ploaie, casetofonul deasupra capului, cartonașele cu mesaje arătate la ușă, în zăpadă – a dispărut.

Melodia s-a schimbat și în pauza de o secundă dintre piese am strigat:

— AMY! EU SUNT!

Amy s-a oprit din nou și s-a întors.

I-am zâmbit într-un stil macabru, cu părul vâlvoi și gâfâind îngrozitor.

— ÎMI PARE FOARTE RĂU! am țipat, chinuindu-mă să respir.

— Ce naiba?

— Eu...

A început un ritm tehno insistent și grupul a continuat fără noi, săltând la unison în timp ce executa o serie de flotări complicate pentru tricepși.

— TE ROG, PRIMEȘTE-MĂ ÎNAPOI! am strigat. AI SPUS CĂ FEMEILOR LE PLAC LUCRURILE ASTEA!

Nu știu de ce, dar continuam să pedalez. Nu știu dacă simțeam euforia ciclistului sau dacă valul de adrenalină era rezultatul disperării pure, dar mă simțeam incredibil. Sentimentele lui Amy erau mai dificil de descifrat. Muzica s-a domolit din nou și ne-am privit în ochi. Expresia ei s-a îmbunat și și-a înclinat capul într-o parte, șoptind și strigând totodată:

— Putem să vorbim mai târziu, te rog?

— Da, desigur, mersi! a strigat Blake. Destul! OK, oameni buni, vom intensifica ritmul!

A început să se unduiască pe bicicletă, folosindu-și mușchii abdominali ca să se ridice peste ghidon ca o focă magnifică îmbrăcată în lycra. I-am urmat exemplul, legănându-mă cu stângăcie înainte și înapoi. Câteva colege se holbau. În cele din urmă, cerințele exercițiului lui Blake și-au spus cuvântul și am rămas singură. Am văzut cum numele meu cobora și mai mult în clasament.

Ultimul cântec la X-Cycle era întotdeauna unul lent, ceva vag emoționant, în timpul căruia instructorii ne țineau lecții despre înțelegere, iubire de sine și importanța întoarcerii regulate la studio pentru amestecul său protejat de legea drepturilor de autor pentru exerciții cardio, ridicări de greutăți și „adrena-rock". Blake ne-a spus că ar trebui să fim mândre de noi, că nu era întotdeauna ușor să fii vulnerabil, să te expui în cadrul unui grup de fitness. Ne-a încurajat să închidem ochii și dansăm, să ne simțim liberi, ca, la plecare, să lăsăm în urmă, în studio, ceea ce ne trăgea înapoi.

Muzica instrumentală a fost înlocuită de vocea unui bărbat care vorbea încet: „Toți ne dorim să ne ajutăm unii pe alții", a spus vocea în studioul scufundat în beznă. „Așa sunt ființele umane. Vrem să trăim prin fericirea celorlalți – nu prin nefericirea lor." Muzica s-a auzit iarăși mai tare. Era siropoasă și mi s-a părut liniștitoare. Era prea mult și m-am bucurat să o aud. Două lucruri puteau fi adevărate în același timp! Așadar, cu fesierii arzând, am plâns încet în mijlocul unui curs de pedalat pe remixul tehno al discursului lui Charlie Chaplin din *Dictatorul*, o situaţie care mi se părea surprinzătoare, dar nu imposibilă, în lumina schimbărilor de peste an.

Cursul s-a terminat şi Blake a strigat numele ciclistului care se descurcase cel mai bine, un bărbat frumos, cu tricou de plasă şi pantaloni scurţi minusculi, al cărui nume în clasament era Bry2k. Blake l-a luminat cu lanterna, iar ceilalţi l-au aclamat şi şi-au învârtit prosoapele peste cap ca să sărbătorească realizarea lui. Dacă lucrurile ar fi decurs conform planului, acesta ar fi fost momentul marelui meu discurs pentru Amy. M-am uitat la clasamentul final: locul doisprezece din treizeci şi şapte. Nici măcar pe aproape.

Mi-am luat tălpile de pe pedale şi am rămas în picioare în studio, roşie ca focul şi lac de apă, gâfâind puternic. Blake a deschis uşa şi a bătut palma cu cicliştii care ieşeau în timp ce se înşiruiau spre hol, făcând planuri pentru a doua zi, râzând că au eliminat prin transpiraţie caloriile de la prânz şi şi-au câştigat dreptul de a bea Bloody Mary. Am remarcat că o parte din ei se uită lung la mine, şoptind despre nebuna care a încercat să-şi recâştige iubita, sau ceva de genul ăsta, în mijlocul cursului. Când am văzut şi ultimele codiţe ieşind în grabă din sală, am observat-o pe Amy aşteptând lângă uşă.

— Chiar am crezut că o să-ţi placă mai mult gestul meu, i-am zis, târâindu-mi picioarele spre ea în pantofii speciali pentru pedalat.

Amy a tras imposibil de mult aer în piept şi m-am resemnat în faţa unui viitor în care nu mai eram prietene, în care trebuia să o blochez pe reţelele de socializare, ca să nu mai derulez imagini cu viaţa ei perfectă fără mine. Şi atunci mi-a zâmbit.

— Sincer? mi-a spus. Ar fi trebuit să funcţioneze! Sau *ar fi putut* să funcţioneze. Adică, înţeleg ce ai vrut să faci, dar rezultatul a fost o nebunie.

I-am spus că regret felul în care mă purtasem la nunta lui Emily, că o subestimasem, că nu îi zisesem cât însemnase pentru mine în acest an prietenia ei – ce surpriză totală şi ce bucurie reală îmi adusese. Voiam ca gestul meu să dovedească toate astea, dar nu făcusem decât să înrăutăţesc lucrurile şi să insinuez în faţa tuturor că eram implicată într-un fel de problemă personală între lesbiene.

Amy s-a şters pe faţă, apoi a aruncat prosopul într-un coş.

— Nu mi-a displăcut, a spus ea, aplecându-se să-şi dezlege încălţările şi să le pună în alt coş. Adică, a fost delicat. În plus, să fii în prima jumătate a clasamentului e ceva impresionant.

I-am spus că aveam impresia că mi se topiseră ligamentele de la picioare.

— Blake e un diavol, mi-a răspuns râzând. Dar, într-un fel, e şi Isus pentru mine. De câte ori se apropie un eveniment, merg la toate cele cinci ore într-o săptămână şi mă fac *franjuri*.

Amy s-a sprijinit de perete şi a apucat de glezna stângă să-şi întindă cvadricepsul.

— Şi, dacă-mi permiţi să spun, părul tău arată grozav! mi-a zis. O să-ţi placă să fii blondă. E un clişeu, dar blondele chiar se distrează mai bine.

Căldura ei lejeră m-a făcut să intru în panică. Trebuia să ştiu dacă m-a iertat; trebuia să confirm că eram în relaţii bune; voiam o promisiune, în scris, că-şi dădea seama că sunt o persoană ridicolă, dornică de afecţiune, meschină, arţăgoasă şi cu adevărat ciudată, şi că totuşi mă plăcea, că încă i-ar fi plăcut să ieşim la un pahar sau la cină şi să ne trimitem mesaje din când în când. Nu-mi plăcea să fiu genul de persoană care avea nevoi atât de presante, dar asta era situaţia.

Amy m-a prins într-o îmbrăţişare lipicioasă.

— Mi-a fost dor de tine, mi-a spus. Urma să te sun până la urmă, dar mă bucur că ai venit prima la mine. Şi la finalul orei fata de lângă mine a tras un vânt... prin faţă. Vrei să mâncăm un iaurt îngheţat?

Exercițiu de jurnal: autocunoașterea

Aşază-te într-un loc liniştit, cu un caiet nou sau o foaie de hârtie în faţă. Fără a edita ceea ce ai scris sau a te judeca, scrie în voie timp de aproximativ 10 sau 15 minute. Încearcă să răspunzi (sau măcar să te gândeşti) la următoarea întrebare: Ce-mi doresc? *Dacă îţi este greu, gândeşte-te la întrebarea opusă:* Ce nu-mi doresc?

Vreau o postură mai bună. Vreau o viaţă bună. Vreau să-mi *doresc* să petrec mai puţin timp cu telefonul în mână.

Vreau să conteze faptul că nu mă mai duc la Whole Foods. Nu vreau, în mod deosebit, să fac riduri. Vreau o bucătărie cu multă lumină naturală şi un suport micuţ de care să agăţ oale şi tigăi. Vreau să ştiu dacă vitaminele au vreun efect. Vreau pantaloni care să-mi vină mai bine. Vreau să fiu luată în serios exact atât cât trebuie. Nu vreau să ştiu atâtea amănunte despre viaţa oamenilor pe care i-am cunoscut prin 2008. Vreau o relaţie mai apropiată cu sora mea.

Vreau ca prietenii mei să ştie că ţin la ei. Vreau să accept că şi ei ţin la mine. Vreau să am încredere măcar într-un singur politician şi/sau într-o fiinţă umană. Vreau să simt că înţeleg ce se difuzează la ştiri. Nu vreau să ştiu nimic altceva despre ce se află pe fundul oceanului. Vreau o slujbă satisfăcătoare cu un salariu decent. Vreau să fac sex într-un hotel luxos. Vreau să ştiu de câte proteine am nevoie şi dacă le obţin sau nu din alimentaţie. Nu vreau să mănânc budincă de chia. Vreau ca altcineva să mă privească într-un mod iubitor. Vreau ca toate astea să nu se întâmple într-un mod siropos.

Vreau să fiu calmă. Vreau un parfum caracteristic mie. Vreau să fiu genul de femeie capabilă să facă o prăjitură cu foitaj. Vreau să-mi placă să-mi întind muşchii. Vreau să vorbesc serios când îi spun cuiva „nicio problemă". Vreau să fiu bună la sporturi sau măcar să *ţin* la glume. Vreau un partener care crede că cele mai bune calităţi ale mele mă reprezintă pe mine, Cea Adevărată, iar cele mai rele sunt gestionabile. Nu vreau să ies la întâlniri cu cineva care crede că sunt doar OK. Vreau să iubesc cu uşurinţă. Vreau să fiu mai blândă. Nu vreau să mai beau atât de mult. Vreau să fiu deschisă şi caldă şi să nu mai critic oamenii. Vreau să arăt bine cu părul ud.

Vreau să fac mai mult decât să semnez petiţii şi să merg la proteste unde mă simt timidă, aşa că doar mimez scandările. Vreau să ofer ajutor acolo unde e nevoie de ajutor. Vreau să fiu vegetariană, nu doar să vorbesc mult despre o zi sau două pe săptămână în care nu mănânc carne. Vreau să-mi şterg contul de Facebook. Vreau să-mi şterg contul de Instagram, care înţeleg că e tot un fel de Facebook. Vreau să fac lucruri care par utile. Vreau să *fiu* utilă. Vreau să mă pensionez într-o bună zi. Nu vreau să mai scriu eseuri proaste despre Hamlet.

Vreau să las o primă impresie bună. Nu vreau să-mi mai „bat capul cu nimicuri". Nu vreau să mă uit mereu pe profilurile de pe reţelele sociale ale oamenilor care m-au rănit sau care mă fac să mă simt prost în pielea mea, sau cărora cred că le sunt superioară. Vreau să am o idee clară despre cum arăt. Nu vreau să-mi petrec tot timpul spunându-mi mie însămi şi tuturor că sunt „de ajuns". Vreau să ştiu dacă suntem cu adevărat condamnaţi ca specie. Nu vreau să mă uit la faţa mea în fiecare zi. Presupun că vreau să fac ceva pentru planetă. Vreau să ştiu ce este acel ceva.

Vreau să mă gândesc la orice altceva în afară de aspectul burţii mele, dacă sunt sau nu un om bun, cine vrea să mi-o tragă sau dacă o să mă iubească vreodată cineva așa cum sunt. Nu vreau să sărbătoresc coşurile de pe fund sau să cinstesc varicele. Vreau să ştiu că sunt un om OK care se străduieşte din greu, care merită să iubească, şi da, are varice, doar că asta nu îi răpeşte prea mult timp.

Vreau să ştiu ce fel de lucruri îmi doresc. Vreau să nu mă simt complet stânjenită de activitatea asta și de majoritatea lucrurilor pe care le fac de-a lungul unei zile. Vreau ca *tortellini* să se gătească mai repede.

După ce s-au terminat cursurile, am avut şi mai puţine motive să vizitez Toronto. Am făcut câteva drumuri ca să iau lucrările de examen şi să o ajut pe Merris acasă, dar nu am mai rămas peste noapte, aşadar, venitul în oraş însemna şase ore de condus în aceeaşi zi, un drum foarte neplăcut cu autobuzul sau unul foarte scump cu trenul. Era plăcut să am unde să merg, chiar dacă munca nu mă inspira şi cu siguranţă nu merita călătoria cu trenul – peste două ore şi optzeci şi cinci de dolari doar dus.

M-am dus să-mi eliberez biroul pentru perioada verii şi să mă las în voia unei rutine familiare: o ceaşcă de cafea slabă de la aparatul din bucătărie, vreo oră de dat clicuri online, câteva minute de întinderi uşor de făcut la birou, nişte îndosarieri şi puţină organizare. Am găsit o chitanţă mototolită într-un volum din *Utopia* şi mi-am dat ochii peste cap văzând notiţele făcute pe margini cu câţiva ani înainte. Am închis documentul Word fără sfârşit în care era scrisă disertaţia şi am răsfoit câteva CV-uri.

Eram în plină căutare a unei noi asistente de cercetare pentru Merris. Conveniserăm că aşa ar fi fost cel mai bine, deşi întâlnirile noastre la ceai după şedinţele de fizioterapie se prelungeau. Începuse să-mi povestească viaţa ei, mergând cronologic de la un accident la patinaj când avea opt ani. De curând, ajunseserăm la primul ei mariaj, la 19 ani, şi încercam din răsputeri să nu o rog să ajungă odată la fiica nu tocmai secretă. Am mâncat un sendviş cu brânză şi am redirecţionat câteva cereri care păreau promiţătoare.

Olivia a trecut pe acolo cu o traistă plină de lucrări. Traista avea o pisică prost desenată pe partea din faţă şi, când am întrebat-o, am aflat că era un cadou de la un adăpost de pisici la care lucra ca voluntară. Ideea că cineva putea a) să aibă o activitate caritabilă pe termen lung şi b) să ţină informaţia secretă o perioadă oarecare mi se părea impresionantă şi de neînţeles, aşa că am întrebat-o dacă ar fi vrut să mă ia şi pe mine cândva.

— Desigur! mi-a zis. Apoi, cu îngrijorare: Să nu porţi pantofi la care ţii foarte mult.

O săptămână mai târziu, eram în faţa adăpostului Paws4Thought No-Kill Feline Rescue and Shelter (aveam nişte observaţii în privinţa numelui), pe o stradă din cartierul de est, plină de depozite şi cabinete mohorâte de stomatologie, aproape direct sub autostradă. Ori eram prea aproape de un pâlc de copaci care seamănă la miros cu sperma, ori cineva făcuse ceva îngrozitor în parcare. Interiorul era steril, puternic luminat şi gălăgios, iar haosul animalelor din adăpost abia se echilibra cu seninătatea insistentă a voluntarilor în pantaloni cu bandă elastică sub talpă şi veste amuzante.

Tura mea de probă a fost oribilă. Olivia zburda împreună cu o liotă de pisoi în timp ce eu curăţam cuştile îmbibate de urină şi încercam să le servesc cina animalelor triste într-un mod care să nu le traumatizeze. Marea mea victorie a fost când am convins o fiară masivă cu trei picioare, pe nume Colin, să ia cina în mijlocul camerei, ceea ce părea să fie un semn de încredere. Am încercat să-l mângâi încurajator pe Colin ca să-i arăt că era în regulă să aibă încredere în oameni, chiar dacă unul l-a rănit în trecut. M-a scuipat şi a vomitat.

În apropiere, Olivia se juca cu pisoii.

— Întotdeauna îi pun pe începători la munca de jos, mi-a spus, acoperită toată de pisici. Aşa îi triază pe cei care au venit aici doar ca să alinte animalele.

A chicotit, legănând nişte pene prin faţa armatei de pisici cu pete negre şi galbene, în timp ce eu curăţam mizeria făcută de Colin şi presăram medicamente pentru viermişori pe bucăţile de ton în saramură.

În afară de Olivia, toţi cei care lucrau la adăpostul pentru pisici erau ciudaţi, ceea ce era în regulă. Probabil că era ciudat şi faptul că se aflau aici, iar eu învăţasem deja lecţia: hobbyuri pentru adulţi. În plus, îmi plăceau pisicile, chiar şi cele rele şi puturoase, chiar şi Colin cel mare. Le înţelegeam şi le puteam satisface nevoile cu uşurinţă. Am completat formularele necesare, am luat tricoul cu logo şi mi s-a dat acces la Calendarul Google comun.

Era plăcut să fiu în preajma animalelor, să am parte de orele astea de linişte printre oameni necunoscuţi, să văd copii şi cupluri şi bătrâni singuri care veneau să-şi găsească viitorul animal de companie. Era satisfăcător să ajut o fiinţă năzuroasă şi agitată să vadă că era în siguranţă, că viaţa nu avea să mai fie la fel de grea ca înainte. Când m-am dus acasă, m-am uitat la profilurile de adopţie ale noilor mei prieteni, care mi se părea că nu le făceau dreptate: Nu vă lăsați descurajați de înfățișarea bătăioasă a lui Dunstan! Carrie e o fetiță teatrală care ar putea să pară ciudată la început. Tomasina NU este pentru oricine. Chiar trebuia să începem cu asemenea informaţii? Aceste animale trecuseră deja prin multe. Şi numele erau o problemă în sine: ce fel de dezaxat pune numele „Meaghan" unei pisici?

După câteva săptămâni petrecute la adăpost, Olivia s-a ataşat de Tinker, un motan bătrân şi fermecător, cu faţa încărunţită şi un ochi bolnav. (În descrierea lui scria: Un bunic clasic, Tinker nu se teme să muște puțin ca să se afirme. Ce bunic se comportă în acest fel?) După câteva discuții, ea și logodnicul ei au decis să „îl adauge la familia lor în creștere" și au început procesul de adopție. Stăteam la recepție când ea și Aidan, Regele Ouălor, au venit să-l ia. I-am privit cum se agitau în jurul noului lor animal de companie și mi-am zis: *motanul ăla va trebui să se apuce de drumeții*. În timp ce plecau, am recunoscut în sinea mea că eram geloasă pe Tinker.

Când mi s-a terminat tura, am aruncat vesta la coșul de rufe și am îmbrăcat o rochie nouă, mai puțin acoperită de păr. Mi-am retușat machiajul în baia minusculă pentru angajați și am încercat să-mi aranjez părul într-o coafură normală. De cele mai multe ori, mă întorceam direct la Kingston pentru adăpost, dar Lauren îmi acordase permisiunea specială de a rămâne la ea două nopți. Abia așteptam să stau în oraș o perioadă mai lungă, să testez o versiune mai nebunească a existenței mele sau măcar una în care să merg la petreceri. Îmi luasem liber în duminica aia de la magazinul de brânzeturi și furasem o pereche de pantofi de la mama, iar Clive ne invitase pe toți (pe lângă alți șaptesprezece străini pe care speram să-i ignor în mare parte) ca să sărbătorim logodna lui Tom cu Amirah.

Am luat tramvaiul până în cealaltă parte a orașului, apoi am mers pe jos până la Trinity Bellwoods, oprindu-mă pe drum să cumpăr un cadou pentru tânărul cuplu – o carte de pus pe măsuța de cafea? cu poze la scară mare? cu plaje? – și să iau ceva de mâncare. Am privit grupurile de studenți care mâncau înghețată cu cărbune și încercam să fiu înțelegătoare și să nu-i judec pe acrobații pe sârmă prea bătrâni și pe mamele bogate care se plângeau că cele care le vopseau părul erau în vacanță. Toți cei din parc trecuți de 30 de ani aveau un câine. Toți cei peste 35 aveau un cărucior. Am zăbovit în apropierea unei zone retrase, unde câinii zburdau fără lesă, numită Dog Bowl, şi am aşteptat să-mi vină cheful de a face un filmuleţ cu animalele ca să-l distribui. În timp ce puneam îngâmfată telefonul înapoi în buzunar, am vărsat conţinutul sendvişului vegetarian *banh mi* pe toată partea din faţă a rochiei.

Nu voiam să fiu prima venită la petrecere, dar nici nu voiam să tândălesc prin parc mirosind a morcovi şi oţet de orez toată ziua, aşa că am luat autobuzul, ştiind că sigur are Clive un creion pentru îndepărtarea petelor sau alt truc al bărbaţilor ordonaţi ca să mă curăţ. Am stat la fereastră, absorbind soarele sfârşitului de mai şi citind o carte despre o femeie care îşi omoară întreaga familie într-un mod şic şi feminist. La un moment dat, între Dundas şi Harbord, a urcat Jon.

Iată ce s-a întâmplat: mi-a distras atenţia un zgomot ciudat şi insistent şi am ridicat ochii să văd de unde venea. Pe cealaltă parte a culoarului, la câteva scaune distanţă, o geantă sport neagră emitea un mârâit grav şi prelung. O pată de puf gri-maroniu din interior s-a dovedit a fi o pisică, furioasă în cutia de transport, mieunând şi izbindu-se de pereţii închisorii de pânză şi plasă. Asta m-a făcut să-i simt lipsa lui Janet. Şi ea făcea aproape la fel, învârtindu-se în cercuri mici în cutia ei până când – ah!

Era Janet. Feţişoara ei era lipită de fereastra din faţă a cutiei, arătându-şi colţul proeminent caracteristic. Cutia avea un breloc cu o faţă zâmbitoare, pe care încercasem fără succes să-l scot de câteva ori. Mai sus, cu geanta în braţe, era Jon.

Îmi simţeam pulsul în urechi. Eram un sac masiv de sânge care vâjâia. M-am uitat pe furiş la Jon, care nu m-a remarcat – avea căştile în urechi şi era absorbit de telefon, ignorând figurile lui Janet, dar bătând uşor cu palma din când în când în cutie ca să o liniştească. Arăta bine. Părea sănătos. Era îmbrăcat elegant, pentru el: un pulover subţire pe care nu îl recunoşteam, peste o cămaşă dăruită de una dintre surorile sale anul trecut, de ziua lui. Arăta de parcă mergea la un interviu pentru o slujbă, la o petrecere sau la o întâlnire.

Mă gândisem la momentul ăsta o dată sau de două ori... pe zi, în ultimele trei sute cincizeci şi trei de zile. Erau atâtea lucruri pe care voiam să le spun, atâtea feluri în care îmi imaginasem că urma să aibă loc întâlnirea asta. Aş fi putut să cânt melodia potrivită, desigur, aş fi putut să cad în genunchi şi să-i cer iertare sau să spun ceva inteligent, dar devastator, să-mi dau părul peste umăr şi să plec. Aş fi putut să admit că eram încă furioasă pe noi amândoi. Aş fi putut să explic ce descoperisem împreună cu Helen: că a elimina definitiv pe cineva din viaţa ta, fără avertisment, în timpul unui proces în curs de desfăşurare, nu era o aplicare deosebit de utilă a „limitelor" şi că asta ne răpise micile momente de expunere necesară pentru a înlătura pericolul unor astfel de situaţii. Aş fi putut să-l îmbrăţişez şi să văd cum mă simt.

Autobuzul s-a oprit din nou.

M-am întrebat dacă avea să mă recunoască după coafura asta nouă. M-am întrebat dacă aş fi putut s-o înşfac pe Janet şi să fug. Am respirat adânc, m-am ridicat şi am trecut pe lângă ei – pisica mea în cutia veche de transport pe care o cumpărasem de la o tarabă din stradă, soţul meu în cămaşa care îmi plăcea –, mica mea familie. Am coborât în stradă şi uşile s-au închis în urma mea. M-am sprijinit de adăpostul din staţie şi am aşteptat să respir mai uşor. Mi s-au umezit ochii, dar nu mi-au curs lacrimile şi, când i-am ridicat să văd autobuzul plecând, Jon se uita la mine şi n-am vrut să spun nimic grozav sau să fac ce trebuie, voiam doar ca el să ştie că-mi părea rău că lucrurile se terminaseră aşa şi că speram să fie bine, să-i promit că probabil şi eu aveam să fiu bine, sau cel puţin, dacă nu, măcar nu avea să fie problema lui. Presupun că mi-ar fi plăcut și să pună pisica să-mi facă semn cu lăbuța pe fereastră, dar n-ar fi fost un gest inspirat să o scoată din cutie într-un mijloc de transport în comun. Buza lui de sus a zvâcnit și autobuzul a plecat din stație, iar eu m-am uitat cum viața mea de odinioară se îndepărta pe Ossington Avenue.

Pe urmă, a trebuit să aștept alt autobuz, evident, ceea ce era o adevărată pacoste.

În cele din urmă, m-am hotărât să merg pe jos și am ajuns la Clive după vreo oră, strecurându-mă în mulțime în timp ce tatăl lui Tom ținea un discurs despre cât de încântați erau el și soția lui să primească în familia lor o fată ca Amirah. Părinții ei simpatici se ștergeau la ochi, iar Tom zâmbea sfios ascultând platitudinile tatălui său. Chiar erau aceleași de fiecare dată.

O femeie brunetă cu un bebeluș în brațe (începuseră să apară bebelușii la evenimente) stătea în fața mea, lângă o blondă înaltă cu niște cercei de un dramatism pe care îl invidiam. Blonda s-a aplecat peste copilul prietenei sale și a șoptit:

— Nu știu la câte evenimente de acest fel mai pot veni.

— Relaxează-te, Rachel, a spus femeia brunetă. Întotdeauna te porți așa.

— Am 32 de ani, a spus cealaltă. Am 32 de ani și n-am fost niciodată logodită.

Știam de ce se simțea Rachel așa. Peste tot erau numai chestii legate de nunți. De când împlinisem 25 de ani, noutățile din relațiile și familiile altora fuseseră niște repere sociale ale anului meu: logodne în timpul iernii, de la Crăciun până la Ziua Îndrăgostiților, apoi primăvara începeau nunțile după logodnele din anul precedent, iar toamna unele cățele erau deja însărcinate. Notificările de pe platformele sociale erau la fel: colege de la şcoala primară întindeau mâna stângă spre cameră, în nişte postări identice cu reclamele omniprezente la inele de logodnă; fotografii cu prieteni în locaţii excentrice, pline de borcane cu decoraţiuni; bebeluşi lângă table de scris care anunţau că cei mici stăteau deja în fund. Deși dădeam riguros clic pe NU MĂ INTERESEAZĂ de câte ori apărea, mă bântuia o postare sponsorizată pentru ceva cu titlul ModernWeddingHarpist.com.

Nu mă simţeam presată când vedeam asemenea lucruri. Fusesem căsătorită – era nasol. Nu mă gândisem că putea fi nasol și să nu fi fost căsătorită. Blonda a trecut pe lângă mine, căutând baia. Era atât de frumoasă încât îmi era greu să mi-o imaginez având vreo problemă.

Citisem mult despre mâncatul intuitiv şi mi-am lăsat intuiţia să mă ghideze spre farfuria cu ciuperci şi pateuri cu praz. Am mâncat şapte, ştiind că mai târziu aveam să mă simt balonată, ceea ce probabil că nu era scopul acestui mod de a aborda mâncarea, dar m-am gândit că trebuie să fie o curbă de învăţare. La eveniment nu se servea alcool, din respect faţă de părinţii lui Amirah, care credeau şi că Tom lucra la o „berărie kombucha", ceva ce Amirah credea că inventase ea, dar care se dovedise, din fericire, a fi ceva real. Mi-am turnat încă un pahar cu apă minerală şi am aruncat o privire prin cameră.

Tom stătea singur la celălalt capăt al mesei cu gustări, citind cu atenţie cartonaşele făcute de Clive, în care scria ce conţinea fiecare preparat. M-am dus spre el şi i-am pus nişte întrebări şoptite, de duzină, despre berea artizanală. Era prietenos ca întotdeauna şi ştia incredibil de multe detalii despre hamei. Neputând să ţin pasul cu discuţia despre filtrarea cu drojdie, am încercat să-mi dau seama dacă era genul de bărbat care s-ar fi bucurat să primească o carte mare cu fotografii mărite ale plajelor.

— Grea întrebare, a spus Tom. Îmi place coasta, dar aş spune că încă nu m-am hotărât în privința nisipului.

Am decis că important era că o iubea pe prietena mea şi i-am spus că mă bucur foarte mult pentru el şi Amirah.

— Mersi, mi-a zis. Dar tu crezi că o să te mai măriţi vreodată?

— Acum se concentrează pe propria persoană, a spus Amy, apărând de nicăieri într-o rochie scurtă boho, care părea scumpă, şi îndreptându-mă spre balcon. Şi trebuie să o întreb ceva între patru ochi, aşa că ne întoarcem imediat!

— Te rog, nu le spune oamenilor că mă concentrez asupra propriei persoane, i-am zis după ce uşa glisantă s-a închis în urma noastră. E foarte jenant!

— Dar exact asta mi-ai spus tu că faci!

Stăteam afară în picioare şi-mi doream să-mi fi luat puloverul; vremea se încălzea, dar încă era rece la umbră. Mai jos, în curtea de cărămidă a clădirii, o femeie pierdea disputa cu un câine cu aspect fragil. Amy m-a privit solemn şi şi-a apropiat faţa de a mea.

— Am văzut pe Spotify că asculţi playlistul ăla care îţi sporeşte încrederea în tine, a spus ea. Aşa că am vrut să-ţi amintesc că... e OK să nu fii OK.

Unul dintre verişorii chipeşi ai Amirei a ieşit pe balcon să fumeze, dând politicos din cap spre noi. Am dat şi eu din cap, apoi am vorbit mai încet şi m-am apropiat de Amy, pentru că nu voiam să mai afle şi altă persoană despre playlist. Încercasem să-mi schimb setările la Spotify de mai multe ori şi habar nu aveam cum s-o fac.

I-am şoptit:

— Nu putem vorbi altă dată despre asta?

— Ai spus că încerci să vorbești serios când spui că te bucuri de propria companie, mi-a răspuns foarte tare, mai tare decât era necesar. Și îmi place că ți-ai fixat obiectivul ăsta. O să-l îndeplinești!

M-a lovit tare în braț, iar verișorul s-a uitat din nou spre ea. Amy i-a zâmbit larg.

— Prietena mea ia o pauză de la întâlniri, a spus Amy. Un divorț urât. Și eu sunt divorțată, dar nu la fel de disciplinată.

Verișorul părea încântat și a venit să se prezinte. Se numea Sam. Era fan hochei și uneori lucra ca DJ, și, după limbajul trupului, era singur. Lucra în imobiliare.

— Ce coincidență! a exclamat Amy. Eu caut o locuință.

— Fantastic! a spus el. Ar trebui să-ți dau numărul meu de telefon.

Uneori, chiar era atât de ușor. I-am spus lui Amy că nu știam că se mută.

— Și cu apartamentul cum rămâne?

— În cele din urmă, l-a obținut Greg, mi-a răspuns. M-am săturat de certuri și i-am zis să-l ia. Practic, el a plătit pentru apartament, așa că asta e. În plus, acum am un avans gras ca să locuiesc în altă parte!

Amy i-a zâmbit din nou verișorului în timp ce căutam o durere ascunsă pe fața ei.

— Și ești... OK? am întrebat-o.

— Da! a spus Amy, părând că vorbește serios. Știi cum e, *que será*.

— Exact! a spus Sam. Asta e și filozofia mea, sută la sută.

— Păi, o să te muți cu Ryan?

— Eu şi Ryan ne-am despărţit, a spus ea. Acum câteva săptămâni. Aveam direcţii total diferite. Doamne, chiar că nu te-am văzut de-o veşnicie!

Sam a întrezărit o ocazie şi a profitat de ea, păşind în faţă şi înclinându-şi corpul în aşa fel încât să mă înlăture oarecum din discuţie. I-am lăsat să vorbească despre ce făcea echipa Leafs (Amy auzise că ăsta avea să fie anul lor) şi le-am găsit pe Amirah şi pe cele două Lauren în bucătărie.

— Care verişor? a întrebat Amirah. Dacă e Daniyal... e un fustangiu.

Îi convenea mai mult o relaţie cu Sam, deşi ne-a avertizat că fusese deja împreună cu verişoara unui fost coleg de apartament şi o fată pe care Lauren sensibila o cunoştea de la serviciu. I-am spus că mă bucur să iau o pauză de la întâlniri. Părea să fie o rezervă nesfârşită de femei singure în oraş şi nu aveam chef să concurez cu ele.

— Şi toate sunt atât de sexy! am spus.

Lauren a dat din cap.

— Probabil sunt şi mai relaxate decât tine.

Ni s-a alăturat şi Amy, îmbujorată, încântată şi cu un cocktail nonalcoolic şi împodobit în mână.

— Lucrez la o teorie, a spus ea. Cred că vârsta între 30 şi 40 de ani e perfectă. Într-un fel, a avea 31 de ani e ca şi cum ai avea 26, numai că eşti mai deşteaptă, mai sexy şi ştii ceva mai multe despre gresie.

Am spus că probabil urma să trec de 30 de ani pe patul de o persoană din casa tatei.

Amy a scos un geamăt.

— Poţi să nu mai fii aşa negativistă măcar cinci secunde, te rog? Sam mă duce mâine la nişte vizionări şi e ca un fel de întâlnire, cred, aşa că nu poţi să vii, dar o să-ţi trimit poze.

— Serios?

Amy părea nedumerită.

— Cum adică „serios”? Normal că serios! Urmează să vedem niște apartamente cu un dormitor, dar sunt convinsă că există o mulțime cu două dormitoare.

— Dar... ce?

— Doamne, cățea ce ești, lasă-mă să fiu colega ta de apartament! a spus Amy. Sau proprietăreasa ta, presupun, ceea ce e puțin aiurea, dar în fine.

— Foarte aiurea, am spus eu, încercând să fiu sarcastică și părând cumva foarte sinceră.

Nu puteam să-i ascund că eram de-a dreptul mișcată; mi-am dat seama pentru că Lauren sensibila a început să mă mângâie pe brațe.

— Oricum, trebuie să te muți înapoi la Toronto, a spus Amy. E foarte nasol că stai în Kingston. Deunăzi, o prietenă m-a întrebat ce s-a întâmplat cu tine și jur că aproape i-am zis c-ai murit. Așadar, perfect, o să stai cu mine – OK, se uită la mine, se uită, Doamne, nu plânge, *fir-ar* să fie!

Mesaje de ziua mea pe care nu mi-am dorit neapărat să le primesc

La Centrul de Antrenament At & A HARD PLACE, cățărătorii noștri sunt ca o familie. De aceea, ne bucurăm să aflăm că ai coborât în rapel încă un an! Vino astăzi la orice oră și obține o Gustare Nutritivă, un Shot Proteic sau Pudră de Iarbă Top-Up, din partea casei. Și nu uita să continui să... te legeni!

heiiii, fato! știu că n-am mai ținut legătura de când eram în liceu, dar voiam să-ți spun la mulți ani la aniversarea de 30 de ani, pentru că știu că trebuie să fie o aniversare intensă și, de pe Insta, se pare că ai avut un an greu. sper să ai o zi cât mai bună, și dacă vrei ceva informații despre cum să-ți dublezi venitul de acasă în anul următor, dă-mi de știre! fac parte dintr-o comunitate bestială de mămici antreprenoare care cred că ți-ar plăcea foarte mult... îți trimit iubire și lumină ❤

• LA MULȚI ANI, MARGARET • ÎȚI MULȚUMIM CĂ FACI PARTE DIN FAMILIA TL BANK • SOLD DISPONIBIL: $135.33 •

Maggie, BUNI îți scrie un e-mail!!! – Îți doresc o zi foarte PLĂCUTĂ și îți reamintesc să ÎNCERCI să Nu îți mai faci tatuaje! uite un LInk pe care mi l-a trimis mama ta către un articol foarte vesel din NEW YORK TIMES despre o tânără Doamnă care și-a făcut o nouă carieră mergând la școala de informatică,. O temă de GÂNDIRE-? Cu drag, BUNI

SALUTARE, REGINĂ DIN ZODIA GEMENILOR - Ca să sărbătorim marea ta aniversare (și sezonul Gemenilor, în general!), iată o listă de celebrități născute în aceeași zodie, inclusiv Sir Ian McKellen și majoritatea criminalilor în serie! Cu mult drag, din partea prietenilor tăi de la DailyAstroz

la mulți ani, amiga, sper că o duci grozav 😝 spune-mi dacă ieși mai târziu... sunt calvin, ps

„Șapte moduri în care nu știai că poți folosi tortul aniversar (și unul pe care probabil îl știai)" – LMA de la 6Bites!

Bună, Maggie, mulțumim că te-ai interesat de epilarea IPL. Din păcate, persoanelor cu tenul tău nu le este recomandat acest tratament, pentru că părul și pielea ta sunt prea deschise, ca laserul să funcționeze cum ar trebui. Păcat, pentru că roșcatele au și cele mai aspre tipuri de păr. ☹ Dar nu avem doar vești proaste: Stripp'd Wax Bar oferă 15% reducere la epilările braziliene aniversare! Dă-ne de știre dacă vrei să faci o rezervare, pentru ca această aniversare să fie cea mai catifelată de până acum! Xoxoxo

Olivia mi-a spus că e ziua ta, așa că am vrut să-ți zic doar atât: medical vorbind, atrofia musculară începe la 30 de ani. Să ai o zi frumoasă! Jiro

Dimineaţa zilei în care am împlinit 30 de ani a fost senină şi rece. Am decis să „încep deceniul cum trebuie" ieşind să alerg, dar am sfârşit prin a face o plimbare lejeră prin cartier îmbrăcată în echipamentul de fitness. Hannah mi-a trimis flori, mama m-a sunat şi mi-a ţinut discursul tradiţional despre aspectele neplăcute ale naşterii, iar eu mi-am exprimat mulţumirile tradiţionale pentru eforturile ei şi pentru viaţa mea. Mi-a spus că într-o zi urma să înţeleg despre ce vorbeşte şi i-am răspuns: „Nu prea cred", iar ea a zis: „O să te răzgândeşti." Zece minute mai târziu, m-a sunat tata şi am repetat interacţiunea aproape cuvânt cu cuvânt, mai puţin scoaterea în evidenţă a rupturilor vaginale. Mă întrebam dacă Jon avea să ia legătura cu mine.

Mi-am făcut duş şi m-am pieptănat, apoi mi-am privit faţa în oglindă, ceea ce m-a făcut să comand un unguent nou, o cremă franţuzească despre care internetul spunea că avea ori să-mi ardă pielea, ori s-o facă să arate perfect. Ca o mică dovadă de stăpânire de sine, nici măcar nu am dat clic pe produsul asociat sugerat de website, o mucozitate scumpă din Japonia pe care mi-o doream incredibil de mult. Am făcut ordine în cameră şi planuri de a înrăma unele lucruri, gândindu-mă că *femeile de 30 de ani deţin lucruri înrămate*.

M-am dus la băcănie şi am luat ingrediente pentru cina aniversară pe care voiam să o pregătim. Amy voia să facă un pui la cuptor („E cea mai lejeră cină de adulţi din câte există!"), dar încercam să fiu o vegetariană adevărată, aşa că serveam spaghete şi pâine cu usturoi cu o salată Cezar mare, ca o familie într-o emisiune televizată după orele de la şcoală.

După ce a pierdut bătălia cu meniul, Amy insistase să-i dau voie să „amenajeze masa”, adică să acopere masa şubredă de lemn pe care o moştenise de la părinţi cu un cearşaf vechi, apoi să-l acopere pe *acela* cu o varietate de lucruri din alte părţi ale apartamentului: sfeşnice vechi, cristale, nişte flori uscate etc. Fusesem sceptică în timp ce se ocupa de asta, dar când s-a dat un pas înapoi şi a făcut ultimele ajustări cu nişte frunze şi beculeţe pe care le aşezase în jur, n-am putut să neg că arăta superb.

— Ghici de unde mi-a venit ideea! mi-a spus Amy. De la Reese *Witherspoon*.

Viaţa alături de Amy era surprinzător de frumoasă. Era ordonată, atentă şi avea parola contului de Netflix al tatălui ei. Singura noastră dispută adevărată fusese din cauza unui poster imens pe care îl cumpărase fără să mă întrebe, o imagine în alb-negru cu o femeie surfer pe fundalul unui val care se spărgea la mal, iar pe cerul de deasupra ei erau scrise cuvintele AM NEVOIE DE MARE PENTRU CĂ MĂ ÎNVAŢĂ. („Tu faci surfing?”, o întrebasem. „Nu”, îmi răspunsese, „dar *mă simt* de parcă aş face.”) Am pierdut cearta, iar acum era în bucătărie, o porţiune imensă pe peretele de lângă frigider. Lauren făcuse discret o mutră sarcastică văzând posterul când a intrat. Lauren sensibila i-a spus lui Amy că i se părea „important să te gândeşti uneori la ocean”. Amy a fost de acord.

Sistemul de aer condiţionat din apartament avea două cutii instalate precar la ferestrele din dormitoare, aşa că până să ajungă Amirah şi Clive în bucătărie, era incredibil de cald. Amy părea proaspătă şi superbă, mişcându-se cu uşurinţă între pastele de pe aragaz, pâinea din cuptor şi salata uşoară şi energică pe care o pusese într-un bol enorm pe care nu-l mai văzusem până atunci, scos ca prin farmec dintr-un dulap din spate.

Eu nu o duceam la fel de bine. După ce îmi uscasem părul cu föhnul pentru ocazia asta, fusesem deja nevoită să-l adun într-un coc înalt și ciufulit, ca să nu mi se lipească firele de gât.

— Cineva e roz, a spus Amirah când a venit, dându-mi un cadou și o sticlă de vin. La mulți ani!

M-a sărutat pe un obraz transpirat și s-a prefăcut dezgustată, după care m-a sărutat și pe celălalt.

Când a intrat, Clive s-a uitat la pancarta făcută de Amy, a ridicat din sprâncene și nu a spus nimic. Amy l-a îmbrățișat ca pe un prieten vechi.

— Sper că nu are nimeni restricții alimentare despre care nu mi-a spus, a zis ea punând mâna în șold cu un gest matern. Am întrebat pe grup și nimeni nu mi-a răspuns, așa că dacă aveți vreo problemă cu glutenul, e treaba voastră.

— De unde *cumperi* un șorț în 2019? a întrebat Lauren.

— De la Muji! a exclamat Amy. Sau de oriunde. Mergeți și luați loc!

Mâncarea era perfectă, gustoasă și savuroasă. Mi-am pus încă o porție pe farfurie în timp ce Clive ne povestea despre cel mai recent dezastru de pe Grindr, după care Lauren a mărit miza cu o poveste de pe Tinder.

— Prima întâlnire a fost uimitoare, adică în primele cinci întâlniri din viața mea, a spus ea. Era amuzant și sexy și mirosea a lemn de foc. Ne-am scris mesaje nonstop toată săptămâna următoare, dar când ne-am întâlnit din nou vineri, *se bărbierise și își lăsase cioc.*

Amy a scos un strigăt.

— Și a spus ceva despre asta?

— Nicio vorbă.

— Și nici nu te-a avertizat când vă scriați mesaje?

— Deloc.

Amy a spus că era o chestie nepoliticoasă.

— Nu poţi să iei pe cineva prin surprindere cu un cioc.

— Nu văd care e problema, a spus Lauren sensibila cu optimism.

— Arăta ca un pasionat de jocuri pe calculator, a spus Lauren. Arăta ca unul care ţine o pasăre în casă.

Lauren sensibila s-a răzgândit şi cina a continuat. Am băut vin roşu şi am râs în hohote, spunându-ne unii altora că arătăm bine. Am mâncat prea mult şi am bârfit fără remuşcări, ne-am plâns de joburi şi de familii şi de vieţile noastre absolut satisfăcătoare, pe fondul sonor al unui playlist compilat de un algoritm şi denumit „Cină între adulţi".

Lauren m-a întrebat când se finalizează divorţul şi i-am spus sincer: nu ştiu.

— Nu depinde de mine, i-am răspuns. Nu ştiu decât că eu mi-am primit banii.

Lauren m-a întrebat repede:

— Jon te-a sunat azi?

Amirah a ţistuit-o în timp ce clătinam din cap.

— Helen spune că ar trebui să mă obişnuiesc cu ideea că s-ar putea să nu mai vorbim niciodată.

N-am pomenit nimic de autobuz.

— Dar Simon?

— Lauren, te rog! a spus Amirah, preluând frâiele. Cum îţi merge la adăpostul pentru pisici?

Le-am spus că managera mă lăsase să fac nişte descrieri mai interesante pentru pisicile date spre adopţie. Îi plăcuseră, iar prietena ei, proprietară a unei firme online cu produse de îngrijire a pielii, mă rugase să fac acelaşi lucru pentru ea, să fac descrieri pentru seruri, uleiuri şi esenţe. Pentru pisici nu fusesem plătită, dar doamna cu produsele îmi dăduse două sute de dolari. Speram să obţin astfel şi alte comenzi, poate chiar să merg la un curs seral în comunicare sau copywriting sau mai ştiu eu ce, în caz că voiam să renunţ la profesorat şi să-mi câştig cu adevărat existenţa într-o bună zi.

— Ce ironic, a spus Lauren, dat fiind că ăsta era jobul lui Jo-AU!

Amirah a dat drumul piciorului lui Lauren şi a spus că treaba cu copywritingul era o uşă bine de ţinut deschisă. La ceva timp după aceea, s-a terminat pâinea cu usturoi şi Amy a bătut cu furculiţa în paharul cu vin, ca o doamnă de onoare.

— Biiiiineeee!

A zâmbit şi şi-a îndreptat poziţia şi aşa extrem de dreaptă, prea pregătită pentru ceva.

— Ei bine, în familia mea, de ziua cuiva, toţi cei de la masă spun un lucru care le place la persoana aniversa...

— Nu.

Amy nici nu s-a uitat la mine, doar a vorbit mai departe.

— Toţi spun ceva ce le place la persoana aniversată şi e foarte drăguţ şi ne place tuturor. OK? Încep eu. Când am cunoscut-o pe Maggie, era un *dezas*...

— Amy, te rog!

Mă uitam la şervetul din poală, în timp ce Amirah, Lauren şi ceilalţi îşi înăbuşeau râsul, cu diferite şanse de reuşită. Era cel mai oribil coşmar al meu şi al lor. Nu se putea aşa ceva.

— Era un adevărat dezastru, a continuat Amy netulburată. Suferea atât de mult şi era arţăgoasă şi încă mai avea bretonul ăla. Mă gândeam: *cine-i fata asta?*

Dar i-am dat numărul meu şi mă bucur că am făcut-o, pentru că de fapt e super-dulce şi are, aşa, o inimă de aur, şi e mai bună la şedinţele succesive Super-Duminica de la X-Cycle decât orice altă cunoştinţă de-a mea, are nişte cvadricepşi care sunt pur şi simplu... în fine. De asemenea, cred – adică ştiu din experienţă – că e greu să treci prin ce a trecut ea anul ăsta şi e nevoie de mult curaj să mergi mai departe şi să încerci să descoperi cum să-ţi trăieşti viaţa de una singură, când credeai că ai descoperit deja totul alături de altcineva. Ştiu că a muncit din greu în direcţia asta şi mă simt bucuroasă că putem descoperi totul împreună.

Cei de la masă au rămas tăcuţi o clipă. Prietenii mei se foiau stânjeniţi pe scaune, iar eu mi-am trecut limba peste dinţi. Am înghiţit în sec de câteva ori. Nu m-a ajutat. Am deschis gura să spun ceva, dar mi-ar fi fost imposibil să vorbesc fără să-mi tremure vocea, aşa că am rămas mută şi m-am uitat în tavan.

— Ei bine, ne-am săturat toţi să o vedem pe Maggie plângând, aşa că o să vorbesc eu, a spus Clive, umplându-şi paharul în timp ce eu mă ştergeam discret la ochi.

Amy zâmbea din celălalt capăt al mesei, vizibil încântată de rezultat.

— E greu cu ea, nu-i aşa? E foarte gălăgioasă, nu suportă să împartă cartofii prăjiţi şi vorbeşte în timpul filmelor, a spus Clive.

Masa a erupt, enumerând o listă de filme pe care le distrusesem: uneori dezvăluisem finalul, alteori întrebasem numele unui personaj care abia apăruse în film, remarcasem că cineva a spus titlul filmului *în timpul filmului*. Clive a vorbit mai departe:

— Nu înţeleg cu ce se ocupă şi, când încearcă să-mi explice, spune ceva de genul: oamenii ăia au murit de câteva secole şi sper să rămână aşa, mai taci odată! E un coşmar, de sus până jos, dar să te superi pe ea înseamnă să ai prejudecăţi împotriva bisexualilor, aşa că... La mulţi ani, căţea proastă ce eşti, te iubim!

I-am zâmbit lui Clive, recunoscătoare că a distrus sinceritatea momentului. Lauren sensibila a deschis gura şi a început imediat să lăcrimeze, aşa că cealaltă Lauren s-a băgat în vorbă cu o poveste despre o aniversare distrusă pe care o petrecuserăm la o sală de bowling în timpul facultăţii. Noaptea se terminase cu un dezastru romantic pentru mulţi dintre noi, cu mahmureală oribilă pentru majoritatea şi cu unul amendat cu cincizeci de dolari pentru că distrusese o pereche de pantofi de bowling într-un accident cu un butoi cu bere. Nu fusese momentul meu de glorie la 20 şi ceva de ani.

— Totuşi, în noaptea aia te-ai dus acasă cu un tip foarte drăguţ, a spus Lauren. Şi nu asta contează cel mai mult?

— Cred că tu ai fost, a spus Amirah.

— Da, tu ai fost, a spus şi Lauren sensibila. Îmi amintesc, pentru că Maggie a vomitat taquito pe cuvertura mea de pat.

Eu şi Clive am confirmat că era povestea lui Lauren, nu a mea.

— Mă rog. Cred că asta încercam să spun: la mulţi ani, Maggie, şi felicitări pentru mine!

Lauren a ridicat paharul:

— Pentru tipul sexy de la sala de bowling, oriunde s-ar afla!

A urmat o mică dezbatere dacă fusese într-adevăr atât de arătos – Lauren a insistat, bineînţeles, că da; noi, ceilalţi, eram de părere că şlefuise puţin povestea. Amirah a luat o gură de apă şi s-a calmat puţin când i-a venit rândul.

— Prima imagine pe care mi-o amintesc de la nunta ta...

— O, așa începe!

Clive și-a încrucișat brațele pe piept.

— *Doar* ce am terminat cu lacrimile!

— Nu, nu, e OK, promit, a spus Amirah, întorcându-se spre mine. Prima imagine pe care mi-o amintesc de la nunta ta e cu tine în rochie – și era frumoasă, hai să fim sinceri, indiferent ce s-a mai întâmplat la eveniment, rochia era a dracului de frumoasă –, stăteai în rochia ta elegantă, mâncând niște burgeri care s-au servit pe la ora unu și plângeai în hohote.

Am pufnit pe nas, surprinsă și puțin rușinată.

— Nu-mi amintesc...

— Ei bine, așa a fost, a continuat Amirah. Ne furișaserăm să luăm o gustare și să discutăm puțin și ai început să plângi – adică, să se înțeleagă contextul, sunt *sigură* că erai beată –, dar erai foarte supărată pentru că ți se păruse nedrept că nu a existat o ceremonie în care să juri iubire și credință prietenilor tăi.

Lauren sensibila a izbucnit în râs.

— Îmi amintesc, o, Doamne! Te-ai murdărit de ketchup pe sâni în timp ce-mi spuneai că pentru tine eram la fel de importantă ca orice partener.

— Cred că a folosit expresia „și prietenii pot fi soți", a zis Clive.

— Erai foarte ambalată, a adăugat Lauren.

Amirah a dat din cap.

— Ne-ai pus pe toți să ne luăm de mână și să promitem că ne vom iubi mereu, a spus ea. Le-ai numit „jurămintele noastre".

Mă înroşisem în obraji mai tare decât o făcuseră deja vinul, căldura şi mâncarea. Amy avea nişte ochi cât cepele:

— Nu-mi vine să cred că nu-ţi aminteşti de asta!

— Barmanul îmi tot dădea să beau ginuri tonice! am strigat. Avea o rezervă specială pentru mine sub bar, din care puteam să beau oricând voiam fără să aştept! Îi spunea „sucul miresei"!

Pe feţele celor de la masă a apărut o expresie dezaprobatoare la auzul cuvintelor „sucul miresei", iar Amirah s-a străduit să preia din nou controlul anecdotei:

— Am vrut de fapt să spun că aveai dreptate şi...

— Îmi pare foarte rău, am spus încet. Pentru tot, pentru toată...

— Relaxează-te, aproape am terminat, a spus Amirah. Doamne, gata cu scuzele, am înţeles, erai o mică tornadă de gunoaie, iar acum nu mai eşti... la fel de mult.

Ea a început să râdă şi am râs şi eu, dar mă temeam că s-ar putea să vomit sau să mă prosternez în faţa ei ori să iau foc de ruşine.

— Vreau să ştii, a continuat ea, că am vorbit serios când erai beată şi mâncai burgerul ăla: eşti un om pe care promit să-l iubesc mereu.

M-am uitat peste masă la Amirah. Părea puţin sfioasă şi excepţional de frumoasă. A luat o gură din pastele rămase şi inelul ei de logodnă a captat lumina lumânării.

— Amy, sper că eşti mulţumită, a spus ea. Asta e toată sinceritatea mea din acest an.

Amy chiar părea mulţumită. Şi-a împins scaunul în spate, s-a şters delicat cu şervetul la gură şi a spus:

— Aranjamentul de pe masă merita un moment ca ăsta.

Am strâns masa, iar Lauren a scos tortul. Era făcut în casă, evident, cu o inimă verde strâmbă acoperită de globule roz şi groase.

— Rozete, a spus Clive. Glazura e cu apă de trandafiri. Se numeşte *tematică.*

Între rozete era un mesaj, scris cu glazură portocalie înclinată: MAI MULT NOROC ANUL VIITOR. Nu au cântat, doar au tăiat tortul şi au strigat „Aniversare!" la unison. Cadoul de la Amirah era o băutură italiană maronie, care se bea dintr-un set de pahare minuscule, dăruite de Lauren.

Am turnat un rând şi am închinat din nou, de data asta pentru nimic anume. Băutura maronie era pe bază de plante, dulce şi densă. Savurând-o cu înghiţituri mici, m-am simţit elegantă şi reţinută, deşi după primele pahare am turnat cantităţi imense peste gheaţă şi le-am amestecat cu bourbon, o idee pe care am furat-o de pe website-ul LibationNation.com.

Amy mi-a dăruit un colier pe care scria BUCURIE, iar Clive a promis să-mi gătească o masă monstruoasă la el acasă oricând doresc. Lauren sensibila mi-a făcut cadou un voucher pentru pedichiură.

— Angajatele sunt extrem de nepoliticoase şi îţi freacă atât de tare bătăturile de la picioare încât e dureros, mi-a spus ea. Îmi place la nebunie!

Am mâncat cu mâna a doua felie de tort, iar Hannah şi Ed au sunat pe FaceTime într-un moment de agitaţie maximă: Amy externaliza răspunsuri spirituale pentru zecile de bărbaţi care îi cereau atenţie pe aplicaţiile de întâlniri, iar Lauren o convinsese să-i scrie ce toaletă sexy unui bărbat al cărui profil conţinea patru fotografii identice cu el, în baie.

— Sunteţi îngrozitori! a strigat ea, zâmbind larg ca să ne arate că nu vorbea serios.

Bărbatul a răspuns după câteva clipe cu haha, categoric, după care s-au înţeles să se întâlnească săptămâna următoare.

Clive ne-a povestit că sora lui era însărcinată şi ameninţa să-şi boteze fetiţa „Khaleesi", Lauren ne-a anunţat că se gândea să se întoarcă la şcoală, Amirah ne-a spus că puteam purta orice doream, ca domnişoarele ei de onoare, iar Lauren sensibila a recunoscut că făcuse deja un profil pe Pinterest ca să caute ţinute pentru toate nunţile noastre viitoare. Se întâmplau unele lucruri şi mă bucuram că eram martoră la ele.

Amirah a plecat la miezul nopţii, ca să-l prindă pe Tom la capătul unui eveniment legat de job. Restul au plecat după vreo oră, când lumânările arseseră de tot şi cearşaful de pe masă era acoperit de firimituri, pete de vin şi rămăşiţele efortului eşuat al grupului de a rula o ţigară cu marijuana. Billie Holiday cânta din bucătărie, unde Amy cânta odată cu înregistrarea în timp ce zăngănea vasele. Am luat o bucăţică de ceară de pe masă şi am încercat să evit ceea ce ştiam că urmează: Schimbarea Bruscă. Când mi-am dat seama că nu mă puteam opune, m-am încălţat şi i-am spus lui Amy că trebuia să iau ceva de la farmacia cu program nonstop.

— Ah! a exclamat ea. Probleme cu burtica? Am remarcat că tu şi lactatele aveţi o relaţie tumultuoasă.

Am negat, spunând că era o problemă ginecologică – ce enervant!

— Îh, *foarte* enervant! a răspuns ea, empatizând incredibil de mult, fără amănunte specifice la îndemână.

M-am gândit, nu pentru prima dată, ce norocoasă eram să locuiesc cu o persoană atât de implicată în sănătatea mea emoţională, digestivă şi sexuală.

— Mulţumesc foarte mult pentru seara asta! i-am zis. Mâncarea, masa... totul a fost uluitor. Şi eu mă bucur că ţi-am dat numărul meu.

— O, Doamne, e plăcerea mea! a spus Amy zâmbind. Acum, du-te şi repară-ţi păsărica!

Nu aveam nevoie de medicamente pentru păsărică. Aveam nevoie de o porţie zdravănă şi neplăcută de plâns. Nu plânsul blând şi drăguţ, ca în faţa prietenilor mei – ci plânsul de una singură, într-un loc ales anume pentru genul ăsta de lacrimi. Descoperisem locul după ce mă mutasem cu Amy, când devenise clar că putea să audă tot ce spuneam sau făceam în camera mea, chiar dacă mă ascundeam sub cuvertură.

— Nu sunt eu vreun doctor, dar vibratorul tău îşi trăieşte ultimele zile, îmi spusese ea în prima după-amiază de duminică petrecută împreună, când ieşisem în sfârşit din cameră după o dimineaţă lungă petrecută singură cu o serie de filmuleţe în care două femei se luptau şi învingătoarea i-o trăgea învinsei.

Nu mă deranja că Amy aflase; auzisem toată negocierea prelungită dintre ea şi Sam când se întreba dacă el vorbise serios când o rugase să stea pe faţa lui. Era în regulă, oamenii făceau sex. Dar Amy era prea dulce ca să afle despre plânsetele subite în hohote – ar fi venit cu ceai de mentă şi cu o expresie grijulie şi îngrozitoare, gata să-mi spună cum făcea faţă Jennifer Lawrence „spaimelor de duminică" – şi se întâmplau prea regulat ca să nu am un loc special pentru asta.

În mod stânjenitor, locul ăsta era un cimitir. Mă rog, o curte de biserică în care erau nişte morminte. Exista o anumită atracţie sinistră a pietrelor de mormânt, desigur, dar în cea mai mare parte se potrivea cu scopul meu, pentru că biserica şi gazonul din jur erau înconjurate de un zid înalt de piatră şi se aflau lângă o stradă aglomerată, aşa că un om – orice om normal şi matur care avea nevoie de puţină intimitate şi catharsis emoţional – putea să intre în curte, să treacă pe sub barieră şi să se pună pe plâns. Traficul alăturat acoperea orice sunete, zidul era prea rece la atingere şi te ascundea de oricine trecea pe acolo, iar eu nu riscam să intre cineva în biserică, pentru că noi, ca societate, Îl pierduserăm aproape de tot pe Dumnezeu.

Mergeam de multe ori în curtea bisericii, deşi eram sătulă de plâns. Cum de mai puteam plânge? Mă simţeam din ce în ce mai bine! Tocmai asta părea să fie problema. În ultima vreme, ori de câte ori percepeam ceva frumos sau simţeam o plăcere, o bucurie, mă lovea o tristeţe dureroasă, instantanee. Mi se contracta gâtul şi mă îmbujoram, şi simţeam nevoia să merg într-un loc retras foarte repede, să fiu singură şi să bocesc.

M-am plimbat pe Dundas şi barurile se goleau: pâlcuri de oameni în ţinute izbitor de noi, cumpărate în aşteptarea verii; perechi hotărându-se cu timiditate să se sărute, în sfârşit; un grup de femei care mergeau în urma unei prietene care alerga desculţă, în timp ce toate strigau „Tiff, HAI odată!" şi spuneau că o urau, o *urau* când făcea aşa; bărbaţi care se băteau cu palma pe spate unii pe alţii, de parcă triumfaseră într-o provocare dificilă, nu doar băuseră bere împreună timp de şase ore; barmani extenuaţi care dădeau lumea afară în timp ce-şi aprindeau ţigara de la finalul turei. Într-o brutărie care vindea doar prăjituri de nouă dolari bucata, un bătrân ştergea de praf rafturile pentru tăvi. M-a surprins privindu-l şi felul glumeţ şi vag în care a fluturat din mână m-a făcut să tresar speriată şi s-o iau la fugă.

Am luat-o la stânga, pe o stradă rezidenţială sinuoasă şi tăcută. Era străjuită de copaci, întunecoasă şi pustie, iar sandalele mele mari şi ciudate făceau prea mult zgomot pe trotuar. Un raton a traversat în goană strada şi a sărit într-un coş de gunoi, răsturnându-l. Ceva mai în faţă, a trecut o maşină, iar prin geamuri răsuna un cântec incredibil de popular despre faptul că, în seara asta, era cea mai importantă petrecere din viaţa noastră. În cele din urmă, a apărut biserica în faţa mea. Când am văzut-o, am început să respir sacadat şi am simţit o strânsoare în piept, cel mai prost copil al lui Pavlov. Am trecut pe sub arcada de piatră a curţii, încercând să-mi amintesc dacă trebuia să inspir pe nas şi să expir pe gură sau să expir pe nas şi să inspir pe gură. Oricum ar fi fost, se părea că făceam exact opusul.

M-am sprijinit de suprafaţa aspră a zidului şi am simţit umezeala pământului pătrunzându-mi în piele. Mi-am dat ochii peste cap şi am strâns din dinţi, dar nu conta, căci lacrimile începeau să curgă. *Ce prostie!* mi-am zis. *Ce inutil!* Supravieţuisem acelui lucru mare şi rău – mai stresant decât mutatul, ceva mai puţin stresant decât moartea, spunea lumea – şi mergeam la micile mele şedinţe de terapie, îmi făceam numărul de paşi şi beam nesfârşitele pahare cu apă. Aveam momente de încântare şi vedeam frumuseţea vieţii. Lucrurile bune reveniseră! Şi totuşi, se întâmplau – aveau să se întâmple mereu – fără persoana cu care sperasem să le împărtăşesc. Seara asta era doar o altă seară într-o paradă fără sfârşit de petreceri aniversare pe care el avea să le rateze, de veşti pe care nu avea să le sărbătorească, de bârfe pe care nu puteam să i le spun la întoarcerea acasă, deşi promisesem să nu suflu o vorbă nimănui. Muncisem din greu să scot capul la suprafaţa apei, dar aruncasem o privire şi în jur şi descoperisem că eram singură în oceanul mare şi înspăimântător.

Un camion a trecut duruind pe acolo, lăsând liniştea să se aştearnă în urma lui. Mi-am îndesat gulerul tricoului în gură şi am plâns cu suspine. Ca să grăbesc lucrurile, m-am întins pe iarbă şi am încercat să mă gândesc la lucruri pozitive. Eram sănătoasă şi în siguranţă. Se întrezărea o nouă direcţie în carieră, iar garoafele de pe comoda mea erau încă vii. A doua zi urma să iau un prânz târziu cu Merris la un local polonez care îi plăcea ei și unde totul avea gust de varză. După aceea, puteam să fac orice: să stau degeaba, să citesc, să mă plimb până la lac doar ca să-l privesc. Vremea se anunța frumoasă toată săptămâna și urma să avem tort la micul-dejun până se termina; puteam chiar să-l mănânc în pat, dacă voiam.

În timpul căsniciei, începusem să numesc patul nostru „Restaurantul" pentru că îmi plăcea enorm să mănânc acolo. Jon credea că era o chestie dezgustătoare și s-a autointitulat consilierul orașului, încercând mereu să închidă Restaurantul pentru încălcarea normelor de igienă, precum firimiturile și petele de mâncare. Cu timpul, știam că micile detalii aveau să mi se șteargă din memorie; că aveam să mă concentrez mai puțin asupra relației noastre și oroarea nu atât de intensă a sfârșitului. Într-o bună zi, urma să mă urc în pat cu un sendviș și să-mi spun *Cândva aveam un nume pentru chestia asta* și nu aveam să-mi aduc aminte care era acela. Am pufnit pe nas la gândul că într-o bună zi o să-mi iasă chestia asta, chiar și pentru câteva ore. Dura prea mult. Avea să dureze mult mai mult.

Am oftat, gândindu-mă la timpul deloc sexy care mă aștepta: nopți petrecute acasă, cu gândurile și sentimentele mele, eforturi energice de a mă cunoaște și poate chiar (îh!) de a mă iubi, bătaia de cap și privilegiul enorm de a decide ce vreau să fac cu viața, cu inima și cu weekendurile mele. Fanteziile cu karaoke și mania bazată pe aplicații din primele zile ale divorțului începeau să cedeze în fața realității: o înaintare greoaie, tăcută și oarecum nedemnă către... ce? Momentul în care urma să-mi bag mințile în cap și să înțeleg că aveam alte lucruri pentru care să-mi fac griji? Știam asta deja.

Asta mă făcuse să caut tot anul lucruri care să-mi distragă atenția.

Am mai rămas o vreme pe jos, uitându-mă la cer și încercând să scad nivelul de panică de la opt la cinci sau șase, ceea ce era mai ușor de gestionat. Helen mă învățase unele exerciții pentru antrenamentul creierului și am încercat câteva, privind împrejurimile și numind texturile, formele și culorile pe care le vedeam. Am fredonat și am făcut gargară, știind că nimeni dincolo de zid nu mă putea auzi cum încercam cu disperare să stimulez nervul vag în secret. Am început foarte repede să mă simt mai liniștită și mai prezentă. (Cel mai enervant lucru la exercițiile astea era eficacitatea lor.) M-am ridicat în capul oaselor și am expirat adânc și declarativ, aducându-mi genunchii la piept. În sutien, mi-a vibrat sânul stâng. Am scos telefonul și am văzut mesajul: nu eram sigur dacă ar trebui să-ți scriu, dar am vrut să-ți spun la mulți ani xS.

Am deschis gura și mi-am trecut degetele de-a lungul gulerului ud și încrețit al tricoului. M-am holbat la mesaj, ajustând luminozitatea ecranului în așa fel încât fața mea strălucea în întuneric, și am scos un sunet de uimire, între un icnet și un sughiț. Micul *x* de lângă inițială era tipic pentru Simon: blând și sincer și puțin prea formal. Îmi spusese odată că scria mai întâi în aplicația Note toate mesajele importante, apoi le copia când știa exact ceea ce voia să spună. Mi l-am imaginat încercând diferite încheieri: (Apropo, sunt Simon); xo Marele S; iubitul tău de odinioară, Simon. Am întins mâna să scarpin o ciupitură de țânțar de pe spatele gleznei și am început să râd.

Și acum?! Acum, ce dracu' fac? Tentația de a-l suna sau de a merge la el acasă era foarte puternică. Dar nu mă invitase acolo, doar îmi urase la mulți ani. Nu-mi cerea deloc să ne vedem, dar mă *contactase* într-un mod afectuos după miezul nopții, ceea ce nu era puțin lucru. Aveam să... îi scriu a doua zi, atunci? Să văd dacă voia să „vedem un film"? Ridicol! Râdeam la fel de tare pe cât plângeam, scuturând umerii și ținând capul în mâini. *Ce prostuță ești!* mi-am zis. *Cretină dezaxată și drăguță!*

Am încercat să mă liniștesc, să-mi recapăt calmul. Dar cum aș fi putut? Telefonul meu strălucea în alb și albastru și îmi simțeam fundul moale pe pământ, stând într-un cimitir adevărat ca să am o mică epifanie privată. Dacă nu era să fie Simon acum, avea să fie altcineva într-o bună zi, or, nu era chestia asta o nebunie? Trebuia să găsesc un mod de a iubi fără să o iau razna și o mică parte din mine trebuia să creadă că era real. Și mai scandaloasă de atât era posibilitatea ca într-o bună zi exact așa să fie.

M-am gândit la anul următor și la faptul că habar nu aveam cum va fi, pe cine urma să întâlnesc și ce aveau să facă acele persoane. Mi se vor întâmpla anumite lucruri, voi lua decizii și uneori se vor termina cu bine, alteori nu. Și tot așa mereu, până când, în mod ideal, voi fi incredibil de bătrână și voi muri în somn, poate cu un om cumsecade alături sau cu o pisică ce cu siguranță are să-mi mănânce o parte din față, dar ce-o să-mi pese mie, eu o să plutesc într-un vid nesfârșit, la care nu mă puteam gândi prea mult fără să transpir și să amețesc. Era o idee nostimă aceea că voi continua să exist ani la rând, că se vor întâmpla tot felul de rahaturi peste tot, că totul va părea Mare și Semnificativ. Și așa era, dar, totodată, nu era. Aveam să mă simt așa o vreme, pe urmă aveam să nu mă mai simt așa și niciodată nu avea să fie pentru totdeauna, pentru că nimic nu este.

Mi-am șters nasul și am mai fredonat puțin. O briză caldă a trecut prin copacii de deasupra mea, desprinzând o castană uriașă care a căzut cu zgomot pe jos, la picioarele mele. Am ridicat ochii la biserica pustie, apoi dincolo de ea, la luna plină, superbă şi absurdă. Am apăsat pe butonul lateral al telefonului şi mesajul a dispărut. Pe urmă, m-am ridicat, încă râzând, şi-am plecat acasă.

Un epilog

Actele au sosit într-o zi de marţi, la pachet cu o revistă, o factură la energie electrică şi o carte poştală de la una dintre prietenele lui Amy („Dallasul nu e la fel fără tine, curvo!”). Am desfăcut plicul cu grijă, lăsând teancul imens pe blatul mesei cât mi-am făcut o cafea şi am prăjit o chiflă.

Locurile în care trebuia să semnez nu erau completate. M-am gândit să citesc toate paginile, dar Lori îmi explicase deja conţinutul: împărţirea mulţumitoare a bunurilor, refuzul răspunderii financiare ulterioare, dorinţa reciprocă de a anula căsătoria... Înţelegeam ideea principală.

Mi-a trecut prin minte c-ar fi fost bine să nu las amprente uleioase pe documente legale importante. Am lăsat chifla deoparte.

Când am ajuns la prima dintre paginile cu spaţii libere, am observat că semnătura lui Jon era diferită. Părea mai mare, cu mai multe bucle, *p*-urile din numele lui de familie fiind mai ostentative. Era posibil să fi exagerat cu ocazia asta sau poate eu nu-mi aminteam bine semnătura lui ori o uitasem. Semăna cu scrisul de mână al unui străin.

Mi-am scris numele sub al lui şi am terminat de mâncat chifla. Mai târziu în acea zi, aveam să fac altceva.

MULȚUMIRI

Mulţumirile pentru colecţia mea de eseuri s-au întins pe trei pagini, aşa că am de gând să încerc să fiu concisă aici, dar sunt foarte recunoscătoare multor oameni, deci s-ar putea să ajung să divaghez, indiferent ce-aş face. Vă mulţumesc pentru răbdare (am început)!

Le mulţumesc enorm agenţilor mei minunaţi, Marya Spence şi Claire Conrad, precum şi asistenţilor lor de la Janklow & Nesbit. Sprijinul primit de-a lungul fiecărei etape a acestui proces a făcut posibile lucruri imposibile; fără Marya, nu aş fi găsit-o niciodată pe Merris. De asemenea, prin intermediul agenţilor mei, am ajuns la echipa de vis coordonată de Kishani Widyaratna şi Jessica Williams, care au îndrumat cartea către forma sa finală cu foarte multă înţelepciune şi umor. Le sunt foarte recunoscătoare lor, asistenţilor acestora şi echipelor de publicitate şi marketing 4th Estate şi William Morrow, precum şi multor, multor oameni implicaţi în tipărirea, distribuirea şi vânzarea acestui roman. Le mulţumesc în special lui Sari Shryack, Mumtaz Mustafa şi Jo Thomson pentru că au conceput frumoasele coperte ale cărţii. Îi mulţumesc lui Louise Glück pentru că i-am folosit poezia extraordinară în epigraf.

Mulţi oameni mi-au oferit feedback din timp, ceea ce a făcut cartea asta mai bună decât aş fi reuşit să o fac eu, de una singură. Mulţumesc lui Katie Baker, Emma Herdman, Nathan Foad, Adam Howard, Marisa Meltzer, Liz Watson, Amy Reed, Catherine Liao, Helen Gould, Neha Patel, Emily Whalen, Hali Hamilton,

Emily Stubbings, Celeste Yim, DJ Mausner, Sarah Hagi, Mark Lund, Rose Johnson, Caroline O'Donoghue, Dolly Alderton, Adam Burton şi Josie Long, pentru conversaţii, e-mailuri şi sfaturi care au schimbat formatul cărţii. În special, Tess Degenstein, Kathryn Borel, Laura Dawe, Lauren Oyler şi Joel Golby mi-au transmis o mulţime de mesaje despre carte şi au citit-o, integral, în unele cazuri de mai multe ori. Vă mulţumesc foarte mult!

Îi mulţumesc lui Paul Bogaards pentru sprijinul şi sfaturile sale de-a lungul necunoscutului proces de lansare a unei astfel de cărţi în lume. Le mulţumesc lui Abby Singer şi Rob Kraitt de la Casarotto Ramsay & Associates, lui Cara Masline şi Katie Newman de la 3Arts şi asistenţilor lor pentru sprijinul necontenit.

Sunt foarte recunoscătoare prietenilor mei apropiaţi şi familiei pentru sprijinul acordat în timpul crizelor fictive şi reale. Mulţumiri speciale pentru originalul grup de discuţii Five Poots; pentru părinţii mei, care m-au încurajat aproape comic, Peter şi Janice; pentru surorile mele drăguţe şi amuzante, Alice şi Melissa; şi pentru Stephen Carlick, care aude fiecare idee şi glumeşte prima (şi a patruzecea) oară şi a cărui grijă calmă a fost una dintre marile surprize ale vieţii mele.

Despre autoare

MONICA HEISEY este o scriitoare și comediantă din Toronto. Opera ei a fost publicată în *The New Yorker*, *New York Times*, *Vogue* (Marea Britanie), *Elle*, *The Guardian* (Marea Britanie), *Glamour*, revista *New York* și *VICE*, printre altele. A scris pentru seriale de televiziune precum *Schitt's Creek*, *Workin' Moms*, *Baroness von Sketch Show* și multe altele. Locuiește în Londra. Acesta este primul ei roman.

BOOKZONE